Tianxia
Yaoshang
Shang

天下药商 上

欧阳娟 ◎著

时代出版传媒股份有限公司
安徽文艺出版社

欧阳娟，中国作家协会会员，鲁迅文学院十四届高研班学员，滕王阁文学院特聘作家。作品见于《人民文学》《中国作家》《长篇小说选刊》《散文选刊》《中国艺术报》等，已出版及发表长篇小说《深红粉红》《路过花开路过你》《交易》《手腕》《最后的烟视媚行》《婉转的锋利——林徽因传》《天下药商》，散文集《千年药香——中国药都樟树纪事》，撰写纪录片《千年药都话樟树》，其中《天下药商》获江西省谷雨文学奖。

Tianxia
Yaoshang
Shang

上

欧阳娟 ◎ 著

天下药商

时代出版传媒股份有限公司
安徽文艺出版社

图书在版编目（CIP）数据

天下药商：上、下/欧阳娟著.—合肥：安徽文艺出版社,2023.10
ISBN 978-7-5396-7754-5

Ⅰ.①天… Ⅱ.①欧… Ⅲ.①长篇历史小说－中国－当代 Ⅳ.①I247.5

中国国家版本馆 CIP 数据核字(2023)第 073227 号

出 版 人：姚 巍
责任编辑：张妍妍　　姚爱云　　　　装帧设计：张诚鑫

出版发行：安徽文艺出版社　　www.awpub.com
地　　址：合肥市翡翠路 1118 号　　邮政编码：230071
营 销 部：(0551)63533889
印　　制：安徽新华印刷股份有限公司　　(0551)65859551

开本：700×1000　1/16　印张：45.5　字数：650 千字
版次：2023 年 10 月第 1 版
印次：2023 年 10 月第 1 次印刷
定价：128.00 元(上、下册)

(如发现印装质量问题，影响阅读，请与出版社联系调换)
版权所有，侵权必究

自序

在天灾、瘟疫、战乱中遍布四海

如今的临江镇,乍一看与别的古镇没什么不同。

那悠长的青石巷、零散的老药店、简陋的师姑井,并无格外惊艳之处。

但是,只要对当地历史了解的人都会知道,在三四百年前,有一队身负秘技的药人从这里出发,穿越一波未平一波又起的天灾、瘟疫、战乱,抵抗着无数的病痛和死亡,从偏安一隅发展到遍布天下。

那青石巷柔润的光泽,是他们挑着一担担药材踩出来的;那师姑井清凌凌的水,曾经洗净过一箩箩等待炮制的生药;那老药店残留的窗花里,暗藏过一张张医治疑难杂症的秘方和一项项别出心裁的秘技。

三四百年太远,远到昔人无处可觅,音容淡出记忆;三四百年极近,近到俚语未改,习俗仍在。

那些散落在民间的俚语和习俗,犹如前人留下的密码,为想要了解那个年代的后人们,提供了有迹可循的通道。

我顺着那些通道遥望他们、走近他们,直至了解他们。

为了写好他们的故事,我翻阅了数十部族谱、地方志,采访了数百位老、中、青药工。在那些族谱、地方志的字里行间,在老药工生动的讲述和沧桑的眉宇间,那群三四百年前走遍天下的临江药人一个个鲜活起来。他们怎么说话,怎么生产,怎么吃饭睡觉,甚至怎么思考,都大致有了个模样。

在我原本有限的见识里,能够走遍天下的人必然是粗犷、豪迈的,然而事实恰恰相反,他们谨慎、温婉、多情,甚至有些女子气。

世人常存偏见,看不起女气的男子,但中医药一行,恰恰讲究阴阳调和,从这个意义上来说,女气的男子与之倒也相得益彰。更何况,在我看来,中药材之美、炮制中药材之功,都是有些女性的柔美的。

如果不是生存所迫,这群谨慎、温婉、多情的临江药人,一定舍不得远走他乡吧?

而唯其谨慎、温婉与多情,决意远走他乡时,内心定然有更多的思虑。我可以想象他们月下独坐、彻夜长谈,甚或掩面悲泣的样子。不知要熬过多少反复权衡、难以取舍的日夜,他们才能把心一横,收起那把闪着寒光的药刀、扎紧包袱、夹起油纸伞,将故土留在身后。

他们百转千回的思虑,是缔结智慧的因,也是动人心魄的果。他们一路走去的心灵史与创业史,尽皆荡气回肠。

我本以为临江药人大规模的集体出走,是大江大河浩浩荡荡汇入海洋般争先恐后的。待到真正了解了才知道,那是泉眼细流终成溪涧,万千溪涧终成瀑布,高山跌瀑倾泄而下的兜兜转转与九死一生。

那九死里面唯一的生,最终竟然填满了异乡一条条街一道道巷。何其悲壮?

英雄,只是普通人里把心一横挺身而出的那一个。我所写的,就是那些把心一横挺身而出的普通人。

这些普通人,共同编织了一张撒遍全国、惠及海外的大网。将整个天下,网罗在临江药人精湛的制药技术之中。

不研究临江药商,不知道这个小小的古镇,居然拥有如此巨大的影响力。

屠呦呦获得诺贝尔医学奖时曾说过,她提炼青蒿素的想法,受到了葛洪所著《肘后备急方》的影响。而葛洪生活的地方,在我书写的那个年代,就是临江府的辖区。从广义上说,葛洪也算得是一位临江药人的代表。

临江药人较为普遍的性格是：灵活中有所坚守、退让中伺机而动、精于算计却又诚信为本、明哲保身却又胸怀天下。正是这种看似矛盾的性格，形成了他们勇于创新、进退有度、百折不挠、合作共赢的性格特点和处世态度。也因此才能抵抗天灾、瘟疫、战乱的侵袭。

今天的临江人，性格依然大致如此。

我写的是三四百年前的临江，也是当今的临江。

借古以观今，是我力求在书写中完成的事。

文中所涉一应医药知识来自实地采访，历史事件来自地方志记录。为了重现当时当地交通、建筑细部的状况，以及描写针灸的具体手法，向聂冷先生、鲍炎先生借阅了大量资料，进行了多次请教，在此一并致谢。另有以黄文鸿老先生和黄国军老先生为代表的数百位药工，详细地为我口述、演示了当地药店的经营模式和传统手工制药过程，在此向生者拱手、向已故者叩首。再有为我不厌其烦多方联络的刘思华老先生，亦令我万分感动。

近十年倏忽而过，拙作终于定稿，唯愿对得起这些为我毫无保留提供过帮助的人。

目　录

自序　在天灾、瘟疫、战乱中遍布四海 / 001

第一章　旧约 / 001

第二章　新事 / 028

第三章　情窦 / 165

第四章　离乱 / 268

第一章　旧约

1

当年的临江府,正值"城内三万户,城外八千烟"的鼎盛之际。

当年为何年?

静仪记得,当年侯济仁栈门庭若市,爷爷亲自坐堂应诊,她与宝祥莫逆于心,临江府九坊、六厢、三十街、三十一巷人人夸她"好命"。那还是哪个年头的事?尔后天灾频发,战乱四起,爷爷病逝,宝祥负气,侯济仁栈分崩离析……诸多变故绞在一起,她已无从推算昔时年份。

昔时,她还是无忧无虑的少女,步履轻盈地行进在平坦的流年里。

那个晴好的秋日,也是这平坦流年中的寻常一日。她身着素裙,斜插一支粉色木芙蓉,跟着宝祥哥哥上山采摘金樱子。

临江府城一带的山,大都是些高低起伏的丘陵,写意画似的,大约做了个山的样子,既没有山的巍峨,亦没有山的幽深,行走其间毫不费劲。

山上的花木却是工笔:鹅黄的迎春花、嫣红的杜鹃花、素白的栀子与金樱子花、洋红的野蔷薇、黄白相间的金银花、金黄的金灯花……从正月一路开到八月,朵朵花瓣匀净,根根花蕊分明,壮阔绵延而又细致入微,是唯有天地笔墨方可描画出的图景。

入了九月,花容渐隐,争妍斗丽的山野变得有滋有味,一串串甜的、酸的、甜中带酸的、酸中带涩的小果子密密匝匝挤满荆条,食之不饫不尽。

金樱子亦在九月成熟,可鲜食,可熬制。

用以熬制的金樱子最好霜降后采摘,除刺后剖开,刮去瓤内毛、籽,文火慢煎熬成膏子,既可入药,亦可平常食用,或暖酒调服或温水送服,口感清甜,最是滋养女子。

静仪年年都要熬上几坛,阴凉处存着,吃到次年开春。

当地清江县的阁皂山,早在三国时期嘉禾二年(233)就有道教灵保派祖师葛玄结庐采药炼丹。南宋宝祐六年(1258),县内樟树镇成为南方药材集散中心。至静仪出生,种药、制药早已是当地百姓的重要营生,临江人无论妇孺皆能识得几味药材,女子采药也不为怪。

静仪轻轻提着裙摆,浅笑安然地跟在宝祥哥哥后面,缓步穿行于三五成群的采药人中间。

这日兴致大好,大家有意走得远些。

为给她解闷儿,宝祥哥哥一路净说些骇人听闻的奇诡医案:有难产的孕妇死而复生,有老虎喉咙里拔骨刺,有开膛破肚洗肠胃……静仪听得心里一惊一惊的,脸上却笑容不改。

走到一座山脚下的田垄里面,远远看见前面的人突然跑了起来,像是碰到了什么可怖的东西。走近一看,原来有个滚满污泥的人四仰八叉躺在坟场旁边。

一个过路的婆婆告诉他们,那人是摆子鬼上身,家人都被摆子鬼缠了去。

摆子鬼上身就是罹患疟疾。乡人认为打摆子无药可医,唯有一早起床即刻钻入茅房或跑进坟场躲开摆子鬼才能痊愈。这人定是跑坟场时体力不支。

静仪不至于跟一般乡人同样见识,却也深知疟疾凶险。莫说她和宝祥二人,就是爷爷出诊也并无良方妙策。贸然医治非但于患者无益,且极易感染。

"爷爷"是静仪对父亲的称呼。临江府一带,孩童多将父亲唤作"爷爷"。

静仪爷爷早年贩药材走川广,略有积蓄便在临江府开了家小小的生药铺,苦心经营近十年，逐步扩充为制药、售药、问诊为一体的大药栈。

药栈打的是医药名家侯逢丙后人的旗号。有好事者说她爷爷跟侯逢丙八竿子也打不到一起。爷爷一笑置之。打不打得到有什么要紧？左右他姓侯，依的又是侯逢丙的做派行事：设义诊、施寒衣、修水井、助柴薪……受过恩惠的街坊们都依先人对侯大医家的尊称，唤他一声"侯大善人"，侯逢丙后人的称号就此便坐了实。

其时侯逢丙作古已数百年，其间天灾、战祸、改朝换代，留下多少后裔已难查证，真的假的谁也争辩不清。为了避人口舌，爷爷也不挂"侯逢丙药店"的牌子，侯氏后裔的说法只是在药工、伙计、街坊们之间口口相传，摆在台面上的，药栈遵的是仁义、济世的古训，门面上明晃晃悬挂的是"侯济仁栈"四个大字，谁也抓不住什么话柄，纵使还有个别人议论，也不过是在背后嘀咕几声。

最要紧是医术高明。治好了病，谁还管侯逢丙后人的称号是否作得真？

爷爷如此见多识广尚且奈何不了疟疾，静仪更是不敢接触。

日头穿过山林在田垄里投下明明暗暗的光影，那滚满污泥的人恰巧躺在明暗相交处，仿佛躺在生与死之间。坟场竖在暗处，像大张着的嘴，随时要将那人吞噬似的。静仪不敢多看，跟着宝祥继续上山。

山上一群群妇女、婆子围着一蓬蓬红红黄黄的金樱子采得正欢，叽叽喳喳的谈笑声雀儿一样在风里飞。艳阳照着枯草，似一簇簇野火在烧。一望无际的秋叶花儿一样铺展在碧蓝的长空下面……

天地越是绚烂，静仪愈加觉得那坟场边的病人可怜。

往日曾听爷爷提起，小仙翁葛洪在《肘后备急方》中记载过治疗寒热诸疟的方剂。其一：鼠妇，豆豉二七枚，合捣令相和，未发时服二丸，欲发时服一丸；又方：青蒿一握。以水二升渍，绞取汁，尽服之；更有：五月五日，蒜一片（去皮，中破之，刀割），合容巴豆一枚（去心皮，纳蒜中，令合），以竹挟以火炙之，取可热，捣为三丸。未发前服一丸。不止，复与一丸；甚而：取蜘蛛一枚，芦管中密塞，管中以绾颈，过发时乃解去也。另有画符、念咒之法若干。

爷爷说葛仙翁历来被当地百姓尊为药神,若《肘后备急方》所录诸法有效,后人自会传承,临江府一带并未见人沿用书中方剂,想必疗效不明。加之方子太多,又掺杂了画符、念咒等古怪做法,人命关天,爷爷不敢轻易尝试,并再三叮嘱静仪不可妄为。

可一想到那坟场边的病人,静仪后背就掠起一阵凉意。深秋时节,白日里有日头晒着还算和暖,入夜后露水一下,那人病不死也要冻死了。

常听老人家说,入夜后,山上是有老鸱、野兽、饿鬼出来吃人的。

静仪不信鬼神,也从未见过老鸱与野兽,却止不住要为那坟场边的病人去信、去怕。一阵阵寒夜的鸱鸣与兽吼齐齐涌到耳边,间或还有长发披面、白衣惨惨的鬼影闪现……臆想的恐怖比亲见的更为骇人,她一刻也不想再把那人留在坟场旁。

疟疾再险,总不比宝祥哥哥讲过的那些奇诡医案更险。那些医家连死人都敢治,连肠胃都敢洗,她怎能被疟疾吓退?

现成有葛仙翁的方子可以依循,也算不得盲目冒险,何不从中择优而取,真能救人一命也未可知。念咒、画符、蜘蛛绾颈也就罢了,鼠妇、青蒿、蒜头诸方确是有些道理。恰逢青蒿采收之时,不如就以青蒿绞汁一试。

念及此,静仪吐出了人生中第一个谎言。

打小常听爷爷告诫:说谎必有果报,再无伤大雅的谎言也是口业。她从未想到自己会有说谎的一天。

若不说谎,宝祥哥哥定然不肯放她下山,或加以阻拦,或予以替代,二者皆非她所愿。

她自个儿的险,她自个儿担。

静仪谎称小解,穿过一层层织锦样的山林,疾步往山下赶去,不到一炷香的工夫,已站在那身患疟疾的人身前。

她浑然不知,这一炷香的工夫里,暗含着日后诸多人事的风云转变。身处那样平顺的年月,她怎会去揣度命运的云谲波诡?即便日后一头栽入了乱世,她也从不预测将来。

那人果然仍在昏睡,凑近了看,见他约莫十三四岁,瘦得形销骨立,嘴上爆着一圈疱疹,显然患病多日。

静仪就近拢了几把稻草,蹲在田埂上搓成草绳,将这少年绑在背上背了起来。

田垄西头有座废弃的小庙,周边劳作的农人用来歇凉避雨,静仪也曾去过几回。这秋高气爽的季节,里面向来无人,她就把这少年背往那破庙。

一个未出阁的妹子背上绑着个半大不小的男子,路人见了无不诧异。静仪硬起头皮,半背半拖负着那少年前行。

2

静仪出生时,她爷爷已四十有余。

爷爷走川广时常年在外奔波,无暇照管家人,静仪母亲累坏了身子,怀不住胎,待得调养好了,便耽搁到了这个年纪才生下静仪。

老来得女,爷爷分外欢喜。才做了三朝便用蒲扇给爱女遮着光,抱到店里前堂后堂转了一圈。等到出了大月,更是每逢坐堂便带在身边,放在背风处的摇桶里,稍有空闲就要逗趣一番。当地药店本有禁止携带女眷的行规,但爷爷是东家,静仪又尚在襁褓中,药师、学徒也不好说什么的。

众人只道是爷爷一时兴起,乐呵一阵儿也就罢了,不想这兴头儿经年不减,一晃七八年,静仪蜕去婴儿模样,活脱脱一副小女子姿态,爷爷还照旧时时把她带进药栈。也有长辈好心劝诫:"终究是妹子,没有这样抛头露面的,也该尽早学些针线,以备将来。"爷爷嘿嘿一乐,却教静仪打起算盘、写起字来。

静仪小时,爷爷还指望过添个男丁,盼了近十年,便知再也指望不上了,将长女当作长子一样教养起来,放着天足不缠,空着绣房不钻,却在三柜四房间穿梭,连下乡出诊、上集选购也要带在身边。

侯济仁栈二十几号人，一小半早年跟爷爷走川广贩过药材，一大半是亲戚，都敬他年轻时受过苦，又怜他膝下无子，多能容谅。只有头刀侯秋林、掌柜侯贤喜偶有微词。爷爷只当听不见，拣了最好的驴胶一回回送到二人屋下，不惜本钱、不厌其烦，搅得二人也不好当面说他。在这"万井轻烟浮瓦上"的临江府，爷爷不动声色地一点点打破旧俗，立起一条新的规矩：他侯济仁栈的千金，是同男儿一样的。

在爷爷的精心照管下，静仪顺顺当当成长起来，犹如置身一展隐形屏风后面，世间烦愁都与她隔了一层。临江女子虽不必幽居深闺，随意出入的却也并不多见。静仪处处僭规越矩，却从未觉出自己有何不凡，只道寻常女子尽皆如此，她不过是吃了药饭，少了些束缚，多了门手艺。

是以她贴身背着个男子，别个看着惊诧，她自个儿却不甚在意。

少年滚烫的前胸贴着她的后背，灼热的呼吸喷着她的后颈，汗水浸透了二人衣衫……她心里明白，要感染的话，这就够感染无数次的了，她与他或许都活不了几天。

走走歇歇，费了小半个时辰才到田垄西头的小庙前，静仪顶开虚掩的庙门，但见一尊硕大的菩萨坐在正中。大菩萨身上披着一袭鼓囊囊的大红袍，为破败的小庙平添了几分肃穆与庄重。年长日久，红袍上积满了灰，好似手指一戳便要破出个洞，从洞里飞出许多小神小怪来。

菩萨左后方搁着一张缺了角的香案，香案下挤着一长溜儿小神像。小神像一路排到大菩萨脚下，像是从那大红袍的破洞里飞出来似的。

静仪背着那少年站在一堆神像当中，白晃晃的秋阳从破墙烂瓦的缝隙间刺进来，乱箭一样一道道射在他们身上。她只觉庙里、庙外如同两个世界，外面日头下的人事恍惚离得极远。死亡也像那日头下的人事一般，明明近在眼前，随时都有可能发生，却又恍惚离得极远。

她挑了个干爽的地方把人放了下来，返回田垄里刷了两捆稻秆，一多半垫在少年身下，一小半盖在他胸腹上面。

干燥的稻秆黄黄白白,一根根又亮又长,让她想起夏日的夕阳。亮长的稻秆交织在少年身上,她看不见他脏,只见他周身笼着夕阳。

在静仪眼里,一草一木各有其美,一枝一叶自有精神,世间全无丑陋物事。

她在山下村外捡了几个破盆烂碗,上山打了些泉水,又到野地里去采青蒿。

青蒿多已开花结果,她想着《肘后备急方》中所录用法要以青蒿绞汁,便拣了些新生的柔枝嫩叶摘采。

淡绿的汁水沾满了十指,采了一捧,香了一身。

她捡了个人,捡了个坟场边的将死之人,内心却毫无惧意。手中青蒿的异香与鬓角芙蓉的清香两两相映,她只闻到满鼻的花草香。

静仪将青蒿浸在装着山泉的破盆里,用手帕蘸着剩下的水,帮那少年擦拭脸上的污泥。

大菩萨高及庙顶,微闭的双目威严与慈悲并存,静仪与那少年置身于菩萨脚下,仿似被无上的威严与无尽的慈悲包围。在这人迹罕至的小庙里,一尊大菩萨已足以撑起一片独立的天地。

静仪在这隔绝外世的威严与慈悲里,静静地守候着那陌生的少年,时光一点点流逝,陌生的面孔一点点被识记……守得久了,竟有些相依为命的意味。

青蒿一根根慢慢渍软,那少年悠悠转醒,嘴里喃喃有声。

静仪凑近了听,他说的是"观音"。

墙角香案下面那排小神像里有尊灰白色的,可不就是观音?静仪料想他病得难受,在求那观音保佑。

再加细听,他说的是"观音姐姐"。

静仪心想:向来只听人叫"观音菩萨",从未听过"观音姐姐",他叫得倒是新鲜。

少年又把"观音姐姐"叫了一声,定定地朝着她看,静仪才晓得他叫的不是菩萨,他叫的是自己。

"我不是观音,叫我姐姐便是。"静仪的声气跟她侍弄草木一般又轻又软。

那少年如沐春风,精神振作起来:"姐姐就是观音!自我父母染病,多少远亲近邻不闻不问,姐姐跟我素不相识,却待我这般殷勤,可不就是救苦救难的观音?"

"我医术不精,不知能不能治得好你……"

"姐姐是菩萨化身,就是给我喝碗清水,照样能治得好病。"

这少年言语轻快、神情活泛,相比之下,静仪显得板板正正、冷冷淡淡,倒真像尊玉雕的菩萨。

静仪有些歉意:"可惜我并无这等本事。"

那少年反倒出言安慰:"治不治得好也没什么要紧。我活一日,就念着姐姐一日,心里也便快活一日。"

静仪头一次遇着这样的病人:自己生死未卜,还想着安抚他人。

她不禁接话:"好。你活一日,姐姐就陪着你一日。"

"此话当真?"

"自然当真。"

少年浑浊的眼里闪过一阵欢喜。

饶是欢喜,瞧着还是有几分骇人。他脸上起满皮屑,耳根下夹着尚未擦净的污泥,手脚上骨节突起似要顶破了皮。若不是见惯了疮痍脓血,静仪只怕也会有几分恶心。

她将青蒿一把把捞起,细细地绞出汁水,一点点滴在捡来的破碗里。

少年捧着青蒿汁一饮而尽,问过了汤药的配制方法,便催着她回去。

静仪不解:"才不是说要我陪着?"

少年露出点笑意:"姐姐陪我,我当然欢喜。只是天色不早了,姐姐再不回去,爷娘难免心急。"

自个儿生死未卜,还在操心别个爷娘心急。静仪更是不忍离去:"我若走了,你连起个身都没人服侍。"

"姐姐放心,"少年奋力坐起,"我这不好好的吗?夜里要是熬不过去,姐姐守着我也拉不住。要是熬得过去,姐姐明早再来也一样的。"

少年一口一个姐姐,叫得甚为亲切。静仪见他相貌虽丑,却天然地惹人亲近,才说了这会子话,她竟像当真有了个弟弟:"要么姐姐先送你回去,自家家里总比这破庙里便利。"

"姐姐有所不知。"少年脸色一沉,"我姓上有些个泼皮,专要无赖讹人,要是他们晓得姐姐给我治病,我不死还好,万一死了,他们定要借题发挥,诬赖姐姐治死了人。"

他说得严重,静仪料想那些泼皮确是招惹不得,只得点头答应。

少年挣扎着起身,将观音像端到香案上面,抽根稻秆揪成三段,比齐了摆在观音像前,双手合十闭起了眼。

总有半盏茶的工夫,他闭着眼一动不动。

待他重新睁开眼来,静仪又细细叮嘱了一番,这才起身作别。

离开破庙走了老远,那"姐姐、姐姐"的叫声犹在耳边。那晚静仪整夜挂心,全未留意宝祥与爷爷的追问,一忽儿梦见那少年死了,一忽儿又见他笑嘻嘻叫着"姐姐"。

她所想不过一生一死,不料次日一早赶到庙里,少年却已不见踪影,连她捡来的稻秆也被烧了个干净。

若不是那烧出来的秆灰还在,她真要疑心自己只是做了个梦而已。

静仪又回到了寻常的日子里面,跟着爷爷坐堂,跟着宝祥哥哥采药,无忧无虑地行进在平坦的流年里。

多年后她才晓得,那是她此生最后的安乐日子,也是那一整个王朝最后的安乐日子。

宝祥刚满六岁便进了侯济仁栈。

他爷爷后生时跟着静仪爷爷一起贩过药材，后被野兽所伤落下了残疾，家里人多养活不起，只得将幼子送到药栈讨口饭吃。

六岁孩童拿不起刀、提不动铲，哪里学得成手艺？静仪爷爷惜贫怜弱，又碍于与他爷爷的旧日交情，这才把他收了下来。

小宝祥懂事，晓得不能讨人嫌，一进药栈就见事做事见活干活。可六岁孩童能干什么？最多不过是帮着师傅、先生们端杯茶、倒碗水，帮着厨下掐根葱、剥个蒜。大多时候，他还是闲着。

一闲下来，小宝祥便觉着自己多余，恨不得找个地方躲藏起来。

可真要躲藏起来，又只会更加讨嫌。

他不得不一次次打败躲藏的念头，勉力站在一个不甚显眼的角落里，让师傅、先生们随时都能看见，又不至于碍眼。

侯济仁栈粗大的立柱与高悬的横梁压得他屏气息声，那斗拱上的神鹿与雀替上的祥云仿似随时要招来天将天兵，就连飞罩上的松竹与隔扇上的兰草都暗藏着古怪样的。他日日都在心里与这些立柱、横梁、斗拱、雀替、飞罩、隔扇斗仗。陌生、巨大、繁复之于一个幼童，便等同于莫测、骇怕与凶险，尽管侯济仁栈与同等规模的药店相比，并不能算得繁复。小宝祥生在矮门低灶的人家，哪里见过这样的高门大院？光是那百年老树削刨成的门栓，便足以惊他一吓。

他日日在这样的惊吓里，仿似误入敌阵的孤军。

侯济仁栈人来人往，无人觉察这六岁孩童的抗争。他满脑袋的马嘶车鸣、刀剑铮铮，在大人眼里却只是一张略带潮红的脸。

不知第几日上，一串嘤嘤咛咛的声响驱散了他满脑袋的争斗，那声响来自前堂门口背风处的一个木摇桶。

他悄悄靠近摇桶，佝着身子往里睒了一眼，里面掖着个粉嘟嘟的毛毛。

这毛毛就是静仪。那嘤嘤咛咛的声响，是她手上两串银铃铛在摇晃。

不满周岁的小静仪对着六岁的小宝祥咧嘴一笑。

他一下子挺直了小小的身板。

小宝祥把小静仪抱进怀里,从此吃饭、玩耍都舍不得放下,每日里添衣、喂饭忙个不停,不但不嫌麻烦,反倒生怕被人抢去了似的。

小静仪软绵绵、热乎乎的小身体让他想起母亲,也让幼小离家的他不那么想念母亲。

她是他在药栈里仅有的欢乐与温存。他在那些大人面前一无所能,在她面前无所不能。他是她的天,她总是在他面前仰着微笑的小脸。她也是他的天,是他理直气壮在药栈里吃饭的根本。

有了她,他才不是闲人。

斗拱上的神鹿变得温驯起来,雀替上的祥云成了卷曲的花瓣,飞罩上的松竹与隔扇上的兰草是幽情雅趣。小静仪将小宝祥与侯济仁栈融合在了一起,变成房梁、斗拱的一个部分,进入那些雕花刻木的内里。

初进药栈,小宝祥按规矩喊静仪爷爷"先生",之后日日与静仪相伴,便跟着喊"爷爷"。喊得久了,静仪爷爷待他也如慈父一般。

满了九岁,正式行过拜师礼,宝祥开始认认真真跟着师父学艺,没得空闲时时陪着静仪。小静仪却天天跟在后面,"宝祥哥哥、宝祥哥哥"叫个不停,他走到哪里她就跟到哪里。师傅、伙计们拿她打趣:"长大后嫁给宝祥哥哥可好?"她应得掷地有声,脆生生的一个"好"字像打碎的瓷器溅得到处都是。

师傅、伙计常拿这句话来打趣,这个"好"字便常常回响在药栈里。

她长大后是要嫁给他的。这事一直放在宝祥心上。

略通人事,宝祥正儿八经拉了静仪去问:"你常说要嫁给我,这话算得数吗?"

静仪点了点头。

宝祥在墙头摘了一朵粉色野蔷薇放在她摊开的掌心里,以花为证。

彼时,静仪八岁,宝祥十四。

静仪及笄之时,宝祥已二十出头,论手艺早可出师,也已到了婚配年龄,因着这个约定,他仍旧留在侯济仁栈,也并未婚配。

二人虽未过明路,却是情投意合出双入对,一个炒药另一个就烧火,一个问诊另一个就开方,颇有些夫唱妇随的意思。

临江人炒制药材甚是讲究,光是单味药材清炒就分为炒黄、炒焦、炒炭三种。炒黄要用文火或中火,不断翻动药物,炒到呈黄色或比原色更深,表皮开始起泡为度;炒焦要炒到焦而不黑为度,先用武火,再用文火;炒炭要武火快炒,喷洒少许清水,再取出放凉,使之黑而存性。其中火候的把握至关重要,炒药的跟烧火的都要拿捏得当才能炮炙出外表美观、功效显著的药材。

静仪与宝祥配合默契,炒制的药材分外精美。

这日二人正在炒生地炭,一个外号长颈的伙计跑了进来。

长颈、长颈,自然是脖颈分外长些。这小伙计满脑子奇思怪想,却只长了个比拳头大点儿的头,似乎脑壳里装不下的想法都顺着喉咙往下溜了,溜得脖颈又细又长。

长颈蹭到静仪身畔鬼鬼祟祟地告诉她:"外头有人喊你。"

"有人还是有鬼?你这模样倒像是大白天见了活鬼。"一个外号老猴子的药师在长颈脖子上弹了一记。

"老猴子"姓侯名细苟,按规矩伙计们本该喊他一声师傅,但他整日里打打闹闹没个正经,又常自称"老侯",这"老猴子"的外号也就叫开了。

"老猴子莫欺负人!"长颈作势捂紧了脖子,"那人跪在门外要找观音,疯疯癫癫,可不吓人?"

宝祥看了看静仪:"找观音,你喊她做什么?"

"他说我们店里有个十六七岁的观音,长得脸圆腰细。"说到"脸圆"时长颈双手一抱围成个澡盆大小,说到"腰细"又把两手一掐做了个碗口粗细,"除了她,还有谁?"

老猴子被长颈逗得直笑:"这长颈!死长颈!……"

"这脸圆腰细也就罢了,这十六七岁也还罢了,最要紧是那人说找的是个会治病的观音,临江府上上下下除了静仪姐姐,还有哪个女子晓得给人治病?"长颈讨好地拿起一根木柴,想把静仪从灶前替换出来。

缺乏经验的伙计、学徒是没有资格烧火的。老猴子又在长颈脖子上弹了一记:"走开!人家要找观音,你就认定人家找的是女子,却不知观音菩萨是男身女相,人家找的是男子也未可知。"

静仪专心照看着火势。

宝祥把生地炒到微微隆起,喷水灭了火星,铲起来盛在竹箕里,这才陪着静仪出门去看。

4

侯济仁栈从药灶到正门要穿过一房三柜,每房每柜之间皆有花门相连。花门常年开着,只在店内无人时上锁。门框上挂着帘子,宝祥撩起重重门帘,看管幼婴般护着静仪跨过门槛。他乐于如此,这让他觉着成人后自己仍是她的天地。门帘上方有透气的隔扇,隔扇上的棂心刻成素朴的"卍"字纹。静仪每穿过一扇门,字纹切割的光线便投映在她恬淡的脸上,有种吉祥的静谧。

穿过三柜有顶巨大的飞罩与堂上相隔,这让宝祥幼时受过惊吓的木器如今令他倍感气派,背靠飞罩环视堂上的病人,有种踏实的安稳。

几个病人正在捡药。前柜负责包药的伙计将一帖帖中药抛得跟飞罩一般高,重重摔在柜面上,纹丝不漏。"好功夫!"捡药的病人惊叹。练过几千回的手艺,为的便是这声惊叹。

宝祥站在飞罩下,瞥见大门外青石地上跪着个壮实的后生。那后生正扯着个伙计的裤脚。

侯济仁栈的大门也是青石做的框料,门框底部浅刻青莲,门槛足有半膝高,宝祥迈出门槛时,便有些居高临下的意味。

那被扯着裤脚的伙计一见了静仪便喊:"姐姐!姐姐可来了!这人说我们店里有个观音姐姐救过他的命,我估摸着说的就是你。他非要我带到里间去找,药店里间哪能让外人进去?我不答允,他便一直扯着不放,把我裤脚都扯烂了。"

老猴子"啧啧"两声抢在静仪前面,拉起那后生翻来转去地看:"男生女相,男生女相,这可是真真的男生女相啊!"

宝祥见那后生面皮白净,虽生着一对剑眉,眼里却汪汪地含着水,确是有些女气。

后生推开老猴子,叫了声"观音姐姐"。果然是冲着静仪叫的。

老猴子凑到静仪面前,用手肘捅了捅她的胳膊:"妹子,这后生男生女相,主富贵。"

后生"扑通"一下跪到了静仪面前:"多谢姐姐救命之恩!"

静仪一脸茫然。

"姐姐不认得我了?数月前,姐姐给我治过疟疾。"

一听"疟疾",那被扯过裤脚的伙计连连拍打着裤腿,边拍边骂:"个背时鬼!得过疟疾扯我作甚?"

宝祥心想:静仪日日跟我同进同出,怎会给你治过疟疾?定是眼花认错了人。

"姐姐果然不认得我了……"那后生喃喃自语,"姐姐日日给人看病,认不出我也是应该。我日日念着姐姐的救命之恩,一时一刻不敢忘记。姐姐可还记得一个昏死在坟场边的病人?"

宝祥记起数月前陪静仪一起上山采摘金樱子,确曾在山脚下坟场边的田垄里碰到过一个身染疟疾的人,只是那人危在旦夕,按日子算早就没了。定然不是此人。

"我记得那人……"静仪回身看了宝祥一眼,"我见他实在可怜,便将他安置在一座小庙里,说好了次日带药过去,不知为何,他却偷偷走了。"

居然回去救过那人!宝祥猛然想起,那日静仪说下山小解,大半日不见返身,急得他把山下的村子都找遍了,没把地都挖开来翻上一遍就是。原来是去救治那人！

她骗了他。宝祥心口一凉，他不再是她的天地。天地是骗不得也骗不了的。

"那人就是我呀！"后生汪汪的两眼泛起红来，"那日姐姐走后，我想着自己万一……万一死了，定会连累姐姐，就勉强支撑着，一路走走歇歇回了家。临走，我还烧光了用过的稻秆，怕后来进庙的人不知就里，坐到秆上歇息……"

"好个小子！"老猴子赞了一声，"自个儿都要死了，还有闲心惦记后来进庙的人。"

"当真是你？"静仪还是有些茫然，"你怎的换了个人似的，一下子长得这样高了？"

后生白净的面皮也泛起红来："我……我本该早来拜谢姐姐，可……可遍寻不得半件像样的衣裳，谋了好几个月，这才有了这一身。耽搁了这些时日，竟长得姐姐认不出我了。"

宝祥见他穿了身半新的衣裳，也不识得是什么名贵衣料，衣裳上还假模假式绣了些花。一个汉子不做些实务，却这等注重衣饰，实非大丈夫所为。为着这样一个花里胡哨的后生，静仪竟破天荒扯起了谎，宝祥颇有些不以为然。又见这后生一忽儿红了眼，一忽儿又红了脸，十足便是妇人之态，心下便有些瞧不起。

"竟当真是你？"静仪上前一步将那后生扶起，"难为你病得那样重还硬撑着走了回去，一路上不知怎样艰难。"

老猴子又来插嘴："你放心，他这面相至少能活七十岁，怎么折腾都死不了的。"

那后生认起真来："要不是姐姐把我背到庙里去，我早就死在坟场里了！"

静仪竟亲身背过这人！宝祥先前只是觉着他女气，这会子见他粗膀子配白面皮、怒剑眉配桃花眼，怎么看怎么不合宜。

静仪柔声询问："不知哪位医家好本事，治好了你的疟疾？"

"那位神医就是姐姐呀!"后生兴冲冲说了起来,"那日回去之后,我依着姐姐给的方子,每日以青蒿绞汁按时服用,三日之后便已见好。我又连着服了七日,只想着多服些药总是好的,保个万无一失,也不知哪一日上我的病就已大好了。"

宝祥见这后生说起话来双目甚是活泛,一忽儿留意静仪脸色,一忽儿扫视近旁人群,心知这等角色多是惯于揣度人心的。

静仪哪里晓得这些?脸上尽是欣喜之色:"真是青蒿汁治好的?"

"千真万确!"

近旁围观诸人纷纷凑了过来:"原来青蒿绞汁真能治疟疾……"

静仪欢欢喜喜将药方详详细细说与众人听。

宝祥皱了皱眉,治愈疟疾的方子怎能轻易告诉外人?

静仪仍是欢欢喜喜看着那后生问:"你怎晓得我在这里?"

"我并不晓得姐姐在这里。我原想着,就算把临江府翻个底儿朝天,也一定要找到姐姐。不想今早到商里一问,人人都认得姐姐,都说临江府的女子就数姐姐医术高明,个个争着给我指路。我这才找到了这里。一见之下,真是姐姐!"

宝祥心想:一句话倒叫了五声姐姐,药栈里的伙计日日跟静仪一处,叫得也不像这般亲热。果然是个善于挑情撩绪的!

那后生兀自说着:"那日在破庙里,我在观音菩萨面前许了个愿。我跟菩萨说了,要是有命活得下来,我做牛做马也要报答姐姐,要是……要是……总而言之,菩萨是见姐姐心善,这才留下我这条命来,只为报答姐姐。还请姐姐让我留在店里,我只做事,不收工钱,侍奉姐姐一生一世。"

原来这厮存着这个心眼!宝祥忍不住插嘴:"药栈不收外人!"

"我不是外人。"那后生竟又跪了下来,"姐姐就是我的再生父母。"

好厚的脸皮!宝祥嫌恶得很,又不知拿什么话来驳他。

长颈嘿嘿一乐:"静仪姐姐尚未婚配,怎能养出这么大个儿子?"

这话说得正好！宝祥心下一畅。那人若有廉耻，羞也要羞煞了。

那人却像不曾听见，只管巴巴地望着静仪。

长颈仍是调笑："你当真认了静仪姐姐当娘，将来恐怕还要喊我宝祥哥哥一声'爷'。你爷说了不许你进店，还不快快起身乖乖回去？"

这话好比扇人巴掌，哪个汉子听了都要暴跳。那后生却只是轻"啊"了一声，并无丝毫愤懑之色，脸上反倒闪过一阵慌乱。

不是该当气恼或是羞恨吗？怎的会是慌乱？

他慌乱什么？

为何慌乱？

这人从相貌到言行皆不合宜，难道真如长颈所言，他是有些痴傻、疯癫？

不！这人眉目甚是精明，绝对不痴不傻、不疯不癫，他只是不合常情。

这不合常情的劲儿，看得宝祥浑身都不舒泰。

静仪还在柔声相劝："临江府大小药店都只收自家人当学徒，祖上传下来的规矩也不能破在我们手里。你先回去，这好事说不坏，往后要是有个头疼脑热的，只管到店里来看。"

长颈可没那么客气："你小子莫见我静仪姐姐心善就想赖在店里学艺！姐姐性子好，我却没耐烦！赶紧起身！踏踏实实上别处谋个差事去……"

他趾高气扬地扯着又细又长的脖颈，一边呵斥一边推搡，撵了那后生回去。

5

南方的雪总是夹着雨水，难得下得这么干干爽爽的。街面上稀稀拉拉踩着几行脚印，不见行人。侯济仁栈也是冷冷清清的，药草的香气都被冻住了似的，隐隐地封在下面。

不是下雪，侯木生也没工夫闲得下来，他找账房在中柜拿了账本，斜斜地倚在靠椅上翻看。

中柜位于侯济仁栈正中靠前。药栈分为前堂、后堂。连同中柜在内,另有一堂两柜属于前堂。后堂有四房一院。

侯济仁栈在临江府城的位置,与中柜在侯济仁栈的位置相仿。侯济仁栈坐落在新街,往北是县衙,往南是库当街。库当街与鞭子街在新街口交汇,三条街合在一起,形成一个裤裆的样子,库当街因而常被误作"裤裆街"。库当街与新街是临江最热闹的街市,药店大多开在这里,大大小小总有上百来家。另有酒楼、饭馆、脂粉铺子……数不胜数。鞭子街东边街口是钟楼,钟楼西北面是府衙,新街西面有座城隍庙。围着侯济仁栈的,都是热闹地方。

侯济仁栈一向生意兴隆,但年年用于义诊、施粥的花费不少,侯木生又体恤下情,药师、掌柜的家小悉数周全,连伙计的爷娘也不怠慢,这又是一笔开销,因而一年到头算下来,店里盈利并不丰厚。像侯济仁栈这等规模的药店,原本大多会花重金聘请名医坐堂,侯木生不愿挤占开支,自己医术又高,平常都是亲身坐堂。由此,药栈生意虽好,他却并不比早年起家时清闲。

落着雪,生意都像待发的野草松松地埋在轻软的薄雪下面。侯木生晓得,大雪一停,无数的生意便会野草逢春般自行从薄雪下面顶出来。河清海晏的年月,没生意也是松快的,好日子终归在后面等着。侯木生撩起门帘往外看了看,对街两家药店也跟侯济仁栈一样冷清。药店墙根下堆着一个个小摊,小摊上的货物都撤了,空留着一块块木板、竹排,积雪盖在上面,雪雕样的。

对街药店的门楼也跟雪雕样的。如意斗拱托着双重飞檐,如同振翅高飞的白鸟。斗拱中嵌着一圈圈圆木,圆木上是透雕的宝相花。门楣上悬着巨匾,挂的是药店招牌。招牌两侧饰有吞口,更衬得那巨匾雄壮、威武。

临江药店多重门楼装饰,但有余钱,无不是点朱描金、画兽雕禽,将寻医问药之处装点得如同皇宫宰府。唯有侯济仁栈不事奢靡,只刻了几样吉祥纹样,刷的是无色桐油,透着原木的天然纹路。

侯木生只想以医术取胜。再不然,便以行善立身。

说起侯济仁栈,人只记得他家的医术、善行,却说不出什么样的门、什么样的顶。

说不出模样的门楼屋顶，年长日久也成了一种说法，临江人说："便是那门楼简素的大药店。"

侯济仁栈便这般简简素素地立在挨挨挤挤、漆红贴金的近百家药店当中，简简素素地撑起名噪临江的声望。

侯木生是晓得他迟早要将这些声望握在手里的。他与寻常药人不同。寻常药人只在学徒时跟着师傅、先生们学学文墨，不过是识得几个字，会记几笔账而已。他喜读诗书，数十年来手不释卷，胸中颇有乾坤。

静仪打起门帘喊了声"爷爷"，提了个温壶走了进来："我切了些姜丝烧了锅米酒给师傅、伙计们暖胃，这壶留给您的。"

侯木生对这女儿甚是满意。外人只道他过于骄纵，殊不知他骄的是志趣，纵的是眼界，一应切实事务上，却是十分谨严。

爱女筛了盏热酒搁在他手边，又加了些滚水在铜套里，将内壶搁进铜套，温着酒，以便他随时取用。

临江府但凡叫得出名号的药栈，家家女子都有丫头、婆子服侍。侯木生不兴这些，不光不使人服侍女儿，反教她处处照料别个。如今历练得这等细心，可不是他的福气？

侯木生出身贫苦，清简惯了，家中只有一个周妈跟一个舅公公帮着做些杂事。周妈原是静仪的乳母，静仪断奶后便留了下来。舅公公是静仪母亲的表舅父，练过一些拳脚功夫。此外就是每日轮流从店里排出两个学徒、伙计，去做些粗重活计。

侯木生通共只有一房妻室，便是亟待延续香火，他也从未动过纳妾的念头。人心都是肉长的，妙儿跟着他吃糠咽菜那么些年，再怎么着也不能在人心里夹粒砂子。

妙儿是静仪母亲的闺名，她十五岁便嫁进了侯家，内有井臼之劳，外有耕种之辛，着实受了十余年苦，家中开起了生药铺才稍稍轻快一些。夫家是贫是富，她总是甘之如饴，深得侯木生敬、爱。一家人向来和乐。

可膝下无子终归是个缺欠。侯木生辛辛苦苦开起了侯济仁栈，一旦把独女嫁了出去，家业就要拱手让与外人。不甘家业旁落，便只能招婿上门。可自古赘婿多有异心，女方若无见识又所托非人，无异于引狼入室。静仪要是跟寻常妹子一样大门不出二门不迈，将来怎能镇得住夫婿？侯木生这些年将爱女当成男儿一般教养，便是存着这个心思。

那些书香门第、钟鼎之家的子弟，岂有入赘女方的道理？倒是药栈学徒大多家贫，对此不是十分介意。侯木生自己就是学徒出身，晓得这里面也有能人，有些头脑灵敏的，只要稍加调教，照样能成气候。与其去攀附那些高门大户，不如就在一众学徒里挑个好的招上门来，日后生下一男半女，随了母姓，侯济仁栈也算后继有人。

他留心药栈几个年龄相当的后生，只有宝祥最是周到、勤快，自幼又与静仪相伴，若能招他上门，倒可免去许多顾虑。

"宝祥哥哥，你也吃一碗吧。"静仪正在后柜跟宝祥说话，想是她方才又去了厨下取了酒来。

在侯木生眼里，一应学徒都是自家人，更何况是宝祥？听得女儿亲手为他送酒，他也并不觉得纡尊降贵。

"吃了酒，你可更好哄骗我了。"这是宝祥回话。

宝祥近日正跟静仪置气。听药工、伙计们私下议论，说是静仪瞒着宝祥帮一个昏死在坟场里的后生治过疟疾，侯木生猜着宝祥这话还是为着先前这事。

论功劳，女儿救人一命，还确认了一个治疗疟疾的药方，侯木生心里不无自豪。可自豪归自豪，终究不可称许。幸而此番无事，若是受了感染或是治死了人，他侯木生再有本事也无以善后。此事赞也不好、责也不对，他便不去细问，只当全不知情。宝祥酸上几句，于静仪也算是个警醒。

"是我不该。我原不该莽撞行事，更不该欺瞒宝祥哥哥。"

"妹妹如今大了，凡事都有主意，莫让我碍住了手脚才是。"

"宝祥哥哥……"静仪喃喃唤着。

宝祥不再吭声。

堂上无人就诊,药工、伙计们都缩到后堂烤火去了。长颈坐在前柜看门,有一搭没一搭哼着小曲儿,百无聊赖的,不知唱的什么东西。中柜小窗前一蓬竹子蓄满了雪,沉甸甸地垂着头。"咔嚓"一响,是嫩竹被压断了,积雪扑簌簌落到地上。

小窗后无人踩踏,积雪平平整整地铺在巷道上。巷道靠墙栽着一排樟树,樟树上覆着层层叠叠的雪,积雪上闪着一点一点银沙样的光。银光将树冠衬得格外鲜绿,鲜绿的樟叶一波连着一波,七拐八弯漾进府前街,绿浪样的。

府衙里有两棵千年古樟。千年古樟也覆在银光点点的白雪下面,葳蕤的树冠显得格外鲜绿,是历尽繁华与衰败的绿,是刀劈斧凿过、歌咏诗吟过的绿。从侯济仁栈窗外巷道上绵延过去的小樟树,仿佛都是这两棵古樟的子子孙孙。在临江人眼里,整个临江府的樟树都是这两棵古樟的子子孙孙。

临江人喜植香樟,街巷、衙门、寺庙、书院里到处都是,绿浪在集市、厢坊、僧舍、学堂间一波波翻涌,也在狗窝、牛棚、花圃、菜地旁一波波翻涌。临江的香樟是贫富无欺的,达官贵人种,平头百姓也种。绿浪钻遍了临江的街街巷巷、角角落落,最后在新筑的砖城墙根下绕了个十几里的大圈子。若将临江的香樟拢在一起聚成林子,足以容下任何猛兽飞禽。

6

冬日里的临江跟别处的春日样的,漾着盎然绿意,即便落着雪,也只是春光之上蒙了一层白纱似的。

真正不同于春日的,是万籁无声的寂静。静得火盆里爆响的火星都能惊人一吓,静得长颈唱曲儿的声气响遍四房三柜。侯木生听得他一忽儿"嘀哩嗒啦",一忽儿又"砰嘭笃笃",一张嘴倒把唢呐、铜锣、花鼓都配齐了。

正听得好笑，小曲儿陡然一顿，长颈"咦"了一声。

"咚咚咚"毡鞋踏在青石地上跑到门口，"咚咚咚"又跑回堂上，想是门口有什么新鲜人事。

长颈呼啦一下掀开门帘冲进中柜，侯木生抬头与他碰了个对眼，刚要问话，却见他忙忙地低了头，直往后柜去了。

长颈一进后柜，便听得宝祥向他问话："你又鬼鬼祟祟做什么东西？"

长颈怯怯地答："那人又来了……"

"哪个又来了？"

"那个找观音的人……"

宝祥"齁"的一声猛提了一口气，似要说什么又忍了回去。

后柜半晌没声。

长颈"哎呀"一声跺了下脚跑了回来，这回学乖了，一进中柜便只盯着脚下看，全当中柜无人。

侯木生晓得长颈是怕他盘问，问起来，不得不如实作答，说了又怕惹得静仪挨训，便由着他去了。

长颈跑到门口冲着外面嚷："我的哥哥，你可省些事吧！我们侯济仁栈上上下下都是侯家人，就连我这个小小的伙计也跟东家沾了点远亲。你一个外姓人，怎会留你在店里？"

门外寂然无声。

长颈冷哼一声："你也晓得，但凡有些名气的药店，家家都有秘不外传的手艺。你只管嚷着要进店报恩，谁能担保你不是进店偷师？"

"我黄武全进了药栈，一世都不出去！"门外这才有了回应。

原来那人叫黄武全。

"出不出去谁管得了你？你翅膀硬了要飞出去，还能打折你的手脚不成？"

"便打折我的手脚就是！"

"我们东家也不是那等恶人。"

侯木生颇为欣慰,在伙计们眼里,他是个善人。

"听说你们东家最是惜贫怜弱,人人喊他'侯大善人',我在这风雪里跪着,怎不见他出来问上一句?"

原来那黄武全跪在雪地上。

长颈"哎呀呀……"叫了起来:"我说这么冷死人的天气,你作什么死跪在这里?原来存心惹我们东家来可怜你。"

"我要是存了这个心,马上就天打雷劈!我仿照程门立雪,是向侯大善人表尊敬!"

"你只管表尊敬,却害得我陪在这里。我娘上个月才给我絮的袄子,才穿了一回,就让雪水给浸坏了。"长颈絮絮叨叨抱怨。

"等我日后发达了,给你置上一箱子新的。"

侯木生不禁莞尔:这后生,适才句句话铁砣子样说得硬气,这会子却换了套近乎的声气,倒是机变。

长颈讪笑:"好大口气!你泥菩萨过江自身都难保,还说给我置新衣?"

"一箱衣裳还是置得起的。"

"那我便等着了?"长颈显见的是揶揄。

"等着便是!"黄武全却应得金声玉振。

刚死里逃生,这就想着日后发达,侯木生真不知该赞他胸怀大志,还是笑他好高骛远。

停了一会儿,那黄武全又试探着问:"听说宝祥大哥姓张,也不是侯家人?侯大善人既然收了他,那我只要诚心诚意,指不定也能被善人收进店里……"

侯木生耳根一紧:这话可不能让宝祥听去……刚想着,便听得后柜"啪"的一声,是宝祥拍了下桌子。

好比积满了雪的林子里飞进了一群山雀,体态虽轻,却压折了树枝。

宝祥掀起门帘跨进中柜,见了侯木生,强作平静规规矩矩行了个礼,躬身喊了声"爷爷",急急往堂上走去。

这孩子，人在后柜，耳朵却跟了长颈出去，日后也是个操心的命。侯木生微笑着摇了摇头。

宝祥走到门口厉声呵斥："我不来赶你走，你倒来说我的是非。好不识人敬！"

长颈跟着高声叫骂："你这叫花子拿什么跟我宝祥哥哥比？宝祥哥的爷爷是我们东家的生死弟兄，从狼嘴里救过我们东家的命。你爷是个什么东西？"

静仪也撩起门帘走进中柜，喊了声"爷爷"，快步追往堂上去了。

侯木生气定神闲，有意不加过问，且看这几个后生如何处理。

那黄武全听了长颈拿他爷爷与宝祥父亲相比，原本软糯的声气陡然强硬起来，嗤笑一声："我爷在世，莫说狼嘴里救人，虎口里拔牙也不是难事！"

"虎口里拔牙！我叫你虎口里拔牙……"这是长颈。

"姐姐！"这是黄武全，"姐姐当心！"

"别打了，快别打了！"这是静仪。

门外一阵嘈吵。侯木生猜着：挨打的自然是黄武全，打人的八成是长颈。难得那黄武全挨着打还在提醒别人当心。

叫嚣声渐止，想是那黄武全并未还手。

长颈有气无力地在前柜说话："我看那人得了疯病，劝不听劝，骂不怕骂，打不怕打。干脆让他死在那里！"

"莫怪我不教你。"老猴子不知何时已在前柜，"那后生的面相，日后定能发迹，你莫再去打他。"

长颈嗤笑："就你那点本事？他还日后定能发迹？前年你说熊屠夫家的三妹子日后定能大富大贵，果真她十八岁上就死了，屠夫赶着你骂了一月有余。如今还敢在这里说哪个定能发迹，不怕把人也说死了？"

"我说她大富大贵，又不是说她长命百岁。她一个屠夫的妹子嫁了林大官人，可不算是大富大贵？"

"你老人家横说横有理，竖说竖有理。"

"这长颈！死长颈！……"老猴子絮叨地骂着。

药栈外头没了动静，侯木生隔着门帘瞭了一眼，只见宝祥气鼓鼓地坐在堂上，静仪正被他瞪着不敢吱声，长颈一手拿着把竹笤。

适才果然是他取了竹笤去驱打黄武全。这长颈与那黄武全无怨无仇，何至于拿着家伙去打他？显见的是看宝祥恼了，帮着宝祥出气。

宝祥年纪虽轻，在药栈的威信倒是不低，连秋林、贤喜两位师傅也要敬他三分，除了侯木生之外，药工、伙计们最拥戴的便是宝祥。

宝祥镇守在那里，别个也不敢给那黄武全什么好脸色，再这么跪下去，怕要冻坏了身子。侯木生掀开门帘，招手叫长颈取了个手炉过来，不慌不忙走到门口。

那黄武全正在揩拭被竹笤叉脏了的衣裳，听得响动，猝然抬起头来。

好个后生！只见他面如冠玉，臂膀如山，一对剑眉天然入鬓，一双星目泪光隐隐，身高七尺，身量尚未长足，不消多少时日怕是要长到八尺开外，"剑骨琴心"四字，竟似为他而造。

那黄武全见了侯木生，就在雪地上咚咚磕了一串响头，磕得满头满脸沾满了雪水。

侯木生将手炉递到黄武全怀里。

黄武全接了，又磕头致谢。

"侯大善人金安。晚辈黄武全，旧年合家身染疟疾，家人悉数病逝，晚生幸得令千金相救，保得一条小命。我已心无挂碍，只求报恩，还望善人见怜，将我收进药栈，学徒也罢，打杂也罢，我一世再不出去。"

侯木生不置可否，只一言不发站在他身前。

黄武全也不再言语，目不转睛地留意他脸上神色。

纷纷的雪棉絮一样盖下来，侯木生头脸上濡湿了好些。

到底年轻，黄武全绷不住先开声："老先生快些进去，外面冷得很，莫要冻坏了身子。"

"无妨。"侯木生淡然一笑,"我就站在这里陪你。"

那黄武全甚是聪敏,即刻懂了:"晚辈不敢!晚辈不懂事!晚辈……这就回去。"

说是回去,却舍不得起身。

侯木生吩咐静仪:"你到厨下端碗米酒过来。"

"我去!"长颈抢在前头,旋即端了酒来。

侯木生叮嘱那黄武全:"你把酒喝了,回去先焐下热水,在屋里跑跳一阵,手脚热了才能沐浴更衣,乍冷乍热最伤身体。手炉你随身带着回去,免得路上受寒。这东西也不值钱,能用你就用着,不能用就丢了,不必特地来还。"

这就是坚辞了,再无转圜的余地。黄武全踉跄着爬了起来:"晚辈本打算跪到先生收留为止,可先生如此慈心,怎好令先生为难?不是武全不够心诚,实在不忍劳烦先生。"

长颈、宝祥几个忙活了大半日撵不走他,侯大善人三言两语便劝了他回去。

侯木生正了正黄武全被长颈揪乱的衣襟:"你叫武全?你爷定是指望你长大后文武双全。"

那黄武全一听这话,眼泪刷地一下就涌了出来:"我爷在世时原是武师,他老人家才是真真的文武双全。"

"不是有勇有谋的好汉,哪能想到给孩儿取这样的好名?"

黄武全长揖到地:"人人都说先生心善,先生果然心善。"

侯木生目送黄武全走远,直至他被风雪遮蔽。

这一世,他便是这样做人。无论何人何事,情分一定要尽到底。

女儿取了个斗笠过来给他遮着雪。

"那日你尽日方归,不吃夜饭就钻到房里,半夜又摸到灶前烧衣裳,便是为着给这后生治过疟疾吧?"女儿没料到他有这么一问,愣愣地答不上话。她只当他毫不知情,他却悉数看在眼里。

"你跟爷爷当年一样,胆大包天,又细致周全,只是心地过于纯善,就怕在这上头吃亏。"侯木生叹了口气,转身看着门头上悬挂的真金字匾,"侯济仁栈"四个大字分外亮眼。在积雪的覆盖下,药栈恍似琼台玉阁,这就是他的凌霄宝殿。

第二章　新事

1

谷雨过后,三天便有两天下雨,淅淅沥沥不得干净。

到了四月中旬,才连着晴了五六日,天就破了一样,一阵儿一阵儿往下泼水,像饿坏了的孩子,号哭一阵儿歇息一阵儿,再号哭一阵儿歇息一阵儿,哭歇之间还连着呜呜咽咽的抽泣。

沟沟圳圳里都蓄满了水。

井水齐了口沿儿。

赣河饱胀起来。

老人家说:"成化年间也是这样,日日落雨、日日落雨,落得天昏地暗,龙窝口扛不住决了堤,不知淹死了多少人!那决口破了后再也堵不住,赣河就往决口里流,毁了多少良田、屋舍!不是那场大雨,袁、赣二水本在临江交汇,府城才是水路运输的中心,此后赣河与袁河才移至张家山荷湖馆汇流,船便只能在樟树镇那边停靠。一场雨,改了天、换了地!"

明明是百余年前的事,老人家说起时,却满面尽是恐惧,亲历过似的。

眼下饱胀的赣河水,又在蓄谋着怎样改天换地?

雨。

雨。

雨。

饱胀的雨水绽裂开来。

梅家畲决堤。

临江人奔走相告:"决堤了!决堤了!……莫要跟成化年间一样!"

黄家园决堤。

临江人相互告慰:"没事的!没事的!成化年间的事,几百年也就一回,哪有这么倒霉,偏生让我们碰着呢?"

蛇溪坳决堤、郭陀堆决堤、龙洋口决堤……

谁都不再出门,整个临江府都关在一天一地的水里。

哪里还有天?天都化成了水。

灾民也化成了水。

一波一波涌进商里。

商里大多铺面都关了门,只有药店多数开着。

侯济仁栈门外,宝祥跟伙计们一字排开,将一桶桶姜糖水一碗碗地舀给灾民。

不敢施粥,饥民太多,周济不来,恐生事端,只得烧些姜糖水给众人散寒。

柴堆一截截矮了下去,木桶一只只传了上来。长颈站在灶前喊:"莫只顾着分呀!再开一顶药灶,喊两个人帮着烧水,这两口锅哪里忙得赢?"

老猴子喊:"水缸都见底了,先喊两个人去挑水。"

"现挑来的水哪里能吃?"侯秋林拔开长颈,"莫再烧了,先把这口锅停了,你们都去挑水。"

侯贤喜跑到门外:"今日发完这几桶就没了,后头的人上别处去看看,明日一早我们还在这里烧给大家吃。乡亲们放心,只要侯济仁栈还在,日日都会烧给大家吃。"

前头的灾民捧着碗,一声声喊着:"多谢侯大善人……"

后头的零落散去,路过一家店铺便轻叩几下门板,仿似在那歇业的银楼、布庄、绸缎铺里也能敲出吃食来。

侯木生带着几个伙计在库房里清点药材，洪灾过后必有疫情，先将要用的药草分开堆放，以免届时忙中出乱。

或许早已有人染了疫病，只是雨落个不停，病人都被封在了屋里。

活了近六十年，侯木生晓得，正有无数的穷人在这稀里哗啦的雨声里沉默地死去。

知县秦镛下令开仓放粮，打开养济院收容流民。可杯水车薪，灾民仍旧四处乞食，房前屋后一攒攒或卧或蹲，大小寺庙里也挤满了人。秦老爷腾出官邸，将老迈、幼弱者先行安置，又命人带着年轻力壮的到章山一带搭建茅棚。三两天间，章山的茅棚便绵延到了富寿门外。

凡有道义的药商都在开门义诊，侯木生亲自领着老猴子跟侯秋林前往章山。他一言不发地穿梭在一顶顶茅棚下，诊脉、开方，等着第一例疫病的出现。这是必然要出现的，只是不知先出在这人员混杂的茅棚里，还是出在哪个屋毁人亡的村落间。

静仪与宝祥留守药栈，一个指点伙计为章山补充药物，一个为前来就医的病人诊治。

挨了近一个月，雨水终于止了，红彤彤的日头掀开了天，睡饱了似的劲头十足，笑盈盈地照着稀烂的大地。

地上热乎起来，赤脚踩在烂泥巴里又软又暖，走不了几步便觉热不可耐。已近六月，日头甫一出来尚觉清朗，晒得久了就觉出了厉害，人身上燥热起来，脚下的泥巴便也觉不出温软，只是从头到脚严丝合缝地热。热得日光仿似变了色，紫黑紫黑的，掺了毒药样的。

久雨初晴，最是各色疾病多发之时，遍地的灾民就是行走的肥田厚土，不晓得多少花样繁复的病症会在他们身上疯长起来。

药栈里还没热气进来。宝祥正在把脉，有个人高马大的人闪了进来，径自走向里间。

宝祥"哎"了几声,那人只是不理。

宝祥疾步过去阻拦。两人差点撞到一起。

劈面相逢,认了出来。那人男生女相的脸,令他顷刻燥热起来,仿似天上的毒日头搬到了药栈里面。

宝祥右脚一抬,踩在门框上面。

那人冷哼一声:"走开!"

宝祥右手也抬了起来,撑在门框上面。

那人暴喝:"走开!"

"不走呢?……"宝祥话未说完,还没反应过来,那人扭着他的手滴溜溜打了个转。不知怎的,他就换到了外面,那人进了里间。

这一下着实丢脸。药栈学徒为增强臂力,日日都要习练拳脚,宝祥虽个头不高,闲常后生却也奈何他不了,何曾被人这样轻描淡写地打得晕头转向?他还要追上去撕斗,静仪闻声跑了出来。

那人躬身叫了声"姐姐"。

"武全?"静仪惊异。

"还请姐姐求侯大善人给我姓上派个先生。"黄武全从身上摸出一把钱来。

"派先生?"

"这是我姓上人凑的,眼下先凑了这些,只要黄家人死不绝,就不会赖这救命钱。"

静仪明白过来:"我随你去看看。"

"姐姐去不得!"黄武全脸上抽搐了一下。

宝祥实不想与那黄武全应和,却也禁不住说:"你去不得!"

"可眼下爷爷不在,也派不出别个来……"

"我去便是。"宝祥强压住方才被黄武全挑起的火气。

黄武全眉头一撑,神色颇为意外。

静仪往堂上看了看:"就这些人我倒应付得来。只是……四下都是流民,你若走了,万一闹腾起来,我带着几个伙计连店都守不住。"

宝祥略一思忖:"要么我先打发了他们回去,把店关了,你留在店里。"

"那也不必。"黄武全说,"都是可怜人,谁不是一条命?"

静仪也觉不妥:"今日还是由我先跟武全去对付着,明日让秋林叔爷留在店里,再换你去。"

"万万不行!"宝祥斩钉截铁,"再怎么着你也不能去。"

黄武全叹了口气:"姐姐,不晓得如今村里已是怎个情形……罢了,待我再上别家药栈看看,实在找不到先生,那也是我黄家人的命。"

静仪还要说话,武全已转身出门,临去向她行了个礼,走了几步又折转身来,隐约看了宝祥一眼,抬手打了个拱。

黄武全走了,宝祥仍去坐堂,静仪自去后堂料理。

诊治了几位病人,宝祥前往厨下喝水,库房不见静仪踪影。到刀房、杂房、细料房找了一遍,仍不见人。两个伙计在后柜点货,宝祥问:"看见你们静仪姐姐没?"伙计回:"才出了后角门,去章山送药了。"宝祥嗔怪:"你们是做什么的?怎的让她去送药?"小伙计面带委屈:"姐姐非要跟着去的。"宝祥心里一咯噔。

日上中天,天上像拢了盆炭火,街面上的店铺都烤成了米糖样的。宝祥也变成了米糖样,软塌塌、黏糊糊的。他顶着毒辣的日头从侯济仁栈一路追到朝天门,不见静仪踪影。

2

黄武全晓得侯静仪会来,他是料定了她的。就像有人惯会唱曲儿,有人惯会种地,他惯会揣度女子心思。

"眼下哪家药店还能腾得出人手来?就让我跟着你去吧。"静仪果然来了。

她真来了,他又有些担心:"我晓得姐姐医术精深,只是姐姐毕竟是个女子,断然见不得那个场面。"

他盼她来,又怕她来。在她面前,他既是孩子,又是汉子。孩子的他盼着与她相伴,汉子的他又怕她过上病气。

静仪回:"我既吃了药饭,还分什么男女?"

到底孩子的期盼比汉子的顾虑占了一线先机。他嘴上推辞着,身子却一动不动,并不再上别家另寻先生。真要翻遍临江府城,倒也未必寻不到一个先生,他却含混着当她说的便是实情。

除了治病救人,他再无借口与她相见。他着实不忍错失这仅有的良机。

静仪率先往朝天门走去。

武全掠过一丝悔意。原打算疟疾一好便要尽心报答她的,不料不但不曾帮衬她半分,反倒又添拖累。

他是摇摆的。他的性子跟他的相貌一样,既有男子的刚猛,又有女子的忧柔。面临抉择时,他时常如此,左也不是右也不是。

二人出了朝天门,路面满是泥泞。

武全伏下身来:"我背姐姐过去。"

静仪微微一笑,任素洁的裙摆拖曳在烂泥里。

她一头青丝长及腰际,更衬得腰身一握,窈窕无比。他从未见过这样的美人,言谈、举止、体态、相貌、心思无一不美,从内到外严丝合缝的美,美得淋漓尽致,美得轻而易举。

何为淋漓尽致?武全并不确知,只觉用在此处恰切无比。

越往前行,水洼子越多,泥水慢慢浸透了静仪的长裙。

武全再次伏下身来:"我背姐姐过去。"

静仪若无其事地踏进一个个水洼子里。

上一回,她把他从坟场边背到破庙里,他便想着,日后也定要背她一回。他晓得,她不让他背,并非介意男女大防,只是舍不得他受累。她不是泥古不化的女子,不然便不会亲自把他从坟地里背出来。可她苗条的身量全无弱柳拂风之态,直如拉着风筝的线,纤细却强劲,哪里用得着他背?

泥水一层层浆住静仪的裙摆,每走一步都犹如与裙摆搏斗一回,她不慌不忙地、费力地迈着步子,嘴角含着一点点安然的浅笑。

上一回,在庙里,她亦是如此。那时人人见了他都像见了鬼,唯有她,嘴角含着一点点安然的浅笑,不慌不忙地、费力地、飞快地绞出了一碗青蒿汁,救了他的命。

他当时便已立志,若能活得下来,定要娶她为妻。

他对着观音菩萨拜了半天,发的便是这个愿。

他想娶她。这想法,不知要笑掉多少人的大牙。

一个十三四岁的少年想娶一个十六七岁的女子;一个身无分文的穷小子,想娶侯济仁栈的千金。这话听上去就跟痴人说梦似的。

他不说给人听,他只说给菩萨听。

菩萨不会笑,菩萨是菩萨心肠。菩萨容得下任何人的痴心妄想。

他是少年,他什么都敢想。他当然不会一直穷下去,他自小便相信日后必有一番作为。他自然也不会一直这样年少,待他十七八岁,她不过才二十出头,正是旗鼓相当。

他有一千个法子赢取她的欢心。他打小就有这个能耐,心思一转便能讨人欢喜。他是聪明人,自然晓得自个儿这点天分,只是闲常不愿去花这个力气。

为着她,他当然什么力气都舍得花。只是他铁了心要娶的女子,却早已许配给了别人。

那日跪在侯济仁栈门外,听那外号长颈的伙计无意间透露这层意思,他比染上疟疾还慌乱。

那言语乏味、行事死板的张宝祥,怎能配得上心窍玲珑的静仪姐姐?

可,许了便是许了,他再怎么于心不甘也已无可奈何。

深信定能娶她为妻,也深知事不可为,这便是黄武全,他总是在这样的左右摇摆中一往无前。

静仪临时出门未换油靴,一双绣花鞋泡得不成样子,老南瓜样的黄稀稀、软趴趴跋在脚上,随时都要脱落下来。她尽量显出行动自如的神气,暗地里绷着劲,每走一步便用脚趾抓一下鞋底。

积水渐次没至脚胫、膝盖、腿股,路面变成了河。她提着裙摆浸在河里,像一朵弄脏了的白莲。

"我背姐姐过去!"武全大叫起来。

静仪还要往前走,武全追了上去,一下把她撂在肩上。

天地倒转,脚下的水一下子都扣到了头上,漫天白茫茫一片。

白茫茫的天上绽着大朵大朵油绿的云彩,静仪定睛一看,却是一蓬蓬浮在水上的树冠。

树冠的枝杈里盘着蛇。

树身都被浸没了,蛇头蠕动着,找不到下树的路。

静仪蛇一样拗起头来。一片片烂菜叶、破布头远远漂过来,马上就要漂到她头顶上似的,但在武全腰间打了个转就看不见了。她只能看见前面与两侧的水面,有老葫芦挖成的水瓢、缺了口的钵碗,间或有成捆的稻秆跟浸死的猪仔。

四面都是水,她憋着气伏在他肩上,伴着他的脚步一颠一颠,犹如趴在龙骨上艰难地划动一条舢板。

水面越划越窄,他的腿股、膝盖、脚胫重新露了出来。她挣扎着从他肩上滑落下地。

面对面站在浅水里,有一瞬二人离得极近,武全的下颌几乎碰到静仪的鼻尖。

她呼出的气息,有金银花的香味。

终于如愿背了她一回。

这一回,他原以为要待多年之后,待他长大成人、事业有成,将她一路从花轿上背到新房里。不想头一次背她,却是在这腌臜的泥水里,在铺天盖地的天灾中。

太多不可预测左右着他的命运。他何曾想到会家破人亡?又何曾想到会遇上这菩萨般的女子？

他在水深火热里,亦在柳暗花明中。

散落的村庄如同海岛,一座座嵌在广袤的水面上,微风一吹,恍似随波荡漾。

"那就是我村上。"武全指着一处村庄。

村子位于枫林铺与黄栀林铺之间,若非连月暴雨,漫山的栀子花理应开得正盛,浓郁的花香可顺风十里,熏香整个临江府城。

3

静仪只见偌大一个村落,重重屋舍排列俨然,淋了近一个月的雨,被洗得干干净净。

走进去才看见了脏。

先是村口流出来的水,乌黄的混着沤烂了的秆,秆上结着坨坨牛粪。

再是倾塌了的灰岗子,泡散了的土砖掉在浸湿的灶灰跟鸡屎里,糊糊的一摊一摊。

还有掉了毛的狗,生着蛆的老鼠,活的死的都散发着恶臭。

苍蝇一蓬蓬,"嗡"地一下罩到她跟武全脸上,又"嗡"地一下飞回饿狗跟死鼠身上。

土蚯都被浸了出来,拱在薄薄的草屑子下面,衣不蔽体似的,一截截赤红的肉时隐时现,晒在暴烈的日头下,又黏又干。

一群孩子土蚯样的拱了过来,细长的小手小脚赤红地露在外面,脸上的鼻涕鼻屎又黏又干。

孩子们奇形怪状地扭绞着身体,摊着手向他们讨东西吃。

静仪看到武全的脸,又跟在药栈里对她说"姐姐去不得"时一样,扭曲着抽搐起来。

有个孩子甜甜地笑着,上前叫了声"武全哥哥",双手仍旧摊着,双眼大得出奇。

武全将静仪护在身后,好似那孩子摊开的手掌是把尖刀。

那手掌比尖刀更为尖利,尚未触到静仪,她已全身一震。

远处有人在喊:"武全请了先生回来……"

几个后生踩着泥水噼里啪啦地跑了过来,泥点子溅得老高,洒在身后,落雨样的。

静仪心想:这里头不知可有武全在破庙里说过的讹人的泼皮?

泥雨戛然而止,后生们愣在原地:"怎的带了个妹子回来?"

"妹子?我且告诉你们,这位姐姐是商里鼎鼎大名的女先生。我的疟疾便是这位女先生治好的。你们哪个还认得能治疟疾的先生?"

静仪见武全跟这些后生仔说话全不像对她跟爷爷那般规矩,脸上颇有些玩世不恭的神气。

"女先生?哦,拐子八死了,女先生就女先生吧。"后生们还是有些聊胜于无的意思。

"拐子八是村上的郎中。"武全毕恭毕敬地告诉静仪,又转头对着那些后生翻了个白眼,"拐子八怎能跟我从商里请来的女先生相比?"

"也是。"有个后生撇了撇嘴,"拐子八只会拿些草根、树皮糊弄我们。"

"肯豁出命来糊弄我们,也算得上是侠肝义胆。拐子八好歹也是为了给村上人治病才染病死的,换了个贪生怕死的,只怕烂草根、破树皮也懒得弄给你们吃。"

武全的见识,果然跟这些后生有别。静仪颇为欣慰。

"死者为大,我不说了。"撇嘴后生有所收敛,"先去祠堂呢,还是先去我屋下?女先生要不要先歇一歇?"

武全又是一个白眼:"你屋下如今连碗茶都冲不出来,怎么歇?"

一行人便往祠堂去了。

祠堂前面铺着厚实的青石板,石板上起着一个个酒窝样的小坑,小坑里盛着一点点清凌凌的水,这是静仪进村后见到的唯一干净东西。

历经了无数行人的踩踏与雨水的冲刷,石板路分外圆润,走在上面,有一种坚实的柔和的感觉。

这积沙成塔般得来的圆润里,是否蕴含着成化年间的那场雨?

见识过多少饿得像土蚯一样细长的孩子,送走过多少医术不精却以命相搏的郎中,这条石板路才有了这样坚实的柔和?

黄氏宗祠矗在一口宽阔的水塘边,悬山顶式。正门上有副对联:江夏垂德源流远,三七遗芳世泽长。静仪看了,便晓得这姓上都是江夏黄氏的后人。

水塘里留着几枝残荷,被水浸得东倒西歪。塘水黄浊,两个婆子站在水里浣洗,也不知要脏成怎样的东西才能在这样的水里洗得更加干净。

两个婆子恰巧对着祠堂左右仪门,仪门上写着"入孝""出悌",静仪便在心里以此为名区分二人。

檐廊上靠着个老者,咳得气都喘不上了,却还在晃着火褶子点烟。见了武全,上气不接下气地挤出几个字来:"武全……回来了?"

"后里公公。"武全行了个礼。

静仪见武全对这老者又像对她与爷爷一般规矩。

几个黑乎乎的脑袋从祭堂里探了出来。

"武全回来了,请到了先生吗?"

"没请到先生?"

"怎的带了个妹子回来?"

这些人都是武全患病时不闻不问的远亲近邻,此时他们眼巴巴盼着武全请先生回来救命,不知心里可会有愧?

武全一言不发,只管领着静仪往祭堂里去。静仪微笑着向那些脑袋施礼。无人还礼,亦无人理会。

祭堂里高低错落的竹床、门板、板凳上躺满了人,毛茸茸的脑袋一个个仰着、扭着、靠着、躺着、低垂着、挣扎着……呻吟声、呕吐声、抽泣声、梦呓声连成一片。

静仪心上一凛。武全几次三番说过她"见不得那个场面",她已做了极坏打算,却不意一坏至此。

一个干哑的声音传了过来:"武全伢仔……"声音细若游丝,混在各色声响里,却听得格外分明。

暗处门板上有个瘦小的身影拱了起来。那身影撑着膝盖,一动不动地拱在那里,良久才抬起头来,原来是个老婆婆。

老婆婆犹犹豫豫地走了过来,一只手颤颤巍巍伸在前面,像在拨开挡在面前的什么东西。

"武全伢仔……"老婆婆从喉咙里憋出一点声气,"去了这大半日……你怎的带了个妹子回来?"

武全刚想上前搀扶,老婆婆猛然身形一挺,直向寝堂冲去:"他竟带了个妹子回来!"

突如其来的嘶吼声吓了静仪一跳,她怎么也想不到那孱弱的身子里会爆发出如此巨大的力气。

武全抢在老婆婆前面,将她圈在怀里。

老婆婆哭叫着,头一下下撞在武全胸口上:"他竟带了个妹子回来!他竟带了个妹子回来……"

"是女先生,是女先生……"武全抱着老婆婆一连声解释。

静仪也顾不得斯文,赶上去按住老婆婆的手腕:"我会诊脉……看,老婆婆,我会诊脉。"

武全将老婆婆按在胸口,一下一下抚摩着她的后背:"婆婆莫急,女先生这就给您诊脉。婆婆莫急……"

"她当真晓得诊脉?"老婆婆狐疑地抬起头来,"我活了大半辈子,还从没听过女先生。这世上哪有什么女先生?"

"我就是女先生,我就是女先生……"静仪第一次自称女先生,心里说不上是什么滋味。

武全把老婆婆抱回门板上,捋了捋她额前的乱发:"您平素最会梳头了,齐齐整整才好看。好生躺着,让女先生给您好好看看。"

静仪刚要给躺在门板上的老婆婆把脉,一个面皮白净的婆子走了进来。婆子歪着头,一手摸着脖子,一手拿着个湿衣裳绞成的把子,边走边向近旁的人抱怨:"也不晓得哪个短命鬼传给我的,昨日夜里起,我就摸着这里也长了个东西。"

静仪见她穿着一身藏青色衣裳,像是那个站在水塘里浣洗被她在心里唤作"出悌"的。静仪站起身在她摸着的地方按了按,果然有个硬块。

"女先生,是不是有个东西?"那"出悌"嗓门甚高,"可不是我老婆子疑心,真是长了个东西。女先生,是不是?"

静仪只得点了点头。

"女先生说了,真的长了个东西。"那"出悌"又转过身去,"武全伢仔,你摸一摸,是不是?"

武全也依言摸了摸她的脖颈。

"是不是?"那"出悌"不等武全作答,径自吩咐近旁几个后生,"去我房里抬块铺板过来。我老婆子今日起也住在这祠堂里,免得传给屋下人。"

后生们还未动身,一个不停咳嗽的老者扒着竹床"哇啦"呕了出来,吐在"出悌"脚下,黄黄绿绿的秽物里夹着淡红的血。

"石灰,石灰……"武全冲着几个后生喊,"快拿石灰过来。"

一个后生铲了一锹石灰,"噗"地撴在秽物上面。

"扫掉,赶快!"武全又招来一个后生。

这后生三两下把秽物扫进铁锹,动作麻利,可见是做惯了的。

"还等什么?"那"出悌"催促起来,"快快到我房里抬了铺板过来,难不成要等到我老婆子跟他一样吐血?"

"栀兰婆子……你不会吐血的。"

原来她叫栀兰。清似山栀馥似兰。年轻时,这婆子兴许也是皎如月、娇如花的美人。

说话的正是那吐血的老者,他自己喘得叽叽咯咯的,却还紧着安慰栀兰婆子:"女……女先生在这儿……定……定会治好你的。我是……活不成了……你的好日子……还长着呢……"

"说什么好日子?自从嫁到了你们黄家,我哪里有过一天好日子?如今临了老了、病了,还想什么好日子?"栀兰婆子转过脸来看着静仪,"我看这小妹子这样年轻,长得跟水葱似的,我们也莫坑了人家,早早地让人回去,莫跟拐子八一样的……"

"拐子八哪里比得上她?你莫看这妹子年……年轻,却……却是……是商里请来的。保……保管她两帖药下去,你……你就跟十八岁样的。"

"你这天不收的!临了要死了,还来拿我打趣儿!"栀兰婆子布满皱纹的脸上,现出一点少女的娇憨。

"十八岁那年,你嫁到我们黄家……我……我爬到树上去看……"老者"哇啦"一下又吐了出来。

"慢些,慢些。"栀兰婆子拉起那老者的手,"你这天不收的,一把年纪,还这样急。"

老者"嘿嘿"两声,重复了两句:"我爬到树上去看……我爬到树上去看……"还想再说下去,却喘得说不出来。

静仪回身接着给躺在门板上的老婆婆把脉,一下按上去不见动静,挪了个位置再按,还是全无动静。她心下一紧,爬过去探了探老婆婆的鼻息,同样是毫无动静。她转头看向武全,武全也正瞪大了眼看她。两人面面相觑,近旁的人也就明白了。

"去喊她屋下人吧。"武全吩咐一个后生。

那后生点了点头,又吩咐另几个后生:"再到山上挖个坑,挖深些,多洒些石灰。"

静仪摸了摸老婆婆的脖颈,跟栀兰婆子一样,也起着硬块,再撸起袖子一看,果然都是瘀斑。

再看其他人,无不是脖颈肿大,或化脓,或溃烂,或瘀血,或呕血……

她站在密密实实的病人中间,直觉得寝堂里的牌位都往祭堂里压了过来,一排排前赴后继的,压得眼面前乌沉沉一片。两日,或许三日,不出七日,这祭堂里的人,都要变成那寝堂里的牌位。

4

若以实情相告,病人们是否会即时大乱?在祠堂里帮忙的后生们是否会即刻避散?若是加以隐瞒,能够瞒上多久?眼下与那些帮忙的后生就免不了要做些交代。

病人们一个个拗着头,眼巴巴等着静仪开口,像来时路上走投无路的蛇。

静仪压低嗓门吩咐几个后生:"除了你们,再不许别人来祠堂里。"

后生们呆呆地看着她,看了一会,一个个"呵"地一下"呵"地一下发出苦笑声:"晓得了,晓得……"

"还是你们……把村上的老鼠都找出来,活的打死,死的都埋了。把坑挖深一些,洒上石灰,多洒一些。"

"晓得,晓得……"后生们还是"呵"地笑着,"就我们去,不叫别人。"

"小心一些……不要……挨到老鼠。"静仪几乎说不下去。

"晓得。呵,晓得。"

他们明白了。明白多少?无论明白多少,反正无人逃避。这些武全患病时避之不及的人,此时显得异常勇敢。

祸及族众时,这帮人到底还是有些血性。

倒是武全慌了神,如梦初醒般扯紧静仪的胳膊:"我送姐姐回去!姐姐快些回去。"

他晓得村上人病得严重,却不料严重至此。

他只是想跟她见上一面,他只是抑制不住孩子气的期盼。

早知如此,他宁可一世再不与她相见。

静仪轻轻拨开他的手:"附近可有药店?"

一个后生抢着答了:"拐子八屋下还有些草药。"

"你们先去找找,看看能否配齐。"静仪接过纸笔,"以连翘三钱、柴胡二钱、葛根二钱、生地五钱、当归半钱、赤芍三钱、桃仁八钱、红花五钱、川朴一钱、甘草二钱煎汤,先给大家用着。不足的武全跟我到店里去取。"

那后生接过药方,指派另外两个后生:"快去抬顶轿子过来,女先生忙了这大半日,还能让她走回商里?"

静仪忙说"不必"。后生们自去预备。

栀兰婆子握着静仪的手:"妹子莫再来了。叫后生们挖个大坑,把我们这些人都埋了吧。我们都是要死了的人,莫要白白拖累了你们。"

静仪也反握住她的手:"我明日再带个医术好的先生过来,定会治好你们。"

"妹子莫瞒我了。自古'治得了病,治不了命',我们命里只有这个寿,神仙也救不了的。"

静仪本想再说"婆婆莫灰心",却又不忍让她空存指望。

一行人送了静仪出来。檐廊上,后里公公仍在点烟,见武全出来,觍着脸说:"待我抽完这些就进去了⋯⋯也不晓得明日还能不能爬得起来。"

武全笑笑说:"您老安心抽着,抽完了再给您带。"

两个后生抬着顶小轿跑了过来,轿身上的黑漆都快落光了。静仪躬身掀起轿帘,一股湿霉气扑面而来。

"妹子莫再来了⋯⋯"栀兰婆子还站在祠堂门口喊。

　　清似山栀馥似兰,

何人淡墨试毫端？
若无密叶相遮映，
全作江梅春晓看。

这是谁的诗？静仪想不起来。

潮润的皂幔一闪一闪，不时闪现出武全的侧脸。他大步跟在轿畔，双眼空茫地望着前面。空茫的刚毅、空茫的悲愤、空茫的绝望……

旧年他身患疟疾时，他村上无人过问，今日为着给他们请先生，他明知要被宝祥羞辱还跑到侯济仁栈求情，又打躬作揖一家家药店挨门挨户去问。为着自己的生死，他都未曾这样四处求告；为着救村上人，他却如此伏小作低。他这样年少，却有这等胸怀，静仪不禁生起几分敬意。

疟疾没能带走他，鼠疫呢？他日日跟那些病人伴在一处……他们那样待他，他本可不与他们伴在一处的，但他仍旧与他们日日伴在一处。

上一回死里逃生，他对这些人有没有恨？

恨不恨都没什么要紧了吧？眼下情形，恨与不恨，都没什么可说的了。

仿似才看了黄武全一眼，小轿就被抬进了商里。侯济仁栈门外，有人一动不动站着。走近了些，是宝祥拴着两手靠在门口等。

静仪掀开轿帘，低着头等着一顿劈头盖脸的训斥。宝祥气势汹汹冲了过来，却把黄武全推了一个趔趄。黄武全并不还手，乖乖退到一边。

静仪却叫了出来："你莫碰他！"

"怎的？护起外人来了？"宝祥冷着脸。

静仪环顾四面，低声说："是我硬要去的，怪不得他。"

"你不是去了章山吗？"宝祥睃了黄武全一眼，"何时跟哪个学得这样会扯谎了？"

静仪柔声央告："宝祥哥哥，待我先拿了药，再跟你赔不是。"

"赔什么不是？"宝祥伸手来扯静仪的衫袖，"哪个把你哄得这样五迷三道，硬要去那去不得的地方？"

静仪忙往旁边一闪："宝祥哥哥莫要拉扯！"

"怎的？碰不得他，你也碰不得了？"

"不是的！宝祥哥哥，我是怕……我们身上不干净。"

"'我们'？我倒是不晓得哪个跟你是'我们'。"宝祥冷笑两声，"才去了这口白客姓上一回，你晓得他什么来历，便与他称起了'我们'？"

武全早知此行必有一番争执，那张宝祥打他几下骂他两句尚且能忍，却忍不得他如此对待静仪："你说我'口白客'也好，骂我'叫花子'也行，不要拿话来刮姐姐……"

"我们自己人说话，何时轮到外人来插嘴？"

"姐姐是我姐姐，理所当然我要护着。"武全把头一昂，神色间颇为引以为傲。

宝祥看不顺眼："你是哪个犄角旮旯里钻出来的野小子？有娘生没爷教的！今日我便要替你爷娘给你教教规矩。什么阿猫阿狗都敢跑到商里来扯着我侯济仁栈的千金小姐乱喊姐姐，那还了得？"

黄武全父母早亡，最恨人拿他爷娘说事，可他是个聪明人，心知静仪最是同情弱小，张宝祥这番话，必定惹她不快。他不再争执，只郁郁地埋下头去，等着静仪关切。若是依着性子，他非得揪住那张宝祥痛打一顿。

静仪果然撇下那张宝祥，招手唤来几个伙计："你们先拿了这方子去拣出几十帖药来。"

宝祥追着上去阻拦："拣什么药？先把话说清！"

"宝祥哥哥，你可晓得武全村上一祠堂的人都快病死了？"

"我早猜到他村上起了疫症，这才更加不许你去。"

"人命关天，怎可不去？"

"他村上人的命是命，你的命便不是命吗？"

"医者，怎可因惜命而罔顾病人？"

"你……我是叫你罔顾病人吗？凡事有个轻重缓急，你如此不分轻重……"

"孰为轻？孰为重？宝祥哥哥你且细想！"

静仪从未如此言辞激烈，宝祥气得青筋暴起。

5

侯木生带着几个师傅、学徒回了药栈。宝祥赶忙迎了上去，将黄武全如何硬闯药栈、静仪如何扯谎一五一十告诉一遍。

侯木生一边净手一边听着，待宝祥说完，不紧不慢问了静仪一句："你去看了？"

静仪支吾起来："去……去了……"

"可诊出了什么病情？"侯木生仍是不紧不慢。

"像是……"静仪看了黄武全一眼，"鼠疫。"

"鼠疫！"宝祥惊叫起来，"比我猜得还严重些。"

武全不通医术，却也听得老一辈人说过，染上鼠疫的村子常常一个活口不剩。他面上未动声色，心里却盘算着如何劝阻静仪再去。便是他自己，也要好好思量思量是去是留。出逃固然有失道义，白白送死却也不算高明。

侯木生又问静仪："开了什么方子吗？"

"开了。"静仪把药方说了一遍。

侯木生点点头，招手叫黄武全过去。

黄武全佝着身子进了药栈，缩着膀子垂手站在门边。

宝祥颇为不屑：口白客便是口白客，嘴上再怎么天花乱坠，到底上不得正场，之前那张狂样儿，老虎也能打得死一只，这会子便现了相，个头都好似变矮了些。

侯木生指着药王菩萨吩咐黄武全："三跪九拜。"

黄武全抽了三支香，就着烛火点燃，晃灭明火，合在掌心里行了三跪九拜之礼,仍是佝着身子,把香装在香插里。

侯木生又背着手昂首走到黄武全面前:"给我也磕个头吧。"

宝祥一下明白过来,赶忙伸手挡在黄武全面前:"不行!爷爷,他是外姓人。"

"无妨。"侯木生淡然地看了宝祥一眼,又叫那黄武全,"拜吧。"

"不行!"宝祥不解:静仪上回诊治疟疾爷爷就不大赞许,鼠疫比疟疾严重得多,爷爷本该更加反对。怎的不光不训他们,反叫那黄武全拜师?

他整个人都挡到了黄武全前面:"爷爷!外姓人不许进店学艺,这是祖上的规矩!"

黄武全方才晓得这是要收他为徒,心下与张宝祥一样颇为不解:先前几次三番跪地哀求,侯大善人尚不松口,怎的这会子又主动收我?

侯木生轻叹一声:"宝祥啊,眼下疫症横行,多一个吃药饭的总是好的。你不晓得,我跟你秋林叔爷今日在章山也诊出了鼠疫。非常时期,还顾什么祖上规矩?这会子,官兵正把病人往城外送呢。"

原来破例收徒是为多个人手对付鼠疫。武全原本巴不得能进侯济仁栈,听了这话却不知是忧是喜。进了药栈,自然能与静仪姐姐时常相伴,可对付鼠疫九死也未必能有一生,没了性命,又如何再与姐姐相伴?

张宝祥也一时没了主意:"章山也发了鼠疫?"

章山是灾民聚集地,发起病来,定然比村上传得还要快。武全寻思着:单是村上那些病人就够收命的了,再加上章山,便是有十条命我也活不成了。

张宝祥一心只顾着阻止拜师,略微怔忡了一会儿,便将章山的事抛到一边:"鼠疫是鼠疫,规矩是规矩。鼠疫总会过去,规矩却是几百年传下来的。"

侯木生意味深长地看着宝祥问:"那你可晓得,鼠疫要怎样才可过去?"

宝祥答不上来。

侯木生抬手放在香案上,把话接了下去:"鼠疫,要一个个吃了药饭的人,把着病人的脉,摸着病人的疮,闻着病人的味,看着病人的瘀血,为他们精心配药,给他们贴身照料……要一个个吃了药饭的人,死了一个又有一个接着上去……接着,把着病人的脉,摸着病人的疮,闻着病人的味,看着病人的瘀血,为他们精心配药,给他们贴身照料……如此,才能过去。"

话是说给宝祥听的,却把武全惊得手心发汗:侯大善人收我,是要我去做那"死了一个又有一个接着上去"的人。

张宝祥也不管黄武全还想不想拜师,急匆匆接过话去:"鼠疫过不过去左右不关我们侯济仁栈的事。我们关起门来,大不了一年半载不做生意,大不了损失些收入,却也不必收个外姓人进店帮手。"

侯木生又叹了一口气:"虽说我们只是生意人,当真关起门来,官老爷也不好问罪,可我侯济仁栈向来遵的是仁义、济世的古训,这当口儿怎能缩起头来做乌龟?我侯木生倒不是怕做乌龟,只是纵使做了乌龟,鼠疫也饶不过我们。要是个个吃了药饭的人都做起了乌龟,不止章山,不止黄家,这临江府的人都要死得干干净净,侯济仁栈的人也会死得干干净净。"

宝祥听不懂,怎的关起门来侯济仁栈的人会死得干干净净?倒是打开门来,万一染了鼠疫,药栈的人才真会死个干净。他头一次发现自己并不懂得东家,平日里情同父子,只当早已心意相通,这时才觉出终究是隔了一层的。

黄武全却懂了:终归要有人豁出命去,鼠疫才能压制下来,出逃才有安身之地;人人只顾逃命,终将无处可逃。

侯大善人选定了要做那豁出性命的人,自己若是选定了做那出逃之人,便是以善人这等君子的性命来换取苟活。静仪姐姐是善人独女,善人选了,便如同静仪选了,那换取自己苟活的便不只是善人的性命,还有姐姐的性命。

黄武全把牙一咬,一手拨开宝祥:"师父在上,请受徒儿一拜!"

不是不惧生死,只是终究舍不下救命之恩与倾慕之情。若非静仪牵连在内,或许逃了也就逃了吧。

若非静仪牵连在内,果真便能逃得心无挂碍吗?黄武全有点拿不准。这点拿不准让他有些丧气:一个聪明人,不该在这件事上摇摆不定,自己终究是不够聪明。

宝祥挨了黄武全一手,虽不甚重,却倍感羞恼:这狗仗人势的崽子!有人撑腰便这等放肆!爷爷如此纵容一个外人,难道也跟静仪一样被这口白客迷了心智?别个学徒都是先跟着细苟、秋林几位师傅入门,拔了尖才能得到爷爷指点,这口白客却直接拜了爷爷为师。侯济仁栈除了静仪,也就这口白客受到这般厚待。

侯木生却并未觉出黄武全失礼,在他看来是宝祥一直挡在黄武全身前,武全为着拜师才稍稍将他拨开一些,他自然也就未加责备,只说:"即刻起,你黄武全便是我侯济仁栈的人,当以济世、救人为本分。"

黄武全朗声应答:"徒儿定当牢记于心。"

侯木生又说:"章山那边脱不得身,我暂且不能去你村上看病,明日还是你静仪姐姐过去。"

宝祥急了:"怎的还让静仪过去?他们黄家人患的可是鼠疫!一旦去了,十有八九要被感染!爷爷不怕吗?"

侯木生轻咳一声:"怕。怎能不怕?莫说是静仪,就是你秋林叔爷、细苟叔爷跟着我去章山,我心里也是怕的。只是,怕归怕,该做的还是要做。静仪从未去过也就罢了,既去过了,我就不会再换别个。我要是存了私心,顾着自家人,只派你们去,先不说有损德行,单说这畏首畏尾的心思,就休想制住那死人如麻的鼠疫。莫说不能存有私心,就算豁出身家性命,也未必真能救得了人。只是救得了要救,救不了也要救。"

"师父高风峻节,武全钦佩!"黄武全深鞠到地。

宝祥暗骂:好奸猾的小崽子!嘴上说得这样好听,却是捧着我们去给你村上人卖命!

黄武全又说:"只是宝祥大哥说得也是极有道理。我黄武全本是黄家人,就算染病死了,也是我的本分。静仪姐姐跟我黄家无关,怎可为我黄家人如此冒险?我既已拜了师,今日便由我带了药回去分给大家,明日再回来把各人情形说给师父晓得,师父酌情加减用药。莫让姐姐再去了。"

宝祥又骂:谁是你这叫花子的大哥?只是这叫花子出的点子倒也是个办法,爷爷若能听得进去,静仪也可保个平安。

侯木生却摆了摆手:"虽则你村上人患的都是鼠疫,却因各人体质不同,病情轻重不同,用药各有讲究。你虽已拜我为师,却是连门都没入,哪里搞得清这些?便是静仪今日开出的方子,也是太过笼统,明日还应细细分别。"

静仪应声:"是。都怪女儿平日不够用功,遇上重症便拿不准。"

"姐姐的医术是极好的。"黄武全说,"只是姐姐身娇体弱,这天炎水热的,怕是经不起往来奔波……"

"我晓得你是不忍再让静仪犯险。"侯木生抬手止住黄武全,"此事已定,无须多言。"

武全看了看静仪,垂手退到一边。

侯木生仰头向天:"修合虽无人见,存心自有天知!"

不知怎的,武全听了这话,只觉鼻头又热又酸。

天上斜阳渐隐,浮起一层蒙蒙的灰蓝。灰蓝的天幕下,一弯淡白的月儿孤落落悬在半空。

宝祥的心也跟那弯月似的,无着无落,又凉又淡。

6

因诊出了鼠疫,为免带给家里人,侯木生父女当晚便在药栈留宿。静仪惦着武全村上的事,天刚见亮便醒了。她打开周妈头天夜里叫通报的伙计带来的包袱,只见木屐,未见油靴。只在商里走动,有双木屐倒也够了,下到乡野还是油靴便利。她不想劳烦伙计,便亲身回屋去取。

半道上,恒昌药栈的少东家又规规整整站在那里盯住她看。每日清早,这少东家就站在门口定定地盯住她看,也不招呼见礼。

平日静仪都是跟着爷爷同往药栈，对此并不如何在意。这日独行，难免有些不自在，不由得略略低下头去。不料那少东家不声不响站在了她前面，险些儿两人撞个满怀。

那少东家斯斯文文唱了个喏，唤声："侯大小姐。"

静仪极少被人唤作小姐，听着颇不自在，却免不得要回一声："熊大少爷。"

这熊家大少爷显然发觉这称呼不太好听，忙说："叫我元文便是。"

静仪猜着元文应是他的表字，便呼："元文少爷。"

这元文少爷与静仪初次交谈，却开口便来："听说侯大小姐昨日下乡给人诊疗鼠疫，今日还预备再去。令尊何等精明，怎的突然糊涂起来？鼠疫哪是玩的？凡是闹过鼠疫的村子，无不是十室九空，小姐这一去，岂不是跳进坟坑？便是为侯济仁栈赢了名声，丢了性命又有何用？不如跟我恒昌药栈一样，歇业几天。"

"多谢熊大少爷良言相劝。只是我家爷爷想的是治病救人，并非争夺声名。"静仪略一屈膝便要离去。

那熊元文仍是拦在前面："叫我元文便是。令尊白手起家，不过二十余年便声名远扬，实属不易。只是我恒昌药栈毕竟是祖上基业，我们熊家人祖祖辈辈积攒起来的，纵然比侯济仁栈略微好些，也是理所应该，不算什么本事，令尊不必心急。"

"熊大少爷，"静仪边走边行了个礼，"小女子愚钝，听不懂这些话。"

熊元文追在后面："叫我元文便是。我们恒昌药栈晓得，你们侯济仁栈一直想要盖过我们，只是令尊实在过于心急，竟要豁出亲生女儿性命。我……我……侯大小姐晓得，我一直有意于你，实在不忍见你白白送命。"

静仪向来好性儿，听了这话却也不禁动气："熊大少爷自重！莫再口不择言！"

熊元文不知盼了多少时日才找着个说话的时机，怎肯就此住嘴："令尊硬要跟我熊家相比，也不必这样大费周折，只要将你嫁入我家，我家的生意不就是你家的生意？"

静仪勃然大怒:"我见你行止有礼,这才以礼相待,不承想斯文架子里塞的都是烂棉絮,你竟这般一塌糊涂!"

熊元文竟不觉得话重,一心只想劝阻静仪:"侯大小姐莫再白费力气,鼠疫是治不好的,只能挖个深坑把病人都埋了……"

身为药人,不想着救人,反想着杀人!静仪气得浑身打战,再听不见他后面的话,也不晓得临江府还有多少药人存着这个见识,不由得为那些不幸染病的人深感悲戚。

宝祥听说静仪孤身回屋取鞋去了,便到路上来寻她。

头天夜里想着静仪次日还要去那黄武全村上,宝祥悬心吊胆。想着静仪几次为了那黄武全扯谎,宝祥又郁郁难平。他翻来转去,直至三更尚未入睡。月光透过窗口洒在床头,想着这同一片月光也正洒在相隔不远的静仪床上,他心里又缓缓升起一丝柔情。相伴十余年,他与她还是头一回同宿一个屋檐下,满腹的郁郁与忧心,悉数都被那春雨般绵绵的柔情洗净了,化作一腔怜惜。

出了药栈没走几步,却见对街恒昌药栈的少东家正追着静仪说话,他满腔的怜惜又化作了怒火,三两步抢上前去,吓得那熊元文急急地躲进自家店里去了。

"你怎的跟那熊蛮子拉拉扯扯?"

"谁跟他拉扯?我到屋下去取油靴,他挡在道儿上不肯放行。"

"他为何挡你?"

静仪却不说了。

宝祥猜着:"那蛮子可是对你有意?都怪你爷俭省,家里也不制顶轿子,这么大的妹子在这街面上出出进进,那些浮浪子弟能不起心?"

静仪只说:"这事怪不得爷爷,勤俭持家原是好事。"

二人一同回屋取了油靴。宝祥有意当着周妈的面一劲儿叮嘱静仪:"再要什么东西,只管叫了伙计取去,再不然也要喊个人作陪,切不可再独自出门。"周妈听得很是过意不去,连说:"怪我怪我,我这老婆子久不下乡,竟忘了烂泥地里要穿油靴。"静仪心知宝祥是为她担心,却也自悔连累周妈自责,早知如此便穿了木屐下乡便是。

回到药栈,黄武全带着两个后生早已等在门外。

宝祥一见了三人,便圈起手臂将静仪拢在怀里。

武全翻起两眼看了看天,用手肘捅了捅一个黄皮寡瘦的后生。

那后生长得跟个猴子精似的,佝着身子走到静仪身畔,架起胳膊给她扶手上轿。

静仪与这后生前一日才见过一回,连他姓名都未记清,此举实在过于殷勤,不知为何,她又并不觉得别扭,反倒热在心头。

大概是想着这一去,二人皆有可能染上鼠疫吧。这是一个将死之人对另一个将死之人的情意。静仪看着这后生,直如与他自幼相识久别重逢。

是死把他们联在一起,死把情意催生得一日千里。

后生将静仪扶上了轿子,打着轿帘说:"我们族长听说姐姐去了村上,便把自家的轿子让了出来,叮嘱我们好生招呼姐姐。"

静仪看那轿子,果然换了新的。

城外景象也换了新的。

路上的泥巴面上都干了,里面溏稀的,一脚踩上去,泥浆飙得到处都是。水洼子也干了,鱼冻子似的亮汪汪反着光。浸过的树木、芭茅、高笋、棕叶都露了出来,叶片被泥汀腌着似的。地上散落着死猪、死鼠、死蛇……臭气熏天。

武全村上也是臭气熏天。死鼠跟饿狗都不见了,也不知那臭气从哪儿来的。

祠堂檐廊上坐着个婆子,后里公公不见了。

祭堂正中端坐着一位相貌威武的老者,一见静仪便站起身来,郑重地打了个拱:"我黄家合族上下便有劳女先生了。"

武全告诉静仪:"这是我们大公公。"

静仪晓得这就是族长了,难为他冒死坐在这里。静仪还了礼,跟着武全叫

"大公公"。

栀兰婆子躺在地下一扇铺板上,眼神空空地看着静仪。静仪蹲下身摸了摸她的脖颈。栀兰婆子抬了抬手,指了指某处:"那天不收的走了。"来得这样快!

7

两日后,祭堂里换了一批病人,静仪初次进来时挤在门口看她的那些脑袋一个也没剩。

她一边给病人把脉,一边教给武全:"手腕放平,与心窝相齐,手腕上拇指一侧突起处,就是关脉。"

武全依言伸出三根手指,按在病人腕口上。

"中指按在关脉上,食指与无名指按住的便是寸脉与尺脉。"

武全屏气凝神,细细感触指尖的震颤。

"早饭之前,脉象最准。诊完右脉再诊左脉。"

武全换过病人左手。

"按规矩,学徒先要在店里挑水、扫地熟悉行情,之后才能学着认药、晒药,把脉还不知是多久之后的事。如今世道如此,也顾不得这些了。只是半空里起高楼,难为了你。"

武全忙说:"哪里的话?姐姐肯教我,已是武全几世修来的福气。"

负责抬轿子接送静仪的两个后生跟在旁边看着。那长得跟猴子精似的后生名唤"苟生"。"苟"与"狗"同音,爷娘盼他长命,有意喊得贱些。

苟生脖颈处被蚊虫叮了一记。他"啪"的一声打下去,顺带揉了两下。这一揉,便愣在那里。

"姐姐。"苟生细细喊了一声。

静仪回过身去。

"姐姐。"苟生揉着脖颈,惊惶地看着静仪。

静仪猛然站起身来。

苟生接连后退了两步,红了眼:"苟生今日不能再送姐姐回去了。"

"怎的?"武全也站起身来,见他捂着脖颈,立时明白过来,"娘的!我操他娘!"

黄武全冲着另一个后生大喊:"再去扯些辣蓼子过来,把蓼子草全给我他娘的堆到祭堂里来!有多少堆多少!关上门!把他娘的蚊虫全给我熏死去!"

苟生对着静仪作了个揖:"姐姐保重。"随即扛起铁锹,飞快走到墙角又拿了一把锄头。

"做什么?"武全抢过锄头、铁锹丢在地上。

"武全哥莫要伤心。"苟生把铁锹捡在手里,"那日静仪姐姐叫大家伙儿打老鼠,我便晓得迟早会有今日。眼下我也做不得别的事,趁着还有力气,先把自己的坑给挖了,免得大家伙儿忙不赢。"

"我操你娘的!"武全揪住苟生,拳头捏得铁紧,想要打谁一顿,却又不知要去打谁,只不停骂着,"操你娘的!我操你祖宗!"

"武全哥快别骂了。"一个比苟生更加瘦弱的少年走了过来,"苟生哥,你去吧,今日我代你送女先生回去。"

苟生摸了摸他的脑袋:"狗子,你是真狗,比我这个假'苟'长命,你不会死的。"

狗子、苟生,听着只差了一个字而已。不听仔细了,还当是同一个人。

这个狗子,将顶替苟生,顶替他抬轿,顶替他活着。

狗子捡起锄头递给苟生:"哥带上锄头吧,这个挖得快些。"

"我操你娘的!"武全一下把狗子甩到墙角里去,又赶上去搂着他的脑袋,两人眼里都闷出泪来。

他竟这样难过。

他身患疟疾时,苟生岂会不知?

他当日对他的生死不闻不问,他竟为着他的生死悲痛如斯。

静仪暗想：爷爷果然没有错收了他。吃药饭的，便要舍得自己，顾得病人。

几个后生抱了辣蓼子进来。

"关门！关门！"武全指着四面喊。

祭堂里只开着一前一后两扇门，"吱呀"两声便关好了。

武全还在喊："关门！关门！"直如四面都是门。

辣蓼子燃了起来，浓稠的烟流了一地，黄浊的水样的，慢慢漫到屋顶上去。

整个祭堂的病人浸在辣黄的浓烟里，眼睛吃了梅子跟花椒似的，湿湿的酸、刺刺的疼，喉咙里像堵满了硫黄末子，咳不出来、咽不下去。

一祭堂左奔右突的咳喘声犹如困在死巷里的万马千军，无言地互相冲撞、踩踏、搏杀……无人叫苦。

无人叫苦。除了咳喘声，祭堂里安静得如同空无一人。

垂死挣扎、声震屋宇的安静。

全部熏死在里面大概也不会有人打破这巨大的安静。

静仪憋住气，一层层荫翳蒙上眼来，本就幽暗的祭堂变得更加昏黑了。她既不咳喘，亦不作声，憋得两眼什么都看不见了。

"我操你娘的老天爷！"就在静仪几乎背过气去时，武全一脚踹开了门。他疾走几步冲出去，指着门口的青天大喊，"终有一日我要像孙猴子样的把你砸个稀烂！我要让天下再没有疫症，好人个个长命百岁！"

"伢仔……"一个老者摸索着拍了拍武全的肩，"莫再喊了，这是老天在罚我们！"

"罚我们？"武全仍旧指着天，"我们起早贪黑累死累活，只求老天留条烂命，有什么要受罚的？"

"不是罚你，是罚我们这些人。"老者面露愧色，"伢仔，村上人对不住你呀……"

武全的手指愣在青空下，面露酸楚之色："村上人也没什么对不住我的，染了疟疾的人，大家自然都害怕的。"

老者摇头不已:"不该呀……不该的……"

苟生三日后便没了。

与苟生一同抬轿子的后生两日后也没了。

村上起了流言。有人说祠堂里有鬼,进了祠堂的人这才一个都活不成。更有人说静仪就是专吸人精血的妖精,苟生便是被她迷得晕头转向,自愿让她吸干了精血,还自己给自己挖了坟坑。

黄家人开始对静仪指指戳戳,躲在祠堂门口鬼鬼祟祟窥视。静仪好心劝说他们回去,却听得议论:"看,看,这妖精赶了我们回去,更好安心躲在里面吸人精气。"

静仪顶着众人的手指跟口水平静地在祠堂里进进出出。唯有她自己了然,那平静的内里暗换了风云,澄澈的平湖,变了幽谧的深潭,尽管水面上一样波澜不兴。

被指戳得久了,她自己有时都忍不住对镜审视,确保身上并无任何异于常人的东西。

真说毫无异常,却也不定确实,她明知鼠疫无药可治,却一回回不顾生死来到这些病人堆里。

便是这明知治不好,却日日前来诊治的劲头,让黄家人起了疑。

有人提议要请神婆驱鬼。族长为安抚众人,不得不派了人到邻村去请。派去的人回说那神婆病了,近日不能作法。又派人到别个村上去请,都说神婆称病不起。

为证明祠堂无鬼,族长把卧榻搬进了祭堂,一刻不离守在那里。

村上人说族长火焰高,镇得住阴气,他们没这么高的火焰,不能跟族长相比。

狗子隔壁住了个名唤良玉的后生,有天半夜从后门溜了出去,三天后有人在去商里的路上见他死在水沟里。家人收尸回来,静仪跟着武全去看了看,果然也是鼠疫。

越来越多的人偷跑出去,都是疑心自己染了鼠疫,不想住进祠堂,又不想连累家人的。

再这么跑下去,迟早要惊动官府。一旦官府得知村上发了鼠疫,整个村子的人都休想出去,不论病人还是好人。

族长心焦如焚,脸上还要装出泰然自若的神气。

有人提出要到袁州府去请万载傩班前来驱鬼。袁州万载人常以跳魁驱鬼逐疫,每年从腊月二十九跳到正月十五,九月初一大菩萨生日会也要跳上几天,足迹遍及周边城镇,很是有些名气。

若真请来万载傩班跳上一回,确可消除族人疑虑,族长也有几分动心。可山高路远,如何去请?又怎能请得动呢?

他主意未定,村上人却步步紧逼,自有人提出此事,便时时有人催问。黄家人好似世间再无他事,只剩前去万载请人。

黄武全深感族人愚昧,又深知他们是无法可想病急乱投医,顺着他们也不对,逆着他们又不忍。

这天他刚从商里接了静仪过来,水秀婆婆端了盆黄浊的东西往马车前面一泼。静仪恰巧下车,险些被泼了一脚。水秀婆婆说这是童子尿,用来驱鬼。武全看着静仪踮起脚尖小心翼翼从童子尿上走过,脚下淋淋漓漓,火得恨不能将那老媪痛骂一顿。

"我去!"武全向族长主动请缨,"我去请万载傩班。"

8

族长原想随便指派个人去万载做做样子而已,并不寄望真能请得人来。武全机敏、能干,这时节村上怎能离得了他呢?

"你去固然合适,只是女先生一个人忙不赢,你还要帮着看病。"族长不好直接回绝,便借了个说词。

"我也无须亲身到袁州去。"黄武全说得一板一眼,"我爷有个同门师弟,原是万载人,早年为着学艺来的清江,之后一直在清江县里做些生意,如今就住在樟树镇上。年年药师寺庙会,总有万载的戏班子借宿在他屋下,当中也有些跳魈班子里的人。我去央他修书一封回乡请人,比我们身处陌陌去请还管用些,也便利。"

真是瞌睡碰到了枕头。族人大喜:"还是黄师傅交游广阔,果真多个朋友多条路!如此甚好。"

"叔伯们放心,我定会把人请来。"

"你即刻起程吧!即刻起程!"

武全便带了些盘缠动身。族长将他送到村外,忍不住问:"你爷真有个同门师弟?……"

武全直言:"箭在弦上,不得不发而已。"

族长摆了摆手:"去吧。你去……"

黄武全便挺直了腰板,做出昂首阔步的样子,揣着满腹的愁肠去了。

过了薛家渡,樟树镇便不远了,他端着的腰板泄了下来。哪有什么万载人是他爷爷的同门师弟?世上怎会有这等巧事?他爷爷确有不少师兄弟,却没半个是万载的。照他跟村上人的说法,他爷爷的同门师弟住在药师寺附近。药师寺就坐落在樟树镇东门,到了镇上也就差不多到了寺院。他搜肠刮肚想不出个主意,巴不得迟些再到镇上才好,可村上人还盼着他早些回去,他不得不一步一挨向着樟树镇晃荡。

樟树镇的樟树比临江还多,处处可见参天古樟,或虬曲如龙,或两三株并生,将个小镇装点得翠色欲流,阴凉异常。镇上有八省通衢,上十家寺庙、庵观,另有菜市街、鲜鱼街、瓷器街、药市一条街……比寻常县城还要大些。进了东门街,药师寺就在眼前。

药师寺供的是药王孙思邈。每年四月二十八药王生日会,四方药商汇集于此,或交易货品,或打探行情,热闹非常。此时已过了六月,外来药商早已返乡,又逢天灾,周边冷清清未见几个人影。

黄武全绕着药师寺走了一圈又一圈,也不知绕到第几圈时,略一抬头,不期然见寺后有人烧纸。

大下午的,也不是初一不是十五,放着院里的菩萨不敬,躲在这里烧纸作甚?

六月的毒日头把纸钱都晒出汗来了似的,烧出的烟气里似含了水分,映得对面屋舍、草木都有些变形,像漾在水波里。武全做梦似的看着那烧纸的人披头散发揪着纸钱往火上堆。揪尽了手里的纸钱,又去树下寻了根枯枝,躬身把尚未烧透的纸钱挑起。

"哎……"武全见他全然不懂烧纸的规矩似的,忍不住提醒,"不能挑,挑烂了就没用了。"

那烧纸的人转头看了他一眼,把闷在一起的纸钱挑得更高。

"烧出的纸灰需得完完整整,才是一张一张的钱,把纸灰挑烂了,就好比把钱捣碎了。"武全补了一句。

那人"哧"笑一声:"哪里来的青皮后生?真真是个榆木脑袋。我问你,烧纸是不是为了敬神祭鬼?"

"敬神倒是敬神,却不能说是祭鬼,是祭祀先人。"

"就说你是个榆木脑袋!你家先人,可不就是别人家眼里的鬼?"

武全倒无法驳他。

"我再问你,你可亲见过鬼神?"

武全老实回应:"并未。"

"既未见过,为何虔心拜祭?"

武全不语。

那人捂紧胸口:"因你心中有神。"

此话倒是有理。

"既是心中有神便虔心拜祭,那我心中有钱,岂不是便可交与神明?要我说,便是连纸钱都不必真烧的,还管这纸灰烂不烂?只要心里有神,比烧多少纸钱都要灵验。"

怪道他如此反常,这么大下午的,不逢初一不遇十五,无故烧起纸来,原来是个别具慧心的人。想是他今日恰巧有个空闲,想来烧纸便来烧了。只是既已到了寺院门边,为何不干脆进去祭拜,偏要躲在寺院后面?

那人哈哈一笑:"后面有风,凉快!"

武全目瞪口呆。真是随兴所至!

那人问:"听你口音似是河西的,这饿死人的时候,热死人的天气,跑来这里做什么?是想投靠亲友吧?"

"说是寻亲,实则无亲可寻。"武全将来龙去脉一一说给他听。

"原来也是个吃了豹子胆的,小小年纪,这样的谎也敢扯,算是条好汉!"

"叔爷莫羞我了。"武全低下头去,"实在是逼不得已……"

"并非羞你。"那人圆目一瞪,"我平生最佩服精于变通之人,一见了那些一板一眼的糊涂蛋,就恨不能敲打几棍。"

"叔爷此话当真?"武全一面留意那人神色一面试探着问,"侄儿若要拜托叔爷请几个道士扮成万载跳魁的人,叔爷可会斥责我冒犯神明?"

"原来不是榆木脑袋嘛!"那人啪啪打了自己两嘴,"叔爷看错了你,这就给你赔不是。"

武全赶忙施礼:"那便有劳叔爷了。"

"走!"那人牵起武全衫袖,"我带你去找一个人。"

武全看着那人的手:"叔爷还是离我远些为妙。"

"怕什么?你又没病!"那人反倒把手换到他腕子上,"便是你也有病,只要我心中无病,便不会染病。"

"叔爷真是高人!那只要我心里把樟树的道士当成万载跳魁的人,樟树的道士便就是万载跳魁的。"

"孺子可教!就是个唱戏的,你当他是道士便是道士!就是个要饭的,你当他是唱戏的便是唱戏的！"

照这说法，莫不是要带他去找要饭的？

武全疑疑惑惑任那人拽着一路穿街过巷，晃晃悠悠来到一幢老屋前面。那屋子右墙爆开半尺有余，裂缝里长着一枝小小的谷叶，大门上方有块长条形石刻，石刻上悬着块锈迹斑斑的铜镜。

好在不是要饭的，屋子再破，毕竟也是个有屋住的。看这老屋大小，早前也是个殷实人家。

"君是南飞雁，一度一过往。皮大先生一年才到我屋下飞一回。"

原来这叔爷姓皮。武全见他方才还落拓不羁，听了屋里传来的说话声即刻变得规规矩矩，唱了老大个肥喏："婶娘一向可好？我叔爷可在屋下？"

"镇上买香去了。你叔爷前世是太上老君座下童子，只要手里有钱，饭都可以不吃，香纸爆竹不能不买。"

武全心想，这人说话跟讲戏文似的，却不晓得长什么模样。

皮大先生作了个揖："我到镇上去找叔爷。"

"四衢八街，上哪儿去找？进来吃口茶吧。"

"如此，那便叨扰婶娘了。"皮大先生拉起武全走下上十级石阶，这才到了老屋门前。

原来这老屋建在一排石阶下面，比四面房屋地势低些，常年晒不到日头，这火样天气，老屋竟像个天然山洞一般，越往石阶下走越是清凉。正因照不到日头，外面光线又烈，站在石阶顶上往下看，屋内只是绿黑一团，看不见里面的东西。此时站在门口，武全才看清那说话的人就坐在门槛后的竹椅上面，是个眉目清朗的婆婆，头发抿得一丝不乱。

9

"这位小爷贵姓？"婆婆看着武全问皮大先生。

"晚辈姓黄,拜见婆婆。"武全行了个礼。

"皮大先生、黄家少爷,请坐。"婆婆端来两把竹椅,抽出镯子里掖着的帕子掸了掸灰。那竹椅其实早已擦拭得纤尘不染,并无半点灰尘。

武全才晓得落拓不羁的皮大先生为何一到婆婆面前就变得规规矩矩,他跟婆婆才打了个照面,不禁也变得规矩起来。

婆婆双手端了碗茶给皮大先生:"不是我说你,回回过来点个火似的,嘴都不打湿一下。"

"怪我怪我。"皮大先生笑说,"我只一心想着不要烦劳婶娘,却丢生了情分。"

"那可不是?"婆婆又双手端了茶递给武全,"人情来往,人情来往。有来有往才是人情。黄家少爷,你说是不是?"

武全听这婆婆言谈既威仪又亲近,看这婆婆行止既端庄又柔缓,一言一行有着说不出的意味,像悬在半空中的瓷瓶,让人不禁处处赔着小心,忍不住去守护、去托举。

皮大先生抿了口茶,想起来说:"我刚在门口见婶娘墙缝里长了枝楮桃,莫把墙给撑裂了,我帮婶娘拔了。"

"拔它做什么?我还指着它做药呢!"婆婆拿来两把蒲扇,"这墙都裂了多少年了,刮多大风下多大雨也没倒过,小小一枝楮桃哪里就把它撑爆了?你且安心凉快凉快,你叔爷去了大半日了,不久就会回来。"

他们说的楮桃就是谷叶。在雅人嘴里,这滥贱东西竟有如此雅称。

武全悄声问皮大先生:"这婆婆什么出身?晚辈短见薄识,从未见过这样可亲可敬的婆婆。"

皮大先生也不怕婆婆听见:"我婶娘祖上世代行医,擅长针灸,在清江很是有些名气。"

"只恨老身生错了身子,不是汉子。"婆婆接过话去,"我若是条汉子,定要跟我爷爷、公公一样救死扶伤。"

"婶娘不是汉子却远胜汉子百倍。"皮大先生把椅子挪到婆婆跟前,给她打扇,"常听老人家说,早前咱们皮、何两姓年年为着争水起械斗,年年要死几个后生,后来何家人请婶娘出马跟我皮家调停,你一个十三四岁缠着小脚的妹子,竟说得一屋子老少爷们心折口服。婶娘一张嘴,顶过多少刀枪剑戟?世间几个男子能有这等本事?"

武全见婆婆风采卓然,本就有了几分钦慕,只不过仍是把她当成有些见识的老妇人而已,不承想还有此等壮举,比寻常爷儿们不知强到哪里去,更是钦慕得五体投地。想她村上定有长者又有男丁,却派了她一个十三四岁的妹子去做调停,可见她小小年纪在村上早已有了声望。

"叔爷回来了!"皮大先生拊掌叫了一声。

武全往门口一看,一个精瘦的老者挑着担子走下石阶。

皮大先生迎到屋外去。

"鹤股来了?做什么找我?你是无事不登三宝殿。"老者将皮大先生唤作"鹤股",想来是皮大先生的小名,那大名恐怕就是"皮鹤"了。

"还是叔爷晓得我。"皮大先生帮那老者托住扁担,"叔爷屋下几副傩面可还收得在?"

"收是收着,却不是傩面,是我照着傩面雕来玩的。"

"心中有傩便是傩面,管它真的假的,全凭各人心意!假的也是真的,真的也是假的。"皮大先生在老者面前恢复了落拓不羁的本性。

"我要不说,的确无人可辨真伪。"老者面露得意之色。

原来这老者早年做过庙祝,痴迷各色神像,庙里请的、自己雕的摆了满满一间房,几排傩面挂在墙上。

老者告诉皮鹤:"刚跟你婶娘定亲那阵儿,你婶娘她爷爷还想让我学些医术,有一回带着我去浏阳,回来时被大雪困在了万载,在那儿过了个年。正月里见他们出傩,那排场!那阵势!真真把我给齁的!我回来后就照着记性雕了几副傩面,无事时着亲友玩玩。把你婶娘她爷给气得!说'我带你去看看那边的药市,你倒好,心里只记得这些神神鬼鬼',从此绝了叫我学医的心。"

婆婆笑说:"可不是? 你叔爷也是奇人,我爷教他扎针,他学了一百回也记不住穴位,无人教他刻菩萨,他看一眼便会了。"

老者抚了抚婆婆的背:"要不是雕了那么多菩萨像,我一个穷小子哪来的福气,娶得上何大神针的千金?"

"啧啧啧,"婆婆一脸嫌弃,"照你这意思,都是菩萨的功劳啰? 分明是我心善,见你可怜。你倒好,功劳都算在了那些木头疙瘩上!"

"是你! 是你! 都是你的功劳!"老者虚握着拳头在婆婆下颏上"咯噔"一下,给她吃个"豆子"。

武全从未见过这样亲热的老夫妇。

"侄儿今日前来,是想借叔爷的傩面一用。这位小兄弟村上起了疫症,"皮鹤拉了拉武全,武全即时跪了下来,"想请一班子万载跳魁的到祠堂里去驱疫。可万载傩班哪是轻易请得动的? 况且路途遥远,就算请得来,也不知要耽误多少时候。左右是个意思,我想干脆借上叔爷的傩面,拉上一班子弟兄,到他村上跳上一回。"

老者略显迟疑:"我便应了你,你那帮子兄弟又哪里会跳?"

"他村上又有哪个会跳? 叔爷抽空指点我们几日,我们混一混也便成了。"

老者看着婆婆。

婆婆用蒲扇把子杵了杵皮鹤的肩:"你皮大先生要么是不来,来了便总有些邪里邪气的主意。你疯惯了,婶娘也不拦你,只是人家村上人万一看破了你们,莫把你叔爷也扯进去。"

皮鹤笑眯眯揉着肩,仿似扇把子上沾了糖:"婶娘尽管放心,没我叔爷的事!"

第二章 新事

10

当夜武全就与皮鹤同宿,次日赶早回了村上。族长晓得他是故弄玄虚,由着他向族人胡说八道,待他安了大家的心,这才得空告诉他女先生夜里也未归去,因他屋下无人,便就住在他家。

武全奇怪:姐姐日日早来晚归,昨夜为何也不回去?

以他的机敏,本该有些猜测,可一想到静仪住在自家屋下,他便只剩满心欢喜。

爷娘走后,多少日夜,他孤身在那空落落的屋下游荡,眼泪都憋在肚里不敢流,思念都压在心里不敢想。如今静仪在那屋下住过了,他便如同又得了个亲人。

入夜时分,侯木生来了,长须飘飘骑了匹壮马。武全见惯了师父笃言慎行,乍见老人家矫若游龙,钦佩之情又暗添了几分。

侯木生从马背上拽下一包草药扔给静仪:"怕你用药还要加减。"

静仪说:"派个伙计送来便是。劳动爷爷亲身前来,女儿罪过了。"

侯木生说:"你初次在外留宿,做爷娘的怎能不劳心?"

静仪又说:"女儿有罪,让姆妈跟爷爷操心了。"

侯木生慈爱地看着爱女,看了一会儿,吩咐武全说:"替我把马牵到田垄里去吃几口新鲜的吧,这阵儿事多,伙计们许久没放马了。"

武全喜滋滋牵了马去。能给师父放马,他霎时觉着师徒又亲近了好些。

放完马回来师父就走了,武全苦留不住。

是夜静仪仍旧借宿他家,他与狗子搭铺。一连三日皆是如此。

武全沉浸在与静仪跟师父越来越亲近的喜悦里。第四日上,仿似大晴天里劈下个惊雷,不知为何,他猛然就清醒了。

"姐姐为何连日不归?莫再瞒我。"

"我……"静仪略一犹豫,心知瞒不过了,直言说,"这几日我发热厉害,下颏处也起了硬块。你莫多想,也不定是什么。爷爷替我把过脉了。"

武全举目望天,强忍着泪:"那日师父叫我放马,我还喜滋滋的,原来是有意把我支开。"

静仪抿了抿嘴:"并非有意瞒你,只是不想惹你担心。"

武全问:"师父怎的没开药?"

静仪顿了顿:"……开了,不好当着大家的面吃,每日早晚在你屋下用了。"

武全日日借宿在狗子那里,碍于男女大防,有意少去自家屋下,并未察觉静仪在熬药,真是该死得很!还说什么做牛做马也要报答姐姐,如今姐姐病着,自己竟连她在吃药都不晓得。

"都这个时候了,姐姐还顾及这些!以后就由我来服侍姐姐吃药吧。"

"万万不可。如今这村上千头万绪的事,多的是指望你。每日里前来寻你的人,没有好几十,也有上十个。你若给我熬药,难免被人碰见。眼下本就人心惶惶,若晓得我也病了,这村上人都要吓得往外跑了。"

"姐姐不想大家晓得,那便回去调养几日,身子好了再说。我这就送姐姐回去。"

"回去做什么?与黄家父老伴在一处,我心里安适。"

武全本想说"我黄家人如此对待姐姐,姐姐不必为了他们如此",可事到如今是死是活也不是回不回去的事,再者,不想回去自然是不想感染药栈的人,硬要送她回去,反倒拂了她的心思,于是话到嘴边换了一句:"黄家父老早把姐姐当成了村上儿女。"

静仪莞尔:"医者为救人而死,也算死得其所。人有生,固有死。生尽其用,死便无憾。"

"姐姐不会死!姐姐若死了……不!呸呸呸!"武全连打了自己几个嘴巴子,"姐姐不会死!"

静仪忽而吟起诗来:"龙衔宝盖承朝日,凤吐流苏带晚霞。要不是鼠疫作怪,今日的晚霞倒是很值得一赏。"

"这有什么?"武全拉起她,"管他鼠疫不鼠疫,该赏的景还是要赏。武全不懂吟诗,却晓得一处好地方,这满天霞光皆可尽收眼底。我带姐姐去!"

"你已忙了一日,我怎好再让你陪着受累?"

"你这人！总是只顾别人，何时想想自己？再说了，姐姐怎断定我陪你赏景便是受累？姐姐是见我不会吟诗，便料定我不懂赏景？真真小觑我了！武全胸中无墨，眼里却有美。"

"好好好。原来也是个高风雅士！怪我小觑了你。"

二人直奔后山而去。山上添了不少新坟，一路上洒着大片大片雪白的石灰，直把盛夏的山林洒得如同盖着一层雪。武全跟静仪也不忌讳，踏着一层层石灰直往山顶爬去。

山顶凉风习习，周边村落尽收眼底，远空与村落相交。红的、紫的、黄的云彩从极远的村子后边升腾起来，仿似那村后有金山在烧，彤彤的火、灿灿的光。若不思及灾情，真有物华天宝之感。落日熔在云彩后面，似打翻的丹炉引燃了仙子的水袖，一截子正烧着，另一截甩得老远，一长溜儿蜿蜒着荡过了半边天。

"啊……啊……"武全叫了起来。

"唱个曲儿吧。"

武全不会唱曲儿，却也并不推辞，顺口就编了个调子："临江府里出美人，再美不过侯静仪。侯家世代出名医，医好乡里百万人。"

静仪由着他胡诌，一劲儿拍手叫好。

"你就开了？"

武全正唱得起劲，听得静仪跟谁说话，顺她目光看去，只见乱石背后低洼处泼辣辣开着一丛艳红夺目状若龙爪的花。

"前阵子久雨不歇，多少草木都浸死了，你倒开得早于往年。"原来她在跟花说话。

武全认得这是蛇药花，能解蛇毒，常开在阴沟里、坟地旁，又叫死人花。他本就悬心静仪的病情，此时见了这花，心下不免一凛。

却见静仪伸手去摘。

"姐姐莫摘，这花有毒！"

"晓得，这是金灯。薛洪度有诗，'阑边不见蘘蘘叶，砌下惟翻艳艳丛'，我哪里舍得摘它？"

原来静仪只是拂去它近旁的飞虫。

这花竟有这样好听的正名。蛇药花、死人花都是他们这些粗人喊出来的别名，在姐姐嘴里，这花与漫天霞光倒是相配。

"落霞再艳，艳不及你半分。我与武全只顾着看它们，却未留心你们在这里。"静仪也正拿金灯与霞光相比，"武全，你看这花，有花无叶，叶生花败，花叶不相见，动如参与商，真是稀罕。"

因听了金灯之名，武全对这花消了忌讳："人常将女子比花，我看姐姐最像栀子，却不知哪样的女子能与金灯花相比？"

"比作金灯的女子，再艳冠绝伦也是孤凄一生，我唯愿世间无此女子。"

虽有了金灯之名，却仍是不祥之花！

静仪接下话去："相传人死之后，便由这花一路引到忘川河畔，过了忘川，便是另一边了。这花，只可与孤魂野鬼相伴。"

终究还是死人之花。

莫不是静仪姐姐真要死了？

姐姐死了，村上人还能活吗？

村上人活不成，自己一个又怎会漏下？定然也跟大家一样死了。

这早开的金灯，可是提前来引路的？武全细细看去，只见一窝窝山坳里都有金灯，从山顶一直蔓延到山脚下。

一片片雪样的石灰，一盏盏血样的金灯。白得心寒，红得心惊！

罢罢罢，死便死吧！黄泉路上真有此花相伴，也算一路艳景，好过幽黑凄冷一团。

当日在破庙里发过的愿重又响在耳边，武全一时一刻也未曾放下这个心愿，只是碍于静仪已许了宝祥，这才强自按下不提。如今他与静仪怕是都活不长了，管她是先许了张宝祥还是李贵生，此时唯他与她相伴，先许了谁都不算。

"姐姐，"武全摘下一朵金灯，"姐姐可还记得我曾在破庙里对着观音菩萨许愿？"

"咦？"静仪奇怪,"才说叫我莫摘,你自个儿倒摘了起来。"

武全把花插进静仪鬓间:"我跟菩萨许愿,若能活得下来,定要娶你为妻。"

静仪一笑:"先要活得下来,才能再说嫁娶。"

她竟并未回绝!

既未回绝,亦不诧异。难道姐姐早已了然此中情意?是了然,还是淡然?姐姐生性恬淡,不当回事也未可知。不论了然、淡然,武全只想守着静仪,寸步不相离。

11

静仪瞒着人吃药,还是架不住人心惶惶。黄家已成了死人窝,没病的也开始往外跑了。

寝堂里时刻有人在跪拜先祖,都是困在祠堂里不能外出的病人。他们服过了药便轮流到神龛前跪着,也不求什么,只是跪一阵图个心安。香炉里从早到晚升腾着袅袅烟气,将寝堂笼罩得如同仙境。走进缭绕的香烟中,仿似有了一层先人的庇佑,所有的病痛都被阻隔在外。走出香烟,病痛又即刻贴上身来,仍是水深火热的人间。寝堂与祭堂只隔着一道门而已,却像隔着天与地,隔开了迷幻的错觉与清醒的恐惧。

族长急得追着武全问:"你请的人呢?怎的还没个影儿?"

武全心里打鼓:那皮大先生性情古怪,莫不是不愿来了?

这话自然不敢对着族长说,只能给他定心:"大公公莫急,这两日就要来了。"

远处爆竹声响。天灾过后,各村丧事不断,响爆竹很是平常。

"过两日再不来,村上就要没人了。"族长犹自悬心。

爆竹甫停,又有鼓乐声响,隐隐的咚锵嘀嘟。办丧事总要吹打。

武全宽慰族长："大公公放心,定会来人。"

鼓乐声愈响,族长缓缓起身,竖尖耳朵细听："咦?不像哀乐?"

"这时候谁家还办喜事?"

"也不像办喜事。"

"那是……"

爆竹噼里啪啦越响越密,像是往这村上来的。

"待我出去看看。"武全起身。

走出祠堂,只见水塘前边来了一路人,轿抬伞打,匾横旗竖,数十人里倒有十来个在放爆竹,好不壮观!

"什么名堂?"狗子赶着出来问。

武全两眼白白。

人群转过水塘,前头的爆竹未停,后头接着又放,炸得泥水满天乱飞。浓烟滚滚罩着人脸,看不清面目,只见各人手里拿着刀枪斧剑。

"莫不是官府晓得村上起了鼠疫,派人来抓我们?"

"抓人哪要打鼓、放爆竹?"武全白了狗子一眼。

"那是什么东西呀?"说话间来人已到了祠堂近前,狗子急得声都尖了。

那队人里领头的长袖一挥,一挂爆竹直向祠堂飞来。武全连退两步,炸裂的爆竹就贴着他的脚尖。脚下还没站稳,后面的人也打梭镖似的一梭子一梭子爆竹往他脚下乱扔。一时间祠堂门口爆竹子乱窜、红屑子乱飞。武全头上、手上都被炸得生疼,狗子早已连跑带爬躲回祠堂里面去了。乌烟瘴气熏得人睁不开眼。

"贤侄近日可好?"一个怪里怪气的口音传入武全耳内,"我把万载傩班带过来了。"

武全勉力睁开眼来,那人正是皮鹤,穿一身唱戏样的衣裳。上回听他说话并不是这个声气,捏起嗓子便算是带了万载口音?

"你做什么搞成这个阵仗?"武全忍不住低声质问。

"山人自有妙计。"那皮鹤也压低嗓门,得意扬扬。

炸完了一通爆竹,接着是一场锣鼓,也不晓得敲的什么调儿,咚锵呼嘭震得武全几欲作呕。

锣鼓班里,武全看见那日皮鹤唤作叔爷的老者也在。老者跟武全对上了一眼,微微递个眼色致意。

皮大先生不是许过婆婆定不牵扯这位公公么,怎的又把公公扯了进来?

公公身后站着个戴了傩面的人,看身量十一二岁,想是个贪玩的伢仔,一队人里就他戴着傩面。

千凶万险的,带个伢仔作甚?这皮鹤真真是妄作胡为!

族长已带着一众后生自祠堂出来,另有几个病人倚在门口张望。皮鹤举起双手往下一按,鼓乐停了。武全上前引见:"大公公,这就是我爷爷的同门师弟。叔爷,这是我们族长。"

族长打了个拱:"师傅贵姓?"

"小姓皮。"

"那便有劳皮师傅了。"

"族长放心,"皮鹤大言不惭,"我万载傩班最擅驱疫,我等一来,保管神到疫除。"

"那敢情好!"族长做了个"请"的手势。

皮鹤两手一抬,腰锣响了起来。敲锣的正是皮鹤唤作叔爷的公公。锣锤打在鼓面上,发出"咚"的一响,打在鼓边上,发出"呛"的一声。"咚""呛"之声相互应和,深沉有力、余音袅袅、极富韵律。武全见村上人纷纷点头,心说:幸有公公助阵,那帮子胡敲乱打的,怕是还没开场就要给轰了回去。

一帮人取出傩面戴上,武全用心一数,总有二十四人。先有人手执斧、凿上场,东戳一凿、西劈一斧,动作迟缓、庄严,似在开辟石山。那傩面口长獠牙、头生双角、圆目怒视,甚是骇人。不论舞得对与不对,终归令人心生畏怯。武全稍稍松了口气。

陆续有人舞了一回。骇人的面具配着奇诡的舞姿,加之香烟缭绕、纸灰飞扬,再有爆竹时而炸响,武全只觉熟悉的祠堂口恍似换了一番天地,梦境样似幻似真。

　　十余人舞毕,那公公把腰锣一放,戴上傩面上场,原来他也要跳。只见他屈膝为方,环抱为圆,回顾为扁,侧身为仄,一样缓慢、庄严,又似别有讲究。舞了几下,亮开嗓门唱了起来。原来这位傩神要唱,怪道公公亲自上场。

　　公公唱罢,又有几人上场。有了公公做比,这干人便显出拙来。武全不由得又悬起了心,偷眼留意村上人,并未见谁神色有变。想是他心中有鬼,这才格外起疑。

　　武全暗笑自己做贼心虚,方才把心放下,猛见那跟来玩耍的伢仔走上场去,手执一柄长剑,身板一拉就舞了起来。怎的他也上场?武全脑袋里轰隆一下:这伢仔万一摔了,岂不就此露馅?皮大先生也太过胆大了些!正急得不行,又听那伢仔唱了起来,他声音喑哑,铁器磨在砂石上似的,吵吵嗾嗾。武全脑袋里的轰隆声跟那伢仔的吵吵嗾嗾声混在一起,直如一百头驴子在拉磨,吵得他头都要裂了。好容易定下心来,听他唱的是:"……看得来了百万兵。梳结盘龙戴铁帽,摘扎罗衣围叠裙。"这唱词与那吵吵嗾嗾的嗓音倒还相配。只盼他速速唱完下去。

　　熬到伢仔退了场,公公又上来唱了一段。公公唱完,武全正想着余下的人随便敷衍敷衍快快收场也就罢了,最要紧是莫要闹出事来。不料接着公公唱的,又是那个伢仔。武全总算看明白了,会唱的只有公公跟那个伢仔。难怪这么小个人儿,还被皮鹤谋了前来。好在村上人也不晓得原本该有几个唱的,只道仅他二人须得说唱,公公与这伢仔唱腔也还稳当,用的好似是万载口音。

　　那伢仔正唱着,水秀婆婆扒着祠堂门挪步出来。这几日她也病了。武全赶忙上去扶着。

　　"这声气听着怎的像个妹子?"水秀婆婆碎碎念着。

　　那人戴着面具,看不见样貌,面具形象又颇为狰狞,武全只当是个伢仔,水秀婆婆一说,那吵吵嚷嚷的粗嗓门里,倒真像带着几分女气。婆婆一直在祠堂里躺着,未见那人所戴傩面,因而听得真些。

"哎!"水秀婆婆凑到那人面前摆了摆手,"我老婆子就要死了,你这妹子莫来糊弄我。"

族长赶上来制止:"老嫂子莫要冲撞神灵。"

那人年纪虽小,倒是镇定,与水秀婆婆相隔不过两尺,既不避让,亦不停嘴,犹自身形稳健边舞边唱。

"什么神灵?她分明是个妹子。哎!你这妹子莫要糊弄我们!"水秀婆婆抬手一掀,将那人面具揪了下来。

长发一甩,那人转了个身,长剑往水秀婆婆背上一劈:"呔!"

"真是个妹子!真是个妹子!……"众人惊叫起来。武全脑袋里一百头拉磨的驴子跑到了人群中……不,不止一百头,直如千头万头驴子拉着磨,轰隆隆响声不绝于耳。纵有十足定力,他也要疯了。

混乱中只见那妹子脸如圆盘,面色黝黑,额生两角,唇如朱漆,眉目间英气凛凛。指指点点的手指都要戳到脸上去了,她却如置身事外傲然独立。

武全的心狂跳不止,那妹子只将长剑收于身侧,双足立定,单手拈着兰指置于胸前,嘴里喃喃念动咒语。

武全村上人围着那妹子大呼小叫,却也不敢动手。

"呀咦!"那妹子仰天一啸。

武全村上人惊了一吓,不禁后退一步,抻着脖子等她动静。

她一动不动定了片刻,陡然笑容一展,对水秀婆婆说:"恭喜婆婆,您背上的疫鬼被我斩杀了!"

武全村上人"噫"了一声,又围上去七嘴八舌指指点点。

"婆婆活动活动,"那妹子无视众人,拉着水秀婆婆转了个圈,"身上可是松快一些?"

"真帮我把疫鬼斩了?"许是病入膏肓,亟盼生机,水秀婆婆居然有些相信。

众人听得水秀婆婆那样问,也不由得有些好奇,都上上下下巡睃着她的后背。

"进屋捉鬼!"那妹子却不再理会水秀婆婆,把手一挥,率先跳进祠堂,一干戴着傩面的人手持铁链跟了进去。

进了祠堂,光线一暗,龇牙咧嘴的傩面须臾间变得模糊不清,仿似隔着一层无形的帐幔。武全梦游似的跟着他们,身处其中,却像离得极远。妹子拿着长剑在幽暗处东戳西刺,仿似那暗处躲藏着什么鬼祟东西。戴着傩面的人跟在妹子身后,作势从她戳刺的暗处揪出什么东西捆绑在铁链上。

武全村上人挤在门口看着,不敢进去,也不敢将那妹子驱赶出来。

折腾片刻,那妹子又率先牵着铁链拉拉扯扯走出了祭堂,恍似那铁链上拴着许多推推搡搡的活物,戴着傩面的人沿着铁链拳打脚踢,似在踢打那些推搡的东西。

"全在这儿了!一只不剩!"妹子把铁链往地上一扔。

武全村上人凑近去,瞪圆了两眼死命往铁链上看,想在那空空如也的铁链上看出什么东西来。

不待他们细看,那公公扮的傩神跳到铁链上,三张纸钱一折,点燃了往空中一抛:"尔等虽为疫鬼,却也是条性命,今日且不杀你们,速速往别处去!我欧阳金甲大将军在此,往后再敢祸乱此村,定杀无赦!"

"锣鼓!"那妹子大喊一声。

各色锣鼓又呼呤嘭隆一顿乱敲。公公扛着一把大伞跳到人群中央,高喊:"团将!团将!"皮大先生往那伞下一指:"凉伞有欧阳金甲大将军撑着,躲进伞下便可护体。"

人群一拥而上,信的、不信的、半信半疑的都往凉伞下挤,就连祭堂里原本爬不起来的病人也跑进凉伞下边去了。

宁可信其有不可信其无,到凉伞下躲一躲也不失什么。这群别无他法的人,只能抱着这个想法。

一群人挤在伞下，如同一场圆满的村戏。

无人再问那妹子的男女，亦无人疑心傩班的真假。

事情就这么过去了？就这么过去了。

武全不敢相信。但的的确确，事情就这么过去了。

武全村上人宁可相信疫鬼已被赶走了。疫鬼赶走了，谁还琢磨傩班的真假？

武全总算见识了何为乱中取胜。

那妹子斩了一只疫鬼，居功甚伟。

她笑盈盈跷着脚坐在门槛上剥花生吃，花生壳弹得满天都是。武全村上人将她当了仙姑附体，无人呵斥她坐不得祠堂门槛。几个后生追着她弹出的花生壳捞进手里，扑蝶似的。

族长悄声训责武全："你胆子也忒大了些，就这么一班人也敢请过来？幸而那妹子机灵。"

武全寻思，那妹子怎的头上会长角？细心看时，却哪里有角？只是她额头生得高，额型方阔而已。

不知村上人在那妹子初露真容时，是否也将她高阔的额头看成了角。一个小妹子，若不是头上生着角，怎能慑住众人？

烟熏火燎筛锣打鼓的，村上人都看岔了也未可知。

这妹子长得怪，言行更怪，不知什么人家养出来的。

果然物以类聚人以群分，皮大先生怪，他谋来的人也怪。

族长令人送上了孝敬大菩萨的香纸钱，拱手谢过皮大先生，又扬声高呼跳魁众人："诸位神仙，万载与清江相隔甚远，众仙不辞劳苦前来，我合族上下感激不尽！如今我族上遭难，不便招待众仙。待得他日族中平定，定携族人前往万载致谢。"

皮大先生领着假傩班走了，武全才松了口气，直如打了场仗。

静仪赞叹："那手执长剑的妹子，真真英武之极！"在武全眼里，再英武的妹子也及不上他静仪姐姐半分:"姐姐手中无剑,心中有剑。"

12

驱疫之后,武全最为忧心的是如何压服口声。他明知傩班是假,定然无法除疫。即便傩班是真,唱唱跳跳便能驱疫,还要医家作甚?不论真假,村上都免不得还要少人,到时如何稳住族人?

怕什么便有什么,驱疫当夜,水秀婆婆便没了。武全猜着必定有人要问:"不是斩杀了她背上的疫鬼吗?怎的这就死了?"

他硬着头皮去给水秀婆婆收殓。

走进祠堂,油灯如豆,病人们脸上半明半暗,犹如一半在阳世一半在阴间。

一张面孔扬得格外高些,眼看就要向他问话,武全直想背过身去,却不得不强作镇定迎了上前。

"怪她自己,硬要去摘那妹子的傩面!这不?冒犯了神灵,这就死了。"听得那扬高的面孔如此一说。

"是啊是啊!好好的,摘那傩面做什么?"病人们纷纷附和。

竟是这样?武全心想,幸而走的是水秀婆婆,换了别个如何交代?

武全抱起水秀婆婆走出祠堂。她家人上下五口候在门外。武全又恐遭受质问。她家人却只齐刷刷号哭着说:"好好的,摘那傩面做什么?"

这一关便过了。这一关竟如此轻易就过了。下一关又如何?摘了傩面的,也就水秀婆婆一人罢了,下一关又如何说呢?下一关,走的是个跟武全一样在祠堂里帮忙的后生。那后生当日可是对着大菩萨磕过头的。

武全前去收殓,又听得病人们说:"他杀孽太重,常在三月打鱼,一尸千条命,不知杀过几万万条鱼呢!"这一关又过了。

再一关。不打鱼的也死了。众人又说:"素日见他仁厚,却不知他闲来无事便坐在门口掐蚂蚁。蝼蚁虽小,也是性命。它不惹你,你掐它作甚?"

但有人死,众人总能找出他的恶事,终归是死者该死,无人质问傩神真假。

武全恨不能大哭一场。他无路可走的族人啊!只能抵死信着傩神,除此之外再寻不出别的活路。

他将永不被揭穿,也将永不能坦陈。

他不必忧心如何稳住族人了,却比稳不住族人煎熬万倍。

他开始学着众人清点自己的恶行,看看是否值得神明留条性命。他跟他的族人从未如此细致拷问过自己的一言一行。

鼠疫过后,若有幸存,劫后余生者都将变成大善人吧。若有幸存的话……

也不知埋了多少人,武全眼看着连静仪都要保不住了,几近绝望时,他师父带着侯秋林跟侯细苟两位师傅来了。

"师父、师叔们怎的来了?可是来接姐姐回去?"武全欣喜。

"章山的鼠疫止了。"

不期然听得这么个天大的好消息,武全喜得缓不过神:"止了?怎的……也没听得什么……这就止了?"

侯木生并无喜色,埋着头给静仪把脉。

武全悄声询问侯细苟:"章山用的什么方子?"

侯细苟一改往日脾性,一言不发盯着侯木生诊脉的手指。

武全又悄声靠到侯秋林身畔,想问他章山活了几个死了多少,见他跟老猴子一样,亦是一言不发盯着侯木生诊脉的手指。

侯木生一边给女儿调整药方,一边吩咐众人:"即刻起,这祠堂里的人除了后山,再不许往别处去。武全给帮忙的各人屋下带个口信,今日起大家吃住都在这里,各家屋下备张竹床、一副碗筷,送到祠堂口。你也到自家屋下搬了竹床取了碗筷来。另请族上着人将吃食送来祠堂口便是,切不可进门。口信带到你便反身,莫在村上乱晃。"

这便是尽力隔离了。后山因要埋人,免不得还要过去。去了也无甚牵连,那地方连野狗都已绝迹。除了取食时触到菜盆、饭甑,祠堂诸人与村上再无沾染。

武全带到了信儿,另借了四张竹床,多带了四副碗筷,备给侯木生并静仪诸人。

约莫申时,有人在外头喊"师父"。

侯秋林说声"润墨来了",便收齐了新开的药方出去。

片刻回来说:"宝祥争着也想同来,润墨他们好容易拦住了。明日送药,怕是拗不过他。"

侯木生回:"叫他莫来,来了便逐出药栈。"

侯秋林又出去传话。

侯木生到寝堂里取了四个蒲团过来,老猴子与静仪跟着他盘腿坐在蒲团上打坐。侯秋林返来,也一样打坐。

酉时有人送了吃食过来。侯木生叫武全与帮忙的后生们先去取食。武全一并将师父等四人的吃食取了。侯木生先将吃食搁在一边,预备带着老猴子跟侯秋林去给病人们取食。武全拦着:"让我来吧,左右我日日都与他们混在一起。"侯木生也便罢了,老猴子并侯秋林才跟着坐下。两个后生跟了武全出去。

用毕夜饭,侯木生沿着檐廊来来回回活动筋骨,老猴子同侯秋林跟在后面。武全也扶了静仪跟着。后生们见了,亦纷纷跟了上去。尚能动弹的病人也勉力跟了出来。

檐廊上数十人挨挨挤挤亦步亦趋,寂然无声。

章山的鼠疫究竟如何止住的?武全不敢问,甚而不敢想。

侯秋林摸出火来避到祠堂口去点烟,几个后生跟着出去与他攀谈。众人止了步。武全指了几个后生:"你三个同我一起把竹床给先生们搬进来。"侯秋林从门口探进头来:"我就睡在外面。"老猴子说:"我也住外面。"武全便只搬了两张竹床放在檐廊下,扶静仪在当中一张坐下。后生们都出去了。祠堂口十来张竹床连在一起,竹排样的。

连日天晴,外头倒还住得。

武全仰面躺着。星子撒满了天,碎银子似的。章山空了吧? 空了的章山,也在这些碎银样的星子下面。这等好看的星子,章山却无人看。人都去哪儿了? 天上还是地下? 武全眼皮一合,人便到了章山。

章山的茅棚水一样流淌起来,黑压压汇成了河。父亲站在茅棚河上喊:"武全,武全……"武全大喜:"爷爷? 爷爷身上可大好了? 孩儿还当您……当您病故了。"父亲一笑:"好不好有什么要紧,好不好我们爷俩都可日日伴在一起。"武全松了口气:"如此便好。"说着便要迎上前去。父亲连连摆手:"莫要过来! 莫要过来!"武全伸手一拉,父亲化作一片银灰顺流飞去。武全踩在茅棚顶上直追。银灰冉冉飞到天上,天河样的,光灿灿照着他孤身在黑河上飞奔。

天河光灿灿照着武全转醒,左右都是鼾声,他孤身一人睁着眼直至天明。

13

张宝祥还是来了,骑了匹灰溜溜的瘦马,一马当先跑在前面。身后追着一匹黑马,驮着个胖墩墩的后生,马背上吊着几串齐齐整整的药包。这黑马甚是健壮,脚下虎虎生风,却始终与灰马隔了一箭之遥。黑马后头,有人挥着鞭子赶着辆马车,车身颠簸,车轮随时都要滚出去似的。看不真赶车人的面目。

灰马率先到了水塘前,缰绳一勒,缓下步来。黑马瞬时赶到,挡在灰马前面。两匹马儿擦颈而过,幸而都长着眼,不然便要撞个稀烂。

张宝祥翻身下马。微胖后生俯身一跃,箍着他打了个滚。

"放开!"张宝祥大喊。

微胖后生憋红了脸,胖嘟嘟的身子牢牢压在他胸口上面。

马车追了上来。赶马的鞭子一丢,车舆里钻出两个后生。三人喊了声"宝祥哥莫怪",一齐上来将张宝祥的手手脚脚压在地上。

侯木生走出祠堂,侯秋林同侯细苟跟了出来。

压着宝祥的四人住了手,扑了扑衣裳上的灰,规规矩矩齐声喊"师父"。

侯木生指着黑马背上的药包："交给你师父。"

微胖后生应了,将马背上的药卸下,交给侯秋林。

"回吧,申时仍旧润墨来拿方子。"

微胖后生又应了。

侯木生转身要走,张宝祥上前一步："爷爷,就让我留在黄家吧!"

四人忙得又将他箍住。

侯木生轻咳一声："你也回吧。"

张宝祥单膝跪地："我医术虽不及秋林、细苟两位叔爷,跟在旁边总能打个下手。爷爷开恩,就把我留下吧!"

侯木生挥了挥手："带他回去。"

微胖后生往张宝祥面前一站,马车上三个后生后面、左右一围,四人捉猪似的,把张宝祥往车舆里塞。

张宝祥踢打着："放我下来!我要同爷爷跟两位叔爷共进退!"

侯木生咳了两声,指着张宝祥骑来的瘦马："把它留下吧。"

黄武全牵了马去饮水,听得张宝祥仍在车里喊："让我下去!爷爷!爷爷……"

张宝祥始终不曾喊过一声静仪。武全晓得,他心里定然是想见见她的。

静仪不曾出来相见。

她靠在竹椅上,什么都不曾听见似的。

以往见那张宝祥事事管束静仪,武全只觉他可厌之极,今日与心爱之人一墙之隔,他倒只字未提,武全不禁动了恻隐之心:我只知他量窄,却不知他如此隐忍,又对师父如此忠心,冒死也想留在这里。

武全饮完了马,带着几个后生在祠堂口煎药。有个老者忙忙地跑来站在远处喊："好像之前那马车……那马车跟马……又回来了,带着好些人!"

武全问:"你是说先前那些骑马跟赶车的人又回来了?还带了好些人?"

"不知是不是。"老者说,"我才去前边地里想要扯些蓼子草,见一大堆人坐着辆马车,三四个人挤在一匹大黑马上,像是往我们黄家来的。"

武全寻思:便是去而复返,又怎会多出这些人来?马车大抵一个式样,黑马也多,定是别个。饥年馑月的,也不知这些人聚在一起作甚。

不多一会儿,这些人逶迤着来了,跟那老者说的一样,马上挤着三四个人,马车上或站或坐、连车辕上都挤满了人。打头的正是张宝祥,晃悠悠骑在马上,身后探出好几个脑袋。

再健壮的马驮着这许多人,脚下也虚了。

黑马"的的笃笃",马车"吱吱呀呀",缓步到了祠堂面前。

侯木生又出来了。几个病人架不住好奇,也跟在后面看。侯秋林跟侯细苟劝了病人回去。

马背、马车上的人下饺子一样"噼噼噗噗"跳落下来,一字排开,齐刷刷行礼喊"师父"。

微胖后生单腿跪地:"师父恕罪。我跟顺良他们方才带了宝祥哥回去,半道上碰到师兄弟们。兄弟们原打算一起走到黄家来,帮着师父们一起给黄家人治病。碰上了我们,便拦了……拦了我们的马,一起返来黄家。兄弟们誓与师父共进退。"

"起来吧。"侯木生抬了抬手,一一扫视众人,"人人都说我侯济仁栈门规森严,却不知如今徒儿们都大了,个个自有主张,师父的话早抛到爪哇国去了。"

来人纷纷下跪:"师父恕罪。"

"我也犯不着恕你们的罪,我也治不着你们的罪。"侯木生连咳了几声,"我千叮万嘱令你们守好药栈,万万不可跟来这里,你们却一个不剩,统统跑了过来。我哪里有本事来治你们的罪?"

众人埋头跪着,再不敢吭一声。

"还跪在这里做甚?还等着我抬了轿子来一个个送你们回去不成?"侯木生激烈地咳喘起来。

微胖后生慌得想要上前给侯木生顺气。侯秋林大喝:"回去!等这边的事了了,回了药栈,我先揭了你的皮!"

张宝祥跪步上前:"秋林叔爷!莫怪润墨,要怪就怪我吧。是我先行抢了马,硬要跟着来的,这才引得师弟们一起赶着跟了过来。"

"你?我如何治得了你?你如今出息大了,连你侯家爷爷的话都全当耳边风,我算老几?"

"秋林叔爷莫要动气,要打要骂,侄儿甘愿受着,莫气坏了叔爷的身子才是。"宝祥连着磕了两个头,"侄儿不是不敬叔爷、爷爷,只是,爷爷跟叔爷们都在这九死一生,我年纪轻轻却躲在药栈,如何安得下心?"

众学徒纷纷点头:"是啊,师父们都在这里,我们做徒弟的,哪能躲在药栈偷生?"

侯木生调匀了气息:"我临行前如何叮嘱你们的?你们守好了药栈,便是头功一件。"

"就算要守药栈,也该爷爷、叔爷们来守。我们年轻,岂有我们坐着享福,却要长辈在外受累的道理?再说,爷爷才是东家,哪有东家出生入死,却让我们这些外人来守药栈的道理?"

"宝祥哥说得对!师父们回去吧!快随徒儿们回去……"

侯木生心知他们是来接人,哪里是来帮忙的?只是不便直言罢了。他也不便戳穿这一层,怕黄家人脸上过不去,只说:"不必多言,你们好生回去守着药栈,你们在跟我们在都是一样的。我何曾把你们当过外人?既进了侯济仁栈,都是我自家人。"

学徒们一个个抹起泪来。

张宝祥牵头高喊:"请爷爷、叔爷们同我们一起回去!"

众学徒跟着齐声高喊:"请师父们同我们一起回去!"

"反了你们了!今日我把话撂在这里,黄家疫症不除,我绝不离开半步!你们谁敢再上前一步,即刻逐出药栈!"侯木生把话喊完,无人再敢吭声。药栈学徒并黄家数十人围在祠堂前,却只听得轻风掀动树叶。

侯木生袖子一甩反身进了祠堂。

润墨扯了扯宝祥的衣裳角子:"回吧,宝祥哥,回吧。"

张宝祥双手高举过头,对着侯木生的背影长揖到地:"爷爷、叔爷们保重。"

众学徒依着宝祥的样子,对着陆续离去的师父们拜了又拜。

14

静仪的病一日重似一日,几乎起不得身。侯木生也不劝她休养,仍让她日日陪在祠堂里,只在空闲时扶着她打坐。武全一回回劝说:"师父先带姐姐回去吧,有秋林跟细苟两位师傅在,您老不必天天守在这儿。"劝说自然是无用的,侯济仁栈的学徒们倾巢而出尚不能接走师父,他空口几句话,更是毫无作用。只是明知无用,见了那个情形,他也忍不住要劝。那救他一命的女子,眼看就要为他村上人送命了,他怎能不劝?劝一声,他心里便松快一下,虽则这松快马上又要被更深的自责填满。他晓得,她是不会回去的。他也晓得,她回不回去都没什么两样的了。

黄武全蹲在祭堂口,看着星子一点点在墨蓝的天上浮起。

祠堂里尚未点灯,人影绰绰的。

侯木生激烈地咳着,背着手往祠堂后边去了。

祠堂后头有个茅房,武全晓得师父是去解手。他趁着这个空当,一个箭步冲进了祭堂。

静仪就在祭堂门口坐着,笑问:"武全,你……"

他晓得她想问他急匆匆地要做什么。她还没问出来,他已将她抱在手上。

她柔弱的双手,搭在他铁硬的臂膀上。"你做什么?"等到她问了出来,他抱着她,已到了祠堂口。

"武全!武全哥……"几个后生追在后面喊。

武全大步流星往自家屋下走。两侧的屋舍流动起来,像梦里见到的章山的茅棚,急促地在他眼皮子两边淌过。

一点猩红的烟火挡在前面,是侯秋林站在巷口吸烟。

武全夺路向前。侯秋林一手按在他肩头上。肩头似有千斤重。侯济仁栈的头刀,果然名不虚传。

武全的功夫,闲常三两个后生都撂得翻,这会子抱着静仪,却甩不脱这正当盛年的壮汉。

"秋林师傅,放我去吧!我只想让姐姐躺在正儿八经的床上舒舒服服睡上一夜。夜夜蜷在那冰凉的竹床上,好人也要熬出病来。"他双膝一软跪了下来。

"睡一夜?这一夜,怕是要一村子的人命来换,你且问她,肯是不肯?"

幽昏的夜光里,静仪一动不动看着武全的脸,无须开口,他晓得她定然不肯。

武全呜呜地哭了起来:"都是我混蛋!我当日怎会到侯济仁栈去请先生?商里那么多药栈……"

"哭什么?哭得她好,你便日日去哭!"侯秋林衫袖一掸,"你年纪虽小,却也是个后生了,莫再做这小儿女情状。你带着静仪妹子在村上乱窜,将这村上人的生死置于何地?莫说她病情不明,便是你日日守在祠堂,身上也不干净。她原是为着救人才到你村上来的,不来也不会病。你再乱走一步,她便白生了这场病。"

武全止了泪,费力地支起腿,木愣愣跟着侯秋林反身。

细碎的星子从天上落进了静仪眼眶,她眼里是无尽的夜色与跃动的星光。他抱着她,像抱着一把稻草。

老猴子并一众后生站在祠堂口,见了他们,自行空出一条路来。路的尽头,是侯木生坐在竹床上。

"师父罚我吧。"武全安置好静仪,在侯木生面前跪了。

"如何罚你?"

"如何罚,徒儿都认。"

"祠堂里统共就这么些人、这么大的地儿,我如何罚你?"

武全自去墙角取了一把锄头,卸下把子交给师父。侯木生举起锄头把子"咚"地一下打在黄武全背上。黄家一众病人并帮忙的后生们惊呼出声,没想到侯木生当真会打。

侯济仁栈几位自然是晓得的,于侯木生而言,黄武全是犯了大忌。

吃药饭的,舍己救人是本分,散播病源是大恶。武全明知静仪极有可能患有鼠疫,还抱着她在村上乱跑,便有一万个理由也难辞其咎。谁没有家人、挚友?个个药人如此意气用事,天下早被病痛吞没了。

"这打挨得冤吗?"

"不冤。"

"既不冤,便是知错。"

"武全知错。"

他知错。他只是明知是错,仍不忍任"对"折磨。

"黄家这个情形,为师本不想重责于你,只是不加惩戒你便难辨是非,须知错便是错,对便是对,莫给自己找什么情有可原的借口。攸关生死之事,何来借口可寻?我恕了你,阎王可会恕了谁?这一棍,便是让你记着,心中有对错,便要依心而行,切不可明知故犯。"

"是是是。"黄家众人帮武全应着,"师父教训得是。"

武全看了村上人一眼,领了他们的好意,却又调转头来对着侯木生说:"徒儿正是依心而行……徒儿的心,便是明知是错,也甘愿为姐姐犯错。"

"怎的?"侯木生双目一撑,"为师白教了你吗?"

老猴子极少见东家形于颜色,晓得他表面上只是瞪了下眼,心下却已大怒,忙上前推了推武全:"莫说傻话,你师父句句都是金玉良言,你这伢仔,莫要胡言!"

武全却执意要说:"师父没白教我。武全做了错事,日后定不再犯。武全只是想要师父、姐姐晓得,便是明知罪不可恕,我也甘愿扛着。"

这是什么话？又说定不再犯，又说明知罪不可恕也甘愿扛着。他是再不犯了，还是扛着也要犯？侯木生看看众人，众人亦是茫然不解。再看静仪，见她仍是安安分分坐着。不知为何，一看到女儿，侯木生即时便懂了。黄武全说定不再犯，只因晓得静仪不愿他再犯，若是静仪许他再犯，他便是大错特错也要扛着。他的心意，全凭静仪心意而定。

静仪心意如何呢？平日只顾着跟女儿讲对错，教女儿辨是非，竟未想过对错之外、是非之余，女儿是否还有别的心意。

女儿这一病，真不知是死是活，她的心意，怎能毫不体恤？

老猴子见东家半晌不语，心想：武全这伢仔平日里看着聪敏，不想也是个不晓得转弯的，这样子，定要再挨一棍。

却听得侯木生叹了口气说："你起来吧。"

老猴子倒是一愣，又赶忙推了推武全："还不谢过你师父？"

武全磕了个头，待要爬起来，猛然腰身一软，"哎哟"一声又跪了下去。

侯秋林呵呵一笑："这就扛不住了？你师父手下留情，未使全力，不然的话，这一棍子下去，你不死也要去掉半条命。"

"多谢师父。"武全打了个拱。

侯秋林自药箱里取出个小瓷瓶："晓得痛了吧？师叔给你擦点跌打药。"

黄武全跟着侯秋林避到祭堂里去擦药。

"你小子还算皮实，一棍子没被打趴下……"祭堂里响着侯秋林爽朗的说话声，"你多大开始跟着你爷习武？方才在巷口过招，倒还像个样子。不是静仪妹子碍着，你不消几下怕是就要把我撂倒了。"

"武全不敢。"

"什么敢不敢？你小子莫在师叔面前卖乖。这世上哪有你不敢的事？"

……

这晚武全只能趴着睡，牲口样的，嘴里"呼哧呼哧"喘气。

睡不踏实，半夜转醒，听得师父在檐廊上咳得厉害。

他摸着茶壶倒了碗温水端到师父竹床前。

侯木生接了水,将声气压得极低:"武全啊,你明日去章山跑一趟吧。"

武全心里一咯噔:去章山作甚?那地方如今鬼打得人死。

"秦老爷请了万寿宫的道士明日午后在章山念经,超度游魂野鬼,法事之后留下的仙果,说是能消灾除病,你去领些回来,分给大家伙儿吃。"

武全心里又一咯噔:居然要靠仙果来救命?

是了,章山的病人定是死绝了,这才止了鼠疫。他猜到了,他早就猜到了,没有对付鼠疫的法子,谁都没有对付鼠疫的法子。师父连日来毫无喜色,便是因着这个缘故。侯济仁栈的学徒们一起赶来接师父,也是因着这个缘故。

"师父不是严令我们不许出祠堂吗?"

"叫你去你便去。"

"我请大公公另派一个没进过祠堂的过去便是。"

"就你去吧。"静仪不知何时醒了,抑或一直醒着。

武全转身看着她。夜色中,她一袭白衣,瘦得如同一缕微云。

"去了……便莫转身。"她声音极细。武全几乎疑心她并未出声。

真未出声,看她眼色,也明明白白就是这个意思了。便是不置一词,他也晓得她不愿见他再回黄家。

"依你姐姐所言,去吧……"侯木生挥了挥手。

黄武全眼皮一跳,身上一紧:"师父、姐姐放心,我定会多带些仙果回来。"

15

派武全去章山,便是侯木生在对错之外、是非之余,体恤到的女儿的心意。女儿想要这后生仔活下去,做父亲的,治不好她的病,全了她这最后的一点心意,也算是点慰藉。

祠堂外,水塘边,盛夏正午的日头焰火样的,把人照得眼花缭乱。

侯静仪在前,黄武全在后,本是她送他,却由她领先催着他出来。

"昨夜你跪在我爷面前说了,便是明知是错,也甘愿为我犯错。这话作得数吗?"

静仪从来不曾这样称呼父亲,她总是一字不落称为"爷爷",少了个"爷"字,便显得生疏而老气;静仪亦从不曾令人服从自己,她总是顺着别人的心意,多了句反问,便显得咄咄逼人。

武全看着静仪,只觉异常陌生。

幼时随爷爷去庙会看戏,年年有人扮关公,有人扮曹操。个个关公跟曹操都画着一样的脸,穿着一样的衣裳,衣裳跟脸谱下面,却又明明白白有着说不出的不一样。

此时的静仪,也跟那唱戏的一样,脸还是那张脸,衣裳还是那身衣裳,衣裳与脸孔下面,却又明明白白有着说不出的不一样。

她也在唱戏,武全明白过来。这一出,唱的是《生离死别》。

祠堂口的青石地变成了戏台。她是旦,他是生。她唱的是她。他唱的是他。她唱的是戏里的她。他要唱的,也是戏里的他。戏里的他,听了这话,是该点点头的。

"昨夜我与你说的话,无论对错,今日你便依着做吧。"戏里的她,如同颐指气使的女王。

戏里的他,仍该点点头的。她玉手一挥:"去吧!"

一箭之外,是张宝祥骑过来的瘦马。

依她所言,跨过这一箭之地,策马而去,黄家的灾难便再不与他相干,从此应是地阔天宽。这一箭之地,却似山高水远。在她的逼视之下,他缓缓转过了身,跋山涉水而去。

他本该纵身一跃扬鞭飞驰,却恋恋地摸着马头不想动身。马儿打着响鼻,在他掌心里蹭了又蹭。他也极想跟这马儿一样,把头偎进她的掌心。

"武全万事都依姐姐,只这一件,依不得你。"他终究演不成戏里的他。他叛离了戏文,注定成不了角儿。他翻身上马,不敢回头,延延挨挨出了黄家。

黄家外,高低起伏的矮山上,零零落落结着尚未成熟的黄栀子,翠绿中带着嫩黄。若非花期雨水过盛,此时的黄栀子足以缀满枝头。

瘦伶伶的灰马无精打采踱到了枫林铺,零散的黄栀子换成了葱茏的枫树林。

姐姐失望了吧?姐姐定然是失望了的。她想放他出逃,他却不忍离去。枫林尽处,田垄里插上了新禾。洪水浸坏的水稻都被新禾盖住了,杳无踪迹。

姐姐在做什么呢?会不会暗自垂泪?失不失望她都不会落泪的吧?她似乎只有微笑,没有眼泪。

密密戳戳的禾苗一碧千里,栖着几只皎白的鹭鸶。马蹄响处,几只鹭鸶翩跹飞舞。

鹭鸶洁白的羽翼在天地间回旋,将湛蓝的苍穹拉得又高又远。

人都饿死了,这禽鸟犹自矫健。武全的双眼随着鹭鸶上下翻飞,心也跟着在高远的苍穹下翱翔起来。

日日在祠堂里窝着,肩头似有千斤重担,这假想中的高飞,让他轻快得几欲落泪。姐姐只有微笑。他才是时常垂泪的那个。尽管他是男子。

瘦马抖擞起来,蹄声变得轻灵。多久没有这样轻快了?有生之年还能不能真正轻快一回?

武全素性惯于取巧,因着师父跟姐姐的铮铮风骨,他才甘愿留下看护族众。如今师父跟姐姐都想将他送走,他是否还有必要执着地效仿二人风骨?他的看护,显见得已改变不了谁的生死。

饿过了头的人,不见食物,倒也未必想吃,见了美食,顷刻饥渴难忍。久违的轻快,让武全像饿过了头的人见到美食一般,欲罢不能。

灼热的日头晒得口燥舌干,他脱了粗布短衣系在腰间,裸露的胸口跟臂膀上沁出汗来。十五六岁的少年,每块肉每根筋都暴着生机,春笋样的要顶出来。

他不由得越跑越快。

他的筋骨穿梭在悠悠碧空之下、莽莽青山之间,与天边禽鸟一样矫健,与山中猛兽一样壮实。丰硕的肉块一坨坨鼓凸出来,似老树虬结的树干。

离了祠堂,离了黄家,他不是谁的族人,不是谁的亲友,只是一个堪堪活了十余年的少年。

他的每块肉、每条筋、每根骨头、每次心跳、每口呼吸……都想活下去。

他想活。

他身强体健,随便找个地方都能安身。

章山的鼠疫已经止了,也未听得别处还有疫症,想安身,还是有地方可去。

临江人死不绝。临江人正跟新禾一样蓄满新的生机。

静仪盼着他也能像新禾一样,到广阔的天地间去新生,盖住那些旧的、脏的、坏了、烂了的一切,生出新的丰饶。

也许姐姐是对的?姐姐确然是对的!

他是聪明人,他当然晓得,不逃出去,只是守在一起等死而已。

他是聪明人,他当然晓得,新换旧,生换死,才是伦常天理。

顺天者昌,逆天者亡,万事万物概莫能外。

姐姐的话,句句都是该当要听的,尤以今日这一件为最。

就这么飞跑下去,不再回村,千斤的重担再也压不上身,假想的轻快即刻便可成真。

黄家人放在这广阔天地间,如同泥沙入了海。

耳边呼呼风响,伴着他一骑绝尘。

活下去!

活下去!

活下去!

过了高桥,便是临江府了。

入了临江府,不消一炷香的工夫便是章山。

章山只是师父跟姐姐编出来的一个幌子。他们打着这幌子,遮着他,让他逃命。

哪里是要领什么仙果？他们想要的，是他到一个无灾无病的去处好好存活。

那去处，有新禾繁茂，白鹭低回。那去处，只有新禾繁茂，白鹭低回，没有一个一个死个不停的病人。

那去处……也没有姐姐。没有姐姐，他早死在了坟地里。没有无数像姐姐跟师父那样的药人，天下哪来无灾无病的去处？

他是聪明人。他亦是摇摆的。

他唯一放不下的，只有静仪。

去章山，还是折往新的去处？黄武全驻马桥头，桥下江水潺潺。

自翻身上马，他一直不敢回望。不回望，便可一直假装静仪仍在身后。

她在身后，看着他往生的路上奔，抑或往死的路上走。

她费心谋划一场，当然是盼着他生。这是她仅有的厚望，或许也是最后的愿望。

他不敢回望，不忍见她失望，亦不忍舍她而去。如她所愿，还是陪她赴死？黄武全仰天长啸，策马上桥，一阵江风漫卷，越过社稷坛，临江府便在面前。

去章山！

便是救不得她，也要以命相搏！

山脚下，坟场边，她白衣白裙恍若仙子，他衣衫褴褛临近地府。她让神迹得以显现，他要拽住神迹再来一遍。

他这一身的力气，不待用尽，绝不松手。

他惯于取巧，事关她的生死，他却一丁点儿巧都不敢去取。

一路上的百转千回、前思后想，终归还是回到了最初拿定的主意。

他冲进朝天门，转过刘公庙，背向朝天宫，翻过雷公岭，穿过城隍庙，章山在望。

她的目光一直在背后，一箭之遥。

负了她的一番好意。他却终于敢转过身去，看一看背后的风景。

身后，一片香樟遮天蔽日，雀儿在枝丫间嘤嘤咛咛。

这一出，《生离死别》被他唱成了《生死相随》。

16

章山脚下，两个老妇人挎着竹篮，佝着身子步履蹒跚。当中一个喊了一声："后生伢仔，你家也有亲人死在章山？"

武全猜着她二人定有亲人患了鼠疫死在章山，他若没有，引她们两相对比，必添伤感，便将亡父的死因也算在鼠疫上面，对着二人点了点头。

那老妇又说："你后生伢仔不晓得这些，今日所有亡魂全部都要被道士召到这里。这许多人，单靠万寿宫烧的那些纸钱哪里够分？我看你空着手，没带纸钱，到时别人家的亡魂都有亲人烧纸，独你家的亲人无钱可领，岂不可怜？我分几张给你。"

武全才见两位妇人竹篮里提的都是纸钱。二人拣了几层不甚齐整的塞到他手里。

"我乖孙若不犯病，再过几年，也是你这样响当当一个后生。"那老妇说得与她一道的那位也跟着哭了起来。

武全谢过二人。再往前去，一路上都是提着纸钱的男女。

攀上山顶，约莫未时，道士们未到，空地上已有人烧起了纸。

武全拴了马，靠在一棵树下眯瞪着。既来了，总要带些果子回去。也不知睡了多久，脚下一痛，像被师父用锄头把子敲了一棍，硬邦邦的疼。

他乍然睁眼，一个一身红衣的妹子正从他脚下跨过去。

武全冲着那妹子喊："喂！哪里来的疯婆子？踩了你公公也不道歉？"

那妹子一径往人群里钻。这一盹，怕不止一个时辰，日头已向西，山上聚满了人。

红衣妹子野豹子样在人堆里乱窜,冲撞得旁人揉肩摸脚。武全看她身量不过十一二岁,一个小妹子,哪里来的这么大力气?

"喂!那穿红衣裳的野妹子,你踩了公公的脚,再不赔礼,给你一顿好拳头吃。"

红衣妹子不曾听见似的,只管往前去。

莫非是个聋子?这么热死人的天气,一个聋子穿着这么一身宽袍大袖的红衣裳跑到道场上作甚?

武全一激灵:莫非是个女鬼?时人皆以素雅为美,这妹子因何穿得如此浓艳?倒像一身血衣。

他不敢紧追,不疾不徐跟在后面。她在前头钻,他在后头看。人影幢幢,芜杂纷乱。

道场上插起了招魂幡,摆了几桌仙果,案几上点了香烛,袅袅的烟气升腾。

红衣妹子被罩在层层烟气里,更像女鬼。她钻到案几前,跳着脚往那案几后头看。周边的人自行让出一块地儿来。

有人不满,嘀咕着埋怨:"姑娘家家的,像个什么样子?"红衣妹子看了那人一眼。既看了那人一眼,自然是听得了那人埋怨。不是聋子,也不是女鬼。

那人藏在喉咙里嘀咕两声她都听得分明,适才雷劈火闪似的喊她怎会听不见?武全心头火起,三两下拨开人群,伸手往那妹子肩头一拍。

妹子肩头一软,泥鳅似的从他手下滑了开去,猫起身子又往人群里钻。她在前头钻,他在后头撵。

日头将前边的人影映到后头的人身上,人人身上明明灭灭的,一半儿是光一半儿是影。妹子身上的衣衫,也像火样的明明灭灭,一忽儿烧在人群左边,一忽儿又烧在人群右面。

"当"的一声锣响,红衣妹子身形一定,火苗转了风向,迎着武全扑来。

这便亮了相:额生两角、面色黝黑。竟会是她!?这等面目,除了那假扮傩神的妹子,还会有谁?

妹子迎着武全展颜一笑,亲厚至极地告诉他:"秦老爷来了。"

武全见她如此亲厚,只当她亦认出了自己。

"当"的又一声锣响。那妹子又向左近一人告诉:"秦老爷来了。"一样的亲厚之极。

这位也是熟人?

"当……当……当……"锣响七声,妹子一迭声地告诉:"秦老爷来了,秦老爷来了……"个个亲厚如故人。

哪是认出了谁? 她只是说出这话时,便露出喜不自禁的神情。

不知为何,武全又来了气,将她肩头一掰:"秦老爷来了关你何事? 你踩了我的脚,还不赶紧作揖赔礼?"

"咦,"那妹子嬉笑一声,"怎的不关我事? 我长大后是要嫁给秦老爷做妾的。"

一个妹子,怎的如此皮厚? 武全出言相讥:"我头一回听得有妹子嚷着要嫁人,还是嫁与人做妾。好不知羞!"

"咦? 你家姐妹不嫁吗? 心头想嫁嘴上却不说,岂不是表里不一? 你不去取笑那些表里不一的妹子,却来笑我这表里如一的,可见是个糊涂虫。"

武全本以为她要羞恼,不料她浑不在意,更要激她一激:"就算你是表里如一吧,可你不过十一二岁,却想着去给个老头子做妾,还是不知羞。"

那妹子只管往锣响处看:"谁说秦老爷是老头子? 秦老爷虽做了知县老爷,却不过而立之年,生得风流俊逸、英姿飒爽。我想给别个做妾,自然是不知羞耻,秦老爷爱民如子、学富五车,想给他做妾,却是慧眼识英才。"

"果真如此,秦老爷又如何看得上你?"

"我这样年轻貌美,又不求做正室,配给他一个区区知县做妾,也不算得高攀。"

"你也算得年轻貌美?"

"貌美与否见仁见智,年轻确是年轻。"

竟有这样自大的？武全心中女子，以静仪那般娴雅秀美为最，这等相貌离奇性情怪异的，连"女子"二字也不配称。看她洋洋自得的神气，忍不得要酸上几句："你既年轻貌美，怎不思量思量如何做个正房，倒一心谋划着给人当妾？"

那妹子不愧性情怪异，听了这话也不生气，老老实实道来："我一个寻常人家的妹子，要做正室，哪里配得上好的？给秦老爷这样的人中龙凤做妾，岂不比配给寻常人家做大还要好些？"

"啧啧啧，你倒算得清楚！我黄武全活了十五六年，只道见多了奇人异士，不想今日才算开了眼界，姑娘才配得上'奇、异'二字。"

那妹子却又不老实了，斜眼笑着："原来你叫黄武全呀？你也不必拿这些怪话来刮我。你那村上鬼打得人死，便再多活十五六年，又长得了多少见识？"

原来她是认得他的！武全有点心虚，环顾左右问："你公公在哪儿，可也一起来了？"

"公公？"红衣妹子翻着白眼想了一想，"你是问我外公吧？说你没见识便是没见识，见了老者带着小妹子，便认定必是公公带着孙女，却不知还有外公与外孙女。"

这有什么可争的？武全正色问："那你外公一向可好？可在近旁？"

"我偷了外婆的喜服来会秦大老爷，岂敢让外公晓得？你是真没头脑！"

原来这浓艳似血的衣裳，竟是那以三寸之舌平定千百年械斗的婆婆出嫁时所穿的。

再看那妹子喜气洋洋地站在烧纸的众人中央，竟像坟地里开起的一朵金灯。那日在黄家后山，武全将静仪比作栀子，还问过不知哪样的女子可以比作金灯。这艳冠绝伦的花儿，竟会应在这样一个女子身上。

17

几面青旗、青扇陆续抬了上来，人群像水一样被这些物件儿逐渐烧开了：

"秦老爷来了……秦老爷来了……"众人跟那妹子一样叫了起来。

一顶凉伞过后,抬上两块大匾。武全认得牌匾上的字,两个硕大的"肃静"。

红衣妹子毫不"肃静",仍旧跳着脚喊:"秦大老爷!秦大老爷!"

一位身材颀长的官爷从四人抬的官轿里躬身出来,眉清目朗、气宇轩昂,修修如翠竹玉立。这官爷双手轻按,那红衣妹子总算安静下来,服服帖帖站着。

"天灾在天,黎庶何辜?然水祸无眼,毁我良田、损我家宅、伤我父老,镛疾首蹙额、呕心抽肠!调任清江一年有余,屡闻此地水灾多发,余念兹在兹,尝令春增堤土、秋储义仓,而所增堤土不及抗水,所备口粮无足赈灾,致使黎民流离、瘟疫滋生,此乃镛之过也!今疫情已除,然大错已铸,镛万死难辞其咎。在此设坛超度十方孤魂,不求功德,唯愿逝者早登极乐、生者心安。若赎得罪之万一,镛刳肝不惜,沥血不辞!"

红衣妹子带头高呼:"秦老爷贤德!"

人群齐呼:"秦老爷贤德……"

那正言厉色的秦老爷居然对着这红衣妹子颔首一笑。

这一笑不得了,那妹子反手扯住武全的衫袖晃荡不休:"秦老爷对我笑了!看见没?秦老爷对我笑了!……"

武全剥开她的手:"莫再发疯!"

"天灾难测,人祸可防。即日起,凡有田地浸毁之处,蠲免赋税两年;凡有宅院受损之家,赐钱三贯;凡有幼失怙恃者,养济院收容;凡有受灾致贫卖儿卖女者则助予赎回,无钱医病者则免除诊金,因病致死者则赐予棺木……"

众人连连抚掌称叹:"秦老爷当真爱民如子……"

秦镛又殷殷叮嘱:"凡此种种,皆为灾后赈恤,切不可坐吃山空,众乡亲当尽早自谋生路方是正途。"

"那是自然,那是自然……"众人仍抚掌不止。

红衣妹子丢了个眼色与武全:"我相中的人,果然不差呗?"

武全撇嘴:"不过拿着官家的银子充当好人……"

话音未落,又听得那秦镛有言:"自受灾之日起,镛已减膳、禁酒,并捐出官俸,直至人人居有其所、食有其粮为止……"

红衣妹子又丢了个眼色:"还有何话可说?"

武全回了一个白眼。

秦镛退下,道士上场,咪咪哗哗念起了经文。诵经声团在一起,蜂窝似的在道场里翻滚。声音越滚越大,越滚越大,终于团不住了,嘤嘤嗡嗡飞散到四下的人群里。有道士点燃了纸钱,将烬的纸灰被风卷到半空里,带着点点猩红的火星。

带了纸钱的人跟着道士烧起了纸,四处都是猩红的点点火星。

武全呛得沁出泪来,迷蒙的烟气裹着飞升的纸灰,真像有什么眼目不可见的活物自高处伸下手来收钱。

红衣妹子倒是不怕烟熏,两眼光凌凌的灯笼样睃巡。秦老爷在前,她也跟着上前;秦老爷在后,她亦绕到后边儿。

前前后后都有人在烧纸,这妹子浑然不见,踢得纸灰到处都是。

起头还有人好心提醒:"妹子当心,当心……"

接着便有人斥责:"妹子怎的如此无礼,将我们的纸钱踢得到处都是,爷娘可曾教你要敬重神灵?"

软弱的抽泣起来:"妹子把我烧给老伴的纸钱都踢碎了,叫我老伴怎生用啊?"

强蛮的挥起了拳:"妹子不听劝告,休怪我以大欺小。"

红衣妹子甚是骄横,那人拳头未落,她倒反手一抓,将人挠了两道血痕。

"好个烈货!"那人伸手一揪,抓住她的后颈。

一百个不愿意,武全也只能出手相救了。他腾空跃起,将那人扑倒在地。

"快跑!"红衣妹子伸手一扯,将武全的衫袖撕作两截。

"你?!"武全气急,"你莫管我还要好些。"

"怎能不管?"妹子转身就往那人胸口一踢,着着实实窝心一脚。

那人反脚也来踢她。

一个小妹子如何挨得住这壮汉一脚？武全自认倒霉，扑上去将她护住，生生受了这一脚。

"黄武全!"那妹子高声尖叫。

"鬼叫什么？还不快跑?"武全将她一把推开。

"要跑一起跑!"妹子扣住武全手腕。

男女授受不亲，妹子此举实为越礼，可她手掌好似老树皮，声音又像磨刀石，哪有半点小女子情致？

二人在山林样的手手脚脚间拼力逃窜，低着头，躬着背。

"你这是作的什么死？肩挑四两力不起，还敢与人斗狠？"

"斗得过要斗，斗不过也要斗一斗再说。"

人群一忽儿将他们冲散，一忽儿又将他们挤到一起。二人你来我往地喊着话，声音时散时聚、忽高忽低。

"人说英雄救美，我上辈子作了什么孽，这辈子要帮着个丑女与这许多人为敌？"

"自古英雄才能配美人，你这样儿的，可不只配丑女?"

"若要配你，我黄武全宁可终身不娶。"

"话莫说满，不定哪天求着我呢!"

"这里，这里……那边，那边……"众人抓老鼠样地指着他们。

那挨了踢的汉子在后面追："挡住他们……真真不像话！抓住他们……真真无法无天！拦住他们……真真要好好教训一顿！"

不该妹子穿了身红衣，钻到哪里都惹眼，躲不掉、逃不开。众人七手八脚地抓她、推她、挠她、揪她……武全不得不一次次替她挡着。

"看不出来呀!"那妹子笑说，"倒还讲些义气。"

她起初还有些惊骇，逃了一阵儿，便像闹着玩儿似的。

二人气喘吁吁钻出了人群。武全前去树下牵马。那妹子见他一两下解不开缰绳,怕人追来,便男儿般行了个拱手礼:"大恩不言谢! 我先去了!"

"我替你挨了这些打,你这就丢下我了?"武全伸手捞她。

却哪里捞得住? 他话音未落,她早没了影儿。

好个无情无义的东西! 武全本嫌她碍手碍脚,盼她先行一步,自己断后,也好利索些应付。这会子她当真走了,他又愤愤地气闷难平。

世上怎会有这种人,只顾着自个儿逃命,恩人都不管了?

18

山下蓊蓊郁郁的香樟林里,一袭红衣款款招展。绿的叶、红的裙,不看那张脸,倒算得一番好景致。

武全想着:适才逃得比兔子还快,这会子又想等在这里来致谢卖乖,我可不领这假惺惺的情意。

妹子涎着脸凑上前来:"武全哥哥,嘿嘿……"

武全翻了个白眼。

妹子又凑上前来:"武全哥哥,嘿嘿……"

便是道十回歉、致十次谢,他也不理。

妹子嘿嘿笑着涎着脸说:"武全哥哥,我方才想起,这会子渡船都停了,我回不了樟树镇上。匆忙出门,我这身上……也……也没带多少盘缠……住不起店。"

竟不是道歉亦不是道谢?! 竟是等着他来要钱的? 武全瞠目而视:"你自己作死惹人追打,却甩下我断后,我要是你,羞都羞死了,还有脸来要钱?"

"不是你说要我莫管你还好些吗? 你这人怎么不讲理呀?"

"倒是我不讲道理?"

"可不是你不讲道理? 如此心口不一! 你若要我留下帮你,直说便是! 为何要说我莫管你还要好些?"

"倒成了我要你帮我了?"

"可不就是?"

"好！好！我也不要你帮,你也莫想要我帮你。"

"好没良心的。我一个小妹子,身上没钱,只得露宿街头被风吹、被雨淋,你却半点也不可怜。"

"这大热的天儿,哪里来的风,何处来的雨？便是露宿一宿,也没什么要紧。"

"说得轻巧！你一个汉子,自然没什么要紧,我一个妹子……"

"你也算个妹子？我却没看出来。你哪里像个妹子？"

"我怎的不像妹子？你看我这头发、这衣裳,可不是妹子的式样？"

"你也就是这把头发这身衣裳还有些像个妹子。我且与你换件衣裳、换个发式,便不是妹子了。"

武全说着,脱了自己的布衫往她身上一罩,又折了根竹枝往她头上一绾："这样一来,你便再无半点妹子的模样儿。"

"这红裙、红鞋呢?"

"我把鞋也给你换上?"武全作势去脱她的鞋。

妹子总算记起了男女大防,倏地藏起了脚。

"你若欢喜,我这裤子也可换给你穿。"武全嬉皮笑脸。

"别,不要……"妹子总算怕了。

武全打起呼哨牵起了马,大摇大摆往前走。

妹子干巴巴地挤着眼,假装即将落泪,抽抽搭搭在后跟着。

"你总跟着我做甚?"

"这临江府,我半个熟人也没有,不跟着你,却跟着谁?"

"你也莫要装得这样可怜兮兮,你的本事,我也不是没见识过。你不欺人便罢了,哪个吃了豹子胆敢来欺你？你真想问我要钱,便往道场上再跑一趟。我上章山,本是来领仙果的。被你不知死活么么一闹,仙果也没领成,这就要回去挨训。你若上山领了仙果给我,我也不必挨训,你也好去住店。"

"此话当真?"妹子转悲为喜。

武全本想将她一军,料她不敢再回山顶,不想她听了这话拔脚便往山上跑去。

"哎!不怕那汉子又追着打你?"

"我与他无仇无恨,便打几下,又哪会下重手?挨几下打,换几吊钱,可不划算?再说,我换了装扮,他也未必认得出来。"

武全见她一脸认真,赶忙拉住:"我这身上也没带钱,你莫去了。"

"哄我!你村上那许多病人,好容易大老远跑来商里,怎能不拣几帖药回去?你省下些药费给我便是。"

"我已跟你说了没钱,你硬是不信。我也管不了你。"

"我去去就回,你稍等片刻。"妹子说着,人已窜出几丈开外。

武全待她走远,骑上马出了樟树林,半刻不停往城外奔去。

待她领了果子来,拿不到钱,还不知要怎样天翻地覆地闹腾,他可没心思陪她玩儿。

催鞭过了城隍庙,那马儿却不听使唤了,一劲儿往新街跑。武全一次次掉转马头,它一回回又跑了回去。来回五六趟,他陡然明白过来,这马儿是想家了,它想回侯济仁栈。

入城之前,他还有所犹豫,不知该上章山还是该逃往他乡,这会子见了这马,顿觉羞愧难当。牲口尚且恋家,他堂堂一个汉子,怎可舍家而去?幸而并未出逃,否则便不如这牲口。静仪姐姐几次冒死相救,可不能让她救下个畜生不如的人。

武全正倒腾马儿,脑后湿乎乎一震,黏糊糊什么东西崩了一颈。转头看时,只见那红衣妹子正挥手砸了个东西过来。他额角上又是湿乎乎地一震,黏糊糊的东西崩了一脸。

"好个没天良的臭骗子!"妹子连着砸了好几个东西过来,"哄我挨了打,给你拿了果子,你却跑得没了踪影!"

武全一抹脸,满手熟烂的桃子:"再砸一下,看我不抽死你!谁哄你了?我早说了身上没钱,你偏不信,怪得了谁?"

"你个挨千刀的!"妹子仍不停手,"不是你叫我上山领仙果吗?你这不得好死的!生儿子没屁眼的!屋里火封门的!……"

武全挥起马鞭,作势往那妹子拿果子砸人的手上抽打。

任他是谁,见了鞭子总要躲一躲的。武全盘算着,待她一躲,他便策马跑开。那妹子却不躲,硬生生挨了一鞭,手臂一绕,将马鞭子牢牢卷在胳膊上。

武全倒忍不住"哎"了一声,想要收住些气力,却已来不及。

那妹子黑乎乎的手背上现出一道血痕:"操你祖宗!敢打老子?不扒了你的皮,我夏槿篱今日跟你姓!"

"你不砸我,我怎会打你?你砸我上十下,我才打了你这一鞭子。要扒皮,也该我来扒你的皮。"

"我一个小妹子,手上没得二两力气,只拿这绵软的桃子砸你两下,哪里就砸痛了?"

"你手上没二两力气?没二两力气,这马鞭子绕在你手臂上,怎跟锁死了似的?"

武全用力扯着鞭子。那妹子丢下仙果不管,双手把牢马鞭,扎着桩往下拽。武全两脚悬空,使不上劲儿,一时竟扯不赢她。

妹子夺下了马鞭,"啪啦"一甩,兜头往他脸上抽来。武全伏身一闪,双腿紧夹几下,急抖缰绳催着胯下的马。马儿却围着原地打转,并不跑远。

"看你往哪儿跑!"妹子两手掐在他大腿根上,肩头一顶,将他掀了个跟头。

这哪是个妹子?分明是只野豹子。武全晕头转向坐在了地上。

"你先在这儿歇歇,我去卖了这马,留些住店的钱,余下的请你吃酒。"妹子扒着马背一笑,腰身一旋,稳当当上了马。

"你竟会骑马?"

"不会骑马,哪敢跟你打架?"

"让你三分,真当我打不过你?"武全一跃而起,拦在马前,缴了她的马鞭,提着缰绳往上一扯。马儿嘶鸣一声扬起前蹄。妹子应声滑下马背。

"操你祖宗!"那妹子爬起来又抢缰绳。

19

二人你来我往缠斗了好一阵儿。路人不明就里,纷纷驻足观望。看了一阵儿,又纷纷议论:

"一个后生,怎的跟个小妹子动起手来?"

"这妹子里边儿一身红,倒像是个嫁娘。"

"一个嫁娘怎会孤身在这儿跟个后生打斗?"

"这后生莫不是强盗?掳了谁家的新嫁娘?"

"看这妹子最多十二三岁,怎的这样年纪便出嫁了?"

妹子斗不过武全,听得这些议论便哭起来:"叔爷、婶娘哪里晓得?我自幼家贫,穷得连口粥也喝不上,长兄三十岁上尚未娶亲。前阵子黄家园决堤,家中茅舍被毁,我爷娘本就病弱,怎经得起这样变故?一病之下竟……竟……爷娘走后,长兄为父。兄长养不起我,又急于成亲,便狠心拿我跟这商里熊屠夫家的五妹子换了亲。我给那屠夫做小,那屠夫的五妹子却是我嫂嫂。"

"好狠心的兄长!那屠夫我也认得,少说也有五十岁了,待你成人,他黄土都埋到脖子根儿了。"

"也怪不得她兄长。没听得说吗?家里连粥都喝不上,倒不如跟着屠夫有口肉吃。她兄长也不定是为着给自己娶亲,兴许倒是为着她好。"

"婶娘说得是!"妹子接过话去,"不嫁屠夫,我们一家就是个死字罢了。我也不怨兄长,强作欢喜出了门,不想路上遇着几个强人,将我家送嫁的、熊家迎亲的一干人等都打散了,还要抢了我去……去……"

"哎！哎！你这相貌,抢了你去又能作甚?"武全被她气得想笑,"你说是我想要抢了你去那什么什么,那好,我即刻便走,你莫拦着。叔爷、婶娘们可看好了,看看是我抢她,还是她要抢我!"

武全说着,牵了马便走。妹子急忙扯住马尾:"这位小爷模样生得好,自然看不上我的。可他与那些强人也是一伙的。那些个眍眼缩鼻的强盗贪图女色,这位小爷却是贪图钱财。他手上牵的马,原是熊家骑来迎亲的。我家连条狗也养不起,如何丢得起一匹马? 小爷你行行好!少抢一匹马你也不折本。丢了一匹马,我却是拿命也赔不起!我一个小妹子,不是舍了命,哪敢追着小爷一路到这里?早被你们吓破了胆了!"

"说话跟说书样的！我要被你吓破了胆才是!"武全挥着鞭子赶她,"照你说,这马是熊家的,便是丢了又关你何事?熊家那许多肥猪等着你去吃,一匹瘦马,丢了便丢了呗。"

"小后生,话可不是这样说的。"一位凛然正气的老者站了出来,"这妹子那样家贫,何曾见过这样的好马? 你是富人不知穷人饥,只道一匹马不算什么,却不知她几副家当也买不起。马虽不是她家的,可也是她夫家的呀！她几副家当的东西被你抢去,自然舍命也要护着。"

"老公公,这马真不是她的呀！"

"你方才不是说这马是熊家的吗?"

"我……"武全竟争辩不清了。

眼看人越围越多,恐怕这马真要被这妹子夺了去,他也顾不得再行理论,"啪啪"打了两个响鞭,装起了强人的嘴脸:"实跟你们说吧,我同伙正在城隍庙后边分赃呢,当家的令我将这小新妇跟这匹马一并带了过去,你们再敢拦着,我一声呼哨,他们顷刻便到。到时刀剑无眼,叔爷、婶娘们可强不过的!"

他往下一蹲,抱住那妹子撂上马背,装货一样打横放着,一手扬鞭、一手策马冲出人群。

众人听说他同伙就在近前,无人再敢阻拦。

武全一劲儿跑到朝天门,那妹子趴在马上,颠得翻肠倒胃。

"你个辣货,险些儿把我的马给抢去了。这等有本事,你还怕什么?今夜便在这近郊哪个农户家的柴房里歇了吧,明日开渡了,你再自行回去。"武全下了马,将那妹子扯下马背。

"你!我这等模样,如何去找柴房?"妹子抬脚递给他看。

原来一路踢腾,她一双绣花鞋早给甩脱了。

武全见她赤着脚,头发蓬乱,若不是深受其害,瞧着倒也可怜:"城门里出出入入这许多妹子,你那样机灵,随便骗双鞋来穿穿又有何难?"

"骗双鞋穿倒也不难,只是,这天光就要断了,我……我怕鬼。"

"鬼?谁家的鬼这么不长眼,敢来害你?"

"我……我真怕鬼……"妹子嗫嚅着靠了过来,抱住他的腿。

"走开!"

"武全哥哥……"她吵吵嚷嚷的嗓音里带了一点软软的甜,"我真怕鬼。"

这怯怯的样子,倒有了几分小女子情态。武全见她收住了猖狂劲儿,倒也并不难看。

她再强蛮,毕竟也才十一二岁,只怕当真遇着歹人。这妹子虽讨人嫌,她外公却于他有恩。

"罢了罢了,你若不怕,便跟着我回村上。"

"你村上?我不去!你村上发了鼠疫。去你村上,还不如住柴房。"

"去不去随你。"武全捉住她的手腕,"你且摸摸看,我身上可有半个铜板?"

妹子也不害臊,当真上上下下摸了一遍。

武全嬉皮笑脸:"上辈子积了多少德才能这么随心所欲摸你黄爷?多少妹子想摸摸不到呢。"

妹子撇嘴:"也有你想让人摸,人不肯摸的。"

"咦?你倒神通,这也晓得?"

"怎不晓得?那日在你村上祠堂里,那半死不活的病美人……"

"住嘴！谁说我姐姐半死不活的？她一定比你活得长些！"

"是是是。"妹子攀着武全的腰爬上马背，"你姐姐长命百岁，活成个老妖精。"

"她再老些，也不会成精。你这样的才是妖精。我姐姐是菩萨化身。"

"当菩萨有什么好的？救苦救难岂不无趣？当妖精才好玩儿呢！"

"妖精有什么好玩？吃人心、喝人血，恶不恶心？"

二人叽叽喳喳闲话起来。与静仪一处，武全常有万语千言却总是说不出口；与这妹子，明明无话可说，却又说个不休。

20

"你叫夏槿篱？哪个槿？哪个篱？"

"槿是木槿花的槿，篱是篱墙的篱。我外婆祖上世代行医，她老人家说，泰定年间有位范椁老先生在清江隐居种药，作了一首诗，'药就篱成蔓，花因径作行。岂为延晚趣，自足信芳年'，我的名便是从这诗里化出来的。"

"哟！原来姑娘的大名还有来历？"

"我外婆那样一个雅人，给自家外孙女取名，自然讲究些。"

"你爷爷跟公公呢？怎的叫外婆取名？"

"叫外婆取名怎的？我外婆那样一个有本事的人，能给我取名，是我的福气。"

武全听得似有隐情，不好多问，便转开话头："你外婆世代行医，可有家传绝技？"

"实告诉你，"槿篱把头一昂，"我老外公在世时，治得了鼠疫。"

武全一惊："此话当真？你怎晓得？"

"怎不晓得？我老外公村上的人都晓得的。何大神针的名号，你道是白得的？"

"你这意思,你老外公的名号,便是治好了鼠疫得的?"

"可不就是?鼠疫也不是今日才有的,水灾也不是今年才发的。既早有水灾早有鼠疫,总有人治好过的。"

"我上回跟着皮大先生去你外婆屋下,怎未听她老人家说起?"

"哧!"槿篱嗤笑,"你当我外婆蠢呀?说给你听了,你还不求着她去你村上治病?我外婆家的规矩,女子不许行医,她虽习得一身本事,却只能在屋下瞧瞧儿孙们。"

武全略一沉吟:"我明日亲送你去外婆家。"

槿篱又嗤笑一声:"你趁早收了这个主意。我外婆那个性子,你便是死在她屋里,她也不会破了自家规矩。再说了,她也没治过鼠疫,更不会随你前来招惹这个祸事。"

"不是说你老外公治好过鼠疫吗?这等绝技,怎舍得不传与后人?"

"传是传了,只是我家无人患过这个病症,我外婆也不曾试过手的。"

"不曾试手,方子总该有的。"

"哪有什么方子?不过是照着穴位扎针罢了。"

"无须服药?扎几针便好了?"武全将信将疑。

"可不就是。"

"你莫哄我。多少灵丹妙药都治不好的,光扎几针怎好得了?"

"哄你作甚?外婆也传与我了。"

武全越听越假:"你这死妹子!别的事哄哄我也就罢了,这性命攸关之事,怎能信口胡言?"

"我哪里胡言了?"

"多少名医高士都找不出治鼠疫的法子,你一个十一二岁的妹子,却跟我说得了家传?"

"信不信由你。"槿篱轻声哼起了小曲儿。

武全满腹狐疑:"喂!你别一劲儿唱呀,你外婆到底晓不晓得治鼠疫?"

"不晓得。"

"你！……你老外公的名号究竟怎的得来的?"

"不晓得。"

"你！你究竟哪句话是假哪句话是真?"

"你哄得我在道场上被人打了,又把我撂在马上跑了半日,肠子都跑断了,还想听我嘴里说出真话?"

武全气得又想打人。

夏槿篱一会儿胡扯乱诌,一会儿甜言蜜语,搅得黄武全恼也不是乐也不是,一时忘了自家村上的疫情,倒是宽了一阵子心,及至到了黄家,方又愁虑起来。

"你且在这儿等着,我到祠堂口搬张竹床过来,你就在这儿歇一夜,莫往祠堂里去。"武全将槿篱安排在水塘边。

"晓得了。那祠堂里都是些瘟神,请我也不去!"

武全拴了马去搬竹床。槿篱在后头跟着。

"才不是说好了在水塘边等着吗?"

"你管我?!"

"你跟来做甚?"

"你管我?!"

"别进祠堂哈。"

"你管我?!"

"进去了你可别想再出来！我师父说过,凡是进过祠堂的人,一个都不许出去。"

"今日你不是在临江府来来回回跑了好几圈?再说了,你师父又不是我师父,管得着我吗?"

"要作死你便作去！你若进去了,我便将你捆在祠堂里,半步也休想离开。"

"武全回来了?"歇在祠堂口的几个后生听得声响,向着这边张望。

"武全回来了,快些把仙果分给我们吃。"

"仙果呢？这小妹子是哪个？"

槿篱下巴一抬，神气活现说："小妹子？才几日不见就不认得仙姑了？"

"仙姑？你也不怕折寿，才多大点儿就敢自称仙姑？"

"你凡胎肉眼，哪里看得出来？我虽看着年轻，却有一千八百岁了。"

武全听她满口扯淡，越发觉着讨厌。后生们倒哈哈大笑起来。

静仪悄没声息地走了出来，靠在门口朝着武全看。武全见了，也不好怎样，只得由她看着。

他回来了，她自然是失望的。她定然要失望的。他还是回来了。她与他都没什么可说的了，由命听天。

槿篱嬉笑着走到静仪面前："哟！病美人来了！难为你还爬得起来。"

静仪只愣愣看着武全，默不作声。

"美人不记得我了？"槿篱伸手去托静仪的下巴尖儿。

"走开！"武全打落槿篱的手。

静仪仔细打量一眼："你是……那日跳傩的妹子。"

"难为美人记得。"

"怎不记得？妹妹那日何等神武。"

"美人谬赞。听得我武全哥哥说，美人怕是患了鼠疫……"

"谁是你哥哥？"武全揉了槿篱一把。

槿篱稳住身子："武全哥哥今日特去樟树寻我，求我过河来给美人看看。"

"谁去樟树寻你了？谁求你来给我姐姐看病了？"

"妹子我年纪虽小，医术却是世代家传。我老外公便是清江鼎鼎大名的何大神针，一针能定生死。美人若信得过，妹子这便给你施针。"

"姐姐莫听她胡扯！这妹子就是个疯疯癫癫的骗子，嘴里没一句真话！"

"你说你老外公名号何大神针，可是崇学乡那个何大神针吗？"侯木生也出来了。

"正是。"

"师父信不得她！这妹子满嘴胡话！"

"满嘴胡话,你怎的把我带来这里？是有意让我来说胡话招引美人生气？"

"你！"武全自羡伶牙俐齿,碰上这妹子却是有理说不清。

"我既来了,又见着了这娇滴滴的病美人,医者父母心,怎能不给她看看？"槿篱似笑非笑看着武全。

"你敢碰我姐姐一下,我即刻打折你的狗腿！"

侯木生止住武全,拱手问那妹子:"姑娘方才说要为小女施针,敢问姑娘可晓得鼠疫该当如何施针？"

"鼠疫的针法我自然是晓得的,可我家传绝技怎能说与你们？我看美人患病已久,是否鼠疫还当别论。须知鼠疫乃是急症,三两日便要取人性命。"

"既连病症都未确诊,你方才又说即刻便要给我姐姐施针,岂不是胡言乱语,胡作妄为？"

"鼠疫无药可治,这便是人人畏惧鼠疫的道理,但针刺法不需药石,无非是放出坏血、激活生气。你这短见薄识的后生哪里晓得？不需药石便不会吃错药,确不确诊又有什么干系？"槿篱戏谑地看着武全。

"你这……一派胡言！"

"他没见识,美人可有见识？我看这位老先生定是有见识的。"槿篱看看静仪,又转头看着侯木生。

侯木生点点头:"我看这姑娘说得倒有几分道理。"

"我信你。"静仪笃定地看着槿篱。

武全一头雾水,这疯婆子说得狗屁不通,师父跟姐姐怎的信了？

槿篱冲着几个后生挥挥手:"你们且去找块布来,把这竹床围了,我来帮这美人放血。那祠堂里我可不敢去,去了便有人要捆着我不许出来。"

侯木生下令:"去吧,找块宽些的布过来。"

槿篱自怀中摸出个小布包举到武全面前:"这是什么？你可认得？"

展开布包,森森地露出一排银针,粗细不一。

"自七岁那年从外婆陪嫁箱子里偷了你们出来,我还不曾用过呢。"槿篱对着祠堂口微弱的灯光看了看手里的银针。

"师父,你听!听她这话!怎能让她给姐姐施针?"

"现在反悔还来得及。我的美人,我只是闲常偷听得我外婆说过一两句医理,并未当真给人治过病。"

"我信你。"静仪还是那般笃定。

武全实在想不通,这么个颠三倒四的疯妹子,静仪姐姐为何对她如此笃信?

21

夏槿篱用刺血法给侯静仪医治过后,侯木生再佐以养神补气的汤药,静仪竟当真一日日好了起来。

"这也奇了,那妹子脉也不把,药也不配,竟也治得了病。"武全不解。

"奇也不奇,医理上还是说得通的。我等只想着对症下药,偏生你姐姐难以确诊,这'对症'二字也便无从谈起。即便静仪所患确为鼠疫,这'症'也无药可'对'。鼠疫凶悍,非汤药所能压制。那位姑娘却超脱症状之外,将一应病症视为血毒,刺血排毒以削弱病源,刺穴提神以护身强体,病源渐弱而体魄日壮,再佐以汤药补养,自然日益康健。那姑娘虽不能确诊病因,但只要病在血里,此法便可奏效。"侯木生细细说来。

武全仍是不解:"如此说来,针灸岂不比汤药高明?用药需得对症,而针灸以不变应万变。"

"亦非如此。"侯木生摆了摆手,"病在血里,刺血方可奏效;不在血里,刺血自然无功。再者,不施汤药而仅靠针灸,便是以病体抵抗病源,生气强盛方可制胜。你静仪姐姐虽患病日久,貌似体弱,却久病不倒,实则是生气顽强,这才能以强压弱,渐次康复。故而同等病情,这刺血法是否奏效,还当因人而异。若以针灸佐以汤药,胜算更添一筹。可世间哪有这等好手,使得一手好针又用得一手好药？多半是半通不通,针也扎不准,药也配不好。但凡精通当中一样,便可后世留名了。"

"这几日姐姐日渐康复,我还当只要依着那妹子的法子,再配上师父的汤药,我黄家人便都有救了。"

"有救没救,都得尽人事听天命。治病向来如此,一半靠医药,一半靠自己。"

侯木生带着侯秋林等人依样画葫芦,照着夏槿篱的法子给黄家人施针,活者一二,死者八九。立秋之前,总算止了鼠疫。

直如蒙着眼打了一场恶仗,敌方军备如何、战术怎样,一概不知。开出的方子哪张有用、哪张无用,皆不可测。壮起胆估摸着出招,在混沌里熬打,一番拼杀下来,侯木生只觉精力尽耗。

离开村上那天,武全将黄家上上下下走了一遍。村上洒满石灰,到处白茫茫的,如同一个巨大的灵堂。劫后余生的族人们站在自家门口目送他,灰白的脸,不声不响,像一只只游荡在灵堂里借尸还魂的鬼。方圆数里的辣蓼子都被扯光了,老鼠、蚊虫都绝了迹。家畜也绝了迹。

侯大善人治好了鼠疫。侯木生还未回商里,消息已在临江府传开。

  侯济仁栈有神医,
  白须长眉用药精。
  左手持针灭疫鼠,
  右手悬壶救世人。
  更有盈盈小娇女,
  素裙纤纤不染尘。
  舍生亲赴阎王殿,
  忘死赢得满园春。

不知何人编的童谣,从街头唱到巷尾,侯木生与女儿成为隐约的传奇。

武全踏着朗朗童音跟着师父与姐姐进了府城。朝天门的城楼,似乎从未这样高。临江府城共有十门:朝天门左手上,便是紧临章山的富寿门;富寿门左手上,是紧临练兵场的西成门;自西成门往南,是靠近明宗书院的南薰门;转过东南角,是靠近府学的文明门;正东边有临近清风桥的清波门,距钟楼不远的兴化门、万胜门,紧靠县学的育贤门;东北角上广济门挨着临江营。袁河自东面伴城而过,在荷湖馆与赣河合流,经薛家渡过赣河可往樟树镇。黄栀林铺坐落在临江府西北面,武全平常出入府城,走的是朝天门。朝天门位置冷僻,与东面文明门、清波门、兴化门、万胜门、育贤门相比,往来人员稀疏。武全以往只觉此门较东面诸门低矮,此刻有童谣伴唱,顿感巍峨非常。

张宝祥带着一众学徒在城门口相迎。算起来,他足有三月余未与静仪相见。武全想着:他与姐姐先前两心相许,如今久别相见,不知是个什么情形。

张宝祥先给侯木生行了个大礼,又一一见过了秋林、细苟两位师傅,不疾不缓走到静仪轿畔。

静仪身体尚未复原,武全村上仍派了轿子,由两个在祠堂帮过忙的后生抬她回来。二人见过宝祥一面,却不晓得如何称呼,打头的那位见他走到近前,便喊了声"师傅"。

静仪听得招呼掀开轿帘,与宝祥对望一眼。二人并无言语,武全却看得了万语千言。在黄家时,日日与静仪伴在一起,他只道早已亲厚至极,见了这两两相望一双人,才晓得了什么是亲疏内外。

静仪姐姐与那张宝祥毕竟是自幼相伴的,那不动声色的熟稔,是娇花绿叶之情。

武全有意落后,自包袱里掏出桂圆分与近旁孩童。五六岁的小妹子咬着果干,歪着头问:"你也是侯济仁栈的吗?"武全摸摸她潮红的脸。小妹子说:"侯济仁栈的人长得真好看。"

孩童们拍着手,从朝天门唱到朝天宫。到了新街,又有一群孩童接着唱了起来:"侯济仁栈有神医,白须长眉用药精。左手持针灭疫鼠,右手悬壶救世人……"

武全记起儿时也曾坐在姆妈膝头学唱过许多童谣,长大后只当都是哄逗孩童的小玩意,今日方知个个童谣背后都是故事。

街坊邻舍们夹道高呼:"侯大善人回来了,侯大善人回来了……"

武全见师父下了马,也紧跟着下马步行。又见师叔们与静仪姐姐也纷纷下马、落轿。长颈带着几个伙计迎上来牵了马,引着抬轿的两个后生说:"哥哥们一路辛苦,到我们厨下去喝口热汤。"

张宝祥自自然然走到静仪身旁,摩肩擦背挨在一起。

男女如此亲近,本该引人侧目,师傅、学徒们却无一留意,连街坊邻舍也并不新奇。二人是一对儿,人尽皆知的。

武全回想黄家后山上,漫天晚霞下,盏盏金灯花旁,她说过:"先要活得下来,才能再说嫁娶。"

如今活下来了,她将如何与他再说嫁娶?

三月有余的日夜相伴,三月有余的生死相随。有情?无情?

情是怎样的情?心是怎样的心?

儿童不识愁滋味,将那九死一生的童谣唱成了欢声笑语。

童谣里唱的,何止是故事?还有故事背后一个个鲜活的生命、一份份百转千回的心事、一回回披肝沥胆的抗争、一番番爱恨、一段段情仇、一幕幕人祸、一场场天灾。

侯济仁栈前面挤满了人,面善的、面生的,不同的脸上带着同样的笑:"侯大善人回来了,侯大善人回来了……"

人群里一位衣饰华贵的公子挤了出来,对着静仪鞠了一礼:"听闻侯大小姐安然返来……"

静仪把脸转过一边,张宝祥架起膀子隔开那人。

"侯大小姐……"那人还要说话。宝祥护着静仪,直往药栈去了。药栈门口挂着一副楹联："但愿世间无病,何愁架上生尘。"到过药栈多回,在门口也跪过好些时候,武全竟未留意过这楹联。

师父微笑着在攘攘人群中行礼："刘先生……张爷……熊大少爷……"

原来那衣饰华贵的公子哥儿是那个熊家的大少爷。

侯济仁栈里边,一溜儿病人排着长队。

一位鼓睛暴眼的先生自诊桌后立起身："东家……你可回来了……"

师父按按这先生的肩："莫耽误事,无须讲礼。"

柜面上,算盘、冲臼、碾槽噼啪作响。侯贤喜掌柜抬起头来："东家回来了!"打算盘、捣药、碾药、称药的伙计、学徒们跟着抬起头来："东家回来了!"

"莫耽误事,无须讲礼。"

伙计、学徒们身后,密密麻麻的小抽屉儿布满了整一扇墙。抽屉上贴着药名:枳实、当归、麦冬、苍术、沉香、连翘、杜仲、山栀、丁香、白术、草乌、芫荽、石蜜、青蒿、半夏……每一味药名,都似静仪姐姐的闺名那般好听。

药柜两旁,又有一副对联："修合虽无人见,存心自有天知。"

师父头一次指派姐姐前去诊治鼠疫时,曾经说过这话。这话,原来一直在这里,在这星罗棋布的药名里,在师父心里。

"多谢诸公记挂!"师父立在对联中间拱手,"托诸位的福,小徒黄武全村上疫症已除。侯某将息数日归置店内事务,待一切打点停当,再备薄酒以谢诸公。"

"善人保重……无须破费……"街坊们一一退去。

22

一入侯济仁栈,黄武全的人生即将劈成两段。一段,是黄家威名赫赫的武师长子,虽痛失双亲,凭着一身拳脚,倒也不容小觑;另一段,是药栈排名最末的学徒,再有力气,也不能靠拳头打天下。

他要机敏、灵活、勤快。他要忍得气、吞得声、合得群。他要学着讨好,讨好师父、学徒、伙计,讨好每一个先入药栈的人,讨好他死都不愿讨好的张宝祥。

侯木生吩咐长颈:"带你武全哥前去安置。"

长颈嘀咕:"我先入的店……"

老猴子笑笑地骂:"这长颈!死长颈!"

武全忙说:"长颈哥说得是,学手艺不以年纪论兄弟,我拜师最晚,是排名最末的师弟。"

"合当如此。"长颈长颈一摆,"过这边来。"

武全跟着长颈绕到药柜后面,一扇小门,垂着薄薄一挂竹帘。

几次三番,他跪在侯济仁栈门外,央人带进这门帘后面去找静仪,膝头都跪肿了,终是无缘得见。眼下,当日拿着竹筎打骂他的小伙计,正亲手撩着门帘等他进去。

门帘后边,有着怎样一番天地?

武全躬身钻进竹帘,只见方方正正一间屋子。屋子正中搁着两张长条桌,几位先生坐在长桌前书写单据、拆阅信函。长桌顶头开着一扇小窗,青青的翠竹半掩。日头隔着翠竹碎碎地透在桌上,酷烈的暑气筛去了大半。

"看什么?别磨蹭!"长颈穿过这间屋子,又撩起了后边一挂竹帘。

这挂竹帘后边又有什么?武全还未进去,听得两个声音正在唱答,一来一往,一高一低,顿挫抑扬,琅琅悦耳。待得穿过竹帘,只见一个伙计一手持单,另一伙计指点药材,持单的唱一句,指药的便答一声,诵书似的。

这帘后面还有一帘,几位正值壮年的药工在帘后"嚓嚓嚓"切着药材,药材在各色刀具下面雪片一样涌落。那安在架子上的是铡刀,拿在手里跟屠夫们用来卖肉样的是片刀,刨子样的却不晓得叫什么刀。

"再不跟来我可走了!"长颈撩着帘子又在催。

武全忙忙地又钻过那竹帘去。

这帘里边,屋子靠墙摆着个小船那样大的碾槽,碾槽上方墙上安了个长木棍儿,有个十七八岁的学徒正攀着木棍踩在碾轮上来回跳荡。三顶药灶占在屋子三个角上,药灶上搁着木甑、蒸笼跟许多叫不出名儿的竹器。地上也摆满了许多叫不出名儿的竹木器。

武全从未接连钻过这许多竹帘,只觉眼都有些花了。

出了这间屋子有个天井,天井两旁,另有两间小些的屋子半掩着门。武全探头刚想往那小屋里看看,长颈眉头一撑:"做什么？莫乱跑。"

武全便晓得这两处不许随意进出。

过了天井,又钻过一个竹帘,眼前豁然一亮,是个花木繁茂的小院儿。

小院顶头墙角上一丛木槿开得正盛。武全才想起木槿是夏日开花,难怪那姓夏的妹子她外婆取名槿篱,原来此处亦有讲究。平素常见此花开在田头菜地,倒未留意花期。

木槿花旁站着个人,遥相招呼说:"武全哥,你也到厨下来喝口汤吧。"原来是他村上抬轿子送静仪回来的后生。后生手里端了个碗,碗口腾腾冒着热气。另一个抬轿子的后生从他身后屋子里跑出来,也微红着脸招呼说:"武全哥,进来歇会儿。"那屋子应该就是厨房了。木槿种在厨房边,倒也相宜。这花不仅可以入药,亦可烧汤做菜。那后生碗里盛着两个煮得完完整整的鸡蛋,玉白的蛋白缀着几点翠绿的葱花,汤面上飘着几颗油珠儿,酱油不多不少,清凌凌的刚染了点淡褐色。真真好厨艺！武全摆手:"我还有事,你们歇吧。"武全与两位后生虽都是黄家人,因拜了师,他便是药栈的人了,是为主,两位抬轿的后生才是客。烧汤是待客之礼,他自然是不能用的。那脸红的后生也正是明知他不能同他们一起受用,这才不好意思。

厨房前搁着两口大缸,缸里养着水莲。水莲左右种着鸡冠花并美人蕉,再有木兰、桃树、桂树并几棵不知名的树。

"这是学徒房,这是师父们的屋子。"

武全看长颈指点,挨着厨房的两间是学徒房,余下三面皆是师父们的住处。因是夏日,每间屋前都垂着竹帘。再看那竹帘,每挂帘子恰巧对着一样花木。

学徒房前是低矮些的美人蕉与鸡冠花,师父们门前则是大树。树木枝叶葳蕤,恰是天然屏风。故而师父们的屋子虽紧密相连,却各有天地。学徒房大约为着便于监管,有意用了低矮些的花草。

"师父、学徒、伙计们都住这院子里。你刚进店,须得在前柜守夜,后院暂不安床。"

"前柜在哪儿?"

长颈懒得答他:"虽是学徒房,伙计们跟正经学徒却是分开住的。左右你屋里没床,先把东西放在伙计们这边,无事莫到学徒们那边乱窜。"

"谢长颈哥指点。"

长颈掀开伙计房的门帘,武全躬身进去。通铺上密密地铺着一排草席,草席尽处转角摆着两个大木柜。

长颈拉开一个木柜:"你有什么东西先在这底层放着,莫占了别个的地方。"

武全将随身包袱塞进木柜。

"你也真是便宜,自家草席也不带一床!今日先拿了这床去,待领了零用,再置新的。"长颈自木柜里抽出张破席子扔给武全。

"学徒还有零用?"武全欣喜。

"我们这等大药栈,怎会没零用?你奸得很,哪不晓得在大药店学徒好吃、好穿,比多少正经差事还要强些,不然怎会赖着我们东家收你?"

"武全着实不晓得,谢长颈哥指点。"

"你也莫要谢我,我巴不得东家明日便撵了你出去!"

"谢长颈哥容我留着。"

"我做得主,今日便撵了你去!"

武全嬉笑着给长颈揉肩。

"少来这套!中柜跟后柜都是细致活儿,无事莫到那边搅扰。"

中柜跟后柜在哪里?武全懵然不知,却也不敢再问。

"栈房跟细料房,未得师父、先生们使唤,不得擅自出入。"

栈房跟细料房，应是那两间半掩着门的屋子。

"闲来无事可到刀房与杂房看看，莫要东摸西碰，碰坏了东西有你好看。"

刀房应是那许多师傅切药的屋子。杂房又在何处？

"你若安生，我们迫不得也要容你；你不安生，虽有东家跟姐姐护着，未必护得样样周全。左右我们都是自家人，你一个外人，怎么治不得你？"

23

两个抬轿子的后生吃完了煮蛋前来辞行："武全哥，我们回村上了，你安心学艺，不日便可发达了。"

"他那偷奸耍滑的性子，学得到什么真本事？"长颈翻了翻眼。

两个后生干笑两声。武全送他们出门，一路又是掀开竹帘经过一间间屋子。

侯木生正在门外送客，见了他们，便说："用了饭再去。"

两位后生说："不用了，刚吃了汤，饱了。"

"年纪轻轻的，喝碗汤抵得什么？不多会儿就开饭了，吃了再去不迟。"

"真饱了，吃不下了。"两位后生作势摸了摸肚子，"多谢先生款待。"

武全晓得他们并未吃饱，却也帮着说："随他们去吧，他们还有事。"

"那就招待不周了。"侯木生拱了拱手，"让你们空着肚子回去。"

"哪里的话？先生太客气了。"两位后生说着，抬了停在门口的空轿子回去。

侯木生知会武全："我跟你姐姐回屋下用饭，你跟着师傅、师兄们在店里吃。要什么就问长颈，莫拘礼。"

"师父放心，不缺什么。"

过不多久便听得喊"开饭了"，武全又掀开一挂挂竹帘，往后厨用饭。

厨房摆着张方桌，桌上用钵碗盛着六样菜品。四向已安好了碗筷，配着拇指大点儿的酒盅，陪席右手搁着个酒壶。

还有酒吃,怪道长颈说药栈吃穿甚好。

武全退到灶前站着,陆续有师傅进来。侯贤喜与侯秋林坐了上席,侯细苟并几个年长的药师依次落座。看座次,侯细苟身份不低,闲常与伙计们打闹浑无长次,这一坐便显出了威严。先前坐堂应诊那位鼓睛暴眼的先生坐在陪席,宝祥也上了桌,一张八仙桌便满了。

看桌上众人年纪,就数宝祥年轻。武全猜着,上桌的学徒恐怕只他一人。

宝祥提起酒壶斟酒,余下学徒、伙计们靠墙在各位师傅后边站着。小小一间厨房挤了二十余人,却是鸦雀无声。

师傅们饮了两盅酒,拈了几筷菜,无人多饮,学徒们便盛了饭来端到师傅面前。

师傅们捧了饭开吃,学徒们才依次给自己盛饭,也不夹菜,离了饭甑便开吃,埋着头一劲儿往嘴里扒饭。武全奇怪,照长颈说,药栈吃穿不愁,学徒们怎的个个跟饿狗样的?

武全跟长颈排在最末。武全跟在长颈后边,才舀了一勺白饭,长颈手上一抖,洒了撮黑灰在他碗里。

"你做什么?"侯细苟瞪着长颈。

"我刚在灶前看火,不着意手上沾了点灰。要么,这脏的给我?"长颈挑衅地看着武全。

"无妨,灶灰也不是什么脏东西,闲常割破了手脚,我们还用来止血。"武全就着那灶灰吃了下去。

"好孩子,莫吃了。"侯细苟不忍。

"怕什么?饥年馑月,有口吃的就是福气。"

众人不再吭声。武全才吃了两口,侯贤喜跟侯秋林便已吃好了。桌上众人见他二人放了碗,也纷纷把饭扒进嘴里,放下碗筷。师傅们起了身,背墙站着的学徒、伙计才上来拈了两筷子菜,也纷纷放下碗筷跟着师傅出去。武全才晓得他们为何个个都跟饿狗似的,原来不是怕没得吃,是要吃得快。武全一咬牙,将剩下的大半碗饭一气塞进嘴里，噎得咧嘴鼓腮。长颈嫌厌地看他一眼，晃了晃手里的空碗。

武全刚要出去，长颈叫了声："口白客，厨房的水用完了，去把水缸挑满。"

武全晓得这是叫他，便去墙角取了水桶、扁担。

"近前那口井水不甜，要挑好水，去师姑井。"

武全不晓得近前水井在哪里，更不晓得师姑井在哪里。可他晓得不必再问，便挑了水桶出门去问路人。

师姑井在师姑巷，与侯济仁栈相隔甚远，待他挑满几个水缸，已过了未时。

挑完水，长颈又喊他去磨刀。这事他倒在行，将一把把片刀磨得锃亮，头发丝儿一吹就断。

"这刀磨得甚好。"侯秋林拍了拍武全的肩。

磨完刀帮着厨下洗菜。夜饭加了两样菜品，师傅们也用得缓些，学徒、伙计正正经经吃了几口好菜。

用毕夜饭天光就断了，师傅们在厨下抽了几锅烟，训了几句话，又交代了些次日的事务。武全听得那鼓睛暴眼的师傅名君武，也姓侯。另有余庆、浩明、安庭三位师傅。学徒修贤、敏飞、树根、静虎，伙计德生、玉清、春芽因长相或名字特殊，勉力记住了。其余学徒、伙计的名字记不全，众人一律姓侯。

小憩过后，师傅们带着学徒、伙计到院子里习武。约莫练了一炷香的工夫，师父们各自回屋，学徒们围在厨下搓媒子。

长颈丢了沓草纸给武全："今日我们且歇歇，明日要用的媒子都由你来搓。"

"该当如此。"一干学徒笑了起来，"我们刚进店那会儿，可不都把师傅们的媒子给包了？"

武全也说："该当如此。我刚进店，别的活儿也不会，能帮师傅、师兄们搓搓媒子也是好的。"

"搓紧实些，当心散了，留不住火。也莫搓得太紧，嘬不燃。"

"是、是。要搓得不紧不散，一嘬就燃。"

"少跟我这儿应声虫似的,你那满肚子花花肠子,我不晓得?!"

武全赔笑不语。

"我们先回房了,你搓完媒子就到前柜里头去睡,看好门户。哥哥我可是在前柜睡足了三年,这才等得你来。"长颈舒舒服服伸了下腰。

"是、是。哥哥们回屋歇息去吧。"

"若无新人入店,你便一直在前柜守着吧。"长颈带着点幸灾乐祸。

"无妨。我们侯济仁栈这等堂皇,前柜里头比多少人家卧房还好?能在那儿睡,是我的福气。"

"放什么屁?谁跟你是'我们',我们是我们,你是你!"

"是是是,长颈哥说得是。师兄们是师兄,我是师弟。"

长颈"唿"地吹灭了灯,众学徒嘻嘻哈哈地走了。武全摸黑坐着,就着夜光搓到半夜。

整日下来,他与静仪竟不曾搭过一句话。自师父收他为徒以来,他常想着:一旦进了药栈,便可日日与姐姐为伴,不料却是咫尺天涯。

虽未做重活,忙忙叨叨一刻未停,竟也累得周身酸痛。武全捶了捶腰,看着院里清冷的月色。这月色像极了静仪姐姐,凉、柔、亮。

日间已打听得前柜便是那整墙药屉下面。他摸索着钻过一挂挂竹帘,穿过放满了竹木器跟刀具的屋子。身处陌陌,脚下不时踢着东西。也不晓得踢倒了什么,有没有要紧的物事儿。若要踢坏了紧要东西,次日可不好向师父、师兄们交代。他蹑手蹑脚一寸一寸挪着步子,疟疾、鼠疫都未曾让他这样心惊胆战。

好半天摸到前柜,才想起忘拿草席。伙计们都睡下了,他也不敢回房去取。幸而天热,和衣躺在地上也不算冷。

"要死要死!你还睡着?"长颈俯身揪着武全的前襟。

头天认生,夜里几回转醒,许久不能入睡,黎明时分又迷迷糊糊盹着了,倒误了时辰。武全也不辩解,一骨碌爬起来。

"早知你是个好吃懒做的,却不晓得这样不顾脸面,才刚进店头一天便现了相,样子也不装一装的!还道你少说也要殷勤个三五日!"

武全更不多言,忙忙地卸下店门。

"我不管你以往如何怠懒,如今进了店,万事由不得你!你便是个爷,也尽早给我收起脾气!再要这样偷奸,我年纪虽比你小,照样箆片子抽你!"

武全自门后取了竹笤要去扫地。

长颈夺过竹笤:"扫什么地?先装香去!"

装香就是敬药王。武全依着长颈指点,先放了一串爆竹,再将纸钱三张一折,折了三份,点燃了竖在药王面前,又抽了三支香就着烧纸的火点燃,晃灭明火,合在掌心里三跪九拜。

那药王本是尊陶塑,平日瞧着也无甚稀奇,不知为何,武全依规依矩放了爆竹烧了香纸,便觉着那陶塑好似有了灵气,他走到哪里,药王的双眼便好似跟到哪里。他一跪一拜,都被药王看在眼里似的。

装完了香,药栈的一切便好似都在药王的注视之下了。

武全将前堂内外扫除干净。另有几个学徒、伙计洒扫了后堂、后院。师傅们这才陆续起来,在后院洗漱。才用毕早饭,侯木生带着女儿就进了药栈。

侯木生问:"夜里睡得惯吗?"

武全答:"睡得惯,谢师父记挂。"

"你进店较一般学徒晚些。大多学徒九岁就进了店,按规矩先在店里做几年杂事才能正式学艺。你年长了六七岁,又跟着师傅们在自家村上看过了不少病,就不拘泥这些,回头我便先传些口诀给你。只是新进学徒要做的杂务,你还需得兼顾些。"

武全忙说:"那是自然。多谢师父!"

"你先去吧。"

武全又去师姑井挑了几担水,帮着伙计们装了几包货,这才得空去找师父领教。

侯木生递与他一张纸条:"上边的字,你可都识得?"

武全跟着爷爷认过几年字,爷爷走后,便荒废了。纸上的字,尚有许多不识。

"这是十八反与十九畏的口诀。"

"还请师父赐教。"

侯木生一一指认。

本草言明十八反,
半蒌贝蔹芨攻乌。
藻戟遂芫俱战草,
诸参辛芍叛藜芦。

硫黄朴硝两相争,
水银砒霜不相见。
巴豆牵牛情不顺,
狼毒最畏蜜陀僧。
丁香郁金莫相连,
牙硝难舍京三棱。
川乌草乌畏犀角,
人参也怕五灵脂。
肉桂善能调冷气,
若逢石脂便相欺。
大凡修合看顺逆,
炮监灸煿莫相依。

武全跟着认了两遍。

"你得了闲便勤加诵记,两日后背给我听。"

"是,徒儿定当时刻默记。"

"文墨上面,你还需得下些功夫。吃药饭的,不能光有蛮力。回头到中柜领些纸墨,每日夜饭过后,练几个字。"

武全到中柜领了笔墨纸砚,又去厨下帮着洗菜。用过午饭还是挑水、磨刀。夜饭后又习武、搓纸媒。长颈仍旧灭了灯,他就着月光搓到半夜。

因要习字,搓完纸媒壮着胆点起了灯。伙计房里早没了响动,武全只当都睡深了,不料灯刚一亮,长颈便冲了进来:"谁叫你点灯了?"

武全鞠了一躬:"长颈哥,师父嘱我每日夜里写几个字,这才不得不点起灯来。搓媒子那会儿,并未点灯。"

"师父的话要听,店里的钱便不用省了?这灯油钱,可不也是师父的?写字便写字,何时写不得?非要夜里写?"

"师父嘱我日间帮着做些杂务,夜间再行习字。"

"杂务?你何曾做了什么杂务?挑了几担水,磨了两把刀而已,哪里就忙得怎样了?"

"与哥哥们相比,我确是没做什么。只是日间事多,我若干坐着练字,怎生过意得去?"

"你一个人点着盏灯倒过意得去,日间写两个字就过意不去了?我看你是存心浪费!这店里二三十号人,个个都学你一人点盏灯,光烧油便要烧穷了!"长颈"呼"一下又把灯灭了。

"长颈哥,我日间着实不得闲呀!"

"得闲便写!不得闲便莫写!这店里,也不是人人都得闲写字的。"

"可师父说了,我每日必得练几个字。"

"莫拿师父压我!我给店里俭省,师父还能说我的不是?我也不曾违抗师命,只是叫你莫点灯写。"

"这日间又不得闲,夜间又不点灯,我如何写字?"

长颈不再理他,顾自回房去了。

武全想了想,又"呼"地燃了纸媒。

灯还没点着呢,长颈又冲了进来,"啪"地打落了他手里的纸媒。

"说了不听是吧?"

"长颈哥,好哥哥。"武全低声恳求,"我就写一小会儿,不然明日师父怕要责骂。"

"半会儿也不行!"长颈拿了灯便走。

"好哥哥,"武全挺身挡在长颈前头,"待我领了零用,买两斤灯油来给店里填用。"

"领了零用再说。店里也不要你的灯油,你自个儿买了自个儿再用!"

"这不……今日便要用灯吗?哪里等得零用?"

"少跟我这儿饶舌!再不闪开,有你一顿拳头!"

武全仍自赔着笑挡在前面。长颈放下灯,自灶前取了根柴火,"啪啪啪"照他脸上砸来。

武全双手护着头,躬下身子斜靠在门框上。"还不让开?"长颈飞起一脚将武全踹倒。

伙计们听得打闹纷纷跑了过来:"这还了得?才进店呢,便跟老人动起手来?"

众人围着武全,扯手抬脚,将他扔在柴堆上:"今儿打你长颈哥哥,明儿便要打我们了!"

"武全不敢。"

"你有什么不敢?憋着一肚子坏水,哄得我们东家、小姐给你村上卖命,我们一药栈的人,险些都要断送在你手里!如今进了药栈,别打量我们不晓得,仗着你这油头粉面,又想我们小姐!识相些你便早些死了这个心!再要作怪,饶不得你!"

真是若想人不知除非已莫为,武全只道对静仪的那点心思,唯有张宝祥略略晓得,不料却已人尽皆知。

"安生些儿,我们也不是容不得人的。再要什么花花肠子,这里个个都看不得!"

伙计们回房去了。武全在柴堆上坐了一会儿,摸索着走进伙计房里。

"不去前柜守夜,跑进房来做甚?"

"取灯。"武全淡淡地说。

"见了鬼了!"伙计们腾地爬了起来,"真当我们不敢打你?""噼里啪啦"一顿拳脚,武全缩在墙角默不作声。

伙计们打了一阵,返回铺上躺下。武全站了起来,摸索着又去取灯。"哎耶!"伙计们又爬了起来,噼啪一顿乱踹。待他们踹完,武全又去取灯。

"见了鬼了,见了鬼了!"伙计们骂着,"倒了血霉,我们店里来了个疯子!"

武全端着灯盏走进厨房,"唿"地燃着纸媒,点亮油灯,端端正正在八仙桌旁坐稳,铺好纸笔,擦了下嘴角的血,认认真真写起字来。

25

次日又是早起下店门、装香、扫除前堂、挑水、装货、帮厨、磨刀、习武、搓媒子、习字。

静仪心细,早间过来便见武全身上带了血痕:"怎么弄的?这一头一脸。"

"不着意,在灶前摔了一跤,柴火划的。"

"柴火划的哪有这许多青紫?"静仪撸起他的衫袖。

武全"嘿嘿"笑着,任她拉着自己的手。

静仪方觉失仪,松开他的手:"欺负新人可不是我们侯济仁栈的规矩。我爷爷要是晓得,定要严惩。"

"我这虎背熊腰,不欺别人就算好的,谁敢欺我?"

"你不说,我也不问你了。再让我看出什么,定让我爷爷查问。"

武全倒巴望着伙计们再来欺他,他便可再得静仪垂怜。日日欺他,日日被静仪拉一回手,倒也值得。伙计们却不再理他,只远远地躲着他走。

静仪久病初愈,气血两虚,宝祥琢磨着给她配些强身健体的丸药。那丸药甚是讲究,需得以人参、茯苓、甘草、山药、莲子等统共近二十味药物研末,佐以蜜糖调和。侯济仁栈自治愈了鼠疫,本就显赫的声名从商里扩散到了乡郊,但有疑难杂症久治不愈者,纷纷前来就诊。店里忙得不可开交,腾不出人手来制作这样烦琐的丸药,宝祥便带着静仪亲自动手。二人时时伴在一处。武全进店之前,二人亦是如此,并未刻意亲近。武全却是头一回见,只觉大不自在,一不留神便要看到耳鬓厮磨一双人,两眼都没处放的。他闲下来便到门口迎客,免得时时跟他二人碰面。

武全正在门口站着,隐约瞥见对街有人噓了噓嘴,定睛一看,是他师父唤作"熊大少爷"的公子哥儿。熊大少爷招了招手。武全指了指自己,熊大少爷点了点头,武全便过街去跟他说话。

"你就是侯木生新收的徒弟?"

武全眉头一皱:人人都尊称我师父侯大善人,这油头粉面的熊大少爷不过二十出头,论年纪是晚辈,本该更为恭敬些,却为何直呼姓名?

"你可晓得侯木生为何日日让你站在药栈门口?"

武全心想:是我自己要站的,关我师父何事?

那熊大少爷环顾左右,压低了声气:"侯木生拿你当活招牌呢!"

武全哑然失笑:"我又不是什么名医仙道,当得起什么招牌?"

"人人都晓得你村上发过鼠疫,你活生生站在这里,不是明摆着提醒路人侯木生治好了鼠疫吗?"

武全心说"就你聪明",嘴里却应着:"这倒也是。"

"不是做招牌,侯木生怎会收你为徒?这临江府大小药店,谁家肯收外姓人?"

武全嘻笑一声:"人说'大难不死必有后福',我先前还不信,没想到这就应验了。我村上一场天灾,倒让我吃上了药饭。"

"你莫高兴得太早,侯木生不过是拿着你先充几天门面而已,等他名气大了,自会撵了你出去。你莫想学得什么真本事。"

"我看侯大善人慈眉善目,不至于如此行事吧?"

"你这小后生有所不知,侯木生最是这临江府一等一的伪君子,什么缺德事都能做得出。为了压倒我们恒昌药栈,他可没少费心思。就说这回诊治鼠疫,哪个药人不晓得鼠疫无药可治?他却非要自家闺女去你村上出诊。我恒昌药栈的医术在这临江府才是一等一的,我家世代行医都治不了鼠疫,他侯济仁栈才开了二十余年,怎有本事治得鼠疫?更何况他女儿不过十七八岁,哪里来的多少经验?他派女儿去你村上,名为治病,实为增添侯济仁栈的声望而已。那侯木生连自家闺女的性命都能豁得出去,你一个外姓人,他有什么做不出来的?"

原来在他眼里师父的为人如此不堪,武全不想与他辩驳,便婉转提醒:"可我师父确实治好了我村上人的鼠疫。"

"便是治好了两个,也只是侥幸而已。"熊大少爷一脸的不容置疑。

武全知他偏见颇深,难以说服,便含混应了一声就要离去。

那熊大少爷却说得兴起:"侯木生自作聪明,以为如此一来便可压过我恒昌药栈,却不料他家生意好了,我家生意也跟着愈加兴盛。他白白拿着女儿性命冒了一回险,我家却拴着手坐收渔利。"

武全见恒昌药栈门口挤满了人,原以为他家生意向来如此兴隆,听了这话才知是师父名望太盛,招来的病人太多,侯济仁栈容不下的,便去了他家。武全晓得师父诊治鼠疫只为消灾除病,并非与谁相争,却也跟这熊大少爷说不清楚,便敷衍着竖起拇指夸赞:"还是你们恒昌药栈高明。"

熊大少爷轻叹一声:"只可惜了那花儿一样的侯大小姐错生在了这样的人家,她若在我熊家,跷起脚来做她的少奶奶便是,哪里用得着冒死去治什么鼠疫？我家生意在临江府本就是头一份儿的,她便是什么也不做,照样日进斗金。我家可用不着一个弱女子拿命来争夺生意。"

说到静仪,武全认了真:"你是说,要那侯大小姐到你熊家去做少奶奶?"

"你看那张宝祥,呆头呆脑的,怎能配得上侯大小姐？侯木生却偏生要选他！他侯木生再有心计,又怎能扶得起这样一个没本事的人？"

武全听他想要将静仪娶过去做少奶奶,本想戏弄几句,听他如此品评张宝祥,又觉颇合心意,便点了点头:"那张宝祥配侯大小姐确实差了些。"

"你也如此以为？"熊大少爷喜不自胜。

"明眼人都该如此以为。"

"想不到你一介乡野小民能有这个见识,我倒小瞧了你。"

"熊大少爷谬赞了,我哪里有什么见识？不过是被大少爷一番金玉良言点悟了而已。"

"想不到我与你倒说得来,得空常来我店里。"

"你家是临江府一等一的好药栈,想必多有秘不外传的手艺,我一个外人,恐怕不好常来。"

"这有什么？"熊大少爷执着武全的手,"我痴长你几岁,便称你一声贤弟,你到我家药栈,便说前来寻你元文哥哥便是,无人敢拦你。"

武全应着:"那愚弟就不多客套了,日后得了空就来寻你。"

长颈本就信不过武全,又见他跟那熊元文打讲许久,便问:"你跟那熊蛮子说什么？说得那样起劲,莫让他套了话去。"

武全嗤鼻:"那样一个草包,有什么套话的本事？"

"那蛮子虽傻,他爷却精明。你若不着意漏出话去,那蛮子学给他爷听了,又有一番算计。他家惯使阴谋诡计。"

"长颈哥指点得是，我以后少跟他说话便是。"

"不跟他说话才是！"长颈还不放心，"方才说了什么？你一句一句学给我听。"

武全不好提起静仪的事，便将熊大少爷对侯木生的偏见依样学给长颈听了。

长颈冷哼一声："他家便是这个见识。"

武全说："我骂了他几句。"

长颈翻出个白眼："我见你跟他说得甚是投机，哪像骂人？"

"真骂了几句。"

"你的话也是信不得的。"

武全干笑两声，挑了水桶预备去打水，刚出厨房便被师父喊住了问："那何大神针的曾外孙女住在樟树？"

武全如实作答："徒儿不知那妹子住在何处，只知她外公、外婆住在樟树镇上。"

侯木生说："这几日我也歇过劲儿来了，你与长颈找人制块匾，过几日带我到樟树镇上走一趟，将牌匾送到那姑娘的外公、外婆屋下去。我们治得了鼠疫，靠的是那姑娘祖上传下来的针法，不可居人之功。如今都说我们侯济仁栈治好了鼠疫，传得沸沸扬扬，我们敲锣打鼓送了匾去，也明了这个名分。"

难道方才学给长颈听的那番话恰巧被师父听去了？熊大少爷才说侯济仁栈没本事治好鼠疫，师父这就明示众人，侯济仁栈治鼠疫的本事是从何大神针那儿学来的。武全寻思着，何家医术传男不传女，送了匾去，便是摆明了何大神针破了祖上规矩，那夏槿篱的外婆定然不悦。若是不送匾去，又逆了师父的心思。他不敢直言劝阻，便绕了个弯子："那妹子说她外婆家的手艺传男不传女，女子不可行医。"

"这倒也是。偌大的临江府，除了我侯木生，也没见哪个明目张胆给女子传授医术。何大神针定是疼惜女儿，偷偷授予了针法，却不愿张扬出去。"

武全这才放开了说:"那妹子的外婆恐怕不愿收匾。"

侯木生点了点头:"想来也是。我们送了匾去,只怕唐突了人家。可家传手艺是药人的命根子,我们也不好拿着别家的命根子装点自家门面。兹事体大,也不能光靠猜测,还是亲口问问那姑娘的外婆为好。"

武全还当师父有意借着送匾的事宣扬侯济仁栈得了何大神针的绝技,听得要去询问那夏槿篱的外婆,才知是自己多心。若是存心宣扬,直接送了匾去便是,前去询问十有八九要被拒绝,便是想送也不好再送了,可见师父确是不想贪人之功而已。师父一向光明正大,自己从未妄加揣测,今日以小人之心度之,皆因听了那熊大少爷一番胡言。所谓近朱者赤近墨者黑,自己虽未听信那些胡言,却无形中受了熏染。长颈果然提醒得是,日后再不可与那熊大少爷混在一起。

长颈见武全不再搭理那熊元文,还当是遵从自己指点,由此对他少了一星儿嫌厌。

因武全去过夏槿篱外婆家,侯木生便仍旧派他前去商榷。

武全先找皮鹤探了口风,再由皮鹤领着到了槿篱外婆屋下。

槿篱外婆好记性,见了他们便招呼:"皮大先生、黄家少爷。"

这"少爷"一叫,武全即刻慎重起来。槿篱外婆就是有这等本事,一句言语一个举动便能令人肃然起敬。

武全说明来意,槿篱外婆轻描淡写地回话:"且让你家师父放宽心。我一介女流,用不着什么声名。槿篱她外公修得好,除了菩萨,诸事都不上心,万万莫送匾来。不怕你们笑话,真要送了什么'妙手回春'之类的过来,她外公还不定要吓得怎样呢,且让他清清静静修身养性去吧。这事原是我那外孙女莽撞,我不过是教着她扎了几回针,她哪里晓得治什么鼠疫?鼠疫止了,靠的还是你家师父的本事。"

武全本以为不过是空跑一趟求个心安,不料却得了槿篱外婆这一番话,从此不仅不必含含混混昧下她家手艺,还让她家明明白白将功劳算在了侯济仁栈。师父高瞻远瞩,恐怕早已料到这层,这才明知她家不愿收匾,还是特意上门来问。这般为人处事,着实令人叹服。那熊家只会往阴谋诡计上想,岂知世间还有堂堂正正为自家谋利的法门?

武全少不得要代师父客套几句:"家师虽精于用药,却不通针灸,止住鼠疫,靠的还是施针刺血。槿篱妹妹虽只学了几回,却是得了婆婆真传,比那学了几年却不得要领的强多了。"

槿篱外婆也不谦逊:"我何家的针法,自然要比别家强些。实跟你说,我家手艺虽是传男不传女,可如今这世道,也说不得什么'女子无才便是德'了,真要无才,怕是连命都活不下去。你看那些豪门大户的人家,哪个遵了什么家法门规?一家家的,谁不是有钱能使鬼推磨?不过都是仕途经济罢了。我们平头百姓,有个傍身活命的手艺才是阿弥陀佛,管他什么'德'不'德'的。槿篱兄弟姊妹多,她又错生了女儿身,爷不疼娘不爱的。我虽上了年纪,也是年轻过的,怎不晓得女子的苦处?她爷娘管教不过来,我这个做外婆的,少不得要帮着些。"

这话说得弯弯绕,意思却明白:她是认真教过自家外孙女的。先前说只教了几回,是迫于家规说的场面话而已。武全顺她意思接话:"可不是呢!我们平头百姓,最要紧是活命,家法门规再大也大不过命。"

槿篱外婆一笑:"黄家少爷是个聪明人,老身只爱跟聪明人说话。"

"婆婆谬赞了。"武全假意询问,"不知槿篱妹妹家住何处?妹妹于我族人有救命之恩,按说该当前去拜谢才是。"

"她一个小妹子哪里受得起?黄家少爷莫要多礼。槿篱父母住在永泰,她在我屋下过得舒坦,一年倒有大半年住我这里。这不,吃过早饭便跟小姐妹们出门摘栗子去了。"

不料那夏槿篱就住在她外婆这里,武全办妥了师父的事,哪愿再跟那疯妹子虚与委蛇?说登门拜谢,不过是齐整话而已。可话已出口,免不得要做做样子稍候片刻,假意等着那夏槿篱回来。

这一等,夏槿篱当真回来了。

"咦？这骗子跑来我们家作甚？"夏槿篱才进了门便尖声怪气地问。

武全规规矩矩行了个礼："妹妹一向可好？我特为代黄家父老前来拜谢妹妹的救命之恩。"

"这人可是吃错药了，今日怎的这等斯文？"

"休得无礼！这死妹子！"槿篱外婆嗔怪。

"外婆可不晓得，这人诡诈得很，骗得你外孙女好惨！"

"胡说八道！黄家少爷特来上门道谢，何曾骗过你？"

槿篱也不敢提起章山之事，便伸手从竹篮里摸了个毛刺刺的栗子，挥手往武全头上一掷："外婆瞧着，我这便打出他的原形来给你看。"

"作死不是？！"槿篱外婆作势要打。

武全连说："无妨，无妨。"

槿篱外婆解释："我这外孙女命苦，她爷娘眼里只有儿子，我跟她外公不忍拘着了她，平日里放纵了些，惯得她没了规矩。"

婆婆这等人物竟也管教不住这疯妹子，她只说自家外孙女命苦，却不知日后娶了她外孙女的男子才是真正命苦！武全这样想着，嘴上却说："妹妹一派天真，可爱得紧。"

"此话当真？"槿篱眼珠滴溜一转，将满篮的毛栗子悉数往武全脸上一罩。

槿篱外婆作真恼了，抄起扫帚便打。

武全赶忙拦着："妹妹玩笑而已，婆婆莫要认真。"

"哪有这样玩笑的？"

"有本事的人，自然精怪些。"

槿篱外婆听得夸她外孙女有本事，自然颇为欢喜："黄家少爷宽宏大量，换了别个，定要怪我管教无方。"

"啧啧！"槿篱咂了咂舌，"外婆看走眼了，这个人，狭隘得很！"

武全只是斯斯文文笑着，不管那夏槿篱再说什么。

27

黄武全原以为认药、制药都是不消多少工夫便能掌握的,吃药饭主要是学把脉、开方,进店后才晓得,寻常学徒没个三四年,连病人的边都挨不上。

单是认药一项就有无数歌诀要记:"鹦哥嘴、圆底盘、有疤痕、一条线"说的是天麻;"先苦后甜、凉到舌根、嚼不粘牙、涂甲即染"说的是牛黄……每样药材几乎都有相应的歌诀,千百种药材便有成千上万首歌诀。

制药,首先是抖择。抖择就是抖净灰土、除杂去劣,包括抖、簸、筛、刷、捡、摘、揉、擦、砻、拭、刮、刨、插、劈、杵、揭、碾、轧、锯、榨、淘、切等多种方式。草木类主要是去芯、去核、去芦头;动物类主要是去头、去足、去眼、去翅、去筋膜及血腥;矿石类要去杂石、苔藓。

之后是清洗、润泽、切制,每个环节都大有讲究。

完成这些步骤之后,才开始正式炮制。

也就是说,还未正式开始制药,一名药店学徒需得掌握的技能已可谓斗量车载了。

越是名堂多的手艺,越能见出各人禀赋,适宜吃这碗饭的两三年便能略有所成,不宜吃这碗饭的光是识别药材都要抓破了头皮,因而有些人可以当学徒,有些却只能做伙计。

历经了与鼠疫的生死相搏,每一味药材在武全眼里都是一条活生生的人命,他不敢怠慢,学得格外用心。

熊元文见他每日里规规矩矩,对侯木生俯首低眉,便又来向他"嘘"嘴。

"嘘"了好几回,武全总不理他。这熊家大少爷何曾受过一个小学徒这般轻视?越发要扯着他说话:"贤弟为何不理哥哥了?可是那侯木生威吓过你吗?"

武全挑着水,换了个肩绕开他去。

"贤弟怕那侯木生作甚?左右他也不肯教你本事,一天天的只让你做些挑水、装货的杂事。"

武全正待走开,骤然心念一转,假意说:"他不教我,熊大少爷便会教我吗?左右你们都是一丘之貉,我哪个都不想搭理。"

"你是他徒弟,又不是我徒弟,我不教你原是应该,他侯木生收了你为徒却不教你,这才是缺德冒烟的事。"

"我一个外姓人,恒昌药栈难道肯收我吗?侯木生虽未教我什么本事,到底给我赏了口饭吃。我看侯济仁栈还是比你们恒昌药栈仁义。"

熊大少爷急了:"他们侯济仁栈怎会比我恒昌药栈仁义?他侯木生收了你却不教你本事,不是白白耽误着你吗?"

"管他耽不耽误,我只要有口饭吃。"

"我见你见识不凡,只道你是个有志之士,不想终究只是一介小民,只有这么丁点儿大的出息。只想有口饭吃,我这便当街里教你一招,管教你不消半盏茶的工夫,便能学得一世不愁口粮的本事。"

"熊大少爷莫要哄我,世间哪有这样容易的手艺?"

"哄你作甚?只是我教你的却不是手艺。"

"不是手艺?那是什么?"

熊大少爷眯眼一笑:"你可晓得商陆吗?便是那常被称作野萝卜、结紫酱色小果的。"

"可是女子常用来染指甲的吗?"

"就是它了。"

"这东西遍地都是,提它作甚?"

"这东西可做人参。"

"还说不是哄我?这东西滥贱得很,如何能做人参?"

"是啊,这东西这等滥贱,若是做成人参,岂不是一本万利?"

武全明白过来:"卖假药的事我可不干!"

"贤弟有所不知,那商陆根炮制得法,与人参一般无二,不是行家里手断难分辨。"

武全正气凛然："我虽不通医术，却也听得我爷说过，上好的参片含在嘴里，便是将死的人也能吊着一口气。我若用商陆充当人参，人家买了去救命，岂不要死在我手里？这等伤天害理的事，要遭天打雷劈！"

熊大少爷面上过不去，便将大手一挥："罢罢罢，你那么点儿出息，也不敢做这等大事。假人参怕误人性命，那你可晓得果上叶吗？这东西能做石斛。石斛可没人参那么要紧。"

"哎哟喂！"武全显出满脸的鄙夷，"你们熊家原来只会做假药！"

"真是狗咬吕洞宾！"熊大少爷衫袖一掸，"方才不是你说想要学个吃饭的本事吗？我这才好心教你一些容易的，你却给我熊家泼起脏水来。"

武全有意激他："我看你们熊家的生意全靠这些假药撑着呢，不然怎能世代都在临江府排得头一份儿？"

"真真血口喷人！我们熊家多的是家传秘技，就说那荷包金龟，临江府便再无别家做得出来。"

武全并未听过什么"荷包金龟"，却说："你家的荷包金龟我只是听说，却从未当真见过，莫不是牛皮吹出来的？"

"不给你亮亮家伙，还当我真没本事！来，我这便做给你看。"熊大少爷拉了武全便走。

武全心想：待他回去拿东西，只怕被他老子爷识破，不如诓着他一劲儿说了，便说："倒也无须亲见，你便细细说来，我自能分辨。"

那熊大少爷便摇头晃脑地说了起来："人人都晓得金龟可治失荣，那你可晓得金龟要怎生吃吗？"

这卖弄玄虚的样子，必有什么意想不到的吃法，武全也懒得劳神猜想，便随口说："怎生吃？无非是油煎水煮，还能生吞不成？"

"世人便是都如你这般见识，因而吃了多少金龟，总也治不了病。你且想想，油煎水煮可要先行宰杀剖洗？"

"自然需得宰杀剖洗。若不剖洗,一包烂肠臭屎如何吃得下去?便是强蛮吃了,也于身体有害。"

"若是加以剖洗,则必然需得放血。焉知这治失荣之物不在血里?"

"这倒也是,"武全略一思忖,"那便不加剖洗,整个儿煎煮了吃。"

熊大少爷做了个干呕的样子:"我听着都嫌恶心。就算你不怕恶心硬是吃了下去,可那热油一煎金龟便会跑了药性,热水一煮金龟又会稀了药性,还是不成。"

"照你这意思,那便只能一滴血不放,一根肠不洗,一滴油不溅,一口水不兑,原原本本、完完整整活吞下去。"

熊大少爷哈哈一笑:"这金龟确得一滴血不放,一根肠不洗,一滴油不溅,一口水不兑,原原本本、完完整整吃下去,却不是活吞。而是……"说到这里,猛然脑子一醒:"好你个龟孙子!我好心拿你当兄弟,你却来诓我们家的秘技!"

"我何曾诓了你家秘技?是你硬要说给我听!"武全满脸无辜。

"好你个龟孙子!"熊大少爷追着武全撕打,"你哪里借来的胆子,敢诓你熊家爷爷?"

武全绕着水桶左躲右避,一担井水洒了一地。

"熊蛮子!你是得了失心疯吗?光天化日敢当街打我侯济仁栈的人?当我店里没人了吗?"侯秋林撸着衫袖拿了把片刀在手里。

那熊大少爷虽隔着老远,却慌得忙往旁边一闪,直如那片刀便砍在眼前。

"武全,"侯秋林对着黄武全招了招手,又恶狠狠凶那熊大少爷,"再敢动他一下,我卸了你的狗腿!"

黄武全挑着水桶避到侯秋林身后。

熊元文悻悻地说:"幸而我机灵,未曾说出什么紧要的,今日便先饶了你……"

武全琢磨着:一滴血不放,一根肠不洗,一滴油不溅,一口水不兑,原原本本、完完整整,这金龟可怎生吃呢?

28

药栈事务繁多，武全来了一月余，便不再守着挑水、磨刀几件事做，他眼里有活儿，别个干什么也跟着干什么。多做些事，自是讨人欢喜，只是诸事常有交错，帮了别个，有时难免误了自个儿的。譬如刀房事多，他挑完了水还无刀可磨，便去钟楼前的大晒场上帮着收药，待得收完了药，厨下已在洗菜预备夜饭，他才忙忙地赶着磨刀。厨下便要骂了："短命鬼死哪儿去了？这许多菜，我便生出两双手来也洗不赢，二十几张口还等着吃饭。"武全便随口招呼哪个伙计前去帮厨。他进店最晚，哪里喊得动人？人不免回他："帮厨是你的事，我不来骂你便是，你倒使唤起我来了？"他便把刀往人手里一放："要么你来磨刀？"磨刀是体力活儿，人自然不愿，少不得忍气帮着洗菜去了。如此一来，事虽做得多，也勉强安排好了自己的活儿，伙计们对他却愈加不满了。

老猴子忍不住提点："你这聪明人怎的糊涂了？帮厨、磨刀原是你的事，你做不好，人人都要骂你。晒药、收药原不归你管，你一次也不去，人也怪不得你。"

武全只说"谢谢细苟师傅教点"，却不依他指点行事。

长颈看不过，几次对着宝祥抱怨："你看东家收了个什么东西进店？才来了一个多月，我们这些做伙计的便被他支使得狗跳鸡飞。日子久了，还不坐到你们这些学徒头上拉屎？"

宝祥想着：日子久了，伙计们忍不了，自然会告到爷爷那儿去，倒也用不着我多嘴。

谁知伙计们不但不曾告去侯木生那里，反倒不再提起此事。不是伙计们忍耐惯了，而是那黄武全帮来帮去，顺带着也帮到了伙计们这里，伙计们得了便利，也就不再生事。只是他帮的都是些紧要之事，那些琐碎无功的，都被撂下了。

老猴子这才看懂了黄武全的心思,暗忖:我道他是个聪明人,果然是个聪明人。那等细碎小事,确实不消他做的。

伙计们多是不愿劳神的,有黄武全帮衬,乐得把稍稍紧要些的事务全都甩给他去,自己只做些费时不费心的。武全不怕费心,最怕的正是于无功处费时,与伙计们相互交换,恰是各得其所。

张宝祥眼见诸多事务都被打乱了,伙计们又不吭气,免不得要亲口去跟侯木生说:"爷爷素来宽厚,对学徒、伙计们多有包涵,只是那黄武全委实缺些规矩,整日里东一榔头西一棒的,也不知在忙些什么,却把自己的事放着不做,尽去支使别个。"

侯木生说:"应付得过也就罢了。"

张宝祥说:"眼下虽应付得过,只怕这样久了,各人都把分内的事丢生了。"

"哪个丢了分内的事,便找哪个说话就是。交代不过的自然晓得先要顾好自己,不敢再由着别个支使。交代得过,也是他的本事。"

"即便诸事都能交代得过,可爷爷是东家,论理凡事都该听从爷爷分派,下头的人随意调换,恐怕有损爷爷威严。"

"要那威严作甚?诸事顺遂便可。"

侯木生如此说了,张宝祥便不好再说什么,只是那搅作一团的事务还是令他烦心,再见着黄武全支使伙计,仍忍不得要训斥:"各人手上都有自己的事,你莫总是使唤别个。"

那正被使唤的伙计浑不在意:"无妨无妨,这等小事我来便是。"

宝祥憋了许久的气,被这伙计一顶,扑哧哧直往外冒:"什么大事小事?你的事便是你的事!他的事就是他的事!"

那伙计哪里晓得这话顶住了宝祥?仍不在意:"都是店里的事,一起做好了便是,不必分得这样清。"

宝祥这下气得不轻,即时暴喝:"没规矩不成方圆!个个像他这样不守规矩,药栈怎能开得下去?"

那伙计吓了一跳,缩起脖子跑了。

平白受了呵斥,这伙计夜间寝息时便跟近旁的人诉苦:"今日也不知撞了什么鬼,我好好地去帮厨下择菜,却被宝祥哥训了一顿。"

长颈说:"择菜是那黄武全的事,宝祥哥训你,许是怪你不该插手别个的事。"

那伙计也不好说黄武全曾帮他做过事这才以此交换,便说:"我原想着都是药栈的事,不必分得这样清。"

德生说:"别个的事倒也不必分得那样清,这'口白客'的事,还是分清些为好。"

春芽也说:"宝祥哥最恨这'口白客',你又不是不晓得。"

那伙计也不敢再行分辩,便说:"我日后远着那'口白客'就是。"

话虽这样说,到底指望黄武全的事还多,这伙计因此明面上对那黄武全爱答不理,背地里却照样行事。

德生、春芽、玉清几个亦是如此,明面上与张宝祥同仇敌忾,一声声"口白客"叫得响当当的,暗地里却又拿些事务与黄武全交换。

张宝祥明知他们阳奉阴违,却又抓不到实处,料定长此以往定于药栈有损,便憋着劲儿要寻个可当说口的事故。

药栈每日需得清洗大量药材,洗药需得区分时令与材质。师父教导徒弟洗药之前,都会令其记诵歌诀:

洗药四季水,四季各相宜。
夏秋须快洗,春冬不着急。
药硬洗宜久,药软莫迟疑。
遇到芳香药,随洗随捞起。

荆芥就是歌诀中所说的芳香草本药,久洗无药味,久泡无药气。武全尚未正式学习洗药,不曾记诵过歌诀,帮着师兄们洗过几回田七跟桂皮,倒也没出过什么问题。这日敏飞收了几袋荆芥回来,他也帮着前去清洗。敏飞本就有些懒怠,有人帮手乐得清闲,放下荆芥只随口交代了一句:"莫泡久了,抢水洗了便是。"武全只道敏飞是催他洗得快些,并未格外在意。可巧刚将几袋荆芥倒进水里,静虎喊他去帮着点货,待得点完货反身,几袋荆芥早被泡得失了药性。

宝祥可算见着了不守规矩的后果,拎着武全与几个伙计跪在药王菩萨面前训斥:"平日里我总叮嘱你们要遵照药栈规矩顾好各人手头的事,你们只是不听,非要闹出了事,这才又来后悔。今日好在只是浸坏了几袋荆芥,明日若是浸坏了鹿茸、虎骨,我看你们拿什么来赔!"

黄武全是个聪明的,莫说有错,便是无错,既是听训,他便会连连认错。有个伙计却不服气:"洗荆芥是敏飞哥哥的事,被武全给洗坏了,只怪敏飞哥哥跟武全便是,为何要罚我们的跪?"

那侯敏飞虽较张宝祥进店稍晚,却是差不多年纪,同为学徒,宝祥不好在他面前拿大,便未让他罚跪。这伙计不说便罢,既说了,总要叫他一起领罚,却终究不便令他下跪。

黄武全见此情形便说:"是我抢着要洗,不关敏飞哥哥的事。敏飞哥反复叮嘱,说要'抢水洗',是我大意。"

宝祥原不便于斥责敏飞,本意亦是冲着武全,便说:"既然如此,那便由你连同敏飞的跪一起罚了。他们几个跪足一炷香的时辰便是,你跪两炷香再起。"

跪一炷香不值什么,敏飞也跪得过,只是面子上过不去。武全保了他的颜面,他嘴上不说什么,心下却多了一份亲近。

给人保的面子多了,一来二去,学徒、伙计们都与黄武全日益亲近。张宝祥却只见不守规矩果然便会坏事,愈加认为自己有理,将伙计、学徒们看得更紧。

宝祥配制的丸药逐渐显出了功效,静仪连着服了数月,养得粉光玉润。

侯木生颇为高兴："我看这药甚好，虽治不得头疼脑热、跌打损伤，却可强健体魄，那些久病不愈的体弱者，当可试用一些，想必有所助益。便是并未患病，若有精力不济、手酸脚软的，亦可服用一些，一来提神振气，二来服用之后不易染病。只是要开在方子里面，需得有个药名才好。"

宝祥想了想："这丸药好人病人皆可服食，补血壮骨多有功效，好比仙丹万试万灵，不如就叫'灵丹丸'可好？"

"此药用处甚广，只是多做辅助，若无对症之药，终究效用有限，说是万试万灵还是有失确切，叫'灵丹丸'恐有夸大之嫌。"

润墨说："这药由宝祥哥所创，不如就取哥哥大名中那个'宝'字，改为'保命'的'保'，便叫'保荣丸'如何？"

侯木生颔首："'荣'有兴盛之意，这'保荣'二字，便是保持生机兴盛，我看甚好。"

宝祥也说"甚好"，这"保荣丸"之名便定了。

润墨深鞠一躬："恭喜宝祥哥制出新药！"

宝祥笑："这人可是高兴糊涂了？给我行这样的大礼。"

润墨又双膝跪地，给侯木生磕了个头："恭喜东家喜得新药了！"

侯木生说："同喜同喜。也恭喜恭喜你师父去。他是头刀，出了新药，也有他的功劳。"

宝祥仍自笑着："这人当真糊涂了，又是鞠躬又是磕头……"

润墨说："这几日，我总不敢亲近师父，因我即将走了，愧对他老人家多年教养。"

宝祥听得糊涂："什么即将走了？你要走到哪去？"

"我也不知该去哪里，只是天灾过后，我家田地被毁，爷娘无计可施，卖了祖屋度日，如今合家老小挤在柴房里，常托族人给我带信，令我早日出去谋生。"

宝祥明白了："你要提早出师？"

润墨含泪埋下头去："师父待我情同父子，东家对我亦是百般照顾，按说就算学成师满,我也该在药栈再留几年,报效师父、东家的教养之恩,何况如今学艺未成。但有一点儿办法,我怎会舍得出去?数月来听得家中境况一日不如一日,徒儿心焦如焚,数次欲对师父开口,终是无颜以对。只是徒儿再不出去,家中怕是难以支撑。今日趁着店里有好事,我这才一气说了。"

侯木生扶他起身:"别家早有学徒出去,我也想着,侯济仁栈恐怕也有扛不住的,这也是无法可想的事,你要出去便出去吧。"

"你一向颇有天分,何不再熬一年,待到师满,也好再长些本事?"宝祥深感惋惜。

润墨咬牙不语。

侯木生轻咳一声:"你一个汉子,家中有难处,自然要挑起重担,莫再犹豫,明日便打点行装吧。快去刀房跟你师父也说一声,他素来看重你,莫让他最后一个知情。"

润墨鞠了个躬,便往刀房去了。

隔了片刻,刀房传出喧嚷声。

"个忘恩薄情的王八孙子!药栈正缺人手,你倒拍拍屁股就要走人?!"

"秋林兄莫气,但凡有个活路,谁肯这时候出去?"

"是啊!现下药栈生意都排到对街去了,不是实在无法,润墨哥哥怎舍得走?"

"个王八孙子!看我不打断你的狗腿!"

侯木生晓得侯秋林性急,忙往刀房劝阻,刚到后柜,便见润墨被他一脚踹翻在地。

"个没良心的!"侯秋林嘴里骂个不休,"你进店那年不满十岁,东家好吃好喝养活了你。个没良心的!方才有了一点本事,柴米钱还没给店里挣回来呢,这就嚷着要出去?个没良心的!进店拜师时怎说的?'不满师绝不出去,满师之后在店里帮工三年,若有违背,打死无涉。'个没良心的!今日我便依这规矩,打死了你再说。个没良心的!仗着东家性子好,舍不得打你,便这般不讲道义。我侯秋林但有一口气在，便容不得你这没良心的！人人如你这般，药栈还开不开了？"

侯木生按住他顺了顺气："秋林老弟，你一向把侯济仁栈当成自家样的，我哪会不晓得？润墨性子最是乖顺，不是活不下去，他怎会忤逆你？他的事我已允了，你莫再要打他，有什么话，好好教给他听。明日一早，便放他走吧。都是自家人，我们当师父的，哪个不是唯愿徒弟活得好些？"

"东家就是心太善，才纵得他敢这样的！"侯秋林抓过茶壶往嘴里咕噜倒了一顿水，"我与他也无话可说了。还等明日作甚？这便撵了他出去！"

"急这一时作甚？"侯木生朝润墨递了个眼色，"给你师父续些水来。"

润墨赶忙爬过来接茶壶。侯秋林错开手去，不肯给他。润墨绕着茶壶转了几圈方才拿到手里。

当夜润墨就住在侯秋林房里，师徒叙话至天明。

药栈拿了些钱助润墨起家，众师父又凑了些给他当盘缠。

润墨千恩万谢淌眼抹泪："我本是负罪出师，师父们还这般待我，亲爷亲娘也未必有这样好。我此去，也不敢说舍不得大家伙儿，只巴望混出个名堂来，也不给侯济仁栈抹黑。"

侯木生帮他擦了擦脸："男儿有泪不轻弹，莫再哭了。莫说什么混得好坏，得了空闲随时回来坐坐，侯济仁栈就跟自己家里样的。我跟你师父都是晓得你的，你到哪里都能站得住脚，我们无须担心。只是，说是随时都可回来，出去了的学徒，却是常年见不着面的，走得远的，一世未必再得相见。我晓得你最是诚实守信，却免不得仍要叮嘱一句，走得再远隔得再久，莫忘了侯济仁栈的古训。身为药人，必得要讲仁义；有了本事，还要兼济世人。守得这两条，必有你的好处。"

润墨听得"一世未必再得相见"，哭得更凶了。听得"莫忘了侯济仁栈的古训"，连说"至死不忘"。

侯木生递了把伞给他："一个包袱一把伞，出门当老板。临江吃药饭的，多少年来都是这样的。你莫嫌费事,这会儿看着天好,半道上不定就刮风下雨呢,在店里忘了带伞自有师兄弟们送去,出门在外凡事都靠自个儿。"

润墨哭得喉头抽搐:"多谢东家关怀!"

侯木生咳了几声:"你往赣州府去吧。你的资质,我原打算出师之前亲授半年手艺,眼下只得送了这句话给你,聊表师徒之情。"

侯秋林粗声说:"哥哥还跟他说这许多作甚?药栈这般待他,他却这等没良心!"

学徒们都拢到侯秋林身边,一下一下拍着他的肩:"秋林师傅放心,润墨这一去,定能当个大老板回来。"

侯秋林红了眼:"他当老板关我何事?我只当他死了便是!"

润墨走了不过几天,敏飞又来求告,亦说家中卖了祖屋无以度日。侯木生不免又贴补一些,助他起家。

敏飞得了钱便问:"我与润墨哥哥一样,也去赣州府可好?"

侯木生咳着说:"你就在南昌便可。"

敏飞不解:"为何润墨哥哥去得赣州,我却只在南昌?"

侯木生极力忍住咳嗽声:"赣州距我临江路远,临江药人去者寥寥,润墨勤勉,一旦去了,必将临江手艺传布过去,一可光大我临江技艺,二可壮赣州杏林,三可为己创下一片天地。你性情疏懒,去了赣州,一无前例可循,二无同乡帮衬,三无长辈监管,必将举步维艰。南昌与我临江相临,临江药人早已创下根基,你搭着临江的名气,差不到哪里去。"

敏飞走后,侯秋林气闷:"东家这般纵着,人人都要走了!"侯木生咳嗽不止:"天要下雨娘要嫁人,想走的……总要走的。"

果然顺良也要出去。侯木生亦不强留:"你在临江府便是。"

"为何润墨哥哥去赣州,敏飞哥哥去南昌,我却留在当地?"

"不怕你恼,你既无润墨那般勤勉,亦无敏飞那般狡猾,原不适宜自立门户……待在……待在店里,日后做个师傅才是正途。可眼下……你家道艰难,等不得……等不得做上师傅那一日,我也不好硬要留你。你就在……就在当地做些营生,也省得几个出门的盘缠。"

顺良仍不死心:"当地已有了我们侯济仁栈这样的大药栈,又有恒昌药栈那样的百年老店,还有无数叫得上名号的大小药店,我新起炉灶,哪有立锥之地?眼下临江遭了天灾,百姓手中无钱,我们与那熊家因着声名显赫,这才不愁生意,稍微薄弱些的小店,早已难以为继。我一个刚出师的学徒,没什么名气,师父要我留在临江,不知让我如何支撑?"

侯木生本就咳得厉害,听了这话,咳得气都喘不上了:"如何支撑?……你如何都不能支撑……你原不该出去……硬要出去,我能奈你何?"

顺良听得脸红至耳根。

长颈拿起竹笤赶他:"快走快走!莫把东家给气病了!"

30

润墨走后,侯秋林一直闷闷的。武全有意讨他欢心,常凑过去帮他点烟。

"今日天好。"

湖蓝的天上铺着湘妃色彩霞,半轮红日隐在云海中。

"真好看!若能扯下来裁件衣裳给师父穿着就更好看了。"

"我一个莽汉,穿得花花绿绿像什么?"

"红男绿女,那些官爷可不都是花花绿绿的?"

"吃药饭的,要看便看药吧。"侯秋林收起烟杆,"你到杂房看看白芍可润好了。"

武全拿不准怎样才算润好了,他也不多问,自去杂房取了白芍拿给老猴子看:"细苟师傅,帮徒儿看看,这药可润好了?"

老猴子拨开白芍看了看:"内外通透,差不多了。"

武全端着白芍去找侯秋林,侯秋林领着他进了刀房。

初升的日头斜斜地透进门帘,日光打在各色刀具上,一道儿明一道儿暗。

侯秋林脱了贴身单褂子,精壮的胸膛涂了桐油样的,一股股厚实的肉。

他把罩在铡刀上的粗布帘一掀:"白芍飞上天,你可晓得?"

铡刀赫然坦露出来,乌黑的手柄已被无数双手掌摩挲得发亮,森冷的刀口泛着尖利的白光,像久经风雨的老药工,深沉、犀锐。

侯秋林把住刀柄,拣了几根长短相仿的白芍,抬腿跨坐在板凳上,长吸一口气,催动手臂,"嚓嚓嚓"切了起来。

急雨也落得没这样快,洁白的切片雪一样涌落下来。侯秋林丘陵一样鼓凸的手臂上,一点点沁出细密的汗。

须臾间,几根白芍即已切完。

"数数看。"侯秋林把刀一扔。

武全一片片数了起来,越数越是吃惊:"我这……才眨了下眼,师傅就切了三百六十余片!切得比我数得还快!"

侯秋林接过白芍走到门口,看了看绸缎一样绚丽的天。

"裁衣裳作甚?这样才好看。"

他将白芍轻轻捧起,微微仰头对着手心里一吹,纷纷扬扬的白芍活了样的,蝶儿般翩翩飞舞起来,一路往那湖蓝、绯红的远天里飘去,恍似与漫天霞光融在了一起。

"白芍飞上天!白芍当真飞上天了!"武全欢叫起来。

宝祥听得叫声走进刀房:"药还没认全呢!秋林师傅这是想教他切药?"

"他是你侯家爷爷的徒弟,哪里轮得到我教?"侯秋林套上衣裳,"武全,陪我出去走走。"

武全跟着侯秋林出了药栈,穿过新街,经过紫霞宫,出了西成门,走到一片田垄里面。

"这是犁头草,你可认得?"

武全晓得秋林师傅是要教他认药了,忙跪下磕了个头:"徒儿不认得,还请师父教导。"

侯秋林摆了摆手："你拜了东家为师,倒也无须再拜我了。得了闲,我便教你一些,你也无须喊我师父。"

武全心知他是怕乱了与东家的称谓,便不坚持："多谢秋林师傅疼爱。"

"除了润墨,侯济仁栈,也只得一个你罢了……宝祥虽是能干,却未免……呆板了些。"

武全晓得侯秋林最是疼爱润墨,便说："我比润墨哥哥差远了。"

侯秋林吸了口烟："你比润墨,还要强些。"

"师父莫嫌我愚笨才好。"

"这是'簸箕里面藏珍珠',可治小儿腹泻。以水煎服,即服即止,连服三日便可断根。白露前后常发秋痢,吃这个便好。"

一株齐膝高的绿植上面长满了一颗颗细小的果子,每颗果子都包在一片半卷的叶子里面,可不正像簸箕里面藏着珍珠?武全顺手扯了一些。

"这是鱼腥草,晒干了煮凉茶,可消水肿。"

武全又扯了些。

"这是车前草、益母草、白花菜……遍地都是药。"

"各地都有枳壳,为何清江枳壳格外出名?"

"清江枳壳皮青肉厚、气味浓烈,本就优于其他品种,加之多以麸炒,药效更胜一筹。枳壳性烈,以麦麸祛其酷性,可保元气。"

"怪道能做贡品。"

"若非得天独厚,皇家怎能看得上眼?"

"这枳壳,别处便种不出来吗?"

"种是种得出来,长成怎样便不好说了。再者,也不仅是枳壳的事,还有采收、炮制、存贮,样样都有讲究。"

"小小一枚枳壳,竟有这许多学问。"

"木通不见边,陈皮一条线,半夏鱼鳞片,槟榔一百零八片,马钱子二百零六片……这些手艺,我一样样教你。"

"听说童尿制马钱子、鳖血制柴胡、豆腐制珍珠粉都是我们临江药人的秘技。怎的人人都晓得马钱子以童尿制,柴胡以鳖血制,珍珠粉以豆腐制,却又说是秘技?"

"只晓得用什么制,却不晓得怎样制,就好比你晓得绣花要用针线,却不晓得要如何落针怎样用线,跟什么都不晓得也没多大差别。便是你晓得要如何落针怎样用线,还有个手艺呢,一样的落针用线,绣出来的花,也是大有区别。"

"怪道说'师父领进门,修行在个人'呢。"

"你便好好修着,这临江府,日后少不得你一块招牌。"

"徒儿说过进了侯济仁栈一世再不出去的,便是真得了师傅们的手艺,也是在店里帮着做事,不曾想过要给自个儿立什么招牌。"

"那静仪妹子,可惜大了你许多……"

怎的突然说到静仪姐姐那儿去了?武全一下没听明白。

二人扯了许多草药,仍从原路返回,经过紫霞宫时,遇着几个衙役抬着一顶官轿。侯秋林扯着武全退到一边:"是秦大老爷。"秦大老爷的官轿刚转至紫霞宫正门前,横地里窜出个小妹子,扑通一下跪在轿前。

"何人拦轿?"

"小女子是永泰夏家一名孤女,遭遇天灾,无以度日,自请为奴,还请秦大老爷收留。"

武全早认出这妹子是夏槿篱。为着与秦大老爷接近,她竟将家中父母兄妹都说死了。

秦大老爷掀开轿帘露出一张苍白的脸:"痛失怙恃,着实可怜,我予你几吊钱,暂且买些吃用度日。"

"授人以鱼不如授人以渔,官爷现下给得再多,终有坐吃山空的一日,我一个小妹子,也不能作田种地,不如跟着官爷做个丫鬟,如此才是长久之计。"

武全想起为了抢马夏槿篱曾谎称跟那熊屠夫家的五妹子换了亲,一时兴起,便插话:"姑娘此言差矣!如今饥民遍地,个个都求着要到县衙当差,秦大老爷如何应对得来?姑娘虽不能作田种地,所幸生得花容月貌,嫁与个殷实人家便好。我听说那新街里的熊屠夫正想娶个小娘,不如在下帮你牵根红线,嫁到那熊屠夫家,每日都有二斤猪油吃。"

"吃你娘个猪油!"夏槿篱狠狠剜了武全一眼,"那屠夫那等老丑,秦老爷怎忍心让我嫁与他去?"

"姑娘为何骂我?"武全故作讶异,"这天灾之下,多少女子想嫁却寻不得一个好人家?我实为好意!"

"这等好意,还是留待你家姊妹受用去!"

"姑娘此言又差了!我家并无姊妹。便有姊妹,那熊屠夫也并非见了女子便娶,需得姑娘这样年轻貌美的才行。姑娘只道自己可怜,却不知那年老色衰的孤女才是真正可怜。姑娘尚可嫁人,她们才是无路可走。再有,如我这般肩不能挑、手不能抬,种不成地、作不了田,又不能学着女子嫁人的男子,亦是真正无路可走。秦大老爷要收奴仆,也该先收了我等这样无路可走的才好。"

"你肩不能挑、手不能抬,种不成地、作不了田?"夏槿篱气得揪起黄武全胳膊上一块肉,"你这一身横肉,割一割也够吃两年!"

"秦老爷!你看这姑娘这等凶残,万万不可将她收在身边!她若进了县衙,不把县衙拆了才怪!"

夏槿篱心知中计,却也并不转圜,索性踢他一脚。

武全佯装害怕,连呼:"秦大老爷救我!"

秦大老爷佝着身子缓缓下得轿来,长身立在夏槿篱面前,伸出竹节般的手指自袖袋里取出一包东西:"这些且先收着,姑娘再有难处,日后再来寻我。"

原来是些银钱。武全腹诽:真是昏庸不堪,愚昧不察!明摆着是个骗子,还予她这许多济助。

秦大老爷调转身来:"这位后生腰板笔挺,想来是练过的。旁边这位师父目光精锐,想来也是有些功夫在身上的。你二人,自是不愁生计的。"

武全心想：我好心帮你摆脱这妹子纠缠，你不领情，反倒含沙射影怪我说谎。清江有个这样糊涂的知县，日后定要乱作一团。当即拍了拍衣裳，也不行礼，拉了侯秋林便走。

侯秋林问："这夏家妹子怎的无人管教？一会儿扮傩神一会儿充名医，这又浑说家里死光了人，要给秦大老爷当丫鬟去。何大神针一世英名，怎会出了这样的后人？"

"这妹子主意大着呢！哪个管得了？"武全撇了撇嘴，"那秦大老爷更是可笑，眼见那妹子肌丰颊润，哪像没饭吃的？还予她那些钱！"

31

师姑井水质清甜，久旱不枯，临江人多于此处打水。武全正在轮候，听得一个鬼鬼祟祟的声气："我是侯济仁栈的学徒，因着家道艰难，偷了些上好的人参出来，便宜卖给先生。"

武全猛一转身，见侯顺良提着个竹篮，点头哈腰正拿了根人参递给人看。

"莫要信他！"武全大叫一声。

侯顺良惊了一吓，躬身逃进师姑巷去。武全扛着扁担一路苦追。侯顺良到底身体弱些，跑了几条街巷便瘫倒在地。

武全一脚踏住竹篮："这般没用，还学人做贼？"

侯顺良哭了起来："我是没用，却不曾做贼。这篮子里的，不是人参。"

武全捡起那篮子里的东西看了看："是野萝卜？"

"但凡有条活路，谁肯来做这个？"

武全把野萝卜往他脸上一摔："好不争气的东西！竟让东家给说中了，果然自立不得……"

"自立不得又如何？自立不得也要立。家中上十口人，都指着我吃饭……"

武全原想抓个贼回去向师父邀功，见他并未偷窃，也就懒得管了。正待要走,又想他虽已离开药栈,却在店里学艺多年,许多街坊认得,难免要说是侯济仁栈出来的,还是坏了药栈名声。待要威吓几句,又晓得他定是活不下去才会出此下策,打骂羞辱皆不奏效,便说:"要么还求东家让你回去?"

侯顺良梗着脖子只是哭。

见他不愿回去,武全亦是无法可想,又待要走,想到师父历来仁厚,定然不忍见他这样,便又转身宽慰:"天无绝人之路,终归会有法子。"

"有什么法子?夜里想好千条路,清早起来卖豆腐。我一个吃药饭的,除了这个行当,还能去做什么?现下民不聊生,若是规规矩矩,我一个还没满师的小学徒,哪里养得活一家人?"

还是这样又蛮又蠢,武全气得又骂:"这话混账得很!堂堂正正便活不下去了?这临江府老的少的男的女的,难道个个都在坑蒙拐骗?不怪自己无用,却寻许多借口!"

这样骂着,也晓得他确实无用,不帮着想个法子,他定然活不下去,搜肠刮肚默了半天神,忽地生起一个主意:"前阵子我跟着秋林师父出去采药,路过紫霞宫时,有个妹子堵在那儿拦了秦大老爷的官轿,说她家里遭了灾,家人都死光了,恳求秦大老爷收留她做丫鬟。那秦大老爷虽未准许,却给了她许多钱。我见你上回发鼠疫时在我村上帮着润墨哥哥抓过宝祥哥,身手甚是敏捷,秦大老爷也晓得药栈学徒都是练过功夫的,县衙里也用得着这样的人。我们学着那妹子,也去求求秦大老爷,央他给你派些差事。若能当上个衙役,得些茶水钱,你一家老小也能有口饭吃。"

顺良哽咽着说:"你这聪明人怎的犯起傻来?那秦大老爷与我非亲非故,平白无故怎会收我当差?"

"我原也这样想,可那妹子与他亦是非亲非故,既肯帮她,未必不肯帮我们的。"

"想是那妹子生得好?"

"那妹子无才无貌。许是那秦大老爷有些妇人之仁,又爱捞些个'爱民如子'的官声，便借机做些个怜贫惜弱的善事。我们尽可也装得可怜一些，当街里向他求告，也让他在百姓面前显显善心。"

"听着就跟痴人说梦样的。"

"左右无法，死马权当活马医着，我们且去试试，便是不成，也不失什么。"

二人便回师姑井挑了水桶，往县衙前等秦大老爷去了。

秦大老爷听得有人拦轿，又跟上回一样问话："何人拦轿？"

黄武全学着那夏槿篱的话说："小的是黄桅林铺黄家一名孤儿，遭遇天灾，我师兄侯顺良合家老小即将饿死，还请秦大老爷开恩，帮他谋个差事。"

秦大老爷又掀开轿帘露出一张苍白的脸："食不果腹，着实可怜，我予你几吊钱，你且拿给师兄度日。"

黄武全又照着那夏槿篱的话说："授人以鱼不如授人以渔，官爷现下给得再多，终有坐吃山空的一日，我师兄习得一身拳脚，不如跟着官爷做个衙役，如此才是长久之计。"

秦大老爷佝着身子，却并未下轿，只是伸出竹节般的手指在袖袋里摸着。

武全想着：看样子又跟那日一样，随手施舍几个银钱便算了，这回更是轿都不愿下了。下不下轿也不要紧，只是光靠几个银钱救不得顺良哥哥一家的命。待要拒绝施舍，却见秦大老爷摸了条帕子出来。

秦大老爷拈着帕子按了按嘴角："学得倒快，不怕我赏你一顿板子？"

妹子相求，便摸出一袋银钱；汉子相求，却摸出条帕子并一顿板子。武全暗呼不公，有意高声宣扬："同是痛失怙恃的可怜人，秦大老爷不忍打那夏家妹子，自然也不忍打我们。"

路人听得吵嚷，纷纷围拢过来。

秦大老爷一笑："你们皮糙肉厚，倒是打得！"

顺良早被唬住了，扯住武全便要告退。

武全硬起头皮说："师兄莫怕。秦大老爷爱民如子，小的们也没犯什么错，秦大老爷定然不会无故责打。"

"你无故拦截知县,还没犯错?"

那日昏庸不察,今日疾言厉色,果然偏心!武全有意说给围观众人听:"那夏家妹子这般行事,秦老爷还赏了她一袋钱。我同样行事,怎能说是无故拦截知县?"

"那妹子年貌甚小,弱不禁风,无以为生这才求告于我,我自然得接济着些。你年富力强,膀大腰圆,做点什么都能活命,却也这般行事,可不是无故拦截知县?"

心眼偏了,强能变弱,扁能变圆,错里也能看出对来,对里也能挑出毛病。那妹子一身蛮劲,怎会看得弱不禁风?我膀子虽大,腰身却瘦削得很,怎算膀大腰圆?武全这样想着,心知再要退缩已然迟了,更提高了声气说:"秦大老爷见了女子便万般怜爱,见了男子便棍棒相加,不怕别个议论?"

秦大老爷探出头来,指着围观众人:"你且问问这清江县里的父老乡亲,秦某为人,可曾偏私?"

围观众人纷纷应和:"不曾偏私,不曾偏私……"

武全镇他不住,便涎着脸说:"打我一顿也无甚要紧,只请官爷们打得痛快了,给我师兄派些差事。"

"打你,是予你惩戒,有何痛快可言?"

捋得这样清楚!那日在紫霞宫那样糊涂。若非看得仔细,还当换了个人。武全两眼一闭:"打吧!"

顺良求饶:"师弟原是为了我才冲撞了知县老爷,还请秦大老爷开恩,放他一马。"

"既是为你,那我便拿你是问。"

武全护住顺良,"当当"拍了两下胸膛:"一顿板子而已,哪里就打死我了?师兄莫再求他。"

"倒是兄弟情深。"秦大老爷闲闲地说,"我也不认得你二人,打谁都一样。你们商量着办吧。"

武全连说:"打我!我身强体壮。"

顺良缩着脖颈,强自鼓着劲说:"打我,我一人的事一人当。"

秦大老爷说:"既争执不下,那便抽勾吧。"

衙役捡了根稻秆,背转身去揪扯了几下,握着个拳头走到武全与顺良面前,拳头里露出两根一般长短的秆头子。武全随手一抽,扯出老长一根,他就势一揪,将手中稻秆揪得极短。待得顺良也想揪短,已被衙役止住。

"你倒机灵,也算义气。"秦大老爷看着武全,"要么,到敝府帮着看护宅院?"

武全一愣。

"打你一顿,于国于民也无益处。"武全以为就此便不打了,却又听得这秦大老爷接着说,"只是,若不打你,人人效仿这等行径,这清江县的官轿就寸步难行了,于国于民大有坏处。少不得,这顿打,你今日还得挨着。"

武全赶到轿前跪下:"看护宅院,我这师兄最是在行。秦大老爷开恩,还是让我师兄去吧。"

"我只要你。"秦大老爷落下轿帘。

"我在侯济仁栈尚未出师,待我师满,定来接替师兄。"武全一路跪行。

"这话,是权宜之言,我信不过。"轿帘里伸出只苍白的手来,竹节样的手指勾了勾,"让他来吧。"

这秦大老爷真是,说话跟簸谷样的,颠过来倒过去。武全大喜:"多谢秦大老爷!"

"还等什么?打吧。"

武全忙把侯顺良一推,让他跟着秦大老爷的轿子,自己伏下身子,任两个衙役打了几棍。

32

黄武全尚未回去,当街拦轿的事便传得侯济仁栈人尽皆知。

这般出格的事张宝祥闻所未闻,带了静虎、德生、春芽、长颈前去制止。

刚出药栈,碰到对街恒昌药栈的熊勇生。

熊勇生打了个拱:"宝祥哥哥,勇生跟你辞行了。"

张宝祥打了个突。这熊勇生在恒昌药栈学艺多年,对街里常打照面,却从未打过招呼,突然叫得这样亲热,倒不晓得如何接嘴。

"我这便要走了。"熊勇生对着恒昌药栈努了努嘴,"他家对你家向来有些个……我一个学徒,免不得看东家脸色。我晓得哥哥是有本事的,人又直爽,想与哥哥结交,却碍着那些个……对街住着这许多年,竟连话也不曾说过。可巧临别遇着哥哥,也算了了我一桩憾事。"

宝祥见他背着个包袱,手里拿了把伞,又听了这番话,晓得他要出师了,也拱了下手说:"贤弟这一去定要发达了。"

勇生说:"此去迢迢,不知何日才能再见哥哥。"

宝祥急着去找武全,草草答:"有缘自会相见。"

出了新街口,又听有人呼叫:"宝祥哥哥……"

是街口宝丰药店的何锄,宝祥与他倒是投契。

何锄拍着宝祥的肩说:"哥哥好命,在侯济仁栈坐镇便是,我这便要走了,去南昌谋个生路。"

宝祥记得他尚未满师,便问:"怎的这就出去?"

"家中无米下锅,少不得……"何锄轻快的口气陡然一哽,"此一去,不知何日才能再见哥哥。哥哥好生保重。"

宝祥拱手:"贤弟保重。"

辞了何锄,又见一个面善的小后生背着包袱,手里拿了把伞。

那后生见宝祥正看着他,便问:"是侯济仁栈的宝祥哥哥吧?"

宝祥点了点头。

后生说:"相识一场,也是有缘。我与哥哥打的交道不多,却晓得哥哥医术甚好。我这便要走了,有幸碰见哥哥,顺道向哥哥辞个行吧。日后生意场上见着,还望哥哥多多照拂。"

宝祥不认得他,拱了拱手:"好说好说。"

才走两步,又是一个背着包袱拿着雨伞的后生,宝祥只当没看见,生怕又被扯着说话。那后生虽见他有意避开,还是拱了拱手。

一路走,一路尽碰上包袱雨伞,一路上拱手不休。

行至县衙前,一伙后生拥了过来,总有七八个人,个个带着包袱雨伞。

"奶奶的!怎的都要出去?"长颈骂了一声。

七八个后生围了过来:"是侯济仁栈的宝祥哥吧?宝祥哥发财!我们茂记倒了……"

"倒了?你家在临江也是有些年头的,怎的倒了?"

"可不是吗?我们茂记在临江,也是风光过的。"

"兄弟们打算往哪里去?"

"哪有什么打算?南昌近,我就去南昌吧。"

"我去湘潭。"

"左右都是撞命,索性去得远些,我往重庆去,那儿药材多。"

众人说着,纷纷去了。宝祥从簇拥中转出来,有点空落落的。他无暇多想,领着长颈等人继续寻找武全。

县衙前不见聚众,五人四下张望了一番,仍回侯济仁栈。

黄武全已挑了水回来,正在前柜看修贤拣药。

长颈抢先问:"死哪儿去了?师姑井挑担水,怎的大半日不见人影?"

侯修贤笑着说:"他才去捉了个贼见了个官又帮了个人。"

"捉什么贼见什么官帮什么人?"

侯修贤正要细说,宝祥抢过话去:"见什么官?不就是在县衙前拦着秦大老爷的官轿吗?素日妄作胡为,我也不曾重罚于你,今日这等无法无天,再不重罚,不知将来还要惹出怎样的祸事!"

"今日这事,倒也算不得闯祸。"侯修贤说,"武全拦着秦大老爷的官轿,是为顺良谋事……"

"休要帮他说情!我晓得你性子和软,巴望着师兄弟们个个亲亲热热。可他这等不知轻重,日后难保不会牵连药栈!今日拦了知县的轿子,若不重罚,他明日便要去拦知府的轿子了,后日便是连皇帝的轿子也敢拦了!"

"哎哎哎……宝祥哥,你这可就说远了哈!"武全忍不住打断,"我拦了知县的轿子就拦了知县的轿子,我认!怎给我扯到知府、皇帝那里去了?"

"你看看他,浑不知错!"宝祥指着德生说,"拿根绳子过来,把他给我绑了!"

德生犹豫了一下。长颈见状,怕宝祥面上不好看,忙应声说:"我去拿。"

"宝祥哥哥消消气。"趁着长颈去拿绳子,修贤紧着劝说,"武全今日是碰到顺良在师姑巷卖假药,见他可怜,才去拦了那秦大老爷的官轿……"

"顺良卖假药,便该绑了顺良交给师父问罪!拦秦大老爷的官轿,他便不卖假药了?"宝祥还是火急火燎的,等不得修贤说完。

"这不,顺良穷得没米下锅才昧着良心去卖假药。武全拦着秦大老爷,是给顺良讨差事。"

"再穷,也做不得这断子绝孙的事!"

"那是,那是……"修贤点头应着。

长颈拿了绳子过来,武全主动凑过去任他捆绑。

修贤还想求情:"武全虽是莽撞了些,却也是出于兄弟情深,这才会失了分寸。我看就罚他跪上半个时辰加以警戒,莫绑他了。"

"兄弟情深便要教兄弟好好做人!他见着顺良卖假药,便该跟我一样绑了他才是!却又带着他去拦轿,这不是错上加错?"

"宝祥哥这话可说岔了。"德生插进话来,"绑了顺良有何益处?顺良向来木讷,不是活不下去,哪敢去卖假药?责罚他一顿,他还不是活不下去?向秦大老爷求告,倒也是个没办法的办法。"

宝祥从未受过学徒、伙计直言顶撞,登时紫涨了脸:"他木讷是他无能!这等无用,活不下去也是活该!"

静虎、春芽纷纷插进话来:"宝祥哥可不能这么说!如今这世道,谁担保定能活得好?刚才茂记那些学徒,也不是个个无能的,还不一个个的,都不晓得日后要如何活命?便是何锄那样能干的,宝祥哥一向与他交好,晓得他跟哥哥一样最是有志气的,还不是被逼得出师去了?还有那熊勇生,那样的滑头鬼,也……"

"还等什么?"宝祥指着长颈,"还等我亲自动手不成?"

宝祥不是不认静虎他们说的道理,只是绑都绑了一半,也不好再松开。

长颈拿着绳子,接着绑也不是,不绑也不是。

33

侯木生正在制驴胶。他习得一手不动铲熬胶的好本事,每年入冬之前都要亲手熬上几锅。一来打赏师傅、学徒、伙计,让他们过年时带回去孝敬老母、怡悦娇妻,也好长些脸面;二则显显本事,以壮侯济仁栈声威。整个临江府,熬胶不必动铲的,统共不过二三人而已。

一般人熬胶,加完原汁后,需得不断翻搅,待收干水分,胶汁浓缩,提铲"挂旗"时,便是成了。侯木生却坐着一动不动,只是盯着锅里冒出的热气与灶膛里的柴火。他平日目光柔和,这时却如老鹰一般锐利,分明是安如磐石坐在板凳上,却恍似蓄势待发栖于山巅,随时预备俯冲下去扑食。

此时是不该打扰的,宝祥也晓得,可他还是不管不顾大步走到了侯木生身畔。

自从制出保荣丸后,学徒、伙计个个捧着宝祥,巴不得给他端茶倒水、脱袜提鞋,一旦违逆起来,便显得尤为不敬。宝祥端高的架子放不下来,他不好当真亲手去绑黄武全,又丢不起面子放了他,便壮着胆来讨侯木生的示下。

宝祥以为黄武全平日不守规矩本就有错,只因都是小事,不好硬要爷爷过问,这回闹到了县太爷那里,算是闯下了祸,不得不严加管教。既火急火燎地来了,便干脆说得严重些,也免于显得小题大做。

不料一番疾首蹙额说下来,侯木生仍是不甚在意。

为突显恶果,宝祥措辞愈加激烈:"知县老爷的官轿岂是随便拦的?秦大老爷宽厚,不加怪罪也就罢了,万一怪罪下来,黄武全是我们侯济仁栈的人,药栈不免跟着遭殃。"

"顺良无以谋生,武全帮着求助,这是怜贫扶弱的义举,秦大老爷怎会怪罪?"

"怎算得是义举?那侯顺良若是良民倒也不怕,可他在师姑巷卖假药,秦大老爷日后若是得知,怎能不怪我们药栈给他送去这等唯利是图的小人?……"

侯木生脸上闪过一阵阴云:"顺良真是唯利是图的小人?"

宝祥说得太快,一时收拢不及,嘴里兀自咕噜了两声。

"心绪再急,亦不可失言。"

宝祥吞了口唾沫:"爷爷教训的是。"

"都是可怜人,迫于生计罢了。"

"树根他们家中也不宽裕……也没像他这般急着出去……敏飞他们出去了的,也没……像他这般去卖假药。"宝祥低声嘀咕。

"卖假药自是万万不可,武全这才帮他去找秦老爷求助。"

"爷爷说的好像黄武全非但没错……反倒立了大功似的……"

侯木生蹙起了眉:"宝祥啊,你进药栈有十七年了吧?"

"正好十七年。难为爷爷记得。"

"十七年来,你一向循规蹈矩、勤勤恳恳,对我跟静仪她娘像亲生爷娘一样孝顺,对师父、学徒、伙计也是个个敬重、友爱,我这个做爷爷的甚是欣慰。药栈众人对你亦是无不称许。"

宝祥略感宽慰:"都是爷爷跟师傅们抬爱。"

侯木生顿了顿:"只是,武全来了以后,你便终日烦闷。"

宝祥欲要申辩,侯木生抬手制止。

"我晓得你不是心胸狭隘的,药栈师傅、学徒、伙计不管什么脾性、不论什么出身,你总能以礼相待,唯独容不得武全,只因药栈原有规矩,一是不收外姓人当学徒,二是学徒必得谨守药栈规矩,他恰好于这两样都有违逆,你那循规蹈矩的脾气这才容不得他。这也不是你的错,我这个做爷爷的,也从未怪过你。"

宝祥有些感动:"还是爷爷晓得我……"

侯木生见胶上再无热气上升,即时停火出锅,将驴胶悉数装入盘内。他手脚奇快,宝祥伴在旁边,想要帮手却插不进去。冷津津的天气,一会儿工夫忙出一头大汗。

侯木生擦了擦脸,把手放在宝祥肩上:"我的儿,守规矩固然是好的,若是太平盛世,你想管束得武全规规矩矩,爷爷也可帮着你一起管教。你打小跟着我长大,我自然是站在你这边的。只是……如今这世道,天灾人祸不断,说是乱世,也可算得上了。再一味循规蹈矩,只怕是难有出路。你看临江府上百家药店,现下除了我们侯济仁栈跟恒昌药栈,还有哪家生意好的?没关门的,就算是万幸了。"

宝祥大气不出地听着。

侯木生走到门口,指着远天:"你看那南迁的大雁,平安无事时,自然是循规蹈矩按部就班地飞,可一旦遭遇猎杀,再循规蹈矩便只能一只只等着任人宰杀。此时只得打乱雁阵,分头奔逃。乱阵中,什么规矩什么次序都不必再守,亦无规矩无次序可循。唯有那机敏、强壮的,自行闯出一条生路,如此才能活得下来。活下来了,再形成一个新的雁阵,这才能继续远飞。如今的临江药人,就好比遭遇着猎杀的雁阵,亟须寻求生路,再要墨守成规,只怕会坐以待毙。要命的是,无人能够事先预知逃生路线,全靠个人天赋而定。我不敢拘着你们,便是指望着你们任凭各人天赋去闯、去飞。待那天赋异禀的摸出路来,才能带着大家伙儿一起飞出去。说句你不爱听的,树根、静虎他们,都不是什么有办法的,做不了头雁,倒是武全机敏一些。我不拘他,便是这个道理。我这样说,你可明白?"

宝祥迷迷茫茫："明白。只是要说头雁，论理也该是爷爷，关别个何事？"

"我只是遭遇猎杀之前的头雁，新的头雁是谁，还要看各人本事。"

"爷爷一世都是我们的头雁！爷爷飞到哪里，我们也飞到哪里。豁出命去，我也跟随！"

侯木生摇头不止："我要你豁出命去做甚？我只想要你们顺顺利利躲过这一劫！"

宝祥大惑不解，为何如此忠心，爷爷仍不满意？

这边厢侯木生跟张宝祥论理不通，那边厢黄武全就着绳子打了几个转，自行将自己松松地绑了。

长颈瞧着新奇："现下无人管你，你绑自己作甚？"

"师父若要罚我，我先行绑好了，他老人家岂不高兴？师父若不罚我，我蹦跳几下便把绳给解了，也不费事。轻轻松松讨得师父高兴，何乐而不为？"他一边说着一边用膀子顶开了柴房门，将自己关了进去。

第三章　情窦

1

莹白的细雪浅浅覆在屋顶上,似闪着光的轻纱。塑在屋顶的小神兽并树上的鸟窝都蒙在轻纱里,似躲开了外面的清寒。柏叶还绿着,翠翠地从莹白中透出来。这样的好景致,最宜穿了一袭红衣去与心上人相会。

什么是心上人？夏槿篱不甚明白。外公当年便是外婆的心上人吧。外公外婆当年是怎样的？她未曾见过。只晓得何大神针的掌上明珠不畏流言、不惧困苦,日日去与一贫如洗的青年庙祝相会。所谓的心上人大概就是这个样子吧：人人都反对他们相会,人人都以为他们不配,他们却仍然时常伴在一起,仍然欢欢喜喜结为夫妻,仍然夫唱妇随柔情蜜意,仍然一生一世不弃不离。

她决意便由秦大老爷来充当自己的心上人。她与他亦是不配,她与他亦将人人反对,但她跟外婆一样,将不畏流言、不惧困苦,时常去寻他相伴,待得长大成人后,欢欢喜喜嫁他为妻,一生一世不弃不离。

她蹑手蹑脚溜进外婆房里,打开朱漆剥落的樟木箱子,陈年的衣料气混在樟香里,有种沉静而又新奇的味道。她拨开几条细褶裙,取出绣着金线的艳红嫁衣。

外婆是晓得的吧？外婆最会收捡东西,一套嫁衣偷出去又放回来、偷出去又放回来,她老人家怎会不知？外婆总是纵着她的。外婆自己年轻时胆大包天,自然不吝于再造出一个胆大包天的外孙女。外婆的胆大是含蓄的,隐在轻声慢语里。槿篱的胆大是恣肆的,坦露在为所欲为的喧闹中。胆大造就出的胆大,胆大得更为彻底。

槿篱脸上常有一种忍俊不禁的神气,仿佛憋着什么天大的好事。她有太多憋不住即刻要做的好事,去玩笑、去打闹、去咒骂、去颂扬、去会心上人……她套上外婆的嫁衣,忍俊不禁地溜出大门。

地上的雪比屋顶、树梢上略微厚些,似新棉絮就的秋被。她拖着一袭红衣在莹白的秋被上跑,是试飞的鹊儿拍动着双翅进入陌生的丛林。

红与白的搭配是最为醒目的。她醒目地跑过药师寺,跑过花滟洲,跑上渡船,跑下薛家渡,跑进萧滩,跑入临江府,跑进库当街……

听说那人模狗样的黄武全拦着秦大老爷的官轿,硬是塞了个侯济仁栈的学徒到县衙里当差,她跑进新街去寻侯济仁栈。

在县衙前等过无数次,总不见秦大老爷,不得不托了那黄武全的师兄弟代为通传。

侯济仁栈空荡荡的,只有个婆婆坐在诊桌前向侯木生陈说病情。她头疼、背痛、腰酸、手软一样样细细说来,仿似要说到地老天荒才罢。侯木生任由她翻来倒去说着,目不转睛,侧身倾听。天寒地冻的,也没多少病人求诊。

长颈趴在前柜上饶有兴味地看着,他疑心这婆婆闲来无事,特为来找东家闲谈。东家后生时,据说也是个眉清目朗招人爱的,这婆婆兴许动过心思。

这念头哄得他自个儿笑了。

德生问:"笑什么?吃了蜜样的。"

长颈问:"家中可有帮你说亲?"

"说什么亲?这年头,饭都吃不饱,说了亲来坑人?你莫净想这些没用的,只管学好本事,待到你说亲,还不知什么猴年马月。"

长颈不过十三四岁,不好承认想着说亲,拧着脖子分辩:"谁想说亲了?我是瞅着你也老大不小了,过两年便可出去。"

一个身穿红衣的妹子远远跑来。新街里铺着一层薄雪,她一蹦一跳穿梭在薄雪覆着的酒旗、茶帘、药幡下面,绕过几株香樟,跨过几架摊档……白的雪,红的衣,煞是好看。

"说着提亲,新娘子便来了。"长颈捅了捅德生。

跑近了,艳红的衣裙扫帚一样拖着雪,长的地方长,紧的地方紧,松松垮垮又鼓鼓囊囊。长颈扑哧笑了出来:"这妹子倒是敢穿,不知偷了谁的嫁衣套在夹袄上面。"

妹子站在长长短短一排冰溜子下面往侯济仁栈里面张了一眼:"黄武全可在店里?"

"在,在……"长颈闷着笑说,"妹子进来坐坐,我这就喊他出来。"

小妹子并不进门,嬉笑着说:"那就有劳了。"

黄武全正在切马钱子。

长颈憋着笑跑进刀房,扯了扯黄武全的衫袖:"外面有个新娘子找你。"

武全在府城除了静仪再没有相熟的女子,更别说什么新娘子,只当他玩笑。

"真有新娘子找你,还是个十二三岁的雏儿!"

"你晓得什么是雏儿?"老猴子骂,"死长颈!小小年纪,学人这样说话。"

武全笑着捞了一把马钱子在手里:"我且先去看看,若是骗我,我毒死你。"

穿过三柜走到堂上,只见夏槿篱盘了头,一身红衣候在门口,手里正拿着根冰溜子吃,果然像个新娘。

吃冰溜子、面色黝黑、衣不合体、额生两角、怪里怪气的新娘。

好在静仪不在堂上,若是静仪见着有个这样的妹子扮成新娘前来寻他,他真不知要到哪儿去找个地缝钻。武全想着长颈闷声忍笑的样子,恨不得将手里的马钱子一把塞进夏槿篱嘴里。

他堆起满脸的笑,佯装客气招呼说:"妹妹来了?吃点东西吧。"

槿篱正饿着,未加细看,自他掌内拈了几片马钱子搁进嘴里。

武全津津有味看她嚼着。

"什么东西？这样苦？"

"也没什么，就是几片……马钱子而已。"

"马钱子?!"槿篱连连吐着唾沫，"你想毒死我？"

武全哈哈笑着："看你还敢不敢再来找我?！再来找我，毒不死你！"

槿篱咂了咂嘴："这马钱子是制过的……对，是制过的，这几片还毒不死我。"

"算你懂行。"武全跷起脚来坐到门槛上，"找我做甚？"

"带我去找你那个给秦大老爷当差的师兄还是师弟。"

武全扔下个白眼起身就走。

"不带我去，我便扎死你！"

武全被她绞住了手，紧接着下颌处一痛，想是有根针顶在了那里。

这什么妹子？这样大力！武全扭了扭膀子。

"再动?！"

下颌处的针尖刺得更紧。

武全干笑着说："你们家的银针是用来治病的，扎不死人。"

"想得倒美！我家传银针何等金贵，用来杀你岂不可惜。我手里拿的是绣花针，整个儿扎进去，顺血流进你心尖儿上，还怕扎不死你？"

侯木生向那陈说了一上午病情的婆婆交代了几句，走到扭在一起的二人面前拱了下手："是何大神针家的小千金？姑娘来了怎不进来吃口茶？"

"问侯大善人安了。"槿篱挟着武全吊儿郎当地说，"我于这黄武全合族上下有救命之恩；于他师父，也就是你老人家，有一针之师之恩；于他思之念之慕之恋之的女子，也就是你老人家的爱女，有妙手回春之恩。我对他如此恩重如山，他却连个当差的也不肯给我引见。"

侯木生见她不达目的不罢休的，便问："姑娘想要武全引见何人？"

武全拗着头说："她想去找顺良。"

侯木生挥了挥手："去吧去吧。"

槿篱撤了针蹦跳起来:"还是侯大善人知恩图报。"

武全领了师命,不得不陪着槿篱去找顺良。待要打她几下,又怕被人瞧见。

2

其时二人一个十二三岁,一个十五六岁,皆是童心未泯又略通人事,一会儿吵成一团,一会儿又授受不亲。黄武全自幼习武,年纪不大却高拔魁梧;夏槿篱尚未长开,身板硬挺,手脚粗重。二人站在一处,仅看身量竟形同父女。在县衙前闹腾了一阵,不见人出来,便绕到内衙后边去寻。

内衙后角门上有个丫头正在买瓜子。槿篱问了声好,凑上去问:"姐姐可认得一个新近来的侍役,名唤顺良的吗?"那丫头嗑着瓜子瞅了她一眼,理都不理。武全唱了老大个肥喏,揖着手说:"姐姐生得这样标致,定是哪位官爷的千金小姐。我有个师兄在这内宅当差,约莫十月进来的,姓侯名顺良,不知姐姐可认得?"丫头面上一红:"你且等着,我帮你进去问问。"

真是千穿万穿马屁不穿,槿篱看那丫头生得甚是平常,怎么看也不像个大家小姐。

那丫头去了许久,带了个系着围裙的婆子出来。婆子眨巴着眼问:"你们说的可是个十七八岁、瘦长个儿、憨里憨气,我们唤他'大马猴'的后生吗?"

武全略显尴尬:"想来……正是。"

"你且等着。"婆子去了一会儿,果然换了侯顺良出来。

槿篱拍着武全的肩说:"黄家少爷果然了得,随随便便一个师兄,随随便便在衙门里当了几天差,这便得了大马猴的雅号。"

武全翻了个白眼:"积些德吧!何苦笑他?"又问顺良,"待得惯吗?可会受欺?"

顺良高声说:"惯!怎会不惯?秦大老爷待我好着呢!"

怪道叫他大马猴,果然伧伧冲冲的。槿篱上前一步问:"秦大老爷可在里面吗？劳烦给我通传一声。"

武全指着槿篱说："这是何大神针的曾外孙女,她找秦大老爷有要事。"

"就是那个帮静仪姐姐治过鼠疫的？"顺良打量着槿篱问,"妹子贵姓？这等年幼怎的这等有本事？穿得这样好看来找秦大老爷作甚？"

槿篱有意逗他："穿得这样是为见你,与秦大老爷无涉。"

顺良一呆："那就……多谢妹妹盛装相待。"

武全又翻了个白眼："逗他作甚？还想不想让他帮忙通传？"

顺良说："我只管看家护院的事,不管内外通传。想与秦大老爷会面,还需劳烦门子通禀。"

"不能通融一回？"

"衙门里规矩甚严,即便冒然通禀也只讨得一顿骂而已,见不到人。"

槿篱也不想惹得秦大老爷着恼,便从鼓鼓囊囊的衣裳里掏出个葫芦来："秦大老爷一向面色不好,这大冬天的,正宜进补,我带了些鹿血酒来,劳你交给秦大老爷,就说是个常穿红衣的妹子送的。"

顺良接了葫芦,揪开塞子嗅了嗅："好酒！"

槿篱怕他的鼻息扰乱了酒味,便干笑着拈起塞子,仍旧塞了回去："莫跑了酒气。"

"这样好酒,便是敞开着放上一年,也不失烈性。"顺良说着,又把塞子揪了下来,"秦大老爷不缺这些,便留给我喝吧！"

槿篱不料他这样大胆,厉声呵斥："秦大老爷的东西,你敢据为己有？！"

侯顺良慢腾腾说："妹妹既穿得这样好看特来见我,送我壶酒又有什么？"

槿篱不知他是存心戏弄还是听信了她的戏言,只怪自己一时兴起,明知他是个憨里憨气的,还拿那些鬼话逗他。

"叫你莫作死吧？"武全幸灾乐祸斜眼瞄着槿篱。

槿篱正了正色："顺良师兄,你看你身强体壮、中气十足,哪里用得着进补？那秦大老爷体弱、瘦削……"

"妹妹也看得我身强体壮？"顺良欢欢喜喜撸起衫袖，"妹妹看我这膀子，比多少人的腿还粗！"

"看见了，看见了。"槿篱清了清嗓子，"你先放下衫袖，阴风冻雪的，莫要受寒。"

顺良兴冲冲说："妹妹不晓得，这体虚不受补，秦大老爷吃多少好东西都补不进去，需得像我这样身强体壮的，吃一口便能补出两口的力气。"

槿篱见哄劝无用，登时变了脸："你要酒还是要命？要命便乖乖替我把酒交给秦大老爷！"

顺良不知她为何突然动怒，慌得连说："要酒要酒……噢！呸！要命要命！只是秦大老爷当真补不进去呀，他什么驴鞭、虎骨都吃过的，我并不曾哄骗妹妹。"

槿篱听得他说秦大老爷吃驴鞭，饶是皮厚，仍是羞得满脸通红。

"妹妹怎的害起羞来？莫不是借酒传情，有意于我家老爷？"

"有意无意关你屁事！你只管送酒，莫在这里不停放屁！"

"妹妹这话可就说差了！我家老爷是有夫人的，虽不曾带到任上，却是举案齐眉相敬如宾。妹妹果真借酒传情，这酒便送不得了！"

武全笑说："无妨无妨，她只做妾，碍不着你们夫人的事。做妾、做妾。"

顺良又说："师弟这话也差了！这花容月貌、性情和顺又有本事的妹妹，怎能给人做妾？那岂不是明珠暗投？"

花容月貌？性情和顺？武全心想：你莫不是疯了吧？

槿篱懒得跟他纠缠，见墙根下有块砖头，便捡在手里："再不送去，一砖头拍死你！"

顺良忙说："送去，送去。只是妹妹委实嫁不得秦大老爷呀！"

槿篱赶上去拿着砖头便砸，顺良护住头脸呼痛。

武全过去拉架，才刚近身便被反手一肘抖在额角，铁锤敲着一般疼。

"这什么妹子？十二三岁这样大力，牛生的吗？"

"你娘才是牛呢!"槿篱拍了拍手上的泥,指着顺良的脑袋,"喜欢这砖头的滋味,你便只管把酒留给自己。不喜欢砖头的滋味,便乖乖帮我送给秦大老爷。年前我还来一回,等不到秦大老爷便去击鼓鸣冤。我就不信,以我的本事还怕寻不着机会亲口问问大老爷喝了我这鹿血酒不曾?"

顺良捂着头说:"妹妹放心,定将酒送到秦大老爷手里。"

"老子还要过渡,没工夫在这儿跟你紧缠。你莫忘了告诉秦大老爷,这酒是个常穿红衣的妹子送的。"

夏槿篱神气活现地走了。侯顺良可怜兮兮地看着武全问:"有什么法子让这妹子莫嫁秦大老爷吗?这样好的妹子,若能娶在家里真是前世修来的福气。"

"还娶在家里?"武全痛心疾首拉着他的手扯到眼面前,"你看看!看看你这手!都给砸成什么样了?娶在家里天天砸你?"

顺良涎着脸笑:"砸两下有什么要紧?她手上又没什么力气。"

还没什么力气?!十个一般年纪的妹子恐怕也没她力大。武全懒得再跟他扯,挥挥手自回药栈去。

来时吵吵闹闹倒不觉着冷,这会子独自返身,只觉阴风一劲儿往骨头缝里钻。那夏槿篱虽然讨嫌,跟在身边倒可挡些风雪。现下街面上空荡荡的,风雪都有意绕开那些招旗、帘幌似的,拢在一起净往身上扑。

夏槿篱可以挡风,静仪姐姐却是可以暖心的。若是静仪姐姐跟在身边,风雪再大也情愿帮她挡着,不觉得冷。

自进了药栈,武全便不敢十分与静仪亲近,生怕唐突佳人。今日见了那夏槿篱与侯顺良这般粗莽,不禁生起一丝不甘。

那夏槿篱明知与秦大老爷有天壤之别,却仍是孜孜以求;那侯顺良明知夏槿篱于他无意,亦仍是不掩爱慕。自己一个堂堂武师的长子,难道比不上这一个疯妹子、一个穷憨子吗?

武全哆哆嗦嗦进了药栈,见静仪正提着个温壶从中柜出来。

药栈里弥散着冰冷的药味,静仪身上也浸透了药气。并不难闻,是黄连的苦、甘草的甜、金银花的香混在一起。她的体热将身上的药香煨得比药屉里更加绵软,让人温暖又平静。

她轻笑了一下:"冻着了吧?我煮了姜丝酒,快去厨下喝一碗。"

武全愣愣地看着。

她走到诊桌前给爷爷倒酒,微颔着头,发丝轻垂,说不尽的柔婉恬淡。

"怎的不去?可是走累了?我去帮你端了来吧,你且歇会儿。"

德生扒在前柜有一下没一下拨拉着算盘;长颈高一声低一声哼着不知名的小曲儿;侯木生在门口送那位絮絮叨叨的婆婆。堂上再无旁人。

武全走到中柜门帘后面,静静地等着静仪。

入了冬,门帘换成了薄棉的,贴在脸上,有种年长日久的暖。

静仪端了热酒过来,武全也不伸手去接,只把头低了,凑上嘴去,就她手里满满地喝了一碗。

3

腊月十六起,各家药店酒宴不断,清简些的只在自家宴请师傅、学徒,爱热闹的或在祠堂或在钟楼前大开席面广邀同行。

年前宴请,既是联络情感,亦是彰显实力的大好时机。侯木生以为只要本事过硬,无须大张声势,他素来不喜这些。只是侯济仁栈声名甚旺,总有同行相邀,不好驳人面子,吃了别家的总要还礼,免不得仍要在钟楼前摆上几桌。恒昌药栈却以为正是显山露水的时候,席面极尽靡费,但有自愿赴宴的,上至各家药店老板、师傅,下至学徒、伙计,包括银楼、布庄、绸缎铺等与医药毫不相干的各色人等,皆可随时前往,从正午一直吃喝至入夜。

侯木生本不愿与他家来往,那熊元文的父亲却每每执意相邀,派了人来一请再请,且着意叮嘱要举店上下都去。侯木生晓得他是借机摆脸,只得勉强应付。

每每入席坐定,那熊元文的父亲总要假意询问:"木生老弟,你看我这席面可还吃得?"

侯木生不免要答:"睿渊哥哥的席面吃不得,那临江府就没哪家的席面能吃了。"

熊睿渊便假意自谦:"我原是个没见识的,只晓得要吃好喝好,比不得木生老弟惯爱谈风论雅。"

侯木生便说:"食、色,性也,吃好喝好才是根本。"

熊睿渊便露了真意:"不是哥哥说你,侯济仁栈在临江府也是排得上号的,你这东家委实俭省了些,师傅、学徒们忙活一整年,倒牙酒只吃八个菜,若是搁在我家,怕是要掀桌子呢。"

侯木生只得说:"侯济仁栈哪能跟哥哥家的恒昌药栈相比?"

熊睿渊这才称了心,嚷嚷着:"筛酒,筛酒!瞧瞧我,见了木生老弟便只顾着说话,怠慢了大家伙儿了。"

侯秋林等人坐在左近,常听得一肚子火,略动了几下筷子便要离席。熊睿渊便喊了熊元文前去敬酒,压着侯济仁栈的人不许擅动。侯秋林等人不得不忍了气,食不甘味地坐着。

黄武全头一回得见这个场面,新奇倒胜过了气愤。以往在村上,再大的席面也不过是从祠堂里摆到祠堂外而已,这恒昌药栈却摆满了钟楼前的场地之后,又沿练公祠与鞭子街直摆到了新街跟库当街的交叉口。若不是碍于府衙威严,怕是要摆到谯楼前边去了。

钟楼前的场地本就开阔,再加上练公祠与鞭子街那些,也不知统共摆了多少桌。这熊睿渊舍不得扶弱济贫,于场面上倒是出手阔绰。

酒过三巡,熊睿渊端杯走到赑屃驮着的石碑旁,熊元文立即端了条长凳过去。

石碑上刻着两句诗:"风夹钟声过渡口,月移楼影到江心。"武全听师父说是大学士解缙所作。

也不知熊睿渊晓不晓得这两句诗，他扒着长凳，由长子辇着，颤颤巍巍爬了上去。次子与幼子也聚拢过来，扶着他的腿。三个儿子仰头扶着父亲。熊家四名男丁衣冠楚楚、容光焕发，睥睨众人。

熊睿渊酒杯一举："众位故友新朋！"

众人驻筷循声，只见钟楼高耸入云，朱漆的红墙映着碧空，几只鸟雀栖在飞檐之上，一阵北风吹过，檐下悬铃嗡嗡作响。熊家父子顶风而立、衣衫烈烈，当真是气势如虹。

熊睿渊环顾四面："承蒙各位帮衬，我恒昌药栈百余年来屹立不倒，不敢说救人无数，却也是造福一方。讲句玩笑话，在座各位哪个不曾吃过我家的药？便是你没吃过，你娘你爷也吃过。就算你娘你爷也没吃过，你公公、婆婆定然吃过。不是夸口，临江人的血脉里，都流着我们恒昌药栈的药！我们恒昌药栈，是临江药人的根！……"

有人轻声嘀咕："他们恒昌药栈是临江药人的根，葛仙翁却是什么？"

旁人碰了碰他的手肘："莫讲闲话，待他发完宏论便要撒钱了。"

"是啊是啊。"另一人应和，"管他说些什么，有钱撒便好了。"

"我熊睿渊比不上祖辈贤能，却也是兢兢业业、勤勤恳恳，采药、种药、制药、用药，样样精通，片刀、铡刀、刨刀，刀刀称手，圆片、骨牌片、斜片、直片、肚片、刨片、剪片、段子、骰子、劈块，块块匀净，水制、火制、酒制、乳制，色色在行，熬膏、搓丸、研散、炼丹，项项拿手。提到熊某，哪个不竖拇指？……"

有个老者迟迟疑疑探起脑袋："那赑屃是神兽，一直站在它上头恐怕不好……"

熊睿渊不听他说什么，却伸手冲他脑门心里一指："练家公公，你娘便是吃了我们恒昌药栈的保胎药，这才生得你手脚齐全，不是我们熊家，你只怕要缺胳膊少腿，或是胎死腹中也未可知。"

众人陪着干笑了几声，练家公公悻悻地缩回脑袋。

熊睿渊高亢的声音回荡在钟楼前。钟楼每日早晚鸣钟报时，声传十里，熊睿渊的声音变成了鸣钟似的,回响在临江人的头顶。"风夹钟声过渡口,月移楼影到江心",大学士在天有灵,可能听到风夹着过渡口的是这熊睿渊的自吹自擂?

侯秋林实在听不下去,瞅着空儿溜了开去。黄武全也赶紧跟在后面。熊睿渊声若洪钟还在说:"数十年来,我传秘技、制新药、保品质、开销路……"

武全笑说:"这熊家大老爷也不怕闪了腰,这把年纪爬得这样高。"

"他爬惯了,年年都要爬一回。"侯秋林淡然说,"一年憋到头,就等着这阵威风呢。"

武全问:"倒是人人都给面子?"

"他家人手多。没看见吗?你师父不去,他家便派了人来守着催。吃顿酒的事,还跟他红脸不成?忍一忍也就过去了。再说了,如今这世道也是有钱能使鬼推磨的,有些个没气性的轻骨头,上赶着去亲近。"

"他家老老小小都是这样,倒也起了家?"

"他家老大爷在时倒不这样,我做伢仔时见过两回,倒是恭逊有礼的。不料生下这样一群王八孙子来!"

"怪道这熊大老爷取名睿渊呢!原来他爷还是有些德行的。"

二人说着话,猛听得"吵"的一响,回头看时,熊睿渊正抓了一把铜钱往他面前席面上撒,两个学徒合力端着个大盆站在凳子下。

人群"哦"的一声,接着一顿噼里噗噜乱抢,有人高呼:"熊大老爷发财!"

紧接着,一队端着铜盆的人不知从哪里冒了出来,熊睿渊三个儿子并恒昌药栈的掌柜、头刀一字排开,从钟楼到练公祠与鞭子街一路撒钱,撒得跟落雹子样的。"熊大老爷发财"之声不绝于耳。

黄武全看见师父在雹子样的铜钱里面左避右闪,瘦削的身影东倒西歪。

"你师父性子好,要陪着他们闹到断夜光呢。"

4

药店宴客,女子是不能去的。侯木生平日将爱女等同男儿视之,公众场合却不得不顾着规矩。

武全惦着静仪,趁着师父、师兄们仍在席上,便到她家中去寻。

侯家离药栈不远,武全平日帮着劈柴、籴米也曾去过几回。看门的舅公公本是认得他的,听得是来寻找静仪,却不肯帮忙通传。

舅公公说:"夫人跟周妈是长辈,平日由得你进出。静仪妹子尚未出阁,莫说特来寻她,便是有什么要紧事非要进去,晓得她在里面,也该避着些才是。"

武全正讪讪的,听得屋里有人喊:"舅公公,让他进来吧,本就是日日伴在药栈的,怕什么?"

"既是我家夫人允了,你便进来吧。"舅公公引了武全进门,"不是小老儿有意为难,只怪世人定了这个规矩。"

武全躬身说:"公公一向待我跟自家孙儿样的。"

舅公公满意地咂了咂嘴。

侯家只有两进,会客便在前厅。静仪母亲跟周妈正坐在炭盆边烤火,武全问了安。静仪母亲叫周妈到后面去喊静仪,自己亲手捧了茶来递给武全。

静仪母亲姓林,闲常不喜言谈,尽罢礼数便拿起周妈搁下的针线来做。武全见藕荷色鞋底上纳着淡绿色花草,清新又亮眼,便凑过去说:"这个配色倒好。"

"可不是呢?"侯林氏笑着说,"你周妈最是心巧,做出来的东西总比别个新鲜。"

武全想起来说:"待会儿周妈回来,我可要好好求求她老人家。"

周妈恰巧听见,笑问:"求我什么?可有谢礼?"

武全笑答:"谢妈妈一对大红的头花可好?艳艳地戴着,叫妈妈年轻十岁。"

"小油嘴儿,倒拿我老婆子玩笑起来了。求我什么?只管说,妈妈应了你便是。"

"妈妈得不得空帮我做身衣裳过年?"

"你既开了口,得不得空妈妈也帮你做了便是。合身做呢,还是放宽大些?我看你这个头还要长。"

武全略红了脸:"若是做来送人的,周妈还肯给脸吗?"

"哟!"周妈掩嘴笑,"莫不是做给哪家妹子的?"

"妈妈想哪儿去了?是做给长颈的。"

"倒给他做?我看你自己也就是两身衣裳洗换。"

武全说:"旧年许过他的。"

静仪袅袅地从内院出来。周妈笑说:"来看看你这师弟,自个儿还没衣裳穿呢,倒惦着给他长颈师兄送礼。"

静仪记得武全第二回在侯济仁栈门口跪求学艺时,许过长颈要给他制一箱子新衣,长颈只当他花花哄哄,还拿着竹笞打了他一顿。不想他这样重诺,至今还记得,又不计前嫌。

"他对别个的事,总比自个儿的上心些。"

武全听得静仪这样说,只觉半年来的疏离都算不得什么了,一句话的工夫,心与心便贴在了一起。

静仪问:"怎的寻到家中来了?"

武全愤愤地说:"那熊家父子说起话来比放屁还要难听!对着他们吃饭,真比在茅房里吃饭还要臭些。我坐不住,便先走了。师父、师兄们还在席上呢。药栈没人,我便来看看姐姐。"

"这猴儿,一会儿油腔滑调,一会儿甜言蜜语,一会儿又牙尖嘴利,孙猴子样的。"周妈又笑了。

武全又说:"他们还拿腔作势定什么女子不许赴宴的破规矩,照我说,好在姐姐不用去呢!只是姐姐不在,场面上却少了个名医。这临江府有几个比得过姐姐的医术？他们瞧不起女子，却是让自家少了个撑台面的。"

"你倒不怕你姐姐跟别家男子碰面？"周妈放下针线，斜眼看着武全，"你宝祥师兄可是怕得很。"

"姐姐这样的人品，忌讳这些个作甚？"

周妈看了侯林氏一眼。

静仪背着手，自身后掏出个东西给武全看："你可晓得这是什么？"

武全见她手里拿着一块白布，布上缀着几片什么东西。

"你且细看。"

武全凑近了些，见那白布纹路稀粗，像是苎麻织的，那缀在上面的东西是切成凤眼片的枳壳。

"你且闻闻。"

武全凑过鼻子嗅了嗅，苎麻布的清香混着枳壳的药香，竟是分外好闻。他大笑起来："我只道枳壳麻麻点点，不堪入眼。不想贴在这麻布上竟这样好看，又好闻得很。"

静仪说："我就喜欢这样的东西。"

"我还怕姐姐在家闷得慌，不想有这样趣致的东西赏玩，比我们去吃席面快活多了。"

"我还有呢！"静仪又从身后掏出一方麻布，粘的是切成蝴蝶片的川芎。

"不得了，不得了！这干干瘪瘪的药，在姐姐手里竟活了过来。你看这川芎，原本虽切成蝴蝶片，却比真蝶粗笨一些，姐姐拿这粗麻布一配，两相映衬，倒正好了。粗的不粗了，笨的也不笨了，却是活灵活现。"

静仪又一一拿出切成金丝线的陈皮、鱼鳞片的半夏、柳叶片的甘草，都是粘在苎麻布上的。武全看得连连赞叹。

"粘得这样好看，我帮姐姐拿出去卖，指不定还发个横财！"

"麻布粗陋，人家未必喜欢。也只有我这样的，才欢喜这简素朴拙的东西。"

"那些个凡夫俗子，不管他们也罢。"武全大手一挥。

"你既来了,便跟我一起粘着玩吧。"

周妈悄声说给侯林氏听:"我看着小姐长大,这妹子打小老成,今儿个还是头一回见她跟个细伢仔样的呢!"

5

小年过后,路远的师傅、学徒、伙计都回乡去了。长颈是进店最晚的伙计,按例留下招呼。

周妈送来新衣时,长颈只当是逗他,翻着白眼说:"妈妈原是个安分守拙的,怎的也来诓我?那黄武全自己还不够衣裳穿,怎的肯制了新衣送我?"

周妈笑骂:"不识好歹的小崽子。不说你武全师弟仗义,倒来冤我老婆子诓人。好好睁开你那死鱼眼看看,这衣裳可是照着你的身量裁的?"

长颈收了翻着白的"死鱼眼",拿起衣裳披在身上比了一下,果然松松洒洒正好穿个两年。

"妈妈晓得我的尺寸?"

"没良心的崽子,平日帮你补过多少衣裳,怎不晓得你的尺寸?"

长颈眼眶一热:"好妈妈!不晓得你老人家这样疼儿子呢!"

周妈捏了捏他瘦长的胳膊:"都是娘生父母养的,这样小小个人儿常年在外,妈妈怎的不疼?莫一劲儿伴着我,还不谢谢你武全师弟去?"

长颈拿了衣裳,忸忸怩怩蹭到后院。

武全家中无人,侯木生留他在身边过年,因而他也守在药栈。

人都走了,烧茶做饭的事便由武全一人负担,他低着头正在厨房门口拍打芹菜上的雪。芹菜冰手,又起着风,手背冻得通红。

长颈一把抢过芹菜:"何苦择得这样仔细?把这沾了雪的都捡掉便是。为着省事,他们天好的时候都只拿筷子打落叶子便是,这冷死人的时候,你摘它做甚?"

武全伸了伸腰:"这芹菜叶拌上香油辣子最是好吃,他们平日懒怠,我也不好多嘴,现下我们哥几个正好香香地吃一顿。"

"吃一顿、吃一顿……也不怕冻坏了手!"长颈恨恨地摘着叶子。

"可不得想方设法吃好穿好?受不得苦,上哪儿去享福?"武全嬉笑着。

"人人都道你无父无母,理应过得孤苦。我瞧着,你倒半点不觉孤苦,净会变着法子找福享,比我这父母双全的还会过日子。这又学着人家豪门大户的,还做起了施贫济困的勾当。"

武全看了一眼他拢在怀里的新衣:"什么施贫济困?世上哪有比我更贫更困的?谁用得着我去施舍?不过是'君子一言',说过的话总要兑现。不嫌我的东西,便是顾着兄弟情义,帮我全了'君子'的名声。"

"你向来嘴巧,我说不过你。"

"耍嘴皮子不算本事。我现下也只做了半个君子,待'一箱子'全都兑现了,才是囫囵个儿的君子。"

长颈被他逗得笑了起来:"你这人,做了好事,也不向人讨个'谢'字。"

自此二人情意便与先前不同。武全再做什么,长颈都觉着妥帖。便是跟静仪甜言蜜语,听着也不觉刺耳。他想着自己这样一个小伙计武全尚且体贴入微,待小姐周到些,也是情理当中的。

宝祥父母年年腊月二十五都要到侯家送年,宝祥因此也留在店里,等着爷娘一同回去。

他早早地起床,洗漱得格外仔细,好让父母看着放心。

张、侯两家是旧相识,按例在家中会面。宝祥等得父母来了,便一同前往侯家去。

周妈与张家二老也算相熟,周妈一大早起来便说:"那两尊活菩萨今日又要来了。"

侯林氏说:"救命之恩,原该菩萨一样供着。"

"知恩图报本是正理,只犯不着时时挂在嘴上。"

"这样大恩怎能不提？他们高兴我们也高兴。"

"夫人老爷性子好——"周妈有意拖长了声调。

"这人今日吃醉了酒不是？"侯木生指着周妈笑问侯林氏。

"可不是？平日只叫哥嫂，今日喊起老爷夫人来了，想是嫌我们家贫，想往那豪门大户当差去了。"

周妈掸了掸衣裳上的灰："嫂嫂平日一语千金，怎的说到那张家二老话便多了？还学着那些个牙尖嘴利的，净会刮人。"

"不刮你两句，怕是'老爷夫人'的要叫足一日。"

"我是看着嫂嫂辛苦。每每那二老来了，嫂嫂总要打起十二分精神应对。好话说尽，笑脸赔尽。真真儿的，伺候爷娘似的。"

"晓得你忠心。最难回报救命恩，这二老说是我家的再生父母也不为过的。"

宝祥母亲姓皮，父亲名贵生，与舅公公亦是相熟的。才到这边街口，还隔着三四户人家呢，舅公公便满脸堆笑迎了上去："二老一路辛苦，快快进来喝口热茶。"

侯林氏也迎到门口说："可把你们盼来了！早起我便听得坛坛罐罐嗡嗡作响，想是晓得你们要来，吵着争二老做的好麻片吃！"

侯木生捻着火褶子站在前厅："我这夫人平日里笨嘴拙舌，一见了贤弟弟妹立时伶俐了，你们听听，分明是笑话我平日时常念叨着想你们家的麻片吃，却说是罐子想吃。"

进了门，先给张贵生的烟枪点了火，又热热地捧了茶来。

"哥嫂不嫌弃便好，"张皮氏捧着茶说，"我家哪里拿得出什么好东西？不过是自己种的芝麻、亲手熬的糖，选了顶好的制了这薄薄的麻片，送给哥哥嫂嫂吃着玩玩。"

"再没有比这更好的东西。"侯木生说着，便叫周妈在自家装了瓜子、花生的果盒里腾出个空儿来，即时把刚送来的麻片装上。

"幸而哥哥好这一口,不然真没什么拿得出手的东西孝敬呢!"

"这东西味美又补身!弟妹手艺又好,做得比别家的都脆薄些。"

侯木生一边细品着麻片,一边吩咐周妈将几个青花罐子都拿出来,当着张家二老的面,将满满一布袋麻片分装了。

回回会面,侯木生定要提起当年救命之恩:"不是贵生,我如今只怕白骨都沤烂了。那回真是凶险,我虽晓得不可与豺狼正面相对,扛不住吓破了胆,竟与那畜生正面打斗起来。好在贵生手里有根扁担,照那畜生当头一棍,又用铁钩撂中了那畜生的眼珠,这才救了我脱险。"

张贵生也意犹未尽似的:"是啊!遇上豺狼,万万不可正面相对,那畜生最擅锁喉,若是与它相对,一口便被咬破了喉头。只需莫怕莫慌,与它背向而立,待它扑来再行反击。那畜生咬不住要害,也就跟条狗一般大小。一个活人,还怕打不赢这狗大的畜生?"

侯木生指着宝祥说:"你可记住了?碰上豺狼万万不可回头!"

宝祥早不知听过多少回了,懒声应着:"记住了。"

"宝祥啊,别看你爷如今手脚不便,后生时却最是机敏。不怕你身强力壮,比你爷后生时恐怕还是差些。你爷赶得跑豺狼,你可连豺狼的影子都没见过呢。"

宝祥晓得侯家爷爷是特为自家爷爷长脸,便说:"我们做小辈的怎敢跟爷爷相比?爷爷们可是擒龙缚虎、血雨腥风里闯过来的。"

"这话是了,日后再有本事,也要敬着你爷。他老人家可是见过世面的。"侯木生教导了宝祥几句,又转头看着张皮氏说,"回回过来,弟妹总说拿不出什么好东西,什么好东西比得上贵生老弟当年那根扁担?这一棍之恩,我是永世不能忘的。二老便是空手过来,我也如同见着了和璧隋珠。"

张家二老听得无不欢喜。

6

张皮氏见侯家二老这样给脸,便试探着问:"静仪妹子今年也十八了吧?"

"可不是呢!"侯林氏笑着说,"这妹子光长了年纪,没长什么本事。好在宝祥时常顾着。"

听得这话,张皮氏更壮了胆:"我瞧着静仪跟宝祥倒是投契,论理我家原是高攀不上的,但看着二人打小的情分,若能一生一世倒也是桩美事。我家儿女多,也不指望宝祥当家,二老若不嫌弃,便把他留在身边当个儿子吧。"

宝祥听这意思是让他入赘侯家。他本巴望着能跟静仪成亲,不知为何,听了这话却甚是羞惭。

侯木生搓手搓脚笑着说:"我跟妙儿早有这个打算,只怕贤弟、弟妹不肯。生怕夺人所爱,这才不敢开口。有了弟妹这句话,我便放了心了。"

宝祥这才松快了些,只是仍旧有些抬不起头来。周妈冷眼看着,心下更为不悦。

林妙儿到厨下帮着备饭,周妈正在剖鸽子,见她进来便撮尖了嗓门说:"瞧瞧宝祥那后生,倒像我们小姐配不上他似的。"

林妙儿将洗净的党参、黄芪、淮山、姜块、葱结捞起来,一股脑儿从剖开的鸽子下腹塞了进去,边塞边说:"他一个汉子要做上门女婿,自然有些不自在。妈妈莫要多心。"

周妈拈了一小撮盐塞进鸽子下腹,就着手在里面打了几个转,又将头颈、身子、双翅、两腿一点不落地搽上了盐,拧着鸽子翻了个面:"我们一把屎一把尿拉扯大的姑娘,养得跟花儿样的,多少人抢着要呢?他倒好,倒像吃了亏似的。"

鸽子完好无损般趴在盘子里面,林妙儿掰起两只鸽翅,做成高飞的样子:"莫说浑话。他家家贫,本就生怕在我们面前做不起人,你又说什么'多少人抢着要'的话,若被听去了,更要以为我们怪他家高攀了。莫说静仪打小跟宝祥同出同进,并无别家上门提亲,便是真有,这话也说不得。一个妹子,让人争着抢着,也不是什么光彩的事。"

周妈将盘好的鸽子端进蒸笼:"姑娘养得好,别家又眼不瞎,自然有人抢着要的。我管他们听了高不高兴,还没进门呢,便要看着他家脸色活命?"

"越发没个轻重了。"林妙儿用温水泡了泡手,"我去拿些银耳来,省得都是油腻的。"

"不多备些荤菜,又怕嫂嫂说我怠慢。"

林妙儿拿她无法,随她絮絮念叨个没完,不再搭话。

旺火蒸了一炷香的工夫,端了鸽子出笼,再撒上点葱花,滴了两滴麻油,参芪飞鸽便做好了。林妙儿颇为满意,定定地看着说:"好生齐整。"

摆了一桌鸡鸭鱼肉,又烫了一壶好酒。侯木生请张贵生坐了上席首座,自己在旁陪着。张皮氏与林妙儿依次落座,宝祥跟着母亲后面落座。

周妈轻咳一声。

宝祥猛记起来,连忙起身,先请舅公公跟周妈落了座,自己才又跟在后面坐了。

用了些酒菜,林妙儿不胜酒力,周妈便给她盛了饭来。

张皮氏说:"我也喝不得了。"

周妈看了宝祥一眼,见他毫无动静,便又去厨下给张皮氏盛饭。

舅公公也跟着过去盛饭,周妈悄声说:"看见没?一家子把我们当仆役呢。"

舅公公看了她一眼,不发一言。

周妈又说:"那宝祥是常来家里的,怎的也把自己当客?他娘要吃饭,他来盛了便是,只晓得菩萨一样坐在那里。"

"我们原是下人。木生跟妙儿顾着旧情,才把我们当亲戚一样相待。妈妈莫指望人人都这样,各人有各人的做法。日后若是换了新东家,妈妈还得看开些。"舅公公自去盛饭。

周妈两眼瞪着他,愤愤地端了饭出去。

用罢酒饭,侯木生叫周妈拿了早已备好的参片、驴胶、枸杞、天麻、当归过来,又叫舅公公搬了两坛蕲蛇酒来,着宝祥到店里套了马车,叫上长颈跟着,送了满满的一车人并许多好药回去。

周妈收拾妥当闷闷地坐在灶前,一只毛金灿灿的大公鸡进来啄食,她捡起柴火去打那鸡,金毛鸡顺势跳到灶上。

"这养不亲的东西,平日里饱谷白米,何曾少过你的吃食?竟这样不知饱足,飞到我灶上来了。"

侯木生听得皱眉:"这周妈平日也是个好说话的,怎的回回见了张家二老便左也不是右也不是?"

"还不是见不得我们太过殷勤?今日又听得我们许了静仪跟宝祥的事,又更来了气……"林妙儿掩上房门,"你莫管她。我已跟她说过多少回了,总也拐不过弯来。"

"以往也便罢了,这往后迟早是一家人,再这么着怎么行……"

侯木生背着手踱到院里,周妈还在满院子撵鸡。

"辛苦了大半日,妈妈还不回房歇歇,跟只鸡置什么气?"

周妈冷着脸说:"辛苦什么?我不过是备了些酒菜,哪里就累着了?哥哥、嫂嫂唱戏样地忙了大半日,才是真正辛苦。"

"这老货!"侯木生笑说,"一年到头,人就来这一回,可不得客气着些?"

"哥哥莫急,往后自会常来,有的是亲热!你们只管唱戏,只是可怜我那心肝肉儿……"周妈抹起泪来。

"晓得妈妈舍不得静仪。妹子是我亲生的,我哪里不晓得疼?只是俗话说得好,'女大不中留,留来留去留成愁',迟早要许人家的。好在宝祥留在店里,静仪也用不着出去,妈妈仍可日日伴着。"

"哥哥哪里晓得?宝祥那后生别的还好,却最见不得女子抛头露面。发鼠疫那阵儿,有一回姑娘自个儿回屋来取油靴,他跟在后面一顿好说呢。眼下是有哥哥撑着,他也不敢怎的。日后他当了家,定跟寻常汉子一样将我的心肝肉儿养在屋里不准出去。哥哥教的姑娘一身好手艺,岂不就此废了?便要许人,也该挑个好些的……"

原来还有这一出,侯木生宽慰说:"金无足赤,人无完人,不能求全。宝祥是有些拘礼,好在自小看惯了静仪出出进进,倒不至于像你想的那样。"

"你们做爷们的,心下宽些,自然不在这些细枝末节上留心。我们做妈妈的,可是一个眼色一个脸色全看得清清楚楚。"

"我看也再寻不着比宝祥待静仪更好的。"

"怎寻不着?……"

侯木生赶忙把手一抬,怒目瞪着周妈。

周妈喉咙翻了几转,终究没敢说出来。

7

宝祥走后,药栈便只剩静仪、武全、长颈留守。若非急症,也无人上门。侯木生空闲下来,便加紧指点武全。

黄武全聪慧,每每一点即通,年前三四日,竟比寻常学徒三五月学得还多些。

大年三十熏柏枝、贴春联,武全带着长颈早早地到了侯家。舅公公刚漱了口,便见两人顶着一头的霜花扛着两根巨大的柏枝站在门口。

"好小子!这是上哪儿去砍柏枝了?头发、眉毛全白了。"

武全兴冲冲说:"我跟长颈早在练兵场那边山洼子里寻得了一棵大柏树,只怕别个也看见了,天刚见亮便抢先砍了两枝过来。"

"钟楼那边也种的有,何苦大老远跑到操场那儿去砍?"

长颈也兴冲冲说:"钟楼那儿的哪有这个好?这临江府就数这棵柏树最大,用它熏了墙,岂不最是吉利?"

"哟!"舅公公笑起来,"平日多行一步都嫌累得慌,今儿个可是太阳打西边出来了,连长颈哥儿都不怕路远。"

"跟着武全哥干活,倒不觉得累样的。"

"不是争着做师兄吗?怎的这会子又叫起了武全哥?"

长颈忸怩了一下:"他原比我大些。"

周妈端着几样小菜出来:"先把柏枝放下,用过饭再说。"

武全欢叫一声:"我去盛饭。"便往后厨跑去。

周妈用手肘捅了捅舅公公:"这才像是一家人的样子。"

舅公公说:"武全这伢仔确是瞅着亲近,跟哪个都合得来。"

用过早饭,长颈扶着梯子,静仪拿着春联,武全跨在梯子上往柱子上刷米糯,刷到一半凝在那里不动。静仪问他为何不动了,他哇啦怪叫着说:"也不知周妈烧的什么柴火,把这米浆熬得粘着刷杆子下不来。"

林妙儿也被逗得笑了:"过年过年,就得这样说说笑笑才是年。"

周妈说:"嫌我熬的米浆太粘,我这便去烧碗药清汤来给你们吃。"

武全笑说:"瞧这妈妈,听得我们夸她老人家米浆熬得好,这又要再显本事呢!只是才刚用了早饭,妈妈莫再费事。"

"费什么事?不过是煮碗汤的事,哪里就累着我了?"

这药清汤其实十分麻烦,需得先将面皮子擀得蝉翼般薄,既可透出内里的馅儿又不可破损。再挑了纯精的瘦肉切成碎末,放在石臼里舂米样地细细地捣成泥,捣得面团一般又粘又韧又看不出一丝儿肉。再用那蝉翼般的面皮裹上筷子一点能沾上的那么一星儿肉泥,内里松松地包了、外皮紧紧地捻上,既让肉泥有松泛的余地,外皮又不会松散。再佐以不同的药材宽宽地加了师姑井的水,用旺火烧开,把包好了的料下进去一烫,约莫抽锅烟的工夫,肉泥吸饱了汤水鼓涨着浮上来,药清汤便煮好了。一番操作下来,最快不止一个时辰。

周妈卖力地捣着肉,舅公公笑话说:"你这老货,人劳你盛碗饭你便跟割了肉似的,两个伢仔饱食饱餐的,你又倒腾这磨死人的东西给他们吃。这倒不嫌麻烦了?"

"人把我当下人,我自然不愿。两个伢仔当我是妈妈。公公见过哪个妈妈照管儿子会嫌麻烦?"周妈一抖肩头把舅公公顶到一边,"莫挡着我。操场那山上冰天雪地的,我给两个伢仔煮碗姜汁清汤散散寒。"

房前、屋后,柱子、门框上贴好了春联,药清汤也煮好了。武全跟长颈先端了给师父、师娘,又端了给舅公公跟周妈,再等静仪先端了一碗,他们才捧起碗来吃。

武全眉欢眼笑地说:"好吃!还有剩的,我待会儿再添一碗。"

周妈又对舅公公说:"这伢仔知礼又不见外。"

用完清汤,武全同长颈烧了三盆炭火,把柏枝劈成几段架在上面。先端了一盆给静仪,静仪拿去各人房里熏着。剩下两盆端到厅上、厨下各熏了一遍。柏枝可驱虫、防寒、避邪,一时间屋子里干爽、和暖起来,飘散着树枝烧出的柴香味跟树叶熏出的青湿气,微微呛鼻又颇为好闻。

熏完柏枝,武全跟长颈又到厨下帮着周妈备饭。

周妈笑着推他们出来:"早起到现在忙得屁股都没沾过凳子呢,还不快去喝口热茶好生歇歇?我这儿一会儿就好了,你们只管等着吃就是。"

武全说:"哪有妈妈做饭,孩儿们却歇着的道理?按说该由我跟长颈来备饭,只是比不过妈妈的手艺,只能帮着添根柴、切个菜。"

周妈欢喜得孩儿长孩儿短的一连声叫着,又夸长颈:"跟着你武全哥,倒比往年机灵了许多。"

烧了陈皮肉、爆了杜仲腰花,另配了小鱼干并几样素菜,周妈说:"先且凑合吃着,晚上再做了好的团年。"

"这还叫凑和?"长颈拿着个钵碗吃得粘嘴粘牙,"妈妈这陈皮肉烧的,真真好手艺!"

周妈眯笑地看着二人:"妈妈就爱弄给你们吃!"

林妙儿笑:"这便好了,吃的爱吃,弄的爱弄。"

侯木生说给林妙儿听:"长颈今年很是长进。武全也不错,学什么都快,来了半年,倒比好些来了两三年的还要清楚些。"

"招女婿便要招这样的。"周妈以话托话来了这么一句。

冷不防引出她这样的话来,侯木生一时也不好怎的,只得说些别的岔开话去。宝祥父母来的那日,虽堵着她没把话说完,他心下却已猜了个八九不离十。本以为她不敢再提,不想却当着武全的面说了出来。

8

周妈的话勾起武全许多念想。新年里头几日,药栈无须开门,武全同长颈日日伴在侯家,一家人有说有笑、和和气气,那念想便又增添了几分。连日来,武全恍似又回到了父母弟妹身边,一如打小便在侯家,自幼与静仪相识,待到宝祥过完元宵回来,反觉着他是横地里插进来的。

年前见着宝祥伴在静仪身边,武全尚且有所避讳,过了个年便肆无忌惮起来。静仪跟宝祥去制药他也跟着,宝祥陪静仪去买布他也跟着。静仪又是个不温不火的性子,待谁都一样。宝祥唤她,她应着;武全唤她,她也应着。三人出出进进,也看不出二人在她眼里有何差别。偏生武全又是个嘴巧的,有时宝祥正跟静仪说着话,他突然插进话来叽里呱啦说个不停,芝麻大的事也能说得口灿莲花,宝祥也只得耐着性子任他说去。

在儿女之事上,宝祥是放不下面子乌眼鸡一样去啄去抢的,最多就是做个脸色、生些闷气。武全哪会在意他的脸色?照样乐呵呵跟着他们。宝祥气武全不识趣,也怨静仪亲疏不分。黄武全像一粒沙子夹在张宝祥与侯静仪之间,渐渐在宝祥心里磨出血痕。

待到二月中旬,宝祥父母托人带了口信过来,说是合过了八字,静仪跟宝祥是极好的。二人的事这才正式定了下来。

从合八字到成亲,中间还要请媒人、小看、大看、议定礼、择日子、订婚、过礼,快则数月,慢则一两年。

宝祥不好自个儿把合了八字的事说给药栈的人听。侯木生又是当东家的，也不好平白无故说起。静仪一个姑娘家，就更不会说了。因而侯济仁栈的师傅、学徒们仍旧并不知晓。黄武全也仍旧存着痴心妄想，乐呵呵地跟着二人。

水灾过后，平民手中无钱，疾病却多，侯木生念着二三月间正是青黄不接的时候，便减少药费，只收本钱。

有些刁钻的病人疑心侯济仁栈拣药时会做手脚，便开了方子拿到恒昌药栈去拣。那恒昌药栈本就诡诈，一向将侯木生的善举当成收买人心的伎俩，见这干人等前来拣药，更以为所料不错，不加求证便逢人就说："那侯木生惯会弄虚作假，明面上减了药费，暗地里拣的都是次等药。但凡聪明人都晓得，世上没有不挣钱的生意，他不挣钱，药栈早关门了。所谓减免药费，不过是招揽更多生意而已。"刁钻之人自然是聪明的，自然觉得此话有理。他们本就不信世间真有善人，因而跟着四处散播这套言论。常人也分不清药的好次，不免跟着疑心。如此一来，在侯济仁栈求诊却在恒昌药栈拣药的人越来越多。

熊元文甚是得意："侯家忙得那样，却也只是白忙，还是我熊家实惠。"他背地里得意了不过瘾，还要嚷给侯济仁栈的人听。侯木生听了倒没什么，学徒、伙计却气得不行。

宝祥骂那熊元文："血口喷人的王八孙子！我家的药好不好，只看功效便知。你无凭无据信口雌黄，真是有辱临江药人的声名！"

"功效好不好，谁能说得清？再差的药，总不至于立马吃死了人。卖得那样便宜，能有什么好东西？"

"东西好不好，也不是你家说了算的。我爷爷几十年来救了多少人？不用我说，临江人都晓得。"

"哪个药人没救过人？独你侯济仁栈救过人吗？"

"便是家家都救过人，也有多寡之分。"

"若论多寡，你家能有我熊家几代人救的人多吗？"

宝祥明明有理，竟争不过他。越论下去，倒越发显得自家没本事。

武全晓得这熊蛮子自有一套歪理，与他争论便如同与狗斗架，不变成狗便咬他不赢。咬赢了他，又失了自己的身份。便且由他叫嚣，只叫长颈守在恒昌药栈门口，见人拣了药出来便"啧啧"两声。

长颈不知武全是何用意，却晓得他素来有些诡计，便依言日日守在恒昌药栈门口咂舌。

恒昌药栈的伙计出来赶他，他只说："药栈里头才是你家的地，我在这门口站不得吗？"

熊元文上来推他，他怪叫："打架不是？要论拳脚，你们恒昌药栈不定讨得到什么好去！"

熊元文素来忌惮侯秋林的功夫，又见长颈除了咂舌之外并无别个举动，也就暂且忍着，并未极力驱赶。

如此三五日，那些个在侯济仁栈看了病又去恒昌药栈拣药的纷纷来问长颈："小兄弟咂舌做甚？"

武全只让长颈咂舌不语。

本就是多心之人才会在侯济仁栈开了方子又拿到恒昌药栈去拣，见此情形，不禁又对恒昌药栈起了疑心，便也不敢在恒昌药栈拣药，都跑到近旁一溜儿无甚名气的小药店里去了。

熊元文这才回过味来，赶着长颈骂："好个小娘养的！我说整日里鬼鬼祟祟守在我家门口做甚，原来是诬赖我们卖假药！"

长颈岂是好欺负的，拍着屁股回骂："我操你祖宗十八代！你们熊家全都是小娘养的！我何曾诬赖你们？我咂巴舌头关你屁事？"

熊元文骂他不过，又不敢驱打，便跑到侯济仁栈质问："你们派个伙计成日守在我家门口做甚？你家有伙计，难道我家便没伙计不成？"

武全眯笑地回话："要么你家也派个伙计在我家门口守着？如此一来，我们两家药栈不等过节便都可关门了。"

熊元文再蛮，也听得懂其中道理。

"我家伙计不过是常听得你家把我们侯济仁栈挂在嘴里,这才忍不住常去门口听一听,你家不欢喜,便不要再提我家的事。"

熊元文掂量了一回,自此不敢再传扬那些无凭无据的话。

"可算出了一口恶气!"长颈逢人便说,"武全哥出的好主意,我也不是吃素的。我俩一攻一守,把那熊家杀了个落花流水。"

侯木生是谦谦君子,一向只让学徒、伙计们在手艺上用心,从未使过这种手段与熊家相斗。学徒、伙计们也晓得东家说的是正理,手艺好了,自然就赢过了熊家,只是到底都是十几岁的小后生,一个个血气方刚的,忍了好些年,肚子里都憋着一口气,这一下撒出来了,也是无不畅快,纷纷应着长颈说:"有功有功,你跟武全两个都有功。"

众人早已忘了宝祥与熊元文斗嘴的事,宝祥却不曾忘,夸武全有功,便似骂他无能。黄武全略施小计便治住了熊元文,他自己却争得气急败坏还是落了下风,两相比较,更是不胜羞辱。

既有争妻之怨,又有铩羽之辱,张宝祥对黄武全的嫌厌,逐渐转为了恨意。

9

鼠疫过后,不少人仍处在对鼠疫的恐惧当中,但凡脖颈、腋下、腹沟起了硬块,或是咳得厉害一些,便要怀疑自己发了鼠疫。这日侯济仁栈又跑来个穿得破破烂烂的人,慌慌张张捂着脖颈直喊:"鼠……鼠疫!鼠疫!"

侯木生在他捂手的地方摸了摸,确实有个肿块,再探他腋下,亦有肿块。

"听得侯……侯善人会治鼠疫……我……我请救命。"

侯木生问他是否咯血。他嘴里哩哩啰啰说了半天,也不知说的什么东西。

侯木生说:"你只点头、摇头便是。"那人方才摇了摇头。

侯木生又探他腋下,按住肿块,问他痛不痛。那人说不痛,再按脖颈处的肿块,亦说不痛。

侯木生沉吟："只怕不是鼠疫。"

"当真不是？"那人口齿一下清楚起来，"那便好了！可吓掉了我半条命。"

侯木生问他身上是否瘙痒，回说极痒，又问他夜间是否盗汗，回说时有盗汗。

侯木生见他正值壮年，两颊却略有凹陷，心中已有了数："不是鼠疫。"

"可好不是！"那人放宽了心，眉目开朗起来，"只是这身上作痒，也是过不得日。还请善人给我开个止痒的方子。"

侯木生说："侯某无能，不能给你开药，我治不好你这个病。"

"治得鼠疫，怎会治不得身上作痒？先生莫哄我了。我虽家贫，几帖止痒药还是抓得起的。"那人说着，便往袖袋里翻找。

侯木生按住他的手："委实治不得，对街恒昌药栈的荷包金龟倒是对症。"

武全听得师父这样说，晓得这人患的是失荣。才以为是鼠疫，吓得话都不会说了，若晓得是失荣，不定又要吓得怎样。

那人满脸狐疑地去了。不多会儿又慌慌张张跑了回来，刚进了门倒头便拜，嘴里哩哩啰啰又说了一大堆。

武全听了半天才弄明白，那恒昌药栈已告知他是失荣，却不肯抓药，说是一两剂吃不好，没得坏了他们药栈的名声，要他先行押上十两银子才肯抓药。他拿不出这许多银子，便返来侯济仁栈相求。

"世上竟有这等放屁的事！他有一文钱，便卖他一文钱的药就是！岂有抓药要押金的？"武全听得火起。

那人见他出言仗义，也不管他年纪尚轻，便一路跪行至他跟前，扯着裤腿哩哩啰啰说个不停。

武全也不晓得他说的什么，却晓得是求他救命。看他吓得筛糠样的，实在是可怜得紧。

"不告诉他是失荣，兴许还多活几日。晓得了是失荣，看他这样子，只怕不等病死便吓死了。那熊家人着实混账，既不治他，又要吓他，分明是想多讹些钱！"武全看着师父说，"无非是金龟、荷叶罢了，我就不信，他家制得出来，我们就制不出来。"

侯木生只说："人命关天，容不得耽误。"

武全晓得师父这是不愿接诊，心下颇为不解：明知鼠疫无药可治，师父却依然以命相搏。怎的这会子不伤财不害命地试着配个药，师父却又不肯？

又想起师父原本晓得多种治疗疟疾的方子，却从未帮人治过疟疾，也不知其中究竟是何缘故。

那人还在哀求："随便……弄点药……好过坐着等死……"

武全晓得他是想说随便吃点什么于医治失荣有用的药也比什么药都不吃更好。这话确是有些道理。不管最终能否治愈，延长些时日也是好的。便是全无疗效，也可助他得个安慰。心绪安了，亦可延长寿命。

侯木生却不为所动，自去诊治别的病人。

师父不肯松口，武全也不敢自作主张，只得尽心宽慰一回，劝了那人回去。

那人去后不久，武全出去挑水，刚出药栈便被拦腰抱住："小……师傅……行行好！救……救我一回！"

武全听这哩哩啰啰的就晓得还是那患了失荣的人，待要回绝，又于心不忍，想要应允，又恐师父为难，纠缠了一会儿，终究不忍驱赶，便放下水桶将他拉到墙根下蹲着，避开师傅、师兄们的眼目："你委实没得别个法子吗？"

那人说："你看……我……我这身衣……衣裳，但……但有一个余钱，怎……怎会穿得这……这样破烂？临江府……除了侯……侯善人，还有哪个舍得不……不收药费？不求你家，我……我还能去求谁……谁家？"

"既是如此，你即刻便去弄只金龟过来，或捉或买，由你方便。你弄得来了，只在这墙根下躲着，吹两声竹哨，莫让我师傅、师兄们看见。听得竹哨我自会出来。"

"听这……这意思……小师傅是要……要自个儿给我制……制药吗？"

武全点了点头。

"小师傅这……这样年轻,吃……吃得住吗?"

"实跟你说,我不曾制过荷包金龟,听得你说再无办法,这才冒险一试。你若还有门路,便再去求求别个。"

那人说再无门路了,自去弄了金龟过来。武全拿了金龟,约他三日后再到墙根下碰面。

那人看着武全手里的金龟说:"怎的要三日?我这病拖一日便少一分生机。"

武全倒奇怪他怎的不结巴了,回说:"我这门还没摸到呢,说三日,还是掐紧了算的。"

"你门都没摸到哄我弄这金龟过来做甚?"

武全不料他会这样说:"哎?不是你说再无门路了我才答应试试吗?"

"你门都摸不到还怎么试?"

这话就更加气人了,武全摆摆手说:"罢罢,金龟还给你,我不试了。"

"你还给我,我还给谁去?花了老大价钱才谋来的,这会子谁给我退钱?"

"罢罢,什么价钱?我照价算给你。"

"我这耽误了大半天的工夫怎么算?你也晓得,我这病耽误一日便少一分生机。你这,照价赔了我的龟,必然不肯再给我制药的,我必得再上别处去寻名医。这一来一去,还不知又要耽误几日。我这命,怕是要耽误在你手里。"

武全气得几欲吐血:"那你说,要怎的?"

"我看为着不耽误工夫,这金龟你还是赶紧拿回去炮制,可你连门都还没摸到,也不定制得成,便是制成了,也不定有功效,为着公平起见,这只金龟还是要算你的,我再买只金龟上别处去求求人。这样才是两不耽误。"

"行,行。就是我给你制药、我出钱买龟,是这样吧?"

"这才是正理。"

武全不是不晓得人心难测。静仪帮他诊治疟疾时,他便生怕族人作怪。他只是不曾想到,被救的人自己会跑来作怪。

师父甘愿在死人堆里诊治鼠疫也不愿收诊此人,大概便是见多了这样的事。鼠疫猖狂,不加抑制便会四下蔓延,那是不得不治。师父不曾治过疟疾,大概也是并未遇上不得不出手的时候。

何时出手,何时自保,师父都是有章有法的。

10

武全记得熊元文说过荷包金龟要"一滴血不放,一根肠不洗,一滴油不溅,一口水不兑,原原本本完完整整",那自然是不能宰杀的。他想起幼时摸了田螺、蚌壳回家,母亲往往先在澡盆里养上几日,每日早晚换水,三四日后水就澄清了,便也找了个盆装了些水养着金龟。因怕师父发现,也不敢用大澡盆,只拿了个面盆悄悄地藏在柴房里,又盖了两捆稻秆在上面。

荷包金龟自然要用荷叶包着,这倒不急,待到用时在荷塘里摘了来便是。

想到荷叶,又记起母亲曾说过,有些地方的粽子是用荷叶包的。他只吃过粽叶包的粽子,不知荷叶包的是什么模样。想来也是大同小异,不过是将粽叶换成荷叶而已。这荷包金龟,兴许也跟荷叶粽子差不多,只需将糯米换成金龟,蒸荷叶粽子一样蒸熟了,正好是"一滴血不放,一根肠不洗,一滴油不溅,一口水不兑,原原本本完完整整"。

武全拿定了主意,便只等着金龟将腹中屎污排尽。

第三日上,听得药栈外头有人吹竹哨,武全记起约了那身患失荣的人碰面,便去墙根下跟他一五一十地说了制法,着他次日夜间来取。

那人说:"约定的三日,怎的又要推迟一日。"

武全说:"原约的是三日后,这才是第三日上,本就不到约定的日子。"

"小师傅跟我钻什么字眼?三日便是三日,什么三日后、三日上,我只晓得今日便是第三日,过了今日便是第四日了。"

武全想着,少养一日,那金龟腹中屎污虽未排尽,却也吃不死人,便说:"今日子时之前给你便是。"

那人这才去了。

夜间习完了字,师傅、学徒、伙计们都入睡了,武全便去柴房取了金龟,用鲜荷叶密不透风地包了,再系上麻绳牢牢地绑着。坐在灶前刚要点火,长颈突然闯了进来,武全吓得一激灵。

长颈问了声:"还没睡呢?"拨开他坐到灶前,抽了根长柴火在灶膛里东拨西拨,拨出个煨熟了的鸡蛋来。

"吃夜饭时埋在灶灰里的,这会儿想是熟了。"长颈剥开鸡蛋上已经烤成了灰的草纸,用抹布仔仔细细擦净了灰,就着灶沿轻轻一磕,剥出玉白玲珑的一颗蛋来。武全心念一动:这鸡蛋可不也是"一滴血不放,一根肠不洗,一滴油不溅,一口水不兑,原原本本完完整整"?

那荷包金龟到底是像蒸粽子一样蒸呢,还是煨鸡蛋一样煨?

"你吃不吃?"长颈有口无心地问了一声。

武全想:是了。那金龟若是上了蒸笼,难免会跟着蒸汽跑了些药性,还是像煨鸡蛋一样用荷叶包着煨了,才是最能保全药性的。

长颈以为他想吃又不好意思开口,便将鸡蛋囫囵个儿塞进嘴里,拍拍手说:"只……这一个……想吃……也没了。"

武全只盼他快些出去,便阴阴地笑着说:"再不去睡,伙计们都要起来了。"

长颈"嘿嘿"一笑:"莫告诉别个。"

武全推了他出去,闩上门,又在金龟上加了几层荷叶,将柴火点燃,放在灶膛一侧细细地煨着。

煨了一个多时辰,听得外面竹哨呜呜作响,不得不溜出去跟那身患失荣的人交代几声。那人听得仍是要等到次日,登时眉头一竖:"小师傅拿我作耍呢?说定的子时之前给我,这都子时过后了,却说仍未制成。哄得我三更半夜大老远跑一趟,于你又有什么好处?"

武全说:"你也晓得于我并无好处,我何苦耍你?我这不也陪着三更半夜不得歇息吗?"

"你不得歇息,只怪你自己学艺不精。我一个病人,睡不上子午觉,不知又要折损多少寿命。"

"我学艺不精,你莫找我制药便是。反正钱是我出的,药是我制的,我煨熟了自己吃。"

那人一把揪住武全:"哄得我来来回回跑了三四趟,却说要留给自己吃?你且吃一块试试!"

武全气得七窍生烟,又不便与他吵嚷,忍得喉咙里咕咕作响。待要拴上店门不加理会,他又将竹哨呜呜吹个不停,少不得又拿了些钱给他,作为次日交药的押金。

次日一早,金龟仍未煨透,这东西火势一大外层的荷叶便会烧燃,只得耐耐烦烦小火烘着。眼看伙计们都要起来了,武全只得将金龟埋在灶灰里,先去下店门、装香。

厨下开始备饭了,武全又急得忙把竹笤一扔,吩咐长颈接着洒扫,自去后厨帮着烧火。

"哟!今日怎的先顾起后厨来了?"当厨的打趣武全,"平日不是最不耐烦这些小事吗?"

"民以食为天嘛。"武全笑说,"平日是我懒怠,日后回回守着烧火。"

当厨的下了水、米,武全怕烧燃了金龟,只往一边添柴。

"这火烧得不匀,只有一边滚了。"

武全又忙将金龟拨到另一边,往没滚的那边烧了一阵。

"这又滚到另一边去了,你怎么烧的?"

当厨的猫下腰来看火,武全忙圈着膀子一隔:"莫要砉煞人了,我十五六岁的人连个火都不会烧吗?还劳你来看?"

当厨的只好任他冷一灶热一灶地烧着,直烧到侯木生带着女儿到了药栈,米还在锅里打滚。

侯木生走到厨下来问:"今日怎的这样迟?"

"你且问他,"当厨的指着武全说,"我可不曾晚起。"

武全嬉笑着说:"今日这柴火不好,没干透似的。"

侯木生往柴堆上看了一眼。

备午饭时武全又抢着烧火,当厨的说:"可饶了我吧,早饭都迟了半个时辰呢,再让你烧午饭,怕是要迟一个时辰。我一手烧火一手弄饭也比你快便。"

武全抢着要烧,当厨的奇了:"莫是灶膛里煨了什么好东西?只怕我们看见?"

武全正被说中了心思,佯笑着说:"哪儿有什么好东西?我是贪嘴的吗?"

"这不说还不觉得,说起来早上煮饭时,我还真是闻到了肉香味样的。"

"想是你想肉吃了。"武全说着便在灶前坐下,霸着位子不肯相让。

正嬉笑着拉扯,外头墙根下又有竹哨声。武全原以为头天夜里便可将金龟煨好,满打满算叮嘱那人巳时来拿,不想将近午时了,金龟仍未煨透。武全生怕当厨的查看灶膛,又怕哨声惊动了师父。

已是左右为难了,静仪又突然走了进来。武全眼看她越走越近,正在心里连声喊着"坏了坏了",静仪已顶在灶前站定,轻描淡写说:"许久没帮厨了,今日我来烧火。"

武全看她站得这样近,也不能像挡着当厨的那样拦着,只得说:"那就有劳姐姐了。"

静仪汉子一样大张着腿坐下,将灶膛堵得严严实实。

武全看她似是有意遮挡,这才略略放了心。被静仪看见,总比被当厨的见着好。

当厨的见静仪这样,以为武全煨的好东西是留给她吃的,也就不再吵着要看了。

武全跑到墙根下,告诉那人金龟还未煨透。那人又是一顿酸言冷语。武全再拿不出钱来给他,便将穿在外面的衣裳脱了丢给他去。

一进一出少了件衣裳，难免引人疑心，他不敢再走正门回去，悄悄从后角门溜到伙计房里添了衣裳。

行一回善，竟跟做了回贼样的。

午饭时，静仪还留在厨房。武全觑着脸问："姐姐也在店里吃饭？"静仪点了点头。她烧了半天火，定已见着了灶膛里的东西，脸上却看不出什么异样。

静仪背向门口坐着，跟武全正好打着照面，她不紧不慢埋头吃着，他却眼珠乱转不知该往哪儿看。

从未觉着哪顿午饭吃得这样久。师傅、学徒们放了碗，静仪还在慢条斯理地吃着。武全既盼着师傅、师兄们快些出去，又不知师傅、师兄们出去后如何应对静仪。

"我爷说，有些药是要研末的。"静仪头也不抬地说。

武全打了个突。静仪已放了碗起身。武全不敢跟着，抽出根柴火在灶膛里拨了拨，金龟妥妥当当埋在灶灰下面。

我爷说？想是师父已晓得了。师父既不制止，亦不明言，想是不愿阻了他一片善心，又不想牵连在内。

他也不敢问，只回回守着烧火，足足煨了两日两夜，那金龟总算稍微松脆了些。等不得煨够火候，便粗粗地碾成碎块交与那人。那人拿了金龟也不客气，又送了两只过来，嘱他照样制了。

依得脾气，武全懒得再行理会，但跟这等人计较也是无甚意思，顾着大局，不仅仍旧帮他制了药，还又花了些心思琢磨，在荷包金龟外加了个铜钵，烘烤得更干更透，拿在手里一捻就碎，细细地研成粉末用小瓷瓶子装着。

那人吃了他制的金龟，竟当真渐渐止了痒，武全这才放了心。

那人带了一帮兄弟姊妹敲敲打打送了块匾过来。武全约莫一数，总有近二十人，都是歪头耷脑、伧伧冲冲的。

那人豪气干云拍着胸脯："我这人最是恩怨分明！有恩报恩！有仇报仇！"

幸而见了药效，万一有失的话，这干人等冲到药栈来一闹，真不知要如何善后。

待得这干人走后,武全跪在师父面前请罪:"徒儿这回得了教训,日后再不敢这样。"

侯木生说:"你年纪轻,经的事少,思虑不周也是有的。熊家的荷包金龟世代相传,便是治不好病,人也怪不得他家的药,只怪自己病情过重。别家药栈也不定琢磨不出这荷包金龟的制法,只是,失荣乃是重症,用对了药也不定能好,若是不曾治好过这种病,没得凭证,万一死了人,便会被人猜疑用错了药。"

武全原本是左右摇摆的性子,胸中有善念,却又常见人心丑恶,因而左右为难。师父以诊治鼠疫教他豁出性命也要极力行善,现下又教他不可一味行善,他在师父的言传身教中渐渐品咂出为与不为的分寸。早前的左右摇摆,只因抓不准可为与不可为的关键所在,学会了追根求源,也就有了拿主意的依凭,摇摆的性子也便改了几分。

虽是冒险,到底制成了荷包金龟,武全在临江府有了些小小的名望。

11

金银花以将开未开的花苞最好,赶在正午前采收,置于通风处阴干,滚水一泡就是一碗花茶。宝祥备了两个竹篓子,预备陪着静仪上山采摘。武全照常不识趣地跟着。

往年武全不在,都是宝祥讲些奇闻逸事给静仪解闷。有了武全,宝祥便插不上话了。黄武全见了一只鸟也要指给静仪看,起了一阵风也要提醒静仪吹。

出门不久,碰上德生挑着水一闪一闪走过来,武全又扯着静仪说:"姐姐看,德生不敢偷懒,给师娘送的水是在师姑井挑的。"

店里用水都是武全挑的,伙计、学徒们每日轮换着给东家屋下送水。德生见了他们便咧开嘴笑:"当媒婆的嘴角边定要有颗痣吗?我刚在屋下看到宝祥哥家里托来的媒婆嘴角也有颗老大的痣。"

武全的手停在静仪衫袖上,一下迷了路样的,不知何去何从。

媒婆？屋下？宝祥哥家里托来的？

"那媒婆走起路来一摇一摆,腰肢都快扭断了,难为她四五十岁的人。"德生还在笑着打趣。

媒婆。屋下。宝祥哥家里托来的。

武全将这些词句续在一起,终于弄懂了其中含意。

如同被极快的利剑刺了一下,当胸"噗"地一响。来得太快,他一时觉不出痛来。

"宝祥哥瞒得可真严实,也不提前告诉一声,让兄弟们也尽早乐呵乐呵。"德生捶了宝祥一拳。

宝祥"嘿嘿"笑了两声。

"不过,不说我们也都晓得,这是迟早的事。"

迟早的事？

都晓得？

都晓得是迟早的事？

都晓得是迟早的事。

武全胸口渐渐有了知觉,"噗"响处一丝刺痛慢慢蔓延开来,一点一点爬上头皮脚尖。

都晓得是迟早的事。

独他存着妄想痴心。

原以为继续这么卖力地干下去,不出两年便可学得全套手艺,到时便有了向静仪姐姐求亲的资本。

已有人先有了资本,已有人先求了亲。

武全只觉浑身乏力,进了侯济仁栈做过的所有活计恍似同时压上身来,向他讨要力气。

"宝祥哥今日可得买些酒肉回来,好好地请请兄弟们。"

"才刚托了媒人,八字还没一撇呢,怎好就请你们?"

"怎说八字没一撇?分明是字都写完了,藏着不给我们看呢!"德生嬉笑着。

宝祥也捶了他一拳。

武全卸下竹篓子靠墙坐下,仰头看着宝祥与静仪。

宝祥强装得一本正经,脸上压不住的笑意。静仪浅笑着站在宝祥身畔,看不出一丝异于常日的神情。她是喜?是忧?是浑不在意?他看不透她的心思。他时而觉着与她心贴着心,时而觉着对她一无所知。他看不透这女子。兴许也无甚看得透看不透的,她的内里,本就无甚可看的东西。她只是静。除了静,再无其余心意。他看到了她的静,也便是看尽了所有,一如……一无所见。

他想找个地方好好睡一觉。德生拍了一下他的肩:"坐着做什么?你还去不去?"

静仪一手扶着背篓,含笑地朝着他看。去。此时怎好说不去?

武全费力地站了起来,腰上绑了两块砖似的。

正是四月,暖风里带着花的甜,谁家的小丫头举着几枝插满了蔷薇花的细竹子,一蹦一跳走得欢天喜地。

"你见过这样的花吗?"小丫头炫耀地看着武全。

武全总是极讨女子欢喜,老的、少的、美的、丑的,这让他误以为定能讨得静仪欢喜。

静仪欢不欢喜呢?

她正转过头来微笑地看着他,眼里是欢喜的。

她依在宝祥身畔看着他,那欢喜又像是靠着宝祥才发散出来的。

"哥哥定没见过这样的花。"小丫头一脸认真地教给他,"这花是竹子跟蔷薇混在一起做的。你要先把竹叶的芯抽掉,再把蔷薇的花插进去。世上并没有这样的花。"

翠的叶、红的花,假的,又似真的,比真的还像真的,比真的明艳万分。

尖细的竹叶像一把把刀子,将武全的目光切得七零八碎。

静仪同宝祥走在前面,亦步亦趋一双人。日光打在二人身上,衣裳上好似发着光,一闪一闪飘摇得晃眼。二人朝着日头升起的方向走着,一忽儿远在天边,一忽儿近在眼前。

"武全。"静仪在前头唤他。

武全抬了下头,算是应答。

"你看那位姑娘,可是何大神针的曾外孙女?"

武全顺她手指看去,只见一个身穿红衣的少女婷婷地走在前面,那衣裳就跟长在身上样的,不肥一寸不瘦一分。

"槿篱姑娘。"静仪冲着那少女喊了一声。

少女转过身来,脸庞饱满,鼻端浑圆,双唇丰润,身形跌宕。

"美人唤我何事?"果然是夏槿篱,她吵吵嚷嚷的嗓音依然如故。

人人如故,独他故梦难寻。

不,岂止是如故?夏槿篱足足长高了半个头,额头的两只角也被饱满的面颊填圆了,又留了一圈松松的发帘遮着,已是红灯笼一般绚烂的丽人。

夏槿篱长大了。静仪姐姐跟张宝祥定亲了。人人都变得更好了,只有他变得更孬。

武全晓得这夏槿篱必定又是前来寻找秦大老爷的,亏得她这样坚韧,日日想着个不可得的人。听得张家托了媒人前来说亲,他便霜打的茄子一样蔫了,在这个事上,倒是不如那夏槿篱。

静仪疾走几步赶上去握住槿篱的手:"妹妹来了临江怎不到我们店里吃口茶去?"

槿篱看了武全一眼:"你店里有人要用马钱子毒死我!再说了,我是来寻秦大老爷的,没得工夫去你们店里吃茶。"

宝祥皱了皱眉。

静仪又问:"寻秦大老爷怎的寻到这儿来了?"

"才刚见着许多小丫头拿着竹子枝插着蔷薇花,我去那边山上也弄几枝。"

"妹妹也喜欢那花？我也是欢喜得紧。"

"美人这样美，自然是喜欢花花草草的。我只想着我家秦大老爷兴许也会喜欢。"

"妹妹就是见识不凡，跟寻常女子不一样的。"

武全一向不解，静仪清清雅雅的性子，却对这疯疯癫癫的夏槿篱甚是亲热。那夏槿篱反倒总是一副不以为意的嘴脸。

夏槿篱转身要走，静仪又拉着说："你武全哥哥也在这里。"

夏槿篱似笑非笑地说："要用马钱子毒死我的便是这人。"

"怎么会？"静仪说，"你武全哥哥一向感念妹妹的救命之恩呢！"

武全不得不走过去招呼一声，却也无甚可说，便随口问了一句："你怎的换了个人似的，一下子长得这样高了？"

问完过后，方才想起初次到侯济仁栈寻找静仪时，她也是这样问的。时光荏苒，已是第三个年头了。

槿篱粗声粗气地答："难道光吃不长吗？若不快些长大，怎配得上我的秦大老爷？"

武全原本也盼着快些长大好跟静仪姐姐相配，可惜事不等人。这夏槿篱恐怕也是一场竹篮打水而已，终究也是个可怜人。他不禁生出些同病相怜的亲近："公公、婆婆一向可好？"

"日日蜜里调油呢。"

"真真好福气。"

静仪说："我们也要上山采摘金银花去，妹妹与武全也是旧相识，不如与我们同行，路上也可说话解闷。"

槿篱又挂起一脸似笑非笑的神气："你这两个相公。大的是块崖石，又糙又笨；小的是个泡菜坛子，一肚子坏水。我才不愿跟着他们。"

宝祥已皱了几次眉，又听得"两个相公"的话，再也忍耐不得："妹子晓得礼仪廉耻吗？一个未出阁的闺女，说出这般不要脸的话来！"

"咦?"槿篱轻笑一声,"我哪句话不要脸了?是'两个相公'不要脸,还是说了你'又糙又笨'不要脸?想必说那'一肚子坏水'的,你定然觉着颇为中肯,不会骂我不要脸。只是这'又糙又笨'原是你的本性,算不得我不要脸。那'两个相公'虽有些名不副实,也称不上不要脸吧?世间既有两个娘子,怎的不能两个相公?"

"妹子真真好见识!我这男子汉的面皮厚不过妹子的。还请妹子快些上别处去开坛说法,莫让我们这没见识的耽误了你的工夫。只愿妹子日后多寻几个相公,个个伺候得你称心如意!"

夏槿篱并不羞恼,反倒笑嘻嘻拱了下手说:"借你吉言了。"

宝祥气得拦着静仪不肯前行,那夏槿篱也不愿与他们为伍,一会子便跑得没了踪影。

静仪劝宝祥:"这槿篱姑娘不过是有些奇谈怪论,只当她说笑便是,不必跟她作真。我看她心肠极好。"

"不动邪念哪来的邪言邪语?"宝祥说,"我看她邪里邪气,不是什么好人。"

武全心想:你说邪念便是邪念吗?这世上但有与你不合的见识,你都当作邪念,怎知不是你自己见识有限?

因对那夏槿篱也甚为厌烦,他便忍着这话没说出来,免得宝祥误作他给那疯婆子帮腔。

金银花丝丝缕缕挂得满山都是,如同细声细气的女子扭着纤腰轻舞。这花初开色白,渐次转黄。金花是开了两三日的,白花是新开不久的。三人拣着白花的花苞采摘,直忙到正午。

静仪看了看头顶的日头:"罢了罢了,虽还装得些下,功效却不免差些,过午的还是莫摘了。"

这金银花花苞只有一支细香折成四段那般大小,摘尽一大蓬也只能得着一小捧,堪堪的三篓子,也不知摘了几千几万朵花。

静仪说:"若不是晓得它们开个两三日便要谢了,便是一朵我也舍不得摘。"

三人正待下山，忽见一蓬巨大的竹子从一个山洼子里窸窸窣窣地拱了上来，竹子上开满了一朵一朵粉红、粉紫的野蔷薇。顺着山洼往下看，细碎的竹叶与鲜妍的花儿后面透出夏槿篱摇摇晃晃的脸。轻风掀着竹叶上下翻动，她在一片片尖细的叶子里面左躲右闪，晶亮的眸子像漾着日光的溪水。

　　"真是好看！"静仪的笑意跟那竹枝上插着的蔷薇一样一层层绽放开来。

　　夏槿篱举着一竹子花，侯静仪只见她如同举着整个孟夏。

　　这妹子身上有种出人意表的东西，跟武全一样，不同凡响、自成一体。静仪每每见了她，便跟见着武全一样，有种莫名的欢欣。

　　她是极少欢欣的。少有烦愁，也就难有欢欣。

　　夏槿篱跌跌撞撞爬上矮坡，冲着静仪一笑："这是送给秦大老爷的，恕我不能送给美人了。"

　　静仪回她一笑："看看已是极好。"

　　槿篱一手擎着竹竿一手托着竹根，深一脚浅一脚顶着风下山。那竹子太大，把风都兜在里面。

　　"这一大蓬竹子妹妹哪里拿得动？"静仪说，"还是让武全帮你拿着吧。"

　　"谁叫她这样贪心？连竹根都挖了出来。"武全说，"我可不帮她拿。"

　　"蠢材蠢材！"夏槿篱骂，"不挖竹根，这竹子一两天不就枯了吗？我送给秦大老爷的东西，必然要历久长青的。花儿是没法子，便是带着根也要枯的。这竹子栽进了土里，却是可以陪他一生一世的。"

　　武全心想：除非秦大老爷也跟你一样疯了，否则怎会把你送的竹子栽种在身边？

　　静仪见武全不肯帮手，走过去帮着槿篱扶着。

　　武全见状，只得接过手来。那东西看着只有手腕粗细，落手却甚重，又不好掌控，一起风便东摇西晃，锯子一样的竹叶直往脸上扑来。

　　"作什么死？"武全低声骂着，"要挖根你也挑棵矮些的呀！"

　　夏槿篱掏出个小布包儿递给静仪："本是留给我外婆的，美人帮我拿了竹子,便当谢礼送给美人了。"

"谢你武全哥才是。"静仪掀开布包儿,是一小撮蔷薇花瓣。蔷薇花可治胃痛,当着日头摘了,通风处阴干。

武全将那布包儿往旁一推:"莫要谢我,我可不愿帮她拿这个劳什子。"

花瓣撒了一地,静仪不由"哎呀"一声,直说:"可惜了,可惜了。"

槿篱笑了笑:"有甚可惜?迟早都要入土入泥。"

静仪恋恋地看着撒在地上的花瓣,槿篱头也不曾回过一回。

武全托着棵竹子走了大半个时辰,烦得在心里将那夏槿篱骂了几千几万遍。

12

制作精当的熟地"黑如漆、甜如蜜",是不苦口的良药,滋阴、补肾、养血。熟地有九蒸、九晒、九露的制法,也有两蒸两闷的制法。后一种来得快,却须得起夜。武全年轻,本就在前柜守夜,倒不怕起夜,惯用两蒸两闷法。

此法先取鲜地黄除去芦头、须根,洗净后在清水中润透,再在木甑正中放置一个钻满小孔的空心竹筒,将地黄围着竹筒填满,点火蒸两天闷两夜。半夜起来翻动一次。再用武火将药材蒸至表皮发亮,一折即断,孔隙内汁水渗出为止。出甑后晒至八成干,再用铜刀横切成厚片。

因惦着要起来翻药,武全前半夜睡得不甚踏实,夜半时分听得中柜似有响动,以为哪个师兄摸起来找东西。迷迷地又眯了一会儿,那响动时断时续,不像是熟门熟路的。他心里一咯噔:莫不是进了贼?想到这里登时没了睡意,顺手在柜上摸了个秤砣,猫一样又轻又疾蹿到百子柜后面,将中柜的门帘一掀。

果然是贼,一个黑影纵身一跃跳进后柜去了。武全大喊:"进贼了!师傅、师兄们起来抓贼呀!"

黑影穿过刀房跳进杂房,脚下绊着个东西跌了一跤。武全猛扑过去想要按住,自己也被那东西绊了一跤。圆溜溜、滑滚滚的,是个烘笼。

武全踢开烘笼再追,刚撞开杂房的门帘便跟黑影撞了个正着。武全一把死死揪住那人顶发,正想着:这贼人为何去而复返?那人也死死扭住他的左手倒拧过来,大喊着:"抓住了!抓住了!"

原来是宝祥起来得快,听得武全是在中柜喊抓贼,便直往前面冲进来,在杂房恰巧与他相撞。武全连喊:"是我是我!"

宝祥听得他的声气,恨恨地将他一推,直将他推得倒在烘笼上又打了几个滚。

后头的师傅、学徒们也赶了上来,见得宝祥跑跳出去,又不分黑白将宝祥按住,听得他喊"是我是我!"方才松开。

混乱中贼人早已不知去向。武全见栈房边的角门开着,猜想贼人是从此门逃窜,便又抄起栈房门边靠着的木扁担追了出去。

侯济仁栈正对街面,想来贼人不敢从正街逃窜,武全便顺着后院的小街一路直追。

追了片刻,果然见着一个黑影,他右手一抡便用秤砣打了过去。那人应声倒地,打了个滚又接着逃奔。武全又把扁担撂了过去。那人绊了一跤,就地一滚接着再跑。武全跑到贼人头回跌倒的地方捡起秤砣又是一抡。那人"哎哟"一声,跪在地上连连磕头:"莫砸了!莫砸了!再砸就砸死了!我这还没偷到什么东西,莫先丢了性命。"

武全赶上去一脚踏在他心窝子上:"活腻了吗?敢到我们侯济仁栈来偷东西?"

"侯……侯什么猴子站着?"那人躺在地上,又被踩住了胸口,口齿不甚清楚。

"还敢耍嘴皮子?!"武全死命踢了那人两脚,"死到临头了,还敢对我家药栈不敬?!"

"我……我真是不晓得什么猴……猴子药栈啊!我是上恒昌药栈讨点伙食

去……"

武全回头一看,适才看见他的地方正是恒昌药栈的后院墙下。

"你怎会不晓得候济仁栈?我家治好了鼠疫,早已扬名乡里,这临江府哪个不知哪个不晓?"

"我这……向来家贫,得了病也治不起,不曾留意过药栈的事。只晓得恒昌药栈年年在钟楼那边撒钱,想来是富得流油的,这才打听得他家在这里……我句句都是实话,绝无半句虚言……我既落到了壮士手上,怎敢再行欺骗?"

武全听他说得有理,却也不敢轻信,便问:"你偷得了恒昌药栈什么东西?拿出来做个凭证。不然怎知你不是从我家药栈逃出来的?世上哪有这等巧事,人偷我家,你偷熊家?"

那人说:"我这还没进去呢,你便拿个什么铁砣子砸了我一头的血,哪有什么东西做凭证?"

"我便晓得你是扯谎!"武全抬腿又要踢打。

那人连忙护住下腹:"壮士饶命!壮士饶命!有……有凭证……有凭证……我才刚撬开了他家的后角门。"

恒昌药栈大约是听得了嘈吵声,院里亮起了灯。

武全押着那人上后角门处察看,果然是撬开了。

宝祥带着德生跟长颈也追了过来。武全将这人交与德生说:"倒了血霉!抓错了人!偷我们家的人跑了,倒帮熊家捉了回贼。"

长颈说:"秋林师傅带人往正街上追去了,怕你独个儿吃亏,派了我们过来帮手。"

武全刚想问"正街上怎样",听得恒昌药栈后角门"吱呀"一响,回头看时,一根扁担劈面砸来,有人大喊"来抓贼呀!来抓贼呀",接着上十根扁担同时杵了过来,还未看清来人,便已挨了十来棍。

"武全!"德生大喊,跳入乱棍中护住武全。宝祥也一边架住乱棍一边喊:"误会误会!我们是对街侯济仁栈的。"

"侯济仁栈的跑到我们后院来撬门做甚？莫理他们！往死里打！"

十几根扁担上起下落劈砸下来，将三人逼到正中，密不透风围攻上来。武全、德生、宝祥互望一眼，凑到一起六臂相交，紧紧拴住左右肩膀，拧起旋子踢腿乱扫。也不知背上腿上挨了多少棍，熊家人渐次被扫散了些。武全趁个空子一头钻过去捞住当中一人的脚，将人拖到身下压着："再不停手，我一拳头把他眼珠子砸出来！"

熊家人这才住了手。领头的是恒昌药栈的头刀，武全认得，人喊他寿康师傅。

武全说："我们侯济仁栈也进了贼，我一路追到这里，恰巧看见有个贼人也在撬你家的门，便顺手替你们把贼给抓了。不想却被你们误作贼人，真是好心没好报。"

熊寿康冷笑："说得好听！贼呢？"

武全再寻那贼，哪里还有踪影？长颈坐在远处一棵老樟树下呜呜地哭着："德生哥只管将那贼人往我身上一推！我这软手细脚的，哪有几两力气？那贼人也不知从哪里摸了个铁砖头出来，按住我一顿猛砸，砸得我几近吐血。我抱他不牢，拖他不住……我也不曾松手！我这一路被他拖砸到这里，实在拖不住了……"

"贼呢？"熊寿康问，"莫不是贼喊抓贼吧？"

"贼人虽已逃了，你们适才出来时也该看到了。"长颈指着恒昌药栈后角门处，"那人适才便在那里，就站在我边上。"

熊寿康说："我只瞧见黄武全在那门口鬼鬼祟祟。"

"便是不曾瞧见那人，我这一头一脸的血是哪里来的？你们适才可有谁打过我吗？"

熊寿康环顾左右，无人出来说话。

熊寿康略一沉吟，忽听得有人喊："少东家来了！"

熊元文人还在院里声便喊了出来："还等什么？还不绑了这些没王法的

东西？"

宝祥也隔着院墙喊了回去："熊蛮子！你莫诬赖好人！哪个没王法了？你无凭无据敢绑我们，我便挖了你家祖坟！"

这熊元文最是得了祖上的好处，听得要挖他家祖坟，掀开后角门一把抢过熊寿康手里的扁担便往宝祥下腹捅去。

武全忙照那扁担上一踢，将宝祥推到一边。

熊元文捅了个空，横过扁担来指着武全："谁说无凭无据？他制的荷包金龟便是凭据！"

侯秋林在正街上搜寻了一阵，听得后街吵嚷异常，担心徒儿们吃亏，便带了人赶来援手。

熊元文最是惧怕侯秋林，听得远处又有来人，唯恐就是侯伙林带了人来，更容不得武全四人再行分辩，即时下令将人绑了，严严地用破布堵牢了嘴，拖进柴房锁了起来。

侯秋林跑到后街上，只见星光隐隐，树影幢幢，不见半个人迹。他嘀咕一声："怪了，分明听得就在这块打斗，怎的不见人影？"一句话说得随行众人冷汗涔涔。

众人有意造出些响动，壮起胆来在后街上搜寻。

长颈在恒昌药栈柴房中听得师傅、师兄们的声气，想出又出不去，想喊又喊不出，急得滚到门边蛤蟆一样往门上蹦，无奈手脚都抻不开，蹦不起什么劲道。

武全看他一回回蹦上去又滚下来，起初还替他着急，看得久了，忍不住笑起来。

宝祥见他笑话长颈，更觉这人可厌之极。

侯秋林寻不着四人，只得派人去东家屋下报信。侯木生将男丁分成三队，将整个临江府的街街巷巷都翻了一遍，连水塘、泥沟都捞了一遍，直至天明。

13

四月天,夜里还是有些清冷,宝祥四人挪到秆堆里盹着,长颈年纪最小,便把他围在正中。恒昌药栈的伙计过来开门见了,笑说:"哟!倒跟三只大狗护着只小狗崽子样的。"宝祥狠狠瞪了他一眼。这伙计对张宝祥还是有所忌惮,忙说:"张家哥哥莫怨我,我都是听命行事。"

伙计松开宝祥脚上的绳索,宝祥略一松动便要踢他。他一下蹦得老远:"张大哥莫踢!莫踢!你踢死了我也无用。我们少东家要我带你们出去,说是去申明亭请掌事的老人论理。"

宝祥心想他们四人并未偷盗,倒不怕去论理,便不再踢打。

那熊元文却另有打算。掌理申明亭的老人姓杨,人都喊他杨六公。杨六公家好几辈都是申明亭的老人,他这差事也算是承袭来的。熊元文家世代在临江府行医,难免碰上些讹赖他们用错了药或是用了假药的事,这等小事知县无暇过问,都由掌理申明亭的老人处置,熊家因而世代都与申明亭的老人交好。这杨六公与熊睿渊亦是故交。

熊元文得意扬扬地押着张宝祥四人出门,刚走出恒昌药栈便被侯修贤在对街看见了。修贤忙跑进侯济仁栈告诉侯木生:"是恒昌药栈扣下了宝祥哥他们!这会儿熊蛮子正押着他们出来!"

"个王八孙子!吃了豹子胆了!"侯秋林先跳了起来,"我还没死呢!敢私扣我们的人?!"

侯修贤将他拦腰抱住:"秋林师傅莫急,待问明原委再说!"

"问他娘个原委!他家又不是衙门,怎能私扣我家的人?"

侯修贤抱不住,侯木生忙唤静虎、树根跟着。

侯秋林走得急,手上没拿家伙,就势在地上拣了块砖头,冲着那熊元文便砸了过去。

熊元文早防着他,将熊寿康安排在身边。那熊寿康远远见侯秋林冲过来,即刻挺身挡在熊元文面前。侯秋林一砖头砸来,熊寿康抽过近旁药摊上的簸箕一挡。

"秋林师傅,我素来敬你,这一砖头挨了便挨了,只是莫再动手,有事往申明亭去说。"

"我说你娘!"侯秋林指着长颈,"你们将我家伙计打成这样,还用得着上什么申明亭?待我先将这熊家小崽子也打出一脸血污再去!"

"他不是我家打的!"先前给宝祥等人松绑的熊家伙计叫了一声。

"不是你家打的?"侯秋林看着那伙计问,"那是哪家的龟孙子打的?"

熊寿康瞪了那伙计一眼,伙计才知说了不该说的话。

侯木生也赶了上来,先叫静虎、树根、修贤三人拦着侯秋林,再亲自过去给宝祥四人松绑。

熊元文欲加阻拦,跑过去扒住他的手说:"他四人到我家来偷东西,还没上申明亭审问,怎能放了他们?!"

侯木生顺手一挽,将他扒过来的手往后一拧,略一用力向下一压,将他压得单膝跪地:"既未上申明亭审问,怎能认定他们偷了你家东西?"

宝祥从未见过侯家爷爷如此威风,不禁大叫一声:"好!"

侯济仁栈师、徒都跟着叫了起来:"好!东家好功夫!"

侯木生轻轻一送,将熊元文推到熊寿康怀里。熊元文指着熊寿康骂:"你是死人吗?不晓得上来帮手?"熊寿康并不理他。

侯木生不跟熊家人多说,只叮嘱宝祥四人:"到了申明亭,凡事照实说了便是,莫怕,自有为师给你们做主。你们先去,师父换身衣裳便来。"

宝祥说:"爷爷放心,我们有理。不怕。"

长颈却呜呜哭了起来:"东家尽早过来。"

侯木生擦了擦他脸上的血:"莫怕。你如今也是个后生了,莫怕。"

街坊邻舍悄声议论:"别家也就罢了,说侯济仁栈的学徒偷盗我却不信,尤其是宝祥那后生,最是踏实牢靠的。"

熊元文也不管别个如何议论,押着宝祥四人游街样的到了申明亭。

杨六公正在剖断两家争地的事,见了熊元文便搁下那二人,上来拱了下手:"少东家怎的亲自押了人来? 有甚纠纷叫店里的学徒、伙计前来招呼一声便是。"

熊元文说:"这四人是侯济仁栈的学徒,偷了我家的东西,其中一人甚是刁滑,本少爷若不亲自押送,只怕半路上就被他跑脱了。"

有个姓吴的攒典正在申明亭闲坐,听得这话便走过来问:"哪个这样刁滑? 敢跟恒昌药栈作怪?"

熊元文指着黄武全说:"就是这狗崽子。"

吴攒典说:"我道是谁,原来是他。"

武全并不认得这个攒典,也不知何时招惹了他。

熊元文说:"这狗崽子偷了我们家炮制荷包金龟的秘技,到处跟人宣扬是他自个儿琢磨出来的。好在我家早已起了疑心,师傅、学徒多有戒备,昨日夜间听得后院撬门,我家寿康师父带了人前去捉拿,果然又是他想进来偷窃。"

"拿了个正着,这可无从抵赖的。"

"谁说不是呢? 偏这狗崽子还有脸喊冤! 他家头刀适才还拿着砖头砸了我一顿,好在寿康师傅挡着,不然这会子我怕是头都破了。他家那老不死的东家差点把我胳膊都扭折了,你说气不气人?"

吴攒典拳头一捏:"竟有这样仗势欺人的事? 吴某不晓得也便罢了,既晓得了,定要好好管一管。"

"别的也不说了。挨几砖头、扭几胳膊也是常事,跟他家对街做着生意,少不得要受些闲气,忍着些也就罢了。只是这荷包金龟是我祖传秘技,却不可被人抢占了去。还请吴兄与杨六公主持公道,将侯济仁栈盗取我家秘技之事详详细细写在这申明亭上,也让过往行人都晓得其中原委,并严禁侯济仁栈再用荷包金龟。"

吴攒典说:"这是自然,偷来的手艺岂可再用?"

杨六公竖起拇指:"少东家真是宰相肚里能撑船!换了别个,不说要加倍打回去便罢了,少东家却白白放过他们。"说着,便叫人预备笔墨,"少东家细细说来,我如实记下便了。"

宝祥四人竟是口也不曾开过,这便要下定论。

宝祥将笔墨一扫,大骂:"狗屁杨老人!我平日只道你是个公道的,今日才算现了原形。我们四个活人站在这里,你却只听一条疯狗哇哇乱叫,我四人的话却是一句都不问!"

"你!你!你目无尊长!罪加一等!"

黄武全瞧着这杨六公跟熊家是一头的,那吴攒典对他又有些成见,心知再行吵嚷也是平添罪责,便拦住宝祥,上前一步说:"偷学手艺是药人的大忌,杨六公这么大笔一挥,不只是我黄武全,我们侯济仁栈二十几号人日后在临江府都再无立足之地。杨六公虽是掌理申明亭的老人,到底也不是衙门里的人,这许多人的身家,你老人家这支笔,怕是还担不起!"

吴攒典说:"杨六公不是衙门里的,我也不是衙门里的吗?"

武全咧嘴一笑:"你老人家手里没笔呀……"

"这不是笔吗?"吴攒典接过杨六公从地上拣起的笔,见黄武全还是那样咧嘴笑着,猛然明白过来,把笔一掷,"我没笔。县丞大人可算得有笔吗?"

"那是自然,那是自然。"武全点头哈腰笑着。

宝祥听不懂他们说什么有笔没笔的,只晓得能将县丞大人找来,这番论理是算黄武全赢了。

14

县丞大人姓柳,是新调任过来的,与恒昌药栈与侯济仁栈都不曾谋面。武全见他面相和善,颇有些谦谦君子之风,自忖有所靠傍了,便"扑通"一声跪了下去。刚要开口说话,那熊元文噌地一脚插在他前面,也不行礼,张口便来:"这黄武全偷了我家炮制荷包金龟的秘技……"

柳县丞看看吴攒典,看看杨六公:"这……这……"

"哦,这是恒昌药栈的少东家,姓熊,表字元文。他是事主。"杨六公说。

"哦,哦。"柳县丞点了点头。

熊元文便将适才与杨六公跟吴攒典那套说辞又说了一遍。武全亦将来龙去脉细细说了一遍。

柳县丞拈着胡须听完,指着长颈说:"此事倒也不难判断,只需找出打伤这位小兄弟的人便是。"

熊元文随手一指,冲着自家一名学徒说:"便是他失手打的。"

那学徒左右看了一眼,打起精神拍了拍胸脯:"人是我打的!并非有意要下重手,只是他四人甚是蛮横,不肯就擒,舍命与我师徒厮斗,我手上这才失了轻重。"

柳县丞问:"当真是你打的?"

"千真万确!"

"那你且说说,你使的什么兵器?"

那学徒又左右看了一眼。熊元文又噌地一脚插在这学徒前面:"什么兵器不兵器?我家又不是衙门,哪有什么兵器?不过是拿着扫帚、扁担,砖头、瓦片随便乱打。"

"这……这……"柳县丞又看看杨六公,看看吴攒典。

"哦,熊大少爷说得也是实情,"杨六公说,"混乱之中,怕是记不得拿了什么东西打人。"

"话可不是这么说。"武全仍是跪在地上,"若是寻常的破砖烂瓦,记不得了,也勉强算是情有可原。可我师兄说了,砸他的是块铁砖头一样的东西,这等稀罕的东西,怎会不记得?"

熊元文说:"他说铁砖头便是铁砖头吗?我看他是吓破了胆,把块土砖当成了铁砖头。"

黄武全一笑："你分不清铁砖头还是土砖头砸出的伤,衙门里这许多能人高士也分不清吗?"

熊元文面色一慌。

柳县丞俯下身来看着那自称打伤了长颈的学徒说："你且细细想想,都使过哪些东西……"

熊元文猛然大手一挥："柳大人恁的麻烦!你管我们拿什么家伙打的?若是下手重了,要打要罚,我们挨着便是!这也不是什么大事,又不曾打残了他!要罚多少,我们药栈出了!要打几下,这小学徒受着。你只管将侯济仁栈偷学我家秘技的事处置了便是,何必揪住这个不放?"

柳县丞说："此言差矣……"

"什么差矣差矣?我看你才差矣!再这么审下去,我看问到天黑也捋不清。"

柳县丞又看看杨六公,看看吴攒典："这位公子怎的如此……如此……"

武全心知他是想说"这位公子怎的如此无礼",因性情和善,那"无礼"二字便说不出口。

吴攒典俯身在柳县丞耳边低语："那黄武全甚是狡诈,这熊家大少爷吃过他好些亏,这才有些心急,大人莫怪。……那侯顺良,就是他硬塞给秦大老爷的。"

武全心头一亮,原来栽在这个上头。

宝祥恶狠狠剜了武全一眼。

武全赶忙趴到柳县丞脚下："小人一介草民,哪有本事硬塞个人给知县老爷?都是秦大老爷惜贫怜弱,听得我那师兄吃不上饭,这才收留了他。"

柳县丞似有所动,低下头来又想问话。杨六公横刺里插进话来："柳大人,这黄武全区区一个药栈学徒,却有本事当街拦着秦大老爷说话,可见是个胆大包天的。上恒昌药栈去偷盗秘技,也就不足为怪了。"

柳县丞又看看杨六公,看看吴攒典。

219

"还等什么？此事业已一清二楚！"熊元文催促。

吴攒典点头："我看也是甚是清楚了。"

杨六公昂然说："恒昌药栈世世代代悬壶济世，不知救过多少人的命，要说他家有意冤枉几个小学徒，我却不信。这临江府在他家治过病的、被他家救过命的，恐怕都不肯信！"

"那就？……"柳县丞眨巴着眼看看杨六公又看看吴攒典，"就这样。"

武全不料这柳县丞虽是心善，却是个软蛋，经不住杨六公跟吴攒典胁迫，原盼着他能主持公道，却问到紧要处陡然转了风向，气得跪也不下了，头也不磕了，就势往地上一坐，拳打脚踢吵嚷着："我要见秦大老爷！我要见秦大老爷！我要请秦大老爷申冤！我要请秦大老爷申冤……"

杨六公说："瞧瞧，便是这等货色！"

柳县丞摇头不已。

吴攒典冷笑一声："芝麻大点小事，何劳知县大人动问？"

武全赖在地上不肯起来："你们今日若要这样冤我，我变了鬼也不放过你们。你们都晓得我是个孤儿，若是背了偷师的罪名，哪家药栈还肯收我？我无以谋生，不过是个死字罢了！既是迟早要死，我便先把你们这些冤我的人闹个天翻地覆。"

吴攒典将衣裳一扯，露出硬邦邦的胸骨来："再要这般撒泼，我便先打你六十大棍！"

"你有本事，便打了试试？"

"一介刁民，打了又怎的？"吴攒典按住武全便要动手。

忽听得申明亭外有人朗声接话："刁民与否，也不是你区区一个攒典说了算的！"

武全惊喜交集："师父！"

回头看时，果然正是他师父领着侯秋林、侯贤喜并一众学徒，另有男女老少数十人，密密麻麻拥了过来。

侯木生微弓着身子,一手屈于体前,一手背在身后,彬彬有礼又气势汹汹踏进了申明亭。

15

"哪个这样羞辱我的攒典?"

侯木生方才落座,听得申明亭外又有人喊话,侧身看时,却是知县老爷。

四目相对,两个同样行止斯文、面相瘦削之人,眼里皆有肃杀之气。

柳县丞忙让秦知县坐了首位。

秦知县整了整衣衫:"素闻侯大善人谦恭有礼,适才却对吴攒典出言不逊,往日的贤名难道是装出来的吗?"

熊元文跳出来说:"他惯会假仁假义。"

秦镛剜了熊元文一眼。

宝祥用手肘狠狠抖了武全一下:"都怪你!"

武全心知师父是护徒心切,这才失了平日的性情。他老人家将徒儿们的荣辱看得比自家苦心经营多年的名声更重,这等急迫的护犊之情,不是父母胜似父母。

侯木生说:"我这徒儿向来仁义,攒典大人却说他是刁民,我这做师父的,自然不依。"

秦镛说:"吴攒典说他是刁民,自然有他的道理。"

吴攒典说:"他偷了恒昌药栈的秘技,柳大人与杨六公皆已审理定当,他却吵着要见……要见大人。"

侯木生一笑:"上有县丞大人坐镇,下有杨六公明断,又有攒典大人在此,小徒若无冤屈,为何还要见秦大老爷?再让秦大老爷来罪加一等吗?"

熊元文说:"他生性诡诈,骗不了县丞老爷跟杨六公,便想哄骗秦大老爷。"

"熊大少爷以为,秦大老爷是更易哄骗的吗?"

熊元文悻悻地收了声。

武全磕了个头说："秦大老爷明鉴，小民确实有冤。昨夜我家药栈进了贼，我追到恒昌药栈后院，恰巧他家也有个贼在撬门，便将那贼抓了。不料他家药师、伙计听得响动出来，将我师兄弟四人当贼抓了，倒让贼人跑了。"

杨六公冷笑一声："哄谁呢？世上哪有这等巧事，你家进贼，他家也进贼？"

侯木生伸手一招，进来个五十出头的婆婆。婆婆拍了拍衣裳上的灰，走到申明亭正中昂然说："我家昨夜也进了贼。"

杨六公笑："她的话……平常也还信得，搁在侯家的事上，恐怕……"

婆婆先是忸怩了一下，继而更抬高了头："我聂金花拳头上立得人、胳膊上跑得马，不像你这窝窝囊囊的软蛋，我哪句话是信不得的？"

杨六公指着金花婆婆骂："你这老货！年轻时现的世还不够吗？还在这里丢人现眼？莫让我说出什么好听的来！"

一旁有人小声帮腔："金花嫂子虽与木生哥哥有些故交，却是个不戴头巾的男子汉，比多少汉子都要硬气。"

侯木生又招了下手，过来一个十八九岁的女子。这女子说："我是今年才嫁到临江来的新妇，与侯大善人素不相识，我家昨夜也进了贼。"

女子退下，又上来一个老者："杨家公公，你我也算旧相识了，我的话你该信得过，我家前日夜里也进过贼。"

杨六公不好说信与不信，挥挥手让他下去。

又有一个老者走上前来："杨家公，我家前些日子也进了贼。"

原来水灾过后，临江百业凋零，又是四五月间，稻谷尚未成熟，百姓吃不上饭，因而盗贼四起。

武全才看见师父仍旧穿着先前的衣裳，说是换件衣裳过来，原来是寻这些人来做干证。

熊元文说："便是同一夜都进了贼，也证明不了什么。哪个不晓得近百年来只有我恒昌药栈制得出荷包金龟？这黄武全才多大年纪？学了几天本事？他一个穷乡僻壤的小崽子,怕是百子柜里的药还没认全呢,怎能制得出荷包金龟? 怎能治得好失荣? 不是在我家偷学的,还能从何处学来? 再者,不仅是我家的秘技,便是那诊治鼠疫的针法,也是他们偷学的何大神针的秘技。他们侯济仁栈惯用这等伎俩。"

"可有此事?"秦镛看着侯木生问。

侯木生说:"那诊治鼠疫的针法是何大神针的曾外孙女亲授予我的,可请何大神针的曾外孙女前来作证。"

秦镛瞥了熊元文一眼:"传。"

熊元文倒有些乱了:"这……这哪犯得着传? 那何大神针的曾外孙女还在河东呢! 这……这谁家的秘技会传予外人呀? 想想便晓得是偷学来的。"

秦镛问黄武全:"你小小年纪,如何制得出这等高妙的药?"

黄武全觍着脸说:"不瞒秦大老爷,我原是哄着熊大少爷说了几句,再自个儿琢磨着些。说我……这个……说我鬼心眼多些,我也认了。说我偷师,我就算打死了也不肯认的。"

"胡言乱语! 我家秘技怎会亲口说给你听? 定是你时常撬门,溜进我家后院偷学的。"

"我撬了门进去,难道还能拴上门再出来吗? 你不早就发现后院进贼了?"

"你惯会阴谋诡计! 我管你怎的出来的! 反正你是撬了门进去! 昨夜又来撬门!"

侯木生傲然说:"我侯济仁栈自家的秘技尚且用之不尽,何需上别家去偷师? 现下我便带了各色病人前来,当着秦大老爷跟柳大人的面一一诊断,请各位大人及众街坊们看看,我侯济仁栈到底是浪得虚名还是实至名归?! 再有,自明日起,我便在旌善亭坐诊三日,什么疑难杂症、恶病险疾皆可前来就诊,一文药费不取。恒昌药栈若有兴致,大可也派了人来坐诊。也让大家伙儿看看,是我侯济仁栈医好的人多,还是他恒昌药栈治好的病多。"

熊元文抖着身子说:"我家的药都是上好的,哪能白白送给人吃? 不像你们侯济仁栈,用的都是滥贱药材。"

侯木生冷哼一声,向着申明亭外招了招手。一个三十上下的汉子扶着个老婆婆挤了进来:"承让,承让了,让侯大善人先给我姆妈看看。"那老婆婆面色惨白,脖颈处青筋凸起,有气无力地唤了声"侯大善人"。汉子说:"我姆妈患了一种怪病,算来已有两年余了。她老人家也不知为何,每月皆有一两日烦躁异常,或便血或咯血。看过许多郎中,吃过许多药,总也不能奏效。时日一久,牵得脚窝、手肘青筋肿突,连坐卧行走都不便了。眼看一日不如一日,长此下去,我只怕……还请侯大善人救救我姆妈。"侯木生撸起婆婆的手肘仔细察看,又把了脉,问他先前的郎中都开了些什么药。汉子将服用过的方子悉数说了。侯木生点了点头:"是了。先前郎中或作风湿或作血热诊疗,药不对症,自然无效。依我所见,令堂当以扶肝养血为要,我给你开服药,接连服用一月便可止血,两月当可消肿,三个月便断根了。"那婆婆千恩万谢。熊元文撇了撇嘴:"还是三个月后的事,谢什么?治不治得好还难说呢!"那汉子厉声质问:"熊大少爷安的什么心?这是要咒我母亲吗?"熊元文缩了缩脑袋不敢接话。

这汉子扶着母亲退出,又进来个五十出头的老者,红着脸捂着下腹,羞赧地说:"我这五六日屙不出尿,活活地将要憋死了。也不知前世造了什么孽,得着这个见不得人的病。"侯木生说:"老丈莫要多心,病便是病,不分什么见得人见不得人。"一面安抚一面给他把了脉,笑说,"这病虽不常见,却不是什么大病,你现下便叫人到山上去打几只白头翁,炖了汤吃,三个时辰后尿就通了。"老者喜笑颜开:"三个时辰后我再来回禀善人,届时熊大少爷应当无话可说了。"熊元文"哎"了一声,想要说这老者两句,却已然无话可说了。

老者退出,又上来一位五十上下的婆婆。婆婆刚要开口说话,一人手脚乱挥挤开人群跑了进来,将婆婆挤到一边,嘴里大喊着:"让开!让开!"有人惊叫:"呀!怎的弄成这样?"那手脚乱挥的人说:"我兄弟在屋上拣瓦,不留神踩塌了脚,怕是手脚都跌断了。"他说着,后头两个汉子已用铺板抬了个人进来。当中一个汉子说:"听得侯大善人在申明亭坐诊,我们便急急地把人抬了过来。"侯木生见那铺板上的汉子一头一脸都是血痕,想是被砂石擦伤的,便命修贤为他清理伤口,自己走过去在他手脚上捏了捏,那人"哎哟,哎哟"呻吟不止。侯木生说:"委实手脚都断了。"柳县丞说:"我这便派人到侯济仁栈帮先生取来夹板。"侯秋林一笑:"区区小伤,何需夹板?"说着便拧起那人的手。侯修贤自行让到一旁。侯秋林屏气凝神,缓缓将劲道聚于右手,左手猛然一扯,右手轻轻一托,只听"嗒"的一响,他朗声笑说:"好了。"腿伤也如法炮制。不到一盏茶的工夫,那躺在铺板上疼得呻唤不止的汉子便坐了起来,连声叫着:"神医!神医!"侯秋林叫侯顺良再为他上了些药,细致包扎了一番,抬到一旁接着清理擦伤。长颈冲着熊元文问:"你家可有接骨不用夹板的师傅吗?"熊元文看了看熊寿康:"这有何难?我家头刀自然也会。"熊寿康向着侯秋林拱了拱手:"熊某自愧不如。"

侯秋林又问:"方才那位婆婆哪里不舒服?"那适才被挤出去了的婆婆重又走进来说:"我也没什么大碍,就是身子酸痛、手脚乏力,想是长了蛇斑。"侯秋林在她肩头、腰背上捏了捏:"确是蛇斑。这蛇斑虽是小病,拖得久了,照样厉害。再过几日,老嫂嫂恐怕就会跟打摆子样的恶寒发热、上吐下泻,难受得很。"有人笑说:"她哪里舍得花钱看病?年年都把病攒起来,就等着侯大善人义诊再治。莫说是蛇斑,便是痢疾,她也能从年头攒到年尾。"婆婆也笑:"莫听他胡说。病哪是攒得住的?不过是我老婆子多活了几年,不像他们后生仔那样怕死罢了,不是什么重病,也便懒得治了。"侯秋林说:"常常病、养养命,老嫂嫂看着是个长寿的。"一边说,一边运气在她头颈、手脚上推拿,再将手指勾起,如铁钳般夹住她通身筋络一寸寸往外拔,拔得如同游蛇般扭曲隆起。婆婆微闭着眼,侯秋林夹一下她便说一声:"舒活了,舒活了。"

16

侯秋林谈笑间给人接骨,侯木生又药到病除治好了闭尿症,围观的街坊们都说:"不用审了,我看侯济仁栈的医术还在恒昌药栈之上,熊家不过是吃着祖上的老本,这才在临江府保着头一号的名声。"

熊元文跳着脚驱赶众人:"你们懂什么?适才除了那断手断脚的,都是侯木生自己寻来的病人,哪个晓得是真是假?"

"哎,熊大少爷,话可不能这么说的,我们都是左右邻舍,挨门挨户住着,都晓得他们病了也不止一两日了,难道晓得你熊大少爷今日要押着侯济仁栈的学徒到申明亭来论理,提前上十日,甚而提前一两年便开始装病?"

"就是,就是。这熊家大少爷真是越说越不像话了。"

秦镛见众人都偏向侯济仁栈,又见那熊元文猥琐、轻狂,侯木生却慈善、宽怀,侯秋林爽直、豪气,便说:"我看以侯济仁栈的医术,未必参详不出荷包金龟的制法,此事便就此打住,不必细加追究,便当是侯济仁栈与恒昌药栈两家切磋了一回医术,给众位街坊做了一回义诊。"

柳县丞追问打伤长颈的兵器时,熊元文已然有些心虚,仗着有杨六公并吴攒典帮腔,又晓得柳县丞是个光杆子,说话不顶用的,这才强逞嚣张。秦知县却是一言九鼎的,认真查问起来,怕是糊弄不过。听得他两边都不追责,也就缄口不语了。

秦镛见熊元文无话,立起身说:"今日之事,纯属误会一场……"

"还请大人先莫下定论。"不知何时,熊睿渊已站在申明亭外,"侯济仁栈的师傅们自然是医术了得,可自称制出了荷包金龟的,却是他家一个进店不久的小学徒。这学徒的医术不能与师傅的医术相提并论。我们今日要审的是徒弟,可不是师傅。"

秦镛瞟了熊睿渊一眼:"作真审下去,可是要各自问罪的。"

"我恒昌药栈若是冤了他们,甘愿以诬告之罪领罚。只是那黄武全等人半夜撬门之事,还请大人彻查。那荷包金龟是我恒昌药栈上百年的秘技,这么个乳臭未干的毛小子却说他也制了出来,岂不是打我们这百年老店的脸?我恒昌药栈可不愿不明不白吃这个大亏。"

秦镛只得将长颈跟那个自称打伤了他的学徒重新提上来审问。二人又将在柳县丞面前说过的话重述了一遍。那学徒仍是说不出伤人的兵器。熊睿渊冷言提醒:"你且细想,出门时可是摸了什么碾轮、火钳、秤砣在手里,这些东西都是铁器。"

武全暗叫:"坏了!"这熊睿渊果然比他儿子奸诈。

正悬着心,一个衙役走了过来,众人自行让到两边,夏槿篱笑盈盈地跟在后面。

夏槿篱仍旧穿着外婆的嫁衣,双手捧着一束橘花,微微颔首将口鼻掩在花粒当中,越过那衙役走进申明亭。衙役伸手拦她,秦镛摆了摆手。她径直走到秦镛身前跪下,双手将橘花捧到秦镛面前:"恭贺秦大老爷,清江两岸橘花如雪,今年的陈皮当可丰收了。"秦镛接过橘花交给近旁随侍,俯身问道:"你可晓得为何传你前来?"夏槿篱看了侯木生一眼:"听说有人冤枉侯大善人偷学了我家传秘技。""既直说是冤,可见并无偷学一说。"秦镛问,"你且细细说来,你家秘技因何到了侯济仁栈手里?"夏槿篱不待秦大老爷发话,自行站起身来:"医者父母心,研习医术无非是为着治病救人,侯大善人舍生忘死诊治鼠疫,我曾外公若是在世,定会跟侯大善人一样舍生取义。可惜他老人家早已驾鹤西游,管不着这尘世的事了。我与外婆是女流之身,不便行医,只得将针法授予侯大善人这等行高德劭的先生,借善人之手,全了我曾外公的济世之心。说什么偷不偷学,肯豁出性命学得针法救治世人,便是偷的,亦是义举。所谓秘技,若不能救民于水火,代代相传又有何益?"

武全不料这疯疯癫癫的妹子竟有这等见识,不由得有些另眼相看了。

夏槿篱又指着领她前来的衙役说:"路上听得这位官爷说,恒昌药栈说侯济仁栈偷学了他家炮制荷包金龟的秘技,一时争论不清。依小女子愚见,既是争论不清,便无须再行争论。不如将这秘技公之于众,也是造福苍生的一件好事,于熊家跟侯家都是功德。小女子不才,未得老外公真传,只略略晓得些扎针刺血的手法,即刻便将医治鼠疫的针法授予众位。我看临江药人大可不必抱着自家秘技不放,但有所得,便应周知同行,人人如此,方是昌盛之相。"

"姑娘所言极是。"侯木生立起身说,"我即刻也将荷包金龟的制法授予众位。"

"这荷包金龟的秘技是我恒昌药栈的。"熊睿渊急了,"怎能由得你说授予众人便授予众人?"

夏槿篱一笑:"你家的秘技便是你家的秘技,你不愿相授也无人相逼。侯大善人传授的是侯家的秘技,与你何干?你也未曾见过侯家的荷包金龟如何炮制,怎知他家的制法与你的一样?就算你说一样,我们也难辨真假,左右谁也不曾见过你家的制法,焉知你不是扯谎?除非你老人家先将自家制法相告,侯大善人若是说得一样,我们才信是一样。"

众人纷纷抚手大笑:"有理,有理!小妹子言之有理。"

熊睿渊仰天长叹:"天理何在?我家的秘技要被别家公之于众,我自家倒要来证实并未扯谎!罢罢罢,即刻我便将自家荷包金龟的制法授予众位。众位好歹记着,这秘药源自我家。"

"老爷子英明!"槿篱男儿般拱了下手,"临江药人定会世代传颂你老人家的功德。"

秦镛指着杨六公说:"恒昌药栈大仁大义,舍一家之私利造福同行,实乃临江药人之表率。此等义举,理当明榜于旌善亭,令其名垂千古。"

杨六公连称:"是,是。"

槿篱"扑哧"一笑,双眸晶亮地看着秦镛。

黄武全见这二人,一个饱满如秋桃,一个颀长如夏竹,似判若云泥,又似相得益彰。

17

侯木生在旌善亭义诊,最先来的却是柳县丞。县丞见了侯木生就摇头拱手:"惭愧,惭愧。柳某无能,险些让老先生蒙冤。"侯木生说:"柳大人莫要如此,民事纠纷本就千头万绪，一时难辨虚实也是有的，何况大人才刚上任不久。"柳县丞说："如今这世道，也不仅清江如此，不怕老先生笑话，柳某辗转仕途，但无一处净土。我朝中无人，手下无兵，处处受人掣肘，名义上是个县丞，实则连个乡绅都不如。柳某早已萌生退意，昨日见老先生弹指间救治数十人，比我这空有个名头的县丞，不知强了多少倍。柳某见贤思齐，欲拜先生为师，日后若有所得，也如先生这般悬壶济世，离了那是非场。先生放心，我若挂牌行医，绝不与先生相争，只在樟树镇上行走，永世不过河。还望先生莫嫌在下愚钝，将我收在门下。"侯木生见他想得如此长远，不像一时兴起，便点了点头："莫说什么拜不拜师的话，县丞大人看得起侯某，只管将侯济仁栈当成自己家里一样，无事便来坐坐。侯某痴长几岁，便将大人当成自家老弟一样，一应手艺倾囊相授。也莫说什么过不过河的话，临江药人本是一家，河东、河西任凭大人行走。"柳县丞连连道谢，当即令人取来笔墨，跟着侯木生在旌善亭记录各色病症及药方。

夏槿篱前一日来得晚，便在临江留宿了一夜，晓得侯木生要在旌善亭义诊，也信步过来观看。

黄武全对她已有些另眼相看，便主动上前见礼道谢。夏槿篱也不回礼，只说："无须你谢。我也不是为你来的。"黄武全问："妹妹年幼，怎的当干证这等大事，家中无人作陪？"夏槿篱说："我无父无兄，谁来作陪？"黄武全明知他父、兄俱全，听她如此说，不由得又有些嫌厌，念着前一日的好处，姑且忍着问："外公怎的也未过来？"夏槿篱说："这等是非场，怎能劳动我外公那样的老神仙？"武全便不愿再跟她搭话了，假意帮着师父照看病人，自去一边忙碌。夏槿篱走到柳县丞背后，看他下笔如飞记着药方。

日上三竿，拉肚子的、出虚汗的、发头风的、长疮疖的挤满了旌善亭。槿篱见并无恶症险疾，无甚新鲜可看，便欲动身回去。武全见她刚要步出旌善亭，又猛地身形一矮，往病人堆里直扎，一位来治头风的婆婆险些被她扎翻在地。

"又作什么死？满亭子的病人，你钻来钻去做甚？"

槿篱竖起一根手指堵在嘴上，无声地"嘘"了一下。

武全顺她目光看去,一个三十余岁的汉子带着两个十六七岁的后生正围着旌善亭打转,六只眼睛鹰一样在人群中睃巡。

汉子拱了下手,向近旁的一名老者询问:"老人家可见着了一个圆脸盆、黑皮肤,穿着一身旧嫁衣的妹子吗?"

老者问:"师傅打听的是何大神针的曾外孙女吗?"

汉子说:"正是正是。"

"师傅只管问何大神针的曾外孙女便是,说什么圆脸盆、黑皮肤?如今这临江府,哪个不识得何大神针的曾外孙女?"老者眨巴着眼环顾了一下,"方才还在这里,这会子忽地不见了。"

老者近旁的一个妇人也说:"方才就站在柳大人身后,眨了下眼便不见了,想必不曾走远。"

汉子顺着老者并妇人的指点走了进来,两位与他同行的后生一左一右形成合围之势。槿篱蹲在地上,缓缓挪到武全身后:"那三人是来抓我的,你替我抵挡一阵。""怎的又惹了祸?"武全伸出腿去将她拨开一些,"我正忙着,没得空闲陪你作死。"槿篱照他腿上吐了口唾沫,又缓缓转到另一人身后。那人被她拱得极不舒服,不住地低头询问:"妹子做甚?妹子做甚?……"

槿篱眼看即将引来那三人,只得咬咬牙提起裙摆猛冲出去。被她撞翻的人纷纷询问:"妹子做甚?妹子做甚?……"

那汉子大喊:"臭丫头再不站住,有你的好果子吃!"

与他同来的两个后生也喊:"走猪婆,再跑一步打折你的腿!"

"哎呀!"那被汉子问过话的老者一拍大腿,"你们是来抓人的呀?!我可不该告诉你!何大神针的曾外孙女不在这里!不在这里!"

那搭过话的妇人也说:"那不是何大神针的曾外孙女,那是我家隔壁一个丫鬟。"

"我自己的女儿自己不认得吗?"那汉子高声骂着,"浪蹄子,今日抓不住你,我喊你作爷!"

"女儿?"众人倒愣住了,这哪像是父女?

那汉子被人群挡了一挡,眼看夏槿篱即将钻入近前一条小巷,捡了个砖头便砸了过去。夏槿篱错身一闪,砖头未能击中。旌善亭内众人却不禁"啊"了一声。

"走猪婆!我就不信抓不住你。"与汉子同来的一个后生卸下背上的粗麻绳,挽了个圈打了个结,抡起绳圈套马样地朝着夏槿篱甩了过去。

夏槿篱"啊"的一声跌倒在地。黄武全从来不曾听过她发出这样尖厉的叫声。

她的声气,总是像铁器磨在砂石上一般喑哑,怎样的惊骇或是疼痛抑或是愤怒才能改变一个人的声气?

那后生"嘿嘿"笑着,急速将绳子往回捞。夏槿篱双手垫在脖颈上的绳套里,强撑出一丝空隙透气,嘴里不停骂着:"夏大根,我操你妈!"

与汉子同来的另一个后生抢过去揪住她的头发,啪啪打了两个巴掌:"走猪婆,他妈不是你妈吗?你骂谁?"

武全才晓得那套牲口一样套夏槿篱的后生,是她兄长。

"夏二根!"夏槿篱往打她巴掌的后生脸上啐了一口,"你且记着,方才打了我两下。待我腾出手来,不打你十下誓不罢休!"

听这称呼,这打夏槿篱巴掌的后生是在那拿绳索套她的后生后面出生的兄长。武全心想,怪道她力气大于常人,想来是自小跟兄长们厮打着过活的。

先前几次听她外婆说她命苦,武全只道是老人家随口说说而已,见了这个阵仗,才知夏槿篱确是命苦。

夏大根牵着绳子,夏二根反扭着手臂,将夏槿篱押到将她称作"自己的女儿"的汉子跟前。

那汉子扯着夏槿篱脖颈上的绳子左右一甩,甩得夏槿篱东倒西歪。

"还敢四处跑吗?"

"夏谷禾,你关不住我。"

"小畜生!"夏谷禾抽了夏槿篱一巴掌,"竟敢连名带姓喊亲爷!"

"我没爷!我有爷也不是这样的!"

武全听得她喊出这话,不由得把头一偏。他刚偏过头去,夏槿篱就"啪啪"又挨了两个巴掌。他才反应过来,自己的心不知不觉已悬在了她的心上,料得她喊出那话定要再挨打,便不由自主地替她躲了一下。

她是向他求助过的。她说叫他帮着抵挡一阵。他若帮了她,她兴许便不用挨这顿打了。

武全放开扶着的病人,挺身向夏谷禾走去。

柳县丞走在他前面,对着夏谷禾拱了下手:"父母训斥子女,外人本不便插嘴,只是师傅过于暴躁了些,不是慈父所为。"

夏谷禾双目一瞪:"关你何事?"

那先前被他问过话的老者说:"这是县丞大人。"

夏谷禾这才错开眼去,扯掉套在夏槿篱脖颈上的绳套,再不与人对视一眼,低着头踢着女儿离去。走一步,踢一脚。

18

黄武全跟着夏槿篱出了清波门,到了丁家渡。夏家父子坐在渡口等船,顺带取出干粮跟水来吃。闹了一阵又走了一路,三人定是又饥又渴,吃得津津有味。夏槿篱背向父兄坐着,既不问他们讨要吃食,亦不见半点怨愤,似乎他们的吃食从不与她相干。因从不相干,便从未起过分食的心思。因从未起过分食的心思,因而未得分食亦毫无怨愤。这夏槿篱,定然自小便受惯了这般薄待,早已习惯成自然,武全不禁有些心疼。

四月正午的日头还是有些灼人的,上了渡船才略微凉爽一些。夏槿篱靠船舷站着,侧着脸捕风。风向侧前吹,她便扭着脸往侧前靠一靠;风向正前吹,她又调转脸向正前挪一挪。她一头青丝甚是浓密,菊花般打着卷子,兜住了风,河底的水草一样荡漾开来。风起风落,她一头发卷时散时聚。

夏大根看得心烦:"再抖弄你这头上的扫帚,我便拔鸡毛一样把你拔成个秃子!"

夏槿篱撩起卷发云一样拢在头上,露出圆润的脖颈,又把头一甩,将如云绿鬓甩得铺天盖地。

"爷爷!你看这个贱货!"夏大根扯了夏谷禾两下。

"她这贱样你今日才见着吗?"夏谷禾转开脸去,"莫来吵我,看着心烦。"

夏大根脱了一只鞋朝着夏槿篱丢过去,夏槿篱侧身避开。

她侧着的身子正好对着黄武全。黄武全跟她对上了一眼。她的眼里,有着跟静仪一式一样的平静。他头一次见到她平静的样子。她平静地看了他一眼,素不相识似的,接着用脸捕风。

素不相识似的,她对他无怨无盼,既不遮羞亦不乞怜,如同面对她脚下无知无觉的渡船,如同面对渡船上无知无觉的桅杆。

下了渡船,同船的人各奔前程,黄武全仍旧跟着夏槿篱四人。越往前行同路人越少,走到永镇塔,夏大根"咦"的一声,停下来看着武全:"我怎的觉着你是有意跟着我们样的?"武全目不斜视,越过他们往前走去。

田垄里的稻谷尚未灌浆,青青绿绿的。有个孩童牵着牛在田埂上吃草,广袤的稻田将他小小的身子框在当中。那孩童一寸一寸挪着步子,迟缓、安静、漫长的孤寂。武全隔着老远,却仿似听见了牛嚼青草的"袄袄"声。他停下来兜鞋,又落到了槿篱四人后面。

进了村子,夏谷禾也禁不住起疑:"那后生面生,不像我们村上的,怎的一路从临江跟到了这里?"

夏大根见父亲也起了疑心,便放开了胆拦住武全:"你去哪里?怎的这样巧,一路与我们同行?"

武全想着每个村子总少不得有个叫"贤苟"的人,便说:"我是夏贤苟的外甥,并非有意跟着你们。"

村上确有个叫夏贤苟的,夏谷禾便不再多问。

弯弯绕绕穿过几条窄巷子,夏谷禾走到一个土坡上,冲着坡下一间略微破旧的屋子喊:"走猪婆回来了。"

屋子里跑出两个七八岁的小妹子,拿着鹅卵石砸夏槿篱:"走猪婆!到处走!做妹子没个妹子的样子!"

一颗鹅卵石滚到武全脚下。武全捡起来捏在手里。

"不要脸的东西!"一个十四五岁的少女揪住夏槿篱的长发,将她扯得后仰着连连倒退。那少女反过身来,长着跟夏槿篱一式一样的脸。

夏槿篱跌跌撞撞退进屋里去了。黄武全沿着村子转了一圈,辨明了方向,又在地里挖了两个萝卜充饥。

不多久天就黑下来了,夏槿篱家并未点灯,这倒方便武全行动。他伏在墙根下,一个窗户一个窗户听过去。

"抓她回来做甚?当她死了便是。"这房里是夏槿篱父母。

"那走猪婆一天到晚死在外面丢脸,日后谁家肯将女子许配给我们?晓得有个这样的姑娘,不要吓死人家才怪!"这房里是夏大根同夏二根。

"以前年纪小,我这个当姐姐的也不曾作真打骂过你,如今这样大了,一副身板锯一锯都够打得一对尿桶了,还这样转着圈地现眼……"这房里是夏槿篱跟她姐姐。

武全拿根树枝在窗户上捅了两下。

"窗外好像有人,你快过去看看。"

夏槿篱懒懒地说:"哪里有人?要看你自己去看。"

"你去不去?再不去,仔细我抓破你的脸。"

"夏大花,你莫掂不清自己几斤几两。方才有你爷给你撑腰,我才让你打了几下。这会子你再敢动老子一下,不打到你吐血我便是你生的!"

"疯婆子,我不跟你一般见识。"

屋里没了动静,武全又拿树枝捅了两下。

"你听你听！真是有人……你胆子大,你去看看。"夏大花声音有些发颤。

"这还像句人话。"一阵踢踢拖拖的走动声,夏槿篱推开窗户。

武全直挺挺站在窗外,不遮不挡也不躲;夏槿篱看着他,不惊不慌也不忙。

"是有人吗?"夏大花问。

"哪有什么人？是风吹动了树枝。"

"没听得风声啊?"

"你缩在床上能听见什么声?"夏槿篱慢慢合上窗户。

墙根下的蟋蟀叫着,屋子里有人在来回踱步。

"你莫走来走去好吗？我头都被你转晕了。"是夏大花的声气。

"你闭上眼莫看便是。"夏槿篱又踱了一阵,淡淡地说,"我去茅房,你去不去?"

"深更半夜去什么茅房？我不去。"

"下回也莫想让我陪着你去。"

夏槿篱的房门"吱呀"一响。夏谷禾问:"哪个？做什么去?"

夏槿篱答:"我。上茅房去。"

"你莫想要逃走。"

"深更半夜,逃哪里去？待你明日出门了再逃。"

"明日吃过早饭便把你锁到柴房里去。"

"你家柴房不牢实,锁不住我。"

夏槿篱一边说着一边开了后门出来。她家地势低洼,屋子四围长满了益母草。她蹚水似的趟着益母草朝着武全走过来。折断的草茎散发出青涩的香气。

武全伸出手去,她也伸出手来,缓慢、无声、磕磕绊绊地靠近。

"爷爷,我总听得窗外像是有人。一个人在房里好生害怕。"夏大花又在嚷嚷。

"怕什么？你妹妹一会子就回来了。"

"我害怕得紧,你就过来看看嘛。"

房门"吱呀"一响。

"臭货！"夏槿篱低声骂了一句。

武全一把扯住槿篱的手，飞也似的逃奔。

夏谷禾推开了窗："真是有人！什么人？操你祖宗！小浪蹄子当真不要命了，夜里也敢跑！我看你往哪儿跑！"

黄武全拉着夏槿篱顺坡一路往下跑，四条腿搅得跟风车一样呼呼转。

夏谷禾父子追了出来，抓贼样的呼喝不止。

有人打开门来看："嘿！谷禾又在追他女儿呢！"

夏槿篱不忘回一句："关你屁事！"

越往下跑地面越软，潮润的泥土变成了黏稠的泥浆，泥浆又变成了泥水。泥水溅得老高，噼噼啪啪地飙了一脸。武全抹开糊在眼角的泥点，前面有条水沟。他悄声叮嘱槿篱："我先跳过去，到对面接你。"槿篱抻直脖颈用力往前看了一眼，松开他的手疾跑几步，"嗖"一下跳到对面，一拍巴掌："来！"

哪里用得着他先跳过去接？她已跳过去接他了。黄武全猛提一口气，跟着夏槿篱跳了过去。

水沟一挡，夏谷禾父子的呼喝声逼近了些。"那边那边……这边这边……"有人在给他们指路。武全拉着槿篱接着奔逃，追赶声又被扯得老远。

跑不多远又有一条水沟，沟里长满芒草。武全刚要带头引路，槿篱扒开一蓬芒草轻唤："这边这边，这边水浅。"武全跟着她稀里哗啦趟过水沟。追赶声又近了。

武全拉起槿篱又跑，呼喝声又被甩得老远。

伴着武全跟槿篱时快时慢的奔逃，夏家父子离得时远时近，追赶声放风筝样的一扯一扯，时松时紧。

穿过偷萝卜的菜地有一大蓬密密实实的棕叶，武全白日里看好了，躲在这棕叶里面谁也找不到。

槿篱跟着武全钻进棕叶，惊起的飞虫撞在身上麻麻的痒，细小的蛛网薄纱样糊在脸上,枝枝杈杈上的白色粉末灰蓬蓬的。

武全把槿篱的头护在臂弯里,挡着叶片上的锯齿。

夏谷禾带着两个儿子追到了萝卜地里,暗沉的星光下,他们手里拿着长长的竹篙跟鱼叉。

"才刚听得在这里,怎的一下子没了动静?"夏大根拿着鱼叉往草丛里扎。夏二根也拿着竹篙挑开乱草搜寻。

白日里察看地形时,武全只想着黑灯瞎火的,这样一大片密实的棕叶,夏家父子不会钻进来一寸一寸地找,不料这三人追赶亲人竟跟捉拿逃犯样的,拿着鱼叉往死里捅。若被捅中了一下,不死也要重伤。武全寻思着:离得这样近,再跑已是无望了,只得就近寻个地方躲藏。他偷眼环顾四面,只见一棵巨大的樟树长在棕叶当中。这樟树白日里也曾看到过,密密地被棕叶拥着,已然死了半边。人老百事通,树老半空心。武全悄声爬到樟树根下,扶着树身上上下下摸索,果然摸到了一个狗洞般大小的空洞。他连忙缩起身子爬进树洞,里面宽宽绰绰,堪堪容得下二人。正预备爬出去接应槿篱,她已自行爬了进来。两人紧紧挤在一起,屏息听着外头的动静。

鱼叉跟竹篙"嗖"地一下插进棕叶,"嗖"地一下又拔出去,想是惊起了许多飞虫,夏家父子连声叫着:"啊呸!呸!操!""嗖嗖"声越逼越近,武全的身子越绷越紧。"笃笃"两响捅在樟树皮上,武全抑制不住躲了一下。夏槿篱却仰着脖颈向上看着,恍似全未听见鱼叉捅在树上。

树洞上方也有个洞口,明明暗暗的星光洒在槿篱脸上,她晶亮的双眸星子般闪闪烁烁。

"水一样的。"她举起手掌在星光中来回游动,梦呓般轻声呢喃。

武全赶紧捂住她的嘴。

她仍旧举着手掌来回晃动,似乎对这样的处境早已习以为常。

武全也伸出手去,微凉的夜风穿过指缝,恍似摸到了星光的清辉。一股难言的苦涩涌了上来,星光一样在四肢百骸缓缓游动。是苦的,又是美的;是凉的,又是热的;是疼的,又是软的。他从未有过这样的感受。这感受是什么？他无以命名。

19

"樟树香,真香。"槿篱深吸了一口气,"你会不会制樟脑？"

"现下还未学,待我学了,便教给你。樟树还不算香,我家近前黄栀林铺漫山的栀子花开起来,那才叫香。遮天盖地的香!"武全说,"等到五月,我带你去。"

"那不就是半个月后的事吗？"槿篱说,"快了。"

武全说:"快了。保管香破你的鼻子。"

"你怎的跟着我们来了村上？特地过来帮我逃跑？"

"在旌善亭,你叫我帮你抵挡一阵。"武全抿了抿嘴,"我不曾抵挡,特地跟来补上。"

槿篱张了张嘴,想了想又止住了,转而问:"你师父晓得你跟着我们来了吗？"

"他老人家看着我跟来的,不曾阻拦。"

"你师父跟你的美人都是好人。"

"你呢？"

"我？我肯定不算什么好人。"

"兴许,你也是个好人,自己尚未发觉。"

"兴许你也是。兴许哪天,我会发觉。"

"想是没有那样的机会。"

"想来也是。"槿篱一笑,"你做好人的机会,只会在你的美人面前显现。"

"只在好人面前显现。"武全也笑,"你又不是什么好人。"

"才不是说我也是好人吗？"

"我是说'兴许',可世上哪有那许多兴许?兴许你不必做什么好人。"武全从怀里摸出一颗鹅卵石,"方才他们拿这个打你,我只晓得,你是挨了打便要打回去的人。"

"难道你不是?"

"兴许我也是。可遇见了静仪姐姐,我便不是了。"

槿篱接过鹅卵石抚摸着:"得到过无私的庇护,才能不计得失地宽恕。"

武全不知世间是否有受尽欺负与残害仍旧一心向善的人,于他而言,确是得到过静仪姐姐跟师父无私的关爱,才有了更多心力去宽恕世道不公。

槿篱侧耳听了听外头的响动:"想是不会再反身了。"

武全点了点头,缩起身子又要从下面的树洞里爬出去。槿篱扯住他指指头顶的树洞:"不当狗了,从上面下去。"

武全一笑,叉开手脚顶住树洞,一撑一撑蹦到上方洞口,探出头去上下看了看,伸出一只手去攀住头顶一个树杈,另一只手并双腿同时用力一撑,快速缩起身子,同时两手抓紧树杈,晃晃悠悠吊了出去。

槿篱也学着他的样子叉开手脚顶住树洞,使尽全身力气一撑,却嗵的一声掉了下去。

武全伏在洞口看着她笑。

她又叉开手脚用力一撑,仍是掉了下去。

终究不像男子那般大力,槿篱上下看看,揩了揩鼻子,转身趴在地上。

武全"噗"地笑一声:"还当狗啊?我拉你上来。"

槿篱仰着笑脸双手抓住武全的手臂。他身子一沉,险些又跌回洞里。她吱吱咯咯笑着,死死扯着他的臂膀。他一手撑住树干,身子拼力往后仰着。她借着他的手劲,双脚蹬着树壁,一点点爬了上去。

坐在树杈上,菜地跟水沟都变小了样的,只有星空与稻田还是那样一望无垠。

槿篱说:"我总觉着可以像风一样在这宽阔的稻田上飞跑,踩在稻尖上,不会下沉。"

武全说："我晓得会沉下去,却也想在上面飞跑。"

两人相视一笑,久久无语,只有夜风钻来钻去。

也不知坐了多久,武全问："好人现下想去哪里?"

"只能去外婆那儿了。"

"他们再到外婆家去抓你如何是好?"

"向来都是这样。在外婆家住一阵,总要被他们接回来打骂一阵。好在都是一阵儿一阵儿的,一阵儿好、一阵儿歹,总比日日都是'歹'的好。"

武全哧溜滑下树去,槿篱也跟着滑了下去。武全才留意到槿篱换了一身粗布衣裳,男儿般高高挽起了衫袖,举手投足间农人般爽利。这装扮倒是适宜夜逃。

两人坐在树下兜了兜鞋里的泥沙,返回地里拔了几个萝卜,拿在手里边剥边走。

幽暗的星光照着夹道的乌桕树,将黄泥路勾勒得曲折、修长,槿篱深一脚浅一脚地走着："我在这条路上至少走过几百回了,摸黑夜行,竟像不曾走过一样,不晓得那前头的拐角要绕到什么地方。"

武全"吱咯吱咯"咬着萝卜,满嘴的青涩与甘凉,如同嚼着头顶的星光："我吃了十几年的萝卜,今夜也像从来不曾吃过一样。"

停了停,武全又说："我跟你打过许多次交道,今日也像从未见过一样。"

槿篱含笑迎着星光："不知我们长大后会是什么模样。"

"我已大了,你还小。"

"你?"槿篱轻笑,"你也还小。"

二人走了两个多时辰才到了樟树镇上。关门闭户的街巷显得异常开阔,偶有夜风卷起稻秆、鸡毛,畅通无阻地在街巷里翻飞。嗷嗷的犬吠声理直气壮冲着他们进击,仿似每条街巷都是狗的领地。人,只是日间在此串了串门。

"你怎的不怕?"武全问槿篱。

"怕什么？狗？我只怕鬼。"

"世上哪有鬼？"

"若是没有，那便没什么可怕的东西。"

武全又问："你怎的不痛？"

"痛？痛什么？"

武全笑了笑。

槿篱反问："你痛不痛？"

武全又笑了笑。

远远看到了槿篱外婆家的老屋，武全停住脚说："我就在这里看着你，你去叫门。"

"你不进去？"

"深更半夜，你一个妹子带着个男子，怕要吓着了老人家。"

"你不进去能去哪里？"槿篱伸手扯着武全的衫袖，拉着他走下一级级石阶。

"嘭嘭"的拍门声在深夜里显得尤为刺耳，武全站在槿篱身后，总想用她的身子将自己完全遮挡起来。

他比她高出了一个头，哪里遮挡得住？槿篱外公前来开门，倒先看见了武全："黄家少爷？"

"我送槿篱妹妹过来。"武全极力装出随意的口气。

"哦，哦！"槿篱外公张开手臂将二人拢进屋里，"累着了吧？赶快歇歇。"

"槿篱妹妹在临江给我做干证，被她父亲抓了回去。我看她父兄甚是……"武全以为深夜贸然前来，定要说明来龙去脉。

"哦，哦。"槿篱外公却无心细听，"不说他们。你们用过夜饭了吧？"

武全不忍麻烦老人家，忙说："用过了。"

"那便好，那便好。我这便打些热水过来给你们洗漱。"

槿篱摆摆手说："哪儿还有力气洗漱？我只想倒在床上便睡。"

"好，好。"槿篱外公问，"黄家少爷是先洗漱还是？"

武全也说:"没得力气洗漱了。"

"那便直接睡吧。"外公安排槿篱,"你去我房里跟外婆睡,我跟黄家少爷睡你房里。"

武全一指厅堂里的摇椅:"我就睡这里。"说着径自往摇椅里一躺。

槿篱外公还要客套,槿篱摆了摆手。

武全眼皮一磕便睡了过去,天色微明时被一阵疼痛刺醒。走了一整天的路,脚底磨起了许多火泡,略一碰触便钻心地疼。他不知槿篱脚上是否也起了火泡。糙皮厚肉的汉子都打起了火泡,细皮嫩肉的妹子能好到哪儿去?可头天夜里问她痛不痛,她却懵然不觉似的。

晨曦透过天井照进屋子,厅上的桌椅板凳都蒙上了一层柔光,武全想着先前与皮大先生来找槿篱外公帮忙去给族人跳傩的情景,只觉这一桌一椅既陌生又亲近。

20

樟树镇地处袁、赣二水合流处,清江县内另有蒙河、潇江二水,四大水系形成得天独厚的水路运输枢纽。陆路有起于临江,东接樟树,西经新喻、宜春、萍乡与醴陵相连的袁州大道,以及连通中原与岭南的贡道。小小一个集镇,却是"八省通衢之要冲,赣中工商之闹市",凡货物由广东来赣皆至樟树汇集,由湘、鄂、皖、吴入江者至樟树而分销,其繁华靡丽处,不亚于临江府。

槿篱外公要去镇上买香,武全也想跟着去看热闹。

外公说:"你既要去,干脆到药市上逛逛,樟树的药比临江便宜。"

武全说:"可惜我学艺不精,只怕识不得真假。"

外公说:"喊你皮家叔爷陪着,他识得。"

"皮大先生懂药?"武全奇怪,"怎的不曾听他说过?"

槿篱说:"他后生时用错了药,误了一个姑娘的性命,此后便再不与医药沾边,一心修着呢。"

"修?"武全心想:皮大先生那样落拓不羁,怎算得是修?

"各人有各人的修法,"槿篱说,"未必都像我外公这般。"

外公说:"皮鹤这些年,修得比我还好呢。"

武全听不太懂,他以为只有吃斋念佛才是修,如槿篱外公这般只是烧香、刻菩萨已算不得真正的修,但多少还与佛像沾着点边,皮鹤那样的更是连边都沾不上了。

外公陪着武全去寻皮鹤,路上碰见个相熟的老婆婆。外公又说:"陈老妈子,你修得越来越好了。"老婆婆谦逊地笑着:"不如老哥哥修得好呢!"

武全忍不住问:"到底怎样才算是修?"外公说:"自个儿心里想着是修,便是修了。"武全说:"这修得也太过容易了。"外公说:"说容易也容易,说不容易也不容易。譬如有人即将饿死了,你想着给他一碗饭是修,那给他一碗饭便是修了,有人想着给他一吊钱是修,那给他一吊钱便是修了。可心里若是想着任他饿死是修,良心上却是怎么也不会认的。"

武全略略懂了,所谓的修,便是问明自己的良心。

药市围着药师寺展开,有只卖枳壳、朱砂、车前仁、雄黄的,也有兼售多种药材的,最多见的还是跟侯济仁栈一样前堂治病后堂制药的药店,其中夹杂着茶楼、酒馆。

皮鹤说:"你师父祖上是清江药界首富,国破后举家从庐陵迁往这里。"

武全没听明白,空瞪着眼看着皮鹤。

"侯逢丙。"皮鹤提醒,"你师父不是侯逢丙的后人吗?"

武全方才明白过来。常听人说师父是侯逢丙的后人,竟未打听过那位侯善人的生平。

皮鹤说:"侯逢丙药店当年便开在这里,做过许多好事,这街上的许多石板还是他家当年铺下的,清江大堤的许多巨石也是他家花重金从外地买来的。"

"怪道我师父乐善好施,原来是承继祖上仁德。"

"元初名士杜本也曾在此行医,专攻舌诊。"

"舌诊?"

"便是察看舌头判定病症。"

"竟有这等奇妙的本事。"

"若无妙处,怎可名传后世?"皮鹤回味深长地说,"后生时,我也曾立志扬名。可惜……"

"叔爷春秋正盛。"

"空掷光阴而已。"

"叔爷何必因一时成败误了终生?"

皮鹤扭头看着武全:"一时,有时便是一世。"

武全不懂。他自许聪敏过人,此行却尽听得一些莫测高深的话。

一位身穿明黄色衣裙的女子远远屈了屈膝,皮鹤躬了躬身。

武全张大了嘴:"谁家女子这样大胆?"

"勾栏里的冷逢春。"皮鹤闲闲地说,"杀头都不怕的,谁管得住她?"

武全看着她黄灿灿穿行于人群中,如同一轮旭日。

皮鹤捞起一把当归闻了一下:"当归以岷州的为佳,党参是汉中的为好,白芷要遂宁的,知母要万县的,泽泻需建宁的,人参自然是要长白山的……"

"这许多药,如何识得来路?"

"无非是望、闻、尝、摸、听。触摸质地,掂量轻重,细看形状,品尝味道,嗅闻气味,听辨声响。汉中的党参个大、质软,有甜味,无渣而气香,泥鳅头、菊花芯,有横纹;塞外的黄芪皮黑、气香,风车叶形,触手弹韧,掰开内呈蛋黄色。你日后见得多了自然识得。"

武全依着皮鹤口授的要诀拿着一味味药材细看。皮鹤指着一个卖熊胆的小摊说:"这等名贵的药材,小贩手里常是假货。以火烧炙,熊胆无腥,猪胆腥臭。"

有人在买硝石,蓬起一簇青焰,皮鹤说:"这个正宗。火烧泛青焰者为真硝,无青焰为朴硝。"

怡丰药店门口有个伙计提着一壶滚水往一张皮子上倒,皮鹤说:"滚水一烫毛便落了就是驴皮,烫毛不落是骡皮。"

"这怡丰药店看着甚是阔气。"

"他家也是近百年的老店了,若非天灾,前来拣药的人日日排成长队。"

"这镇上的药店瞧着倒比府里的兴旺些,药价也便宜些。"

"成化年间赣江改道以来,樟树的物价便日益比临江便宜了,吃药饭的也越来越多。现下年成不好,临江的药店恐怕多数难以支撑,樟树也倒了好几家了。"

"叔爷所料不差,临江药人大量外出了,单是我家就走了三四个学徒,小些的药店大都关门了。"

"好在侯济仁栈有你师父坐镇。"

"好在我师父医术高超。只是不知这般境况还要延续多久。"

"平头百姓吃得饱了,药店的生意自然就好了。"

武全问:"这茬新谷收了,百姓差不多能吃饱吧?"

"难说。"皮鹤说,"低洼处的良田都被浸坏了,许多人外出逃荒去了。"

武全见黄精比临江便宜许多,便买了一包,付过了钱,又觉大老远带这么一小包药回去无甚必要,便顺手交给皮鹤,托他转赠槿篱外公。

皮鹤拿着黄精在手里掂了掂:"是了。正是送节的时候。"

"送什么节?"

"过不多久可不就是端午了?"

武全才想起要过端午节了。送节是女婿对丈人的礼节,他想把黄精收回。皮鹤却不依,将药包往怀里一塞:"怎的这样小气? 一包黄精也要抢来抢去。"

"别个时候,便是送上一麻袋我也舍得,此时却不能乱送。"

皮大先生又来了那套:"你心中无节便不算过节了。"

武全不好硬抢,只得任他拿去赠送。

皮大先生窸窸窣窣抚弄着怀里的药包,冷不丁补了一句:"你莫跟我后生时一样,心里欢喜人家,自己却不晓得。"

武全心想:我只欢喜静仪姐姐,槿篱妹妹虽不像原以为的那样讨厌,到底是个外人。

21

静仪家中已在置办嫁妆了。一床床被子絮了起来,一双双鞋底纳了出来,一方方帕子绣了出来……银红、葱绿、丁香色各式衣料摊得到处都是,裁缝依着静仪母亲跟乳母的主意,将新衣缝制得桃红柳绿。

武全在药栈看不到这些。于他而言,静仪的婚事还是德生无意间透露的几句话而已,刚听说时难过得紧,时日久了,并无更多传言与切实物事,又恍惚是极其模糊、遥远的事。

直至轮到去给师父屋下送水,一进门见桌椅上铺满绫罗绸缎,女匠人在屋里穿行不息,他才再次确认,静仪当真是要嫁了。

结痂的疮疤又揭了开来,里面脓血仍在,新伤旧痛一齐涌了上来,他顾不得师命,撂下水桶跑回药栈去寻静仪。

寻着了,却又无话可说。

静仪还是那样一张安静的脸,微微笑着,眼里闪着亲近的光。

说什么呢?说什么都是无用的。他无须争取。他只需放弃。他从来就无须争取。他从来就只需放弃。他不是不想放。他放了一回又一回,他只是放不下而已。在放不下的时日里,不可遏制的妄想怂恿着他去争取。因而他争取了一回又一回。这一回,终于不再有容他妄想的时日。婚事迫得那样近,近得闻见了喜被上散发的香气。终于可以死心了,在他跑回药栈找到静仪的那一瞬。

他重新回到侯家接着挑水,一担又一担,所有水缸都装满了,他还挑了一担,不知该倒在哪里。他的心也跟那担多出来的水一样,满满的无着无落。

自此之后,他洗药,心在远处飘着;他切药,心还在远处飘着;他装香、洒扫、用饭、就寝,心都在远处飘着。他的心脱离了肉身,独自在远处飘荡。他与心无法重合。心不在他的身体里面。他想将它拉回身体,一回回强行将心收进胸腔。一回回收进来,又一回回疾速地失去。

他空空地从前柜晃到后厨,从药栈晃到街头,从商里晃到山间。他看上去一切如常,心里的空洞只有自己知晓。

晃了十余日,他身子一日日虚飘起来,如久病不愈的人,手脚绵软乏力。

他晓得无药可医,却又不得不医。他讨厌这样无力。他想跟往常一样浑身是劲,头脑明敏。

他一点点捡拾着自己,却不知将捡来的碎片放在哪里。如何才能重获完整?他缺乏这个智慧。

黄栀林铺的栀子香漫进临江府时,他想起了夏槿篱,想起她说过"各人有各人的修法",他如燕子衔泥一般,开始做些修身养性的事。

他还想起似乎答应过槿篱要去做一件十分美好的事。什么美好的事?他忘得一干二净,他不在他的身体里。

他给叫花子看病,给流浪的小狗喂食,给淋雨的鸟窝盖上棕叶……槿篱外公说过,自个儿心里想着是修便是修了,他一个个乞丐、一条条小狗、一窝窝雏鸟修了起来。他修的不是佛缘,他修的是自身。

他不停地习字、打算盘,强逼着自己屏气凝神,将心压在胸腔里面。一盏茶、一炷香、一个时辰……心在胸腔里停留得越来越久,他修修补补逐渐完整起来。

洗药,心回到了药上;切药,心回到了刀上;装香,心回到了菩萨上;洒扫,心回到了笤帚上;用饭,心回到了舌头上;就寝,心回到了睡意上……他又变回了有心的人,只是心变得跟从前不太一样。

心上多出了一担水,满满地、凉凉地压着。他仍旧无法从挑着水踏进师父家门见到满屋嫁妆的情境中彻底抽离。

第三章 情窦

他存心找些跑腿的事做,与药栈跟侯家离得远些。药栈里有静仪,侯家也有静仪。

秋林师傅叫长颈送些冰片给屋下人,武全晓得他家路远,便替长颈去送。

侯秋林住在经楼,孤落落一间屋子盖在离集市不远的山地里。屋子颇为高大,只是有些草率,不见屏墙与挑檐。

武全站在门外叫了两声,屋内无人答应,绕着屋子找了一圈,仍是不见人影。周边别无房舍,无处问询,只得坐在门槛上等。

不知等了多久,正昏昏地即将入睡,一个细细的声气自身后传来:"我家灶上有碗剩饭,你先热热吃。"武全徇声望去,屋内沉暗,仍是不见人影。

"我在后头房里,你看不见。"声音又细细地响了起来。

武全汗毛有些发寒:"你是何人?可是秋林师傅的家人?"

"我是他小女儿。"

武全佝着身子朝着后头走去,直愣愣盯着后头的房门。

"你莫过来。爷娘不许我与陌生男子说话,我见你等了许久,怕你饿着,这才开了声。"

想不到秋林师傅那样的豪爽性子,于男女大防却如此拘泥,武全说:"你爷爷托我带了些冰片回来,我替你搁在哪里?"

"搁在门口便是。"

武全放下冰片便走。那细细的声气又响了起来:"不吃饭吗?"

"饭就不吃了,我还有事,你家人若是受了暑热,便用冰片解一解。"

"我晓得,爷爷年年入夏都要托人带些冰片回来。"

武全又要走。那声气又说:"我倒巴望着你吃了饭再走,从早到晚就我一个人关在屋下,连只猫都看不到。你在外头吃饭,我在房里好歹还能听到碗筷响一响。"

武全便去厨下找到了那碗剩饭,灶上的余温暖着,倒是并未凉透。他端了个板凳坐在那传出声音的房门口,细嚼慢咽吃了起来。

"你心好。"那声音说。

"何以见得?"

"我留你吃饭你便吃饭。"

武全"噗"地笑了出来:"你留我干活我便干活那才是心好。"

"我不用干活。"

"晓得。人都不让见,怎的干活?"

"我这脚,好生疼。"房门下突然递出一只小小的金莲。

"崴着脚了?"武全问。

"是缠着小脚。"

这秋林师傅!居然让女儿缠脚?师父那般家业都不曾让静仪姐姐缠脚,他一个头刀倒学起富贵人家来了。武全不以为然:"缠什么脚?你缠得脚疼,便把布带放松些。"

"爷爷说放不得,手脚太大的女子嫁不出去。"

"真嫁不出去,我日后娶了你便是。"

那声音一喜:"哥哥的话作得真吗?"

"自然作真。只管放心松了你脚上的布带便是。"

"那日后我便趁着爷娘不在,就把脚带放了。估摸着他们将要回来了,再把脚带缠上。"

武全听她言语天真,便问:"姑娘多大了?"

"二月满的十岁。"

原来还是这样小的一个妹子,武全心上一疼。

这一疼,倒暂且卸下了压在心头的那担水。

打了新谷,临江药店的生意并未十分好转,熬不住的小店仍在陆续关门,扛不住的学徒仍旧提早出师,新街到库当街继续萧条下去。

秦镛当然晓得,这局面不是一两季稻谷能够扭转的。身为知县,他却不得不去扭转,否则将有更多的药店关门,更多的药人出走,更多的田地撂荒,更多的父母失去儿子,更多的儿子失去父亲,更多的女子失去汉子……

"与百姓有缘才来到此,期寸心无愧不负斯民",二堂上,他亲手书写的楹联挂在举目颔首间。每个清江人,都是他的子民。如何"不负斯民"?

该想的办法都想了,仍是螳臂当车,拦不住一泻而下的衰落。清江是他头一次担任父母官的地方,他还是头一次领受力不从心的滋味。

秦镛一日日瘦了下去,瘦到皮下便是骨架,本就细窄的面庞更如刀削斧凿一般。

热血尚在,在他多愁多病的身子里翻涌。翻涌的是他未经磨损的书生意气。他仍然相信,教化是能够改天换地的。

对着二堂上悬挂的楹联,他饱蘸了浓墨,一气呵成《劝务本业歌》:

"贫者流离非得已,富者何为复行贾?辞家转盼七八年,出门辗转数千里。不惜家园久别离,哪堪道途多梗阻。陆行既怕豹虎俦,水浮又恐蛟龙得。一朝疾病兼死亡,十万腰缠亦何益?吁嗟呼!上有高堂白发垂,下有闺中少妇朱颜开,稚子成行未识面,劝君束装归去来。"

这歌,是要唱给那些意欲离去并已然离去的临江药人听的。秦镛用一腔书生的热血,挽留并呼唤他的子民。如此,可算得上是"不负斯民"?

六月二十四是关老爷的生日,临江人佛道不分,神像都是混在一起的,佛寺、道观里都供关公,许多做生意的店铺里也供关公。关公是"义"的化身,临江人相信,"义"是能够护佑自身的。

秦镛晓得临江人的性情,于当日指派了十余名衙役,在大小宫观寺庙前给香客派发《劝务本业歌》。万寿宫香火最盛,他命人在宫门一侧搭了个高台,身着公服,亲身登台唱文。

素银的腰带勒着修长的青袍,更显得他骨瘦如柴,绣着紫鸳鸯的补子将漆黑的双眸映照得深不见底。他身上有一种对立的情态,一边是弱不禁风的躯体,一边是坚不可摧的心志。他站在青石壁嶂之前,以清越的嗓音召唤着治下的子民。苍白的脸在朱红的宫门映衬下,显得越发的苍白。

"……陆行既怕豹虎俦,水浮又恐蛟龙得。一朝疾病兼死亡,十万腰缠亦何益?……"吟唱久了,他刀削般的面庞仿似渐渐嵌入到石壁中去,石壁上浮雕的花木、翔禽鼓凸出来。他把自己唱成了这占地两亩到底五进的万寿宫石壁上的浮雕,把浮雕唱成了世间的活物。

他被钉在了清江的史页里,以带着书生气的知县身份,以吟唱《劝务本业歌》的姿态。

夏槿篱站在台下看着他唱。这样的大日子,她自然晓得他要出来。

她见过他器宇轩昂的样子,见过他温文尔雅的样子,却从未见过他这等心焦如焚的样子。

他要唱,她便陪着他唱。

他在万寿宫唱,她便到薛家渡去唱。

"贫者流离非得已,富者何为复行贾?辞家转盼七八年,出门辗转数千里。不惜家园久别离,那堪道途多梗阻。陆行既怕豹虎俦,水浮又恐蛟龙得。一朝疾病兼死亡,十万腰缠亦何益?吁嗟呼!上有高堂白发垂,下有闺中少妇朱颜开,稚子成行未识面,劝君束装归去来。"

她吵吵嗦嗦的嗓音更有一种苍凉的韵味,恍似杜鹃啼血,唱得人心里发疼。背着包袱拿着雨伞的小后生被她唱下了渡船,站在渡口的石阶上围着她看。她向着辽阔的江面喊:"过了樟树河,舍不得亲老婆;过了薛家渡,顾不得家务事。"她喊出了后生仔一泡泡眼泪。有人将包袱往地下一摔:"不走了!爷娘还靠着我操田种地。"

她不止唱,她还演。她把自己扮成小新妇、老婆婆的模样,一会儿喊着"夫君归来",一会儿喊着"孩儿莫走"。一个个预备离乡的药人被她召了回来,她成为临江的一个异人。

她那样怪,做着别个都不会去做的事;她又那样美,撼动着离乡药人的心。

她风雨无阻地守候在薛家渡,见了渡船便唱跳不止。临江人一时都将她称为"红衣歌舞女"。

秦镛听得传说,带着几个贴身侍役到薛家渡去看红衣歌舞女。炎炎夏日,夏槿篱衣衫汗湿,面颊上起着两坨晒痕。他走过去,为她撑着伞。她扶着伞柄,绕着他且唱且舞。

他说:"不知何故,便知是你。"

她问:"如此痴癫,可吓着了你?"

他说:"大恩不言谢。"

她迎着江风背转身去,水草样的青丝倒卷过来:"汗漫金华寒委地,火云散尽奇峰势,纨扇团圆休与比,犹可喜,恩情不怕凉飙至。梦冷魂高何处寄,琉璃砌上笼人睡,逃暑广寒宫似水,缘有累,乘风却下人间世。"

他说:"可惜秦某高攀不起。"

她回:"说甚高攀?无非是一片真心一身孤勇而已。"

侯顺良也在一众侍役当中。他见夏槿篱又是唱曲又是吟诗,也不知什么意思,看秦大老爷神色,似是对她十分赞赏,便凑上去说:"不如让我在这儿陪着槿篱妹妹一起唱,也好做个伴。"

"也好,"秦镛点头,"孤身一个女子,到底不甚安全。"

槿篱想着要演母子离别,多个帮手也是好的,便将顺良留了下来。

秦镛说:"劝返了药人,便于清江药界有功,日后定有奖赏。"

槿篱笑:"我讨的赏,只怕大人不肯给。"

秦镛说:"姑娘是脂粉中的奇人,想的自然与寻常女子不同。日后这临江府,姑娘的大名定要胜过无数男子。如今世道艰难,见你如此,我倒放心。"

槿篱说:"放心便是。"

顺良便跟着槿篱在薛家渡演了数月的母子与夫妻。夏谷禾自然又来捉拿过几回。顺良帮着槿篱抵挡,倒是日渐亲厚起来。待到停演那日,二人竟有些依依惜别之情。

23

黄武全听侯顺良说跟着夏槿篱在薛家渡唱戏,惊得下巴都要掉了。戏子在戏台上唱戏是本分,一个神针圣手的曾外孙女跟一个知县老爷的侍役在渡口唱戏,那便是近乎疯癫的事了。他晓得夏槿篱不拘一格,却仍旧深感大失体面。他在黄家时是曾有过一二分体面的,虽是不多,到底有过。他欢喜讲体面的人,像槿篱外婆与静仪姐姐那样。那是他想要进入,而尚未进入的境界。他想要的自己是衣着高雅言谈不俗的,暂且不曾做到,不过是囿于处境而已。偶有鄙言陋行,皆因处境所迫,他始终这样认为。

他还是到薛家渡去过两三回,并非特地去看二人唱戏,只是受不了一日日眼睁睁看着静仪的婚事逼近,又无甚别个好去处。

顺良却以为他心下好奇,唱得更为卖力,献宝似的指着自己的装扮问:"我扮相如何?"

武全答:"差强人意。"

槿篱唱得渴了,扯着他们去花滟洲偷西瓜吃。

偷西瓜是体面的事:要机敏,灵巧地避过瓜农的耳目;要胆量,明知瓜农就在近前仍然无所畏惧;要体力,逃窜起来持久而迅疾。这是武全的见识。他所认为的体面,未必真是体面的事。

花滟洲三面环水,一江清流如同少女的柔荑轻拥着洲岸。水是绿的,如同流动的翠玉,江底的沙石清晰可见。这清流,便是清江之名的由来。洲上草木葳蕤,开满不知名的小花。盛夏的日头将花香晒得分外浓郁,无数的蜂蝶叮着花蕊吸蜜。行至草深处,花草盖过了头顶,甜软的香花擦着鼻尖,嘤嘤的蜂鸣齐着耳根,粉粉的蝶翅掠过颊面,前不见去路,后不见归途,极目所见只有头顶一方碧蓝的天。

槿篱在前面引路,艳红的嫁衣与身畔的草木牵牵扯扯,牵扯得跌宕的身段更为突兀。她与盛夏的花香一般,显得分外浓郁。

武全闷得一头一脸的汗,醉酒般头脑迷糊手足作软,恍惚间极想走近去紧紧贴一贴槿篱的后背。那是一个与花滟洲同样繁茂的后背,是孕育万物的后背,是肥田沃土般的后背。

好在须臾间便从深草里钻了出来,一片开阔的瓜田横在眼前。槿篱竖起食指堵在嘴上,无声地"嘘"了一下,脱下嫁衣塞进一蓬枸芳里。幸而不曾紧贴过她的后背,无论如何,他是不会欢喜一个这样在男子面前露出贴身小衣的女子的。而她的贴身小衣,又如野花般招引着他。

他跟在槿篱后面,蹑手蹑脚爬进瓜田旁的浅沟里。沟里并未蓄水,长满了各色杂草,零星地生着几棵犁头草与白花菜。瓜棚在水沟对面,离得极远,看不清是否有人。一条白狗扯长了脖颈望着这边。

"那边那个,看见了没?"槿篱指着不远处一个西瓜,"我待会儿摘了它便跑。你们各自看准一个,摘了便跟着我跑。我认得路,晓得往哪儿跑。你们莫跟丢了。"

顺良"嗯"了一声,槿篱已冲进瓜田里去,"嗷嗷"的狗叫起来。武全不料她去得这样快,待到反应过来,白狗已朝着这边飞奔过来。他几乎是迎着白狗跑过去的,一人一狗险些撞了个满怀。他抱着西瓜连滚带爬,挣扎着躲进了深草里面。槿篱一连声喊着:"这边,这边……"他竟有些跟不上,西瓜一再掉在地上,草木缠着脚。哪有什么体面? 跟着她,连偷个瓜都搞得如此狼狈。

"你就不能先问一声再去摘吗?"逃了一阵,估摸着无人追赶,武全扯着槿篱问。

"问什么?"

"问我们是否做好了准备呀!"

"偷个瓜而已,做什么准备?"

武全无语。说起来,确乎无须做什么准备。可他心里需得准备准备。她一向胡作妄为,自然无须准备。

"顺良怎的还未过来?"槿篱扒开草丛看了看,实则除了密实的草木什么也看不见,"莫不是跑丢了?"

"跑丢了倒是无妨,他笨手笨脚,莫被捉住了才好。我摘瓜时便差点被狗咬住,他还在我后面。"

"坏了,"槿篱拍了下大腿,"早知他这样没用,便让他在江边等着就好。谁知他给秦大老爷做了近一年的侍役,竟还这样拙,连个瓜也不会偷。"

二人又等了一阵,不见人来,也不闻人声。武全耐不住:"我且回去看看,莫要闹出什么事来。"

"偷个瓜能闹出多大的事?"槿篱说,"当真抓住了,把瓜还了便是。大不了帮着瓜农除除草、翻翻地。你巴巴地跑回去,没的又被抓住了。我们只管在来路上歇着,等着他来寻找便是。"

武全说:"你不晓得他那个性子,鬼晓得要闹成怎样。"

槿篱见他着实担心,便将自己偷来的瓜往他怀里一滚:"你一个汉子,巴巴地跑去偷瓜,人家必定认为是蓄意而为。还是我去吧,我一个妹子,只说是跟顺良在洲上相会,一时兴起,偷着玩的。"

武全听她说得有理,便依着她去,又忍不住调侃:"你倒不顾惜自己的名声。"

"名声是什么?都是长在别人脸上的嘴,我顾它做甚?自个儿的名声,我自个儿说了算。"

武全仍觉她说得在理,可又有些看不惯连男女之事都不顾名声的女子。

槿篱钻出草木,在枸芳下取出嫁衣穿上,端一端身架,做出一脸天真的笑意,盈盈地朝着瓜棚走去。

白狗在瓜棚前吠了两声,她轻轻地吹了几声口哨,那狗儿便颠颠地跑过来围着她转,还试探着摆了摆狗尾。

槿篱摸了摸白狗的头,装出与它十分熟稔的样子。那狗儿将信将疑地嗅着她的衣裙,到底不忍拂逆她的友善,犹犹豫豫地放了她过去。

瓜棚里钻出个五十上下的老者,手里端着杆烟枪:"妹子跑来我瓜田里做甚?"

槿篱行了个礼:"公公作的瓜田分外齐整,瓜地里一根杂草不见,不像那些个懒汉,只要野草不吃掉瓜藤他们便懒得管。"

老者嗤了嗤鼻:"那样作瓜,能有什么好收成?"

"我也说呢,那样作法,能种出什么好瓜?我看公公地里的瓜定然又沙又甜。"

老者昂然说:"那是自然。"

槿篱说:"只是常躬着腰除草,肩背定要受损,我帮公公推拿推拿。"

老者警惕:"妹子哪里来的?"

槿篱一笑:"公公莫要误会,我家世代行医,我身为女子,不能像父兄那般给人治病,看得多了,却禁不住手痒,总想试试身手。公公放心,推拿而已,伤不着你老人家的身子。"

老者舒缓了神情,笑说:"幸而只是推拿而已,若要开药,我可不敢吃。"

"公公莫要小瞧了我,若是寻常的头疼脑热,常用的药方我也开得出。"

"哟!"老者露出颇为慈爱的笑脸,"原来是个有本事的丫头!"

"本事谈不上,些许晓得些医理而已。"槿篱拧着老者的手抖了抖,展平手掌在他背上拍了一阵,先松了筋骨,这才将劲力聚于指端,在肩颈处揉按。

"你这手法,是学过的。"

"公公也学过推拿?"

"我一个老人家,没两下功夫,怎守得住瓜田?学过功夫的,哪个不晓得推拿?"

槿篱心想:看来侯顺良八成被这公公痛打了一顿。

揉按了一阵,槿篱问:"公公这西瓜怎么卖?"

老者慧黠一笑:"莫以为我不晓得,小丫头说是给我捶背,实则想讨瓜吃。"

槿篱假装不好意思低下头去："公公见多识广，我们做小辈的，哪逃得过公公的火眼金睛。"

老者哈哈大笑："看在你确有本事的分上，我这便摘个顶好的西瓜赏你。"

槿篱赶忙拦着，嗫嚅着说："其实……其实……"

"其实什么？"

"我若说了，公公莫要动气才好。"

"你一个小丫头片子，能说出什么让我这样黄土埋到脖颈上的老人家动气的话？"

"其实公公赏我的西瓜，我已摘了。"

老者不解。

槿篱又嗫嚅着说："其实我到花滟洲，是与……是与表哥相会。适才在瓜田那头瞧着西瓜生得齐整，我小丫头片子不懂事，觉着好玩，便……便怂恿着表哥前来偷瓜。"

老者将烟枪一放："原来那小子是你表哥……我看你眉眼还算聪明，怎的找了个那样又蠢又蛮的？"

"这……蠢也有蠢的好处……蛮也有蛮的可爱。"

"不懂你们这些后生仔，"老者气咻咻说，"我却看不出他有甚可爱之处，明明是个偷瓜贼，却逗得比谁都威风，一上来便跟我动手，气得我把他吊起来抽了一顿。平素里有人偷瓜，我最多吓唬吓唬，大不了踢打两下，从未下过这样的重手。"

槿篱往瓜棚里睃了两眼："怎的没听得响动？"

"放心，不曾打死，吊在后边呢。"老者起身绕过瓜棚，领着槿篱穿过一丛齐人高的野茼蒿，顺良便被吊在野茼蒿后边一棵巨大的合欢树下。若非老者引路，怕是寻他不着。

顺良呜呜叫着，嘴里塞了块破布。

槿篱扑哧一笑，头一次见人偷个瓜闹成这般模样。

老者一边松绑一边气冲冲说："要不是看在这小丫头的面子上,我今日非绑你到半夜不可。守了一辈子的瓜,还是头一次遇着偷瓜的倒比种瓜的横。"

几朵即将萎谢的合欢被顺良不停的挣扎震落下来,槿篱捞住一朵闻了闻,有股清淡的甜香味。举目细看,只见枝叶横生的老合欢树上,东一朵西一簇还藏着许多花。许是老树叶茂,上层枝叶遮挡住了下层的光,致使下层的花儿开得晚些,七月还未谢。

槿篱喜食合欢羹,常恨合欢六月便已凋谢,见了这七月里的合欢,立时欢天喜地,连顺良也不管了,只顾上树摘花。

顺良也不知她摘花做甚,她要摘,他便帮着摘。

武全在草丛里等了许久,不见槿篱返来,只怕是出了什么事故,顾不得才偷来的瓜,便到瓜田里去寻。寻了许久不见人影,壮着胆厚起脸皮到瓜棚里去问,却听说是在摘合欢。

武全寻到合欢树下,只见槿篱摘了满满一兜子花,正揪了花蕊啜饮花蜜,脚下丢着一堆瓜子瓜皮。

他又热又渴,又等得那样心急,他们竟在这里该吃的吃该玩的玩,全然不曾想过他会担心。黄武全直想揪住二人大骂一顿,又深知再骂也是无用的,不免安慰自己该当庆幸。庆幸什么,却又说不清。许是庆幸并未对这夏槿篱动情。可夏槿篱亦从未对他用情,自己有何道理为此庆幸?

总归是值得庆幸的,只得作此想,才不至于气得太甚。

槿篱含着一缕合欢歪着头看着他问:"你的瓜呢?可是趁着我们不在,独个儿都吃光了?"

武全冷冷地看了她一眼,缓缓吐出两个字:"死了。"

24

宝祥父母请人算了几个好日子,亲自到商里与静仪父母商议,择定了次年四月初八成亲。

宝祥本已是侯济仁栈的首徒,众人都恭敬着,定下了日子后侯木生又有意让位,许多大小事务都由他做主,他的身份便越发不同,相当于是半个东家了。

宝祥性子谨慎,当学徒时,行事颇合师傅们的心意,拿起主意来却不免舍本逐末,侯秋林那般性情豪爽又久经历练的师傅们,便有些施展不开。

别个倒还好,只等着宝祥涨些阅历,胆大起来。秋林师傅是个急性子,只觉度日如年。他本是个有本事的,因着后生时受过侯木生的恩惠,这才一直留在店里。如今眼看东家已生退意,便也起了自立门户的心思。他晓得武全私下里暗自恋慕静仪,料想他的日子亦是万般难挨,便婉言邀他一道离店。

武全进店前许诺过一世都不出去,虽是处境艰难,却只能谢绝了秋林师傅的一番美意,仍旧留在店里。

侯秋林只得带着两个束发之年的儿子,在侯济仁栈不远处开了家小药店,只售药,不看病。

侯木生晓得侯秋林绝非池中之物,论本事早可出去单干,留在店里皆因顾念旧情。若要算计,自己早年施予的人情这些年早已还清,断然没有再行强留的道理,便爽爽快快送了他出去,并赠予了许多银钱助他起家。

宝祥却将侯济仁栈的老药工都当成了自家人,见侯秋林出去,总觉着是背叛家门。他嘴上不说,心下却颇为不忿。

武全虽未追随侯秋林而去,却晓得他极为赏识自己。身为男子,最看重的便是赏识,如同女子最看重男女之情。所谓"士为知己者死,女为悦己者容",女子甘为心上人赴汤蹈火,男子亦甘为赏识自己的人典身卖命。故而武全虽留在侯济仁栈,却常去侯秋林店里帮工。

侯秋林新起炉灶,自然亟需帮手,侯木生深明大义,不仅从不阻挠武全,反倒经常有意腾出空闲,方便他过去。宝祥却认为武全是背主负恩、逢迎新人,与他嫌隙愈深。

临江药市本已萧寂,侯秋林又尚未打开销路,店里时常整日做不成一单生意。他念着老东家的赠银之恩,又怕贵重药材搁久了有损药效,又担心老东家久治不愈的咳疾伤了身体,便包了些冬虫夏草叫武全带去。

武全欢欢喜喜捧了一大包冬虫夏草回到侯济仁栈,献宝似的拿到前柜给侯修贤看:"上好的虫草!这么一大包!秋林师傅对我们东家真是义气!"

宝祥恰好也在前柜旁,"义气"二字听得他心头火起。他恨的便是侯秋林不讲义气。这黄武全本就跟他沆瀣一气,同样的不讲义气,却大言不惭赞他义气,世上再无比这更厚颜无耻的事。他不及细想,伸手便把武全手里的虫草一掀,满满地撒了一地:"侯济仁栈的虫草不如他家的吗?巴巴地从他家带来做甚?"

武全与修贤不知他火从何处起,愣愣地站着面面相觑。

静仪从后堂出来,以为修贤不慎将病人捡的虫草打翻了,便说:"捡起来就是,吓得这样做甚?"又说,"哪个这样阔气?拣这许多虫草?"

宝祥大喝一声:"不许捡!"

呼喝声惊动了侯木生,他挑开门帘从中柜探出头来看。只见静仪愣愣地看着宝祥问:"这样金贵的药,为何不捡?"

宝祥说:"这药是侯秋林送来的。背弃旧主的人,要他的东西做甚?莫说是一包虫草,便是一箱金瓜子,也要把它扔出去!"

侯木生咳了一声。他晓得宝祥墨守成规,却未曾想过因过分守成便易生偏见,因偏见又致使目光狭窄,因目光狭窄又致心量狭小。周妈与舅公公对宝祥都不甚满意。妙儿虽未明言,亦与他二人一般心意。三人尽皆看好武全,只因武全年纪尚小,这才不曾坚持。妙儿跟周妈是女流之辈,舅公公亦无多见识,侯木生原以为三人的好恶不过是随兴所至而已,经不得推敲,却不料自以为深思熟虑的自己,才是真正经不得推敲。他总坚信人无完人,守旧些并非大错,硬要促成这桩婚事。如今婚事已定,他见宝祥如此看待秋林师傅,方才发觉这并非大错之错足以酿成大错。心量狭小,必于药栈有损,侯济仁栈的生意交到宝祥手里,日后真不知将会怎的。想到这里,他不禁又咳了几声。

在黄武全村上诊治鼠疫时,侯木生已落下咳疾,归店之后调养得好,略微平伏了些。自打发觉宝祥量窄后,他不免心绪纷扰,养好了些的身子又衰弱下去。自此越咳越是厉害,过了中秋,竟一病不起。

英雄迟暮美人老,最是令人不忍卒睹。寻常汉子老去,寻常容貌逝去,更多的是静水深流悄无声息的变化,而英雄猝然衰老,绝色骤然凋零,便如同高山跌瀑,令观者心惊。侯木生虽称不上英雄,在临江府却也是响当当的人物,一旦病倒,尤显凄凉。

宝祥白日里料理药栈事务,吃过夜饭就伴在侯木生床前,守到子时方归。侯木生咳得厉害,需得有人不断递上痰盂,白日里由周妈同舅公公照管,夜间便由宝祥与林妙儿轮换。

守了月余,宝祥瘦得两眼落眍。侯木生见他皮包着骨头的样子,确是个殷勤孝顺的好孩子,不忍任他死板的性子日后苦了自己,便试探着劝说:"你秋林师父为侯济仁栈切了大半辈子的药,论功劳,药栈能有今日,离不得他一手好刀法。可天下没有不散的筵席,他想自立门户,也在情理之中。你莫怪他。"

宝祥心想:他什么时候出去不行?非要在我即将接手药栈的时候出去。新旧交替,正是艰难之时,若是忠肝义胆,便应待我诸事捋顺了再走。非要在这节骨眼上出去,再怎么在情在理,也还是不忠不义。如今爷爷又病倒了,侯济仁栈越发艰难。

他心下不服,却碍于死守规矩的性子,爷爷说什么,必得应着的,于是强忍不满点了点头,只说:"我不怪他,只当他仍在药栈一样敬重。"

侯木生说:"一日为师终身为父,秋林师傅也带过你几年,三时三节,该尽的礼数还是要尽的。"

宝祥说:"爷爷放心,我记住了,三时三节定不缺礼。"

侯木生见他如此受教,便接着说:"我晓得你素来乖顺,最守规矩。只是凡事物极必反,过于拘泥于规矩,却也未必是好事。规矩是死的,人却是活的,世道更是瞬息万变,为守规矩而守规矩,有时难免误事。"

宝祥自幼谨小慎微,不敢行差踏错一步,处处牢牢守着规矩,这才得了爷爷的疼爱,得了师傅、学徒们的敬重,他只晓得守规矩的好处,却不知守规矩还有坏处。爷爷这番话,他听得稀里糊涂。

侯木生说:"好事说不坏,我这一病,若是走了,你定要记住,日后还需见机行事,不必事事死守成规。"

侯秋林的事,宝祥已憋了一肚子气,又听了这一番糊里糊涂的道理,忍不住满腹委屈:"教我守规矩的也是爷爷,要我莫守规矩的也是爷爷。我到底该当守规矩还是不守规矩?孩儿鲁钝,实在不懂。"

侯木生叹了口气:"该守规矩的时候便守规矩,不该守规矩的时候便莫守规矩。"

何时该守规矩,何时又不该守规矩?该当如何分辨?

侯木生见他满脸茫然,不得不说:"日后遇着什么难事,可找武全商议。"

不提黄武全还好,一提黄武全,张宝祥再也按捺不住:"爷爷既要教我破规矩,又何必教我守规矩?不如一向便莫要教我守规矩便是!"

侯木生说:"我何曾只教过你守规矩?打你进店起,我便身体力行,一面教你守规矩,一面教你破规矩,只是你一时还不曾悟到而已。若是死守规矩,我怎会让静仪学艺?"

宝祥这才醒悟过来,原来爷爷跟那黄武全一样,也是个不守规矩的。初识静仪时,她已在药栈,宝祥从未想过她进店学艺是否合乎规矩。如今扯开了说,他才惊觉一个女子跟在店里已是不合规矩,更不消说还学着制药、看病,随意出诊。他只道爷爷同自己一样,是个循规蹈矩的,不料爷爷却是跟那黄武全一样,压根不把规矩放在眼里。怪道黄武全那般胡作非为,爷爷却见怪不怪,原来他们才是知己知彼。

宝祥陷在深深的诧异里,还有些误入歧路的恐惧。

25

开春后,侯木生咳得越发厉害,几乎难以成眠,本就瘦削的身形耗得如同冬日里的枯枝。

这日早起,不知为何,忽地想吃萝卜菜叶粥。儿时家贫,母亲常将萝卜菜叶掺入白粥中煮给他吃。萝卜菜味苦,算不得好吃,不过是聊以果腹而已。吃上药饭后,家中一日日宽裕起来,熬粥时再加佐料,也是在桂圆、红枣、枸杞中挑选,不必再嚼苦哈哈的萝卜菜。许多年不吃,猛地想起来,竟如海味山珍般引人垂涎。

他唤来周妈,细细地交代了做法:白粥定要熬得极浓,菜叶需得切得极碎,稍稍点上几粒盐,将起锅时把萝卜菜撒入粥中,停了火搅拌几下,菜叶一软便盛起来。

周妈依言做了,端上来青青白白清清爽爽的一碗。

他就着咸菜吃得有滋有味。

林妙儿看着,欢喜得眼里溢出泪来:"谢天谢地,总算用得下东西了。"

侯木生吃完萝卜菜叶粥,咳也止了,身上也有了力气,见外面春光正好,便说:"许久不曾陪你出游,今日天好,我带你出去转转。"

"才刚好些,莫要招了寒气。"林妙儿说,"再养几日出去也不迟。"

侯木生说:"你可晓得,自迎了你入门那一日,我便时常想着,待得空闲下来,定要日日陪你赏花观景。谁知这念头存了这许多年,竟是一日都不得闲,眼看你从青葱少女变作白发老妪。今日再不去,更待何日?"

林妙儿这才叫舅公公去药栈着人套了马车过来,两老相互搀扶着,颤巍巍上了车。

临江人喜种桃李,房前屋后一蓬蓬粉扑扑的桃花喜笑颜开。侯木生说:"开得这样好,竟似世间无灾无难。"

出了临江府,近郊有一大片桃林,也不知是前人有意栽种的,还是野生的连成了片。侯木生携着林妙儿的手,往桃林深处走去。

暖暖的春阳蒸腾起暖暖的花香,解冻不久的地面也升腾着潮润的暖气。厚实的衣衫里微微捂出汗来,林妙儿不敢让夫君松衣裳,举着帕子为他遮挡头顶的日头。蜜蜂叮在花心里，三两只不着意碰到了一起，"嗡"的一声各自飞散。绒绒的蜂足触着绒绒的花心，绵软的热闹与鲜妍的寂静。

侯木生扯了几把隔年的干草，扎成小小的两捆，堆在一棵桃树下面。两位鬓发花白的老人靠着树干坐了下来，如同两棵枝叶交叉的树，头颈交叠。

一世的聪明，到了最后，他想要的只是一碗清粥、一处美景、一位良人。

连绵的桃林里成千上万的蜂虫赶场似的往来翻飞，不见别个赏花人，巨大的热闹与巨大的寂静并存。侯木生历尽磨难又诸事顺遂的一生，也如同这桃林一般，轰轰烈烈又清清淡淡。

他好似用尽了所有的气力，昏昏地沉睡过去，直睡到午饭时分。

暖阳烘得人发软，林妙儿架着他迷迷糊糊上了马车。他含笑地看着爱妻："你还是这样大力。那年，我初次离家，你扛起了犁耙，叫我放心。"

车轮吱吱呀呀碾着临江府的街巷，街巷上的每个店铺、每户人家都那样熟悉，熟悉的气息伴着侯木生安睡。马车不紧不慢地行进，生命不慌不忙地流逝。

他恍恍惚惚地踏进家门，跨入卧房，摸着床铺躺了下去。

周妈端了一碗萝卜菜叶粥过来。早上见他用了满满一大碗，想着这东西倒还受用得下，她便又做了新鲜的。侯木生摆了摆手，抑或只是想着要摆一摆手，接着沉入梦里。

梦里，将一生的来路重走了一回，从懵懂的孩童变成沧桑的老人。

周妈将菜粥倒回锅里，红着眼看着舅公公问："早起还添了些精神，怎的出去一趟，就成了这样？"

舅公公吧嗒着烟，空空地朝着她看。

侯木生不再咳嗽，呼吸均匀地安然沉睡，仿似要将数月来被病痛折腾的睡眠补足起来。夜饭也未用，萝卜菜叶粥不能再吊起他的胃口。

到了亥时，他缓缓醒了过来，见宝祥一如往常守在床头。

"差不多了，把师傅、学徒、伙计们都叫过来吧。"

宝祥转过头去看着他张了张嘴，不知该要应声答应，还是该当软语宽慰。

264

"无须多言,自己的身子我自个儿晓得。"侯木生抬了抬手,将他的话堵了回去。

宝祥扶着床沿站起身来,脚下不稳,险些跌了一跤。

林妙儿握紧侯木生的手,眼泪滴落在手背上。

侯木生拍着她的手背:"莫哭,我这一世了无遗憾。宝祥甚是孝顺,日后定然不会薄待于你。"

宝祥出去后,静仪与周妈、舅公公陆续走了进来。静仪跟母亲一样握住父亲的手,佝下身子预备下跪。周妈抹着泪说:"莫跪,莫跪。"周妈屡经生死之事,深谙当中规矩。静仪听得她这样说,心知此时依规矩不可下跪,赶忙支起腿来,斜签着坐在父亲床沿上。

不多久,门外响起一阵脚步声。武全率先闯进门来,脸上横七竖八尽是泪痕。周妈说:"莫哭,莫乱哭。"武全便强忍住泪。

侯贤喜领着六七个师傅跨进门来,房里挤得满满当当,学徒、伙计们只能站在房外。武全最晚进店,不可挡在师兄们前面,便侧身退了出去,换了宝祥进来。

侯木生扫了众人一眼:"大家都来了?这些年,辛苦你们了。"

众人说:"我们不苦,东家辛苦。"

侯木生微笑:"虽说我是东家,可自从进了药栈,你们个个都把侯济仁栈当成自家的一样,从不计较得失,尽心尽力为店里做事,处处帮着我、护着我。"

众人说:"是东家处处帮着我们、护着我们。"

"一家人不说两家话,"侯木生摆了摆手,"我满心的感激就不说了。如今我就要走了,日后这药栈便托付给你们了。静仪跟宝祥年轻,不曾经过多少风浪,你们还需多多帮衬着些。尤其是几位师傅,还请多帮两个后生出出主意。"

侯贤喜说:"东家放心,我们定然跟追随你老人家一样,好好跟着静仪同宝祥。"

侯木生指着静仪与宝祥说:"你二人给师傅们磕个头吧。"

宝祥携了静仪,一一给侯贤喜、侯细苟、侯君武等几位师傅磕了头。师傅们急匆匆轮番上来扶起二人,嘴里连连说着:"万万不可!万万不可……"

侯木生说:"一日为师,终身为父。你二人日后当了家,仍旧要跟做学徒时一样敬着师父们。"

静仪并宝祥同声称"是"。

侯木生长舒了一口气:"如此,我便心无挂碍了。这一世,我也算是有福,得了个美貌、贤德的夫人,生了个聪慧、乖巧的女儿,招了个勤快、孝顺的女婿,又与诸位忠心耿耿、有情有义的能人共事,也算得是圆圆满满了。"

众师傅、学徒、伙计都说:"能投在东家店里,是我们的福气。"

侯木生看着女儿问:"你可晓得爷爷为何不令你缠足?"

静仪答:"爷爷心疼女儿,舍不得女儿受疼。"

侯木生爱怜地抚了抚她的手臂:"爷爷是想让你跟男儿一样,想去哪里便去哪里。如今这世道,日后还不知要变成怎样。留一双天足,便多一条生路。你且记住,无论千难万险,留得命在,便可翻身。"

静仪点头答应。

侯木生又将宝祥唤到身边:"我走后,你便是一家之主了,凡事多与大家商议,切莫意气用事。侯济仁栈遵的是仁义、济世的古训。你要牢记:身为药人,必得要讲仁义;有了本事,还要兼济世人。守得这两条,必有你的好处。"

宝祥亦点头答应。

侯木生又重复了一回:"守得这两条,必有你的好处。"

宝祥又应了一回。

油灯一晃,侯木生脸上挂起一抹满意的笑:"今夜油灯甚亮,你们一个不少都守在我边上,如此甚好,甚好……"

武全听得师父气息越来越弱,顾不得长幼尊卑,隔着门框朝房里喊:"武全多谢师父再造之恩!这一世,没有师父便没有我黄武全!师父跟姐姐就是我的再生父母!师父放心,只要武全还有一口气在,定护师娘跟姐姐周全。"

宝祥心想：有我在，有你什么事？

他这样想着时，侯木生呼出了一口长气，再没有吸进气去，握着林妙儿的手缓缓松开，双目往黄武全喊话的方向斜视了一眼，脸上凝着笑意。

林妙儿尖声大叫："木生！"

周妈紧接着喊："快下跪！"

众人纷纷跪下大喊："爷爷！师父！老爷！哥哥！东家！"

周妈说："莫喊了！莫喊了！让他安心去！"

众人不敢再喊，憋着声气抽噎。

林妙儿跪在床前，接过周妈递过来的纸钱，就着舅公公端过来的油灯点燃，搁在宝祥捧上来的火盆里，一边烧纸一边哭唱："我苦命的老爷呀！一世人做了两世的事呀！忙得不曾歇过一日呀！如今撒手去了呀！一日的福都未享过呀……"

周妈拍着她的背说："莫再哭了，莫再哭了，让他去吧。听得你喊，他舍不得走，留在生死中间受苦呀！"

林妙儿不再哭唱，软软地瘫坐在地上，这才真真切切地哭了起来，直哭得涕泪横流，纸灰糊了一脸也不顾。

先前哭唱是为亡魂送行，这是临江的习俗。哭唱的言辞是有讲究的，需得道明死者一生的可怜、可敬之处。哭唱之声越高越好，一来确保亡魂听得到，二来也是周知左邻右舍。哭唱过后，方可真情流露。

静仪跪在母亲身畔静静烧着纸钱，火光映在脸上，照不出她的悲伤。

有个小伙计悄声说："女婿哭得那样，女儿倒未掉一滴眼泪。"

武全狠狠瞪了那伙计一眼。他晓得静仪的性子，掉不掉泪，与难不难过无关。

正如跟不跟他，与喜不喜欢他无关。

第四章 离乱

1

侯木生去世后，侯济仁栈的生意一落千丈。

人心难料。侯木生在时，张宝祥与侯细苟的医术也颇得临江人信赖；侯木生一走，侯细苟在前来就医的人嘴里就变成了只会耍嘴皮子的庸医。而张宝祥则变成了靠女子吃饭的养婿，未得侯家真传。余下的师傅、学徒就更不消说了，统统变成了酒囊饭袋。

要想重振声威，只得如侯木生一般一例例疑难杂症从头治起，慢慢打出名气。可世上哪有那许多疑难杂症？有了疑难杂症又岂能个个都到侯济仁栈就诊？一个声名赫赫的大药栈，因而如同寻常小药店般渐渐难以支撑。

药师、学徒、伙计们遵照老东家的临终托付，陪着新东家在药栈苦熬。宝祥背负着众人的深情厚谊，又寻不着出路，难免心下烦闷，待静仪便不如以往那般耐心。静仪向来恬淡，倒是并未放在心上。武全瞧着却甚是不忍，常有意宽慰两句。同一句话，不同的人听来常常各有滋味。武全以为稀松平常的话，宝祥听着却有些挑拨离间的意味。一来二去，二人更是水火不容。少了侯木生扼制，死板的更是死板，诡黠的更为诡黠，张宝祥与黄武全将各自性情中的缺陷暴露到了极致，不顾利弊，只管斗气。

斗起来，宝祥是赢不了武全的，只是顶着新东家的名头，师傅、学徒们还是护着几分,每每拌起嘴来,便总是将武全拉出去。

武全无处可去,只得到侯秋林店里小坐。如此一来,他与秋林师傅越加亲厚。

父母走后,黄武全便将侯木生当成最为亲近的长辈。如今侯木生也去了,最为亲近的长辈便是侯秋林。在他心里,秋林师傅逐渐占据了父亲跟师父在世时的位置,成为如父如兄的亲人。

四月初八,宝祥母亲张皮氏到过一回侯济仁栈。这日本是宝祥与静仪成亲的日子,因静仪有孝在身,婚期只得搁到孝满后再议。依照当地习俗,孝期虽不能完婚,为绵延子嗣,若男女双方合意,可先行圆房。张皮氏到侯济仁栈,便是为着此事。

宝祥有些为难:"侯家爷爷的灵屋还没烧呢,怎好张口提出这个事?"

张皮氏说:"有甚不能提的?又不是独独我们家,临江府多的是前例,侯家也该体谅些个才是。"

宝祥说:"静仪与侯家爷爷的父女之情不同别个,只怕她过意不去。"

"传宗接代原是本分,有甚过意不去?"张皮氏说,"待她孝满,你都三十了。若是心里有你,她怎能忍得下心?"

宝祥仍自犹豫。张皮氏说:"不消你开口,为娘给你做主便是。"

长颈在门口进进出出招呼病人,来来去去听得一句半句,当是好事,他生性多嘴,顺口就告诉了几位师兄弟。

武全听了,心里颇不舒坦。不行婚礼便要圆房,神仙似的静仪姐姐怎能被张家这般薄待?他愤愤地说:"亏得张家姆妈想得出来,把我们侯济仁栈的千金小姐当成乡野村姑了?"

修贤说:"确是有些委屈静仪姐姐,只是宝祥哥哥这个年纪,委实不好再等三年,临江也确有这个规矩,张家姆妈的想法也算在情在理。"

长颈说:"管他什么情理不情理,两情相悦最是要紧,只要静仪姐姐跟宝祥哥哥欢喜,哪日圆房都行。"

宝祥自然欢喜,静仪欢不欢喜,只怕只有她自己晓得,甚或她自己也不晓得。武全不好再说什么,只恨师父去得早,连爱女的婚事都来不及料理。

张皮氏去了侯家,不多一会儿又气鼓鼓地跑了回来,扯着儿子避到外头墙根下去说话。武全对张家母子无多兴趣,只因涉及静仪,便多了一份心,假意去劈竹子枝,凑近墙根下去听。

张皮氏压低着声气说:"你丈母倒没什么,那个周妈妈却说了一大箩。说什么'我家老爷尸骨未寒,张家嫂嫂怎好提起这些话来?不怕你恼,小门小户家的闺女自然不顾什么体面,我家却是晓得礼义廉耻的'。话里话外,是说我们小门小户的不懂礼仪不知廉耻!我一个正正经经种田作地的农妇,倒被一个卖奶子活命的乳母羞辱,真真没有天理!你丈母一向纵容下人,只不痛不痒地训了她几句,我这胸口上还压着一口气出不来呢,却也不好为着一个奶妈不依不饶的。"

武全听得师娘不曾答允,也就放下了心,不曾在意张家母子的心头气。

这事便应付了过去。中秋节,张皮氏又来了,梳洗得油光水滑,端着主母的架子进了侯济仁栈。

宝祥问:"大过节的,姆妈怎的来了?"

张皮氏高声说:"你年年中秋都在店里,今年新婚,该当带着新妇回家团聚团聚。"

宝祥杵着脑袋左右扫了一眼,递了个眼色,示意他母亲小声一些。张皮氏只当看不见,自顾自说:"中秋团圆,天经地义,说到天上去也有理。"

宝祥拉着张皮氏,想要再避到外头墙根下去计议。

张皮氏拂开他的手:"我是你母亲,在店里坐坐有什么要紧?"

宝祥本想说药店不许女眷入内,碍于上一回周妈发了一通"小门小户"的议论,不忍再惹母亲生气,也想给自家长长脸面,便吩咐人筛了茶来。

师傅、学徒们虽看不过眼,但碍着宝祥是新东家,也不好多说话。

张皮氏神气活现地抿着茶。宝祥轻声规劝:"我与静仪尚未完婚,哪里算得新婚夫妇？上一回,侯家就不肯。姆妈何必再惹闲气？如今店里的事尚未捋顺,孩儿原本无意为这些个操心。倒是姆妈一再催赶侯家,招得那周妈欺负,惹得儿子好生难受。"

张皮氏说:"人欺我,我便躲着不敢见人吗？不是我说你,这些年在侯家,你也太过软弱了些,凡事只凭他们说了算。结亲是两家人的事,岂有一家说话的道理？默不作声,人家更要欺你。世上哪有白得的好处？凡事要靠自己去争!"

张皮氏喝了茶,便往侯家去争了。她一改毕恭毕敬的做派,摆出与林妙儿平起平坐的架势。

"亲家母啊,不是我说,若不是静仪有孝在身,早已是我张家的新妇了,如今虽未正式过门,我家却已将这丫头当成了自家人。中秋团圆,还请亲家母让静仪丫头跟宝祥随我回去热闹一回。"

周妈照旧先接了话:"我们两家的亲事非寻常人家可比,宝祥原是上门女婿,便要团聚,也该到我侯家团聚,哪有到嫂嫂家去的道理？早起我已备足了酒菜,稍后便请舅公公去店里招呼宝祥过来用饭,嫂嫂也一同用了再去。"

张皮氏早已想好了如何堵周妈的嘴,当即一笑:"不劳周妈费心,宝祥他爷爷还在屋下等着我们回去,岂有我们在这儿用饭,抛下个爷们在屋里的道理？"

周妈说:"嫂嫂也晓得不好抛下张家哥哥在屋里,我家小姐若是走了,岂不是抛下一个寡母在家里？"

张皮氏轻"哼"一声:"亲家母屋下……怎的尽听见一个下人说话？"

周妈白眼一翻,将手里的抹布往桌上一甩:"下人？我一个下人还喂过小姐两口奶呢！张家嫂嫂是给我家小姐端过一盏茶还是倒过一碗水？"

林妙儿急忙止住周妈:"越发没个上下了！静仪是晚辈,只有她给长辈端茶倒水,岂有反过来的道理？"

张皮氏吊起嗓门说:"我家原本无意高攀,只是亲家母跟去了的亲家公,一向还把我跟宝祥他爷当个人,静仪又打小跟宝祥伴在一起,我家这才起了结亲的心。亲家、亲家母不愿也就罢了,我家虽贫,也不是娶不起新妇的。宝祥再不济事,好歹有些手艺,也不是讨不到媳妇的。亲家、亲家母既已愿了,便再没有纵着一个下人欺辱我的道理。"

这便是逼着林妙儿责罚周妈了。妙儿与周妈情同姐妹,名为主仆,却从未以主仆之分相待。周妈虽是急躁了些,却也是护主心切,妙儿不想伤了老姐妹的情分,便说:"周妈不会说话,你老人家宰相肚里能撑船,莫与她一般见识。"

张皮氏说:"她怎的不会说话?我看她是伶牙俐齿。亲家母也莫要往我脸上贴金,我一个短见薄识的妇人,哪能跟宰相作比?只是不管有肚量没肚量,我也不敢与人斗嘴。大户人家的下人,原比我们小门小户的穷人有脸。"

林妙儿只得说:"哪里的话?什么大户人家小户人家?都是一家人了,还分什么门户?你老人家疼爱静仪,大老远亲身赶来接她,这是她的福气。我这便叫舅公公去店里备车,亲身护送你们回去。"

张皮氏说:"就让宝祥赶车便是,舅公公是长辈,劳烦他老人家赶车,岂不折煞了我们?"

林妙儿说:"无妨。进门都是客,哪能让客人亲身赶车?"

"宝祥都是你家女婿了,亲家母还当他是客人?"

林妙儿无话可说,只得吩咐周妈到店里去知会静仪。

因是女子,静仪便只在家中服孝,墓地旁扎了个棚子做个意思,早晚去一回,算是白日夜间都在那里。又因药栈少不得主事的,她便仍旧时常守在店里。

张皮氏满面威风地回到侯济仁栈,不等周妈通传,径自踏进后堂去寻静仪。在堂上坐坐也就罢了,后堂是万万不能进的,宝祥只得将她扯了出来,巧言劝阻:"做家婆的,哪有亲身去请儿媳的道理?还是让下人们请了出来便是。"

张皮氏这才作罢,探头探脑地朝着后堂张望:"这许多汉子,你也放得下心?"

说话间,周妈请了静仪出来,武全陪在旁边。

张皮氏扯了宝祥一下:"怎的跟个后生伴在一起?"

宝祥脸上挂不住,便唤住武全:"后堂还有许多药要洗,你跑出来做甚?"

武全回:"德生跟长颈在洗。"

"他们在洗,你便拴着手在这儿逛来逛去?"

武全说:"一时无事,我跟着姐姐学学问诊。"

张皮氏冷笑:"店里那许多师傅不跟,非要跟着我新妇做甚?"

武全上一回已恼了张皮氏,没的借口顶嘴而已,听得这话,便也冷笑一声:"侯济仁栈学徒,什么时候要婶娘来指定师父?这是今日定下的规矩吗?"

张皮氏看着儿子问:"这是哪里来的野小子?小小年纪这般牙尖嘴利!爷娘不曾教过要敬老吗?难道是有娘生没爷教的?"

武全回:"我原是没爷没娘的,婶娘不必句句话往人心窝子上戳。这般赤口毒舌,不知是哪门哪户的教养?"

这话正戳中张家母子的心头气。武全不知,宝祥与张皮氏听得门户之见,正如他听得爷娘教养有失一般,满腔愤恨无以遏制。宝祥跳将起来,揪住他的衣襟便要动手。

周妈挺身挡在二人中间。学徒、师傅们也过来阻拦,又跟以往一样,把武全推出门去。

张皮氏上一回要静仪圆房,这一回又迫着静仪去张家团聚,眼下又在店里耀武扬威,武全只怕她伙同宝祥将侯家跟药栈踩在脚底。师父临终前他曾说过,只要还有一口气在,定护师娘跟姐姐周全。以往都是些无关痛痒的争执,师傅、师兄们推他出去,他忍忍气也就出去了,这回却死活不肯再次相让,犟在门口问:"怎的回回赶我出去?师傅、师兄们这样护短,纵得他家更是不讲道理。凡有争执,回回都是我的错吗?今日好端端的,我早起料理了许多事,闲下来了,跟着姐姐学学问诊,这又错在哪里?"

师傅、学徒们私下对武全颇为赞许,听得他这样质问,也不好再行劝他出去。

宝祥见大家伙儿都不再吭声,也不好再跟武全动手,只能劝慰母亲:"姆妈贵体要紧,没的跟个没上没下的小崽子动气。"

张皮氏说:"我自然不跟小崽子一般见识。只是我几十岁的人了,平白无故被个毛还没长全的小子给骂了,知道的晓得是他没爷没娘教养,不知道的还当是我德行有失。今日那崽子必得筛茶赔罪,明了这个是非,我才有脸回去,否则一世再无脸面做人。"

武全素来是个心思活络的,修贤想着筛盏茶也不是什么大事,便去厨下取了茶壶、茶盏过来,递到武全手里。

武全将茶壶一推,愤然转过脸去。修贤不知,武全受得气,却受不得辱。张皮氏辱及他早亡的父母,心思再活,他也不肯用在这里。

老猴子凑过来打圆场:"不论对错,张家姆妈总是个长辈。给长辈筛碗茶,也算不得委屈。"

武全说:"长辈便要像个长辈。长辈没个长辈的样子,莫怪晚辈不敬。"

老猴子听他又说起这样的话,只怕宝祥又要动气,吓得茶也不劝他敬了,赶着将他往门外推。

武全一脚顶住门槛,笑着问:"细苟师傅也来赶我吗?你老人家不是一向看重我吗?"

"还扯这些做甚?"老猴子只顾息事宁人,"你先出去避一避。话赶话的,难免闹出事来。"

武全问:"细苟师傅真心想让武全出去?"

"出去出去。"老猴子并未留意他话中深意。

武全说:"出去也行。我这一去,便到秋林师傅店里,再不反身。"

宝祥素知武全与侯秋林亲厚,早就疑心他想过去,听了这话,更以为所料不差,当即冷笑一声:"原来打的这个主意,我道怎的成日里左也不是右也不是。"

老猴子抬头一看,只见武全满面泪痕,连忙一把扯住他的衫袖:"几句话的事,哪就这样了?你莫作傻!为了这个离店,可不要被人笑话?"

宝祥说:"你莫劝他!随他出去!"

武全不理宝祥,只看着老猴子问:"笑话?细苟师傅何曾见过我黄武全怕人笑话?不过是念着师父跟姐姐的恩情,舍不下师傅、师兄们而已。几句话的事自然不算个事,只是有人早已容不得我,变着法子撵我出去。"

宝祥说:"你莫在这里牵三扯四冤枉人!我看你是早有异心,好不容易寻着个说口而已。"

"若有异心,我这便天打雷劈!"武全立掌起誓。

"天雷若是有灵,早不知劈了你多少回。"

武全淡然一笑:"这样的东家,再留也无甚趣味。"

"你再说一遍试试?"宝祥冷冷地看着武全。

武全说:"老东家在世时,待下人何等宽仁。枉为他老人家的爱婿,你竟不曾学得一星半点……"

侯木生走后,张宝祥最怕的便是担不起东家的担子,药栈的生意也正如他担心的那样急转直下,武全的话,揭开了他最怕揭开的恐惧。他伸出手去,握住了靠在门口的一根扁担:"我这个没本事的新东家留不住你,你想走便走。只是侯济仁栈的手艺不传外人。你进店时起过誓,说是一世再不出去,老东家这才收了你。你今日要出去,便把手艺留下。"

武全不知如何留下手艺。长颈却是晓得的,连忙替武全接话:"不出去不出去,武全哥说的都是气话。侯济仁栈这样好,他哪里舍得出去?"

"谁说气话?!"武全衫袖一甩,转身便走。

所谓留下手艺,便是打残一只手臂。侯济仁栈是有规矩的,若是伤天害理,便要留下手艺赶出店去。武全当然算不得伤天害理,可他自己起过誓,若是离店,便打折他的手脚。宝祥可将他的起誓当真,照店里伤天害理的学徒一般处置,亦可睁只眼闭只眼放他一马,他毕竟不曾当真触犯店规。

有那么一瞬,张宝祥是想松开扁担的……有那么一瞬而已。

一瞬过后,他手里的扁担飞了起来,带着对黄武全的新仇旧恨……他一进药栈便不守规矩!他一进药栈便觊觎静仪!他一进药栈便处处与自己为难!他近来时常与自己斗嘴!他今日又羞辱自己的母亲……

宝祥手上的气力,悉数灌注到扁担上面,他并不晓得用了多大的劲。

长颈跑过去扯住武全,想把他留在店里。他只是想把武全留在店里,保住一条手臂,他不曾留意宝祥手里的扁担。

扁担劈砸下来,长颈恰好扯住宝祥想要打残的那条手臂。他细长的脖颈后面,划过一道猛烈的风声。风声过后,一个束发之年的伙计,闷声倒在黄武全后背上面。

武全翻转身来,将这少年托在怀里,不可置信地看着停在他脖颈上的那根扁担。扁担停在长颈细瘦的长颈上,正指着武全的鼻尖。武全只看到一个巨大的扁担头,大到遮住了张宝祥的脸,遮住了侯济仁栈,遮住了整个临江府。他号叫起来,号的什么,自己听不明白。号叫声唤来了整条街上的店家、掌柜、奴仆、伙计,唤来了整条街上的路人。

在整条街浩荡的耳目中,宝祥瑟缩着走到长颈身旁,伸手触了触他的鼻尖。鼻尖下骇人的宁静,闪电样劈中了他的手指。宝祥的手指跳了起来,牵动全身跳了起来。"跑啊!"宝祥听得他母亲在喊,"快跑啊!"宝祥看了他母亲一眼。母亲还是那样气急败坏,挂着责令黄武全赔罪时一模一样的嘴脸。

他怎的就逼得黄武全硬要离店?他怎的就拿起了扁担?怎的打死了长颈?怎的一时间做了这许多不知怎的做出的事?若是母亲不来药栈?若是母亲不提圆房?若是母亲不逼静仪团聚?若是等到静仪孝满?若是一切水到渠成?若是……宝祥看了静仪一眼,静仪静静地站在那里。

母亲说凡事要靠自己去争!他想要争得的一切,从此皆成泡影。

"跑啊!"

他仍是依着母亲的喊话行事,拨开整条街的耳目,仓皇地在一张张熟悉、陌生的面孔间奔逃,从此与静仪生离。

2

"去寻槿篱。"

武全一下没听明白。

"去寻槿篱。"静仪重复了一遍。

武全才看到扁担已撂在地上，静仪正扶着长颈慢慢放在门板上，师傅、学徒、伙计们都围了上来。正值中秋，秦镛按例会在灯市上露面，夏槿篱想必要来寻他，此时兴许已在城内。长颈气息已绝，非汤药所能救治，扎针刺穴或有一线生机。若有生机的话……去寻槿篱，是唯一能做的最后一点挣扎。

人群自行让出一条路来，武全顺着依次避让的人流飞跑，嘤嘤嗡嗡的议论夹道传扬。他跑在畅通无阻的夹道上，跑在形形色色的眼光中，心绪跌宕，脚下却不敢踉跄。他不敢软弱，不敢迟疑，不敢往坏处想，只怕一想坏处便要坐实。他必须坚信，寻到了槿篱，便可挽回长颈的性命。

他只是想要维护静仪，维护药栈，维护自尊。他只是想跟张家母子斗一斗气。他怎能料到这口气最终会伤及长颈？他不想认，他怎么也不想认，他不想承认是自己的言行引发了长颈的厄运。他不想认……可他若跟师傅、师兄们一样由着张家母子任性妄为，长颈怎会遭受厄运？他不想认！他死都不认！

他要找到槿篱。找到了槿篱，长颈的厄运便可挽回。找到了槿篱，他不想认的一切都不必再认。

县衙前正在张灯结彩，夏槿篱果然守在那里，主事似的支使着几个衙役。

"槿篱妹妹！"武全大喊。

夏槿篱喜气洋洋地回过头来："武全哥哥喊我做甚？"

武全拨开熙攘的人群跑到槿篱面前。人群在他跑过去时其实已然闪开，他双手只是拨拉在虚无里。他从未受过这般礼遇，人群一路相送，又一路相迎。他拉起槿篱的手，跑得比来时更快、更不迟疑。

槿篱笑嘻嘻问："武全哥赶杀场样地扯着我上哪儿去？"

武全喘着粗气："长颈……闭过去了……扁担打着脖颈……恳请妹妹前去救命……"

"侯济仁栈多的是名医，哥哥不请他们救命，扯着我去做甚？"

"他们哪里晓得扎针?"

"我也只是半吊子而已。"武全不敢迟疑,槿篱却迟疑了,"打得这样重……我怕奈不何……"

"妹妹平日何等英猛,生死关头怎的这样啰唆?奈不奈得何,先看了再说……"

槿篱看时,长颈已面无血色,脖颈柳条子般耷拉着,哪里还救得活?

"若是早些,若是我外婆在,兴许还有一线生机。"

武全听不明白似的:"还等什么?赶紧扎针!扎呀!"

"他已死了。"

"针还没扎,怎的断定死了?再耽搁下去才真要死了!"

槿篱站着不动,武全推了她一下。他觉着并未用力,她却打了个趔趄,一下摔在长颈躺着的门板上面。

"你发什么疯?他死了!死了!死了!"槿篱暴叫起来。

武全扑上去在她身上胡乱摸索:"你的银针放在哪里?拿出来!快拿出来扎针!扎呀!"

"没看到吗?他死得透透的了!救不活了!"槿篱一脚将他踹开。

救不活了!他再憋着劲也无法挽回。厄运已至,不是他敢不敢想所能决定的了。武全蹲在地上哇一声哭了起来。

街坊们窃窃低语:"不怪何大神针的曾外孙女,华佗再世也救不活了。"

熊元文也在其中,幸灾乐祸地说:"这小伙计平日也是个泼皮、刁钻货。"

武全抬起头来,拳头一捏。静仪看了他一眼。

店里够乱的了,不能再惹是生非。武全强压住怒气。

槿篱看了武全一眼,缓缓爬起来走到熊元文面前:"死者为大,爷娘没教过你吗?"

熊元文撇了撇嘴:"神气什么?何大神针也就是在樟树镇上哄哄平头百姓,到了府城算老几?"

"不算老几?"夏槿篱说,"我何家的针法比不得府城的,扎烂你的狗嘴却不在话下。"

"姑娘谦逊了,何大神针的针法是一等一的,我等高山仰止。"围观的药人纷纷帮何家说话。

熊元文缩了缩肩:"我家不曾研习针法,否则定然不在你家之下。"

槿篱笑了一下:"熊大少爷的禀赋,大家伙儿都看得见的。"

熊元文自丑不知,趾高气扬地环顾四面。

夏槿篱抽了根银针捏在手里:"熊大少爷这等禀赋,先给侯家不幸夭亡的伙计磕个头吧。"

"为何给他磕头?"

"熊大少爷不晓得吗?死者为大,左邻右舍都要磕头拜祭的。"

"那是出殡时的事。"

"谁叫你嘴臭呢?多拜一回也是该当。"

熊元文转身想走,夏槿篱一把揪住他的后颈:"拜了再去!"

"臭丫头!不怕爷爷捶你?"

"你且捶捶试试?"夏槿篱将银针刺向熊元文双目之间,"打不过你,我刺瞎你的一双狗眼还是使得。"

黄武全抬起头来。这疯疯癫癫的小丫头,为着给他出气,竟跟男子斗狠。

熊元文仰着脖颈推着夏槿篱的手腕:"当心!当心……姑娘莫要胡来!眼目可不是闹着玩的。"

"我年幼无知,不懂事,一时失手,伤了熊大少爷也是有的。"

"懂事,懂事。"熊元文忙说,"姑娘懂事得很,定然不会伤我。我这便给长颈兄弟磕头。"

夏槿篱转头看着黄武全,黄武全心头渐渐暖和过来。熊元文每磕一个头,他心里的暖意便增添一分。救不了长颈的命,至少为他争了一口气。

侯静仪唤来四个伙计,一人一角抬着门板,将长颈的尸身收进了侯济仁栈。

高门大槛的药栈变成了巨大的灵堂,侯静仪坐在灵堂正中。她无意多想。这一世,她想得最多的便是初遇黄武全那日。她掂轻量重、绞尽脑汁,却仍是未能避免这场祸事。

若是那日舍下武全而去,长颈跟宝祥能否一世平安?而当日,她怎能舍他而去?想再多也是枉然。再来一回,她仍会这样选。

她招手唤来德生:"去长青屋买副寿材。"德生去了,她又吩咐春芽,"买身寿衣回来。"

武全扯住春芽:"让我去吧。我曾许过长颈,要给他制一箱子新衣。"静仪指了指修贤:"给你武全师弟支些银钱。"

槿篱捋下腕上的玉镯:"何须店里支钱?将这玉镯当了便是。"

武全诧异,她竟是懂得他的。她懂得他不愿用店里的钱,他想自个儿给长颈制箱新衣。她晓得他拿不出这许多钱……这疯疯癫癫的小丫头,竟是这般义气。

静仪止住槿篱:"侯济仁栈的事,怎能让妹妹破费?"

槿篱将玉镯递到武全面前,武全接过玉镯抓在手里:"来日定当十倍奉还。"

"还什么?冰凉凉一块石头而已,戴着有什么趣儿?我正愁没处搁呢。"

武全拿着玉镯去了当铺。朝奉对着光看了一阵儿:"不错,是老东西。"

老东西?槿篱父母又穷又莽,对她又万般厌弃,哪会给她什么老东西?这玉镯,八成是外婆给槿篱的。为着他,她竟将外婆的东西拿来典当。她那般爱重外婆……

武全将当来的银子紧紧攥在手里,像是攥着一颗温热的心。

到寿衣店买了一箱子寿衣,寿衣店的掌柜看得两眼发直。

这箱衣裳,稍稍抚慰了武全死不承认的负罪感,在他几欲踉跄的脚步里灌注了些许气力。

他硬挺着腰板回了药栈。静仪已打了热水,预备为长颈洗身。长颈没的家人在店里,只能让外人洗身。不是骨肉至亲,给人洗身是极其晦气的事。静仪不愿劳动学徒、伙计,硬要亲自动手。可长颈虽年少,终归是个男子,静仪尚未出阁,到底极为不便。武全上前抢过手巾,叫伙计们拿块白布围着,细细地给长颈擦洗、更衣。

许过他的,武全都做了。没许过他的,武全也做了。分内的分外的,武全全做了。他没什么对不住长颈的。他对长颈只有好,没有罪。他不认。他不能对这样一个敬他护他的兄弟负罪。

穿戴齐整,长颈笔挺地躺在门板上,恍似无痛无病。

这般安然入睡的模样,好似随时都可将他唤醒,再一起到练兵场那边去砍柏枝。武全并不想,却忍不住轻唤了两声。武全并不想,却把头埋在长颈身上痛哭起来。

老猴子也跟着哭:"这长颈!死长颈!怎的这样不经打?打一扁担就死了?我闲常总是骂他,骂他'死长颈',早知他当真死得这样早,我便一声也舍不得骂。"

"莫哭了。"静仪说,"还得送他回去。先行入棺吧。"

修贤排了七枚铜钱在寿材里,武全抱着长颈缓缓放了进去。

棺盖一合,众人都低声呜咽起来。谁承想长颈会走在前面?他才十四五岁。侯济仁栈数他话多,没了他,药栈分外冷清,将这所有哭他的声气拢在一起,也没他一个人说说笑笑的声气大。

春芽早已套好马车,静仪亲自扶棺,武全带着三个伙计将寿材抬上车去。

槿篱说:"这等情形,静仪姐姐最好莫去。"

静仪说:"他是我家伙计,在我家店里丢了性命,我怎能不去?"

槿篱冷笑一声:"不是我说,侯大小姐这娇娇弱弱的样子,若是去了,不被他家里人撕碎才怪。这时候逞什么本事?"

武全忍不住说:"妹妹怎的这样说话?"

"你管我怎的说?"槿篱回,"我是一片好意,去不去随你们。"

武全心知槿篱说得在理,却听不得她这等口气,对她的一腔感激,又被她的尖言冷面冲散开去。

静仪说:"多谢妹妹,只是我不能不去。真被撕了,也要尽这份心。"

槿篱笑:"好个痴顽的美人。"

静仪正要动身,侯贤喜把手一挥:"带小姐回去!"

德生跟玉清跑过去拦住静仪,连拖带扯地将她关进伙计房里。

侯贤喜顶替静仪扶棺,武全赶车,一行十余人护送长颈魂归故里。

3

糊了一半的月兔灯搁在饭桌上,周妈盛了碗米汤,接着糊了起来,配齐一对留着夜里点。

林妙儿抚着女儿的后背:"事已至此,只能兵来将挡,水来土掩,莫要自苦。你贤喜叔爷他们一时半会儿回不来,夜里我们还是要吃个团圆饭,要么叫上留守的学徒、伙计到屋下去,要么我跟周妈同舅公公跟你们一起在店里吃。"

静仪说:"爷爷刚走头一个中秋,屋下不能空着,姆妈跟周妈回去吧,我怕贤喜叔爷他们随时回来,就在店里等着。"

槿篱说:"伯母归去吧,我陪静仪姐姐留在店里。"

"妹妹不去寻秦大老爷吗?"静仪问,"大老远赶来,不见一面岂不可惜?"

"我去打些桂花酒来。"槿篱不接静仪的话,"中秋要品桂花酒的。"

静仪说:"真要留下,我让伙计去打酒便是。只是误了妹妹的事,姐姐心下不安。"

"哪来这许多不安?你就是过于拘礼。"

月兔灯点了起来,白莹莹地挂在朦胧的夜光下,映着初升的圆月,照着空落落的侯济仁栈,如洒下了一层轻霜样的。

槿篱说:"竟有些冷样的。"

静仪说:"倒不觉得。我叫伙计到屋下帮妹妹取件斗篷过来。"

"也不是真冷。"槿篱说,"只是回回过来,你家店里总是人来人往的,有些不惯。"

静仪说:"人多人少,我倒不太觉得。"

"你么,铜镜样的,人多人少都那么平平整整地照着,不冷不暖,不分美丑,不辨善恶,人来了便照人,物至了照物,没有本心的。"

"世间哪有丑、恶?我本心里,凡事都是美的、善的。"

"事到如今,你还这样。待得长颈家闹了起来,你再看看。"

一群孩童用楼梯抬了个穿着蓑衣戴着斗笠的人,挨门挨户地喊着:"柚子柚子香,柚子柚子香……"

喊到侯济仁栈门口,槿篱帮静仪拿了个柚子抛给他们。孩童们争先恐后地跳起来接,侯济仁栈门口欢声笑语一片。

有个愣头愣脑的小伢子问:"我姆妈说侯济仁栈打死了人,是真的吗?怎的没看到血?"

槿篱不语,又抛了个柚子过去,孩童们又争抢起来。愣头伢子舒了口气:"没打死人呀……姆妈骗我的,吓得我险些不敢出来。"

孩童们喊到别家去了,侯济仁栈前堂只剩静仪与槿篱二人,深幽幽、昏暗暗、冰凉凉的。静仪问:"妹妹怕不怕?"

"怕什么?长颈若是找来,我就说:'有本事你就回来,仍到自个儿身子里去住着,堂堂正正接着在侯济仁栈当你的小伙计。没本事你就尽早投胎,莫在黄泉路上耽搁。'"

静仪说:"怪道武全中意你。"

"中意我?"槿篱骇笑,"他中意的分明是你,怎的扯到了我身上来?"

"他中意你,自个儿不晓得。"

槿篱定睛看着静仪:"姐姐莫怕,如今张宝祥已然跑了,你跟他的婚事到此为止。旁人的嘴又杀不了人,管他们说什么,还能追着你说一世?"

静仪说:"我不怕。"

"不怕就好。"槿篱意味深长地笑。

二人各怀心思移步到后院。静仪叫伙计将酒菜摆到桂花树下。桂树后面，原是侯秋林的住处，秋林师傅走后，便一直空着。槿篱问："怎的不搬个人进去住着？"

静仪说："原想等修贤满师当了师傅后，再让师傅们依次入住。"

"那个学徒倒还稳妥。"槿篱说，"不说那黄武全，便是这个，也比那张宝祥强到哪里去了。"

"我自幼许了宝祥哥哥的。"静仪停了停，又加了一句，"自个儿许的。"

"自幼？自幼懂什么？"槿篱立起身来，"你适才说那黄武全中意我，想是唯恐有人猜疑你二人，硬将我跟他配作一对。我才劝你莫怕世人的口水，你说你不怕，我只道你是个明白人，打定了主意与那黄武全相伴，不料你现下又说什么自幼许了张宝祥，却叫我再如何劝说才好？"

"妹妹想岔了，我并非强拉你与武全相配，你与他二人确是天造地设的一对。我与宝祥，亦是生死相随。"

槿篱听得火起，正待出言相讥，有个小伙计过来通传："顺良哥哥来了。"

"又来了个添乱的……"槿篱话音未落，侯顺良已慌慌张张地跑了进来。

"听得宝祥哥打死了长颈，真有此事？宝祥哥为何打死长颈？同门师兄弟，哪来的这么大仇怨？听得宝祥哥已然跑了，跑哪儿去了？怎的无人报官？"

槿篱正憋了一肚子火，听得他这样打爆竹样一连串问话，便撮尖了嗓门阴阳怪气地说："你去报呀，告知秦大老爷来抓你静仪姐姐，反正张宝祥已然跑了。"

侯顺良被她呛直了脖颈："我是那种人吗？我是说，灯市上都传开了，怎的无人报官？"

"放心，"槿篱饮了一盏酒，闲闲地说，"明日便有人报了，你安心在衙门里等着便可。"

静仪说："你贤喜师傅午后才带了人送长颈回去，现下尚未反身，想是长颈家人尚未腾出人手来。"

"我说呢,"顺良说,"想是他家人悲痛至极,一时顾不上计议报官的事。"

"何止悲痛至极?加之怒火中烧。这会子,只怕正围着你贤喜师傅他们痛打呢。"槿篱问,"你巴巴地跑来,就为催着长颈家里报官?"

"我哪里催了?他家又没人在这里,我心下奇怪,问一声还不行吗?"顺良又被呛直了脖颈,"我是得了秦大老爷的令,到店里来看看。"

"秦大老爷也晓得了?"槿篱问,"他老人家可曾说了什么?"

"秦大老爷说:'张宝祥跑了,侯大善人又过世了,侯济仁栈只剩个大小姐当家,怕有什么闪失,你在他家当过学徒,赶紧过去看看。听说何大神针的曾外孙女也在那边,你去看看,是否当真也在那边。'"

"学得倒挺像。"槿篱笑,"不急着拿人,倒生怕侯大小姐有所闪失,你们秦大老爷是个好官。你告诉他老人家,侯大小姐好着呢,正喝着桂花酒赏月,何大神针的曾外孙女确在这边,也喝着桂花酒赏月呢。"

顺良说:"莫刮我们大老爷。大老爷确是个好官,最是宅心仁厚的,不拿人,只是民不举官不究嘛。"

"谁刮他了?我说的是真心话。"槿篱又饮了一盏酒,"拿了张宝祥回来,长颈也活不过来,白白地又搭进一条命去。我是巴望着把那张宝祥大卸八块,你静仪姐姐忍不下心啊。我疼爱姐姐,心思只得跟着她转了。只是不晓得张宝祥当真跑了,你姐姐要遭多少罪呢!左右死不了人,遭些罪换她男人一命,她喜欢。"

顺良一脸茫然,听不懂她颠来倒去的话。

静仪说:"莫听她的。你就跟秦大老爷说:'侯济仁栈关了门了,侯家在吃团圆饭,闹哄哄的,没问出什么来,也不知传言是真是假。'"

槿篱说:"拖上一夜,天杀的张宝祥该跑远了。你姐姐要替他撑着,我陪你姐姐撑着便是。"

静仪叮嘱顺良:"你槿篱妹妹的话一句都莫学给秦大老爷听,免得大老爷为难,只将我才刚那些话依样学着说了便是。"

顺良迷迷茫茫复命去了。

不多久,又有伙计来报:"像是贤喜先生他们回来了。"

静仪跟槿篱走到门口去迎,只见一队穿着丧服的人进了新街,红通通的各色花灯下面一片煞白的人影,鬼魅似的,跟跟跄跄、东倒西歪。走近了看,领头的正是侯贤喜,鬓发蓬乱,面带血痕。黄武全一瘸一拐地跟在侯贤喜后面,身上亦有血迹。

"马车呢?"槿篱问。

侯贤喜说:"若非人多,今日只怕不能全身而退。"

静仪屈了屈膝:"连累叔爷受罪。"

侯贤喜脱了丧服。伙计拿了跌打药过来,静仪接过药瓶,预备亲手为他涂抹。

侯贤喜摆了摆手:"还是让他涂吧。不是我说,你爷生前若是顾及些个,今日也不至于如此。"

武全听得心下一咯噔。顾及些个?顾及什么?贤喜先生的意思无非是顾及男女大防罢了。在他老人家心里,张宝祥的怒气还是因静仪而起。

"先生糊涂!"武全正想着,槿篱已插进嘴去,"那张宝祥心窄,与侯大善人何干?我夏槿篱向来不遵男女大防,也不见人因我打死过人。"

"妹子尚未婚配,"侯贤喜瞥了槿篱一眼,"待你婚配过后试试?"

"那等心量狭小的男子,我宁可死了也不委身!侯大善人便是有错,也错在将静仪姐姐许给了张宝祥,与男女大防何干?"槿篱一把抢过药瓶,"今日我便要逾礼,非给贤喜先生上一回药不可!"

侯贤喜大惊:"静仪是我侄女,给我上一回药倒也勉强说得过去。你一个外姓女子,怎能与我肌肤相亲?"

"去你娘的肌肤相亲!"槿篱笑骂,"这不有一层药膏隔着吗?肌肤哪里亲到了?我前不久还给素不相识的老先生做过全身推拿呢,老先生也不曾像你这般惊吓。"

老猴子说:"他不欢喜,你给我涂便是,我欢喜。"

槿篱冲着侯贤喜翻了个白眼,嬉笑着去给老猴子涂药。老猴子有意夸赞:"小妹子就是手脚灵便,涂得细致均匀,一点儿也不痛。"

武全揪紧的心略略放松了些,悄声靠过去压低嗓门说:"多谢细苟师傅,多谢槿篱妹妹。"

夏槿篱不搭理他。

静仪与宝祥虽未完婚,却也算是他家半个新妇,夫债妻偿,张宝祥跑了,长颈家人将怒火都烧在了侯济仁栈的人身上,赶跑了他们的马,劈烂了他们的车,还围着撕打了一顿。

侯贤喜说:"今日长颈村上人连夜到宝祥家去了,隔几日恐怕还要到我们店里来闹。"

"闹吧,"静仪说,"闹到他们解气为止。"

侯贤喜叹了口气:"我晓得你不愿撇下我们,可事急从权,明日你跟夫人还是先寻个去处避避,店里歇业几日,我带着大家守紧药栈。"

槿篱抢着说:"到我外婆那儿去小住几日。"

静仪说:"不避。要打要骂,都是我该受的。况且,若是长颈家人报官,衙门里还要问话。"

侯贤喜说:"他家人多,各有打算,今日送去的银子被长颈姆妈丢了出来,她侄儿又捡回去了。"

静仪说:"便是收了银子再行报官,我也不怨。"

槿篱又冷笑起来:"好个菩萨心肠的美人,这话在自家屋下说说也便罢了,若是长颈村上人听了,这辈子你便砸在里面不得出来!"

武全又忍不住皱眉:"非得这样冷言冷语吗?"

槿篱仍不理他。

涂完了药,静仪说:"累了一天,大家都歇息去吧。"

武全凑上前去："我送姐姐。"

静仪摇了摇头："你也累了。没两步路，不必送。"

武全说："深更半夜，姐姐一个女子，怎好孤身夜行？"

静仪说："还有槿篱妹妹。"

武全问："她也住姐姐屋下？"

槿篱斜眼笑看着静仪问："姐姐还敢说他中意我吗？我一个妙龄女子为着他的事操劳了整日，他竟不曾想过我要与姐姐同住。不知以为我该住在街头还是巷尾？或是以为我能像马一样站在侯济仁栈堂上入睡？姐姐孤身走两步夜路他便放不下心，我也是个女子，也是孤身一人，他却连我夜间如何栖身都不上心。"

"你这般强蛮，谁敢把你怎的？"武全说，"你不害人便是万幸，谁敢害你？"

"说得也是。"槿篱嗤笑，"有我这个蛮人作陪，你放心便是，不必送你姐姐。"

武全还是要送。侯贤喜唤来德生："送送两位小姐。"

武全说："德生哥也累了一天，还是我来送吧。"

侯贤喜陡然厉声呵斥："还嫌闹得不够？今日之事，有一半是因你而起。这临江府四衢八街正愁没处说嘴，非得让人戳着你姐姐的脊梁骨才甘心？为她想，你日后便莫再与她近身。"

武全憋了一天的劲儿终于被侯贤喜戳破了，他打死不认的事，贤喜先生已摊到他头上了。在侯贤喜心里，长颈的死，他黄武全是脱不了干系的，侯济仁栈眼下的处境也跟他黄武全脱不了干系。贤喜先生嘴上不说，毫无怨言地领着药栈的人料理长颈的后事，毫无怨言地任由长颈村上人厮打，心里却是掂量过是非的。他黄武全死不承认，是非却已在贤喜先生心里。

"先生又糊涂了。"槿篱说，"嘴在别人脸上，别人怎的说嘴关我们何事？远远地走开了莫听便是。难道一世活在别人嘴里？再者，一码归一码，张宝祥打人，那是张宝祥的事，与黄武全何干？莫要扯混了。"

黄武全不料夏槿篱还肯帮他说话,不禁又是羞愧又是感动。他几番责备她,她却毫不介意。

夏槿篱泼泼辣辣几句话,于黄武全却是往火烧火燎的心尖上洒了几点清泉,他备受煎熬的自责又被她给捞救了起来。他听不得她这般跟静仪说话,却觉着她这般反驳贤喜先生甚是爽利。

侯贤喜冲着夏槿篱两手一摊:"你莫再叫我先生,我来叫你先生可好?"

槿篱嘻嘻哈哈地摆着手:"不敢当,不敢当。"

武全低着头靠近槿篱,又想说些道谢的话。槿篱把头一仰,身子一缩:"靠过来做甚?我讲我的理,与你无关。"

她几番出言相助、出手相帮,武全只道她是为着助他宽心,不想她却只是行她自个儿的理,与他并无干系,怪道他道谢时她从不搭理。武全暗笑自己多此一举,心下不禁又寡淡起来,却又有些钦佩。

槿篱亲亲热热地搂着静仪出门。德生看了看武全,又看看贤喜师傅。侯贤喜问:"你听她的还是听我的?"德生赶忙跟了出去。

4

并未隔日,次日一早,侯济仁栈尚未开门,长颈父母便带着乌泱泱一大片人把棺材抬了回来。

原来那张皮氏从商里回去之后,便匆匆捡拾了细软,带着一家人避祸去了。长颈村上人赶去时,早已人去屋空。旧仇未报,又添新恨,冲天的怒火悉数往侯济仁栈扑来。

亲眷寻仇,比折子戏还出彩,街坊邻舍岂能错过?长颈村上人加上一干看热闹的,密密麻麻挤满了半条街。

武全扒在门缝上看,只见一口油黑的棺材顶在侯济仁栈门前,二三十个壮汉扛着锄头、拿着扁担,壮汉身后还有无数探头探脑的男女老幼,也分不清哪些是来寻仇的,哪些是看热闹的。长颈父母犹如义军首领般一呼百应,长颈母亲哭叫一声,壮汉们便挥着锄头、扁担大喊:"杀人偿命!杀人偿命……"

侯贤喜示意武全不要开门,吩咐德生从后角门溜出去通报静仪,嘱他和舅公公一起带着静仪母女出门暂避。

长颈村上人叫不开门,挑了两担大粪往门口一趸。临江乡民受了冤气或是遭了折损,为着泄愤,有些人家就会往对方门上泼屎,这是常用的也是极为怨毒的做法。这两担大粪,还是从长颈村上长途挑过来的。

武全不忍见侯济仁栈受辱,拔开门闩便要出去。侯贤喜将门闩往回一按:"逞什么英雄?开了门,便不是你一个人的事!"

在贤喜先生心里,事,确是武全惹出的事,只是事已至此,却要整个侯济仁栈承担。在他面前,武全不敢再由着性子乱来。

一勺勺屎尿稀里哗啦泼在门板上面,浓烈的臭气熏天罩地。

恒昌药栈的东家、药工站在对街扯长脖颈捂着口鼻朝这边看:"亏得侯济仁栈整日里把'仁义、济世'挂在嘴边,如今伤了人命,竟连门都不开!便是不讲良心,也该顾及脸面。哪有被泼了粪还不开门的?"

再不体面的人家,受了泼粪之辱,也会硬着头皮开门,这也是临江乡民的常规。侯贤喜跟黄武全都晓得,门外成百上千双眼睛正在静观他们的动静。可为了保全药栈,他们只得放下自己的脸面,硬顶着这成百上千的鄙视。

长颈母亲边哭边骂:"侯济仁栈吃惯了屎吗?粪都泼不开!缩在里面我们便进不去吗?除非你们一世再不出来!"

有个壮汉说:"婶娘莫跟他们啰唆,我们拆了他家再说。"

十余个壮汉拿着锄头、扁担围着侯济仁栈的招牌乱挖乱顶,不到一盏茶的工夫,侯木生费尽毕生心血撑起来的招牌便被砸得稀烂。砸完了招牌,又有人拿着竹篙去掀侯济仁栈屋顶的瓦片,一长溜儿、一长溜儿瓦片落雹子样地掉落下来。

侯贤喜贴着门缝喊:"老嫂子,我晓得你伤心。长颈也是我侄儿,我这心里,也跟嫂嫂一样油煎似的。只是误伤长颈的人已经跑了,老嫂子再泼屎、拆屋,我们也交不出人来呀,便是把我们都剐了,也抵不得长颈的命啊!"

"你口口声声自称长颈的叔父,我儿被人打杀,你为何不替我儿做主,将人犯扣住?却欺负我家无人在近前,将那杀千刀的凶犯放走?"

侯贤喜无言以对。

长颈母亲又骂:"你个趋炎附势的狗屁东西!论远近,我家原比侯木生家与你家亲些,你却一心只讨东家欢心,将我儿性命视如草芥。你有良心,现下便给我开门,放我进去砸了他家再论!"

侯贤喜俯在门上还要劝慰,哗地一瓢屎浇了过来,门缝里溅进一片屎花,喷了他满脸。

屎泼在侯贤喜脸上,武全却觉着比泼在自己脸上还要羞辱。贤喜先生认定事因他起,这瓢屎,便相当于先生为他挨的。自己的错,却要先生受辱,岂不是辱上加辱?武全忍不住又要开门,侯贤喜将他死死按在地上。

德生那边已到了侯家,将情形择要说了。

槿篱笑问静仪:"听见没?你不避,张家可先避了。"

静仪说:"避了也好。张家爷爷腿脚不便,不避出去,只怕活不了命。"

"好。"槿篱说,"你且安心当你的菩萨,菩萨是要割肉喂鹰的。"

德生扯住静仪:"姐姐去不得!贤喜先生嘱我同舅公公带着你跟夫人出去暂避。"

静仪轻轻推开他的手。

德生喊:"舅公公,帮忙拦住小姐呀!"

舅公公看了他一眼,一动不动。

德生拦不住静仪,只得一路小跑跟着她与槿篱出去面对长颈村上人。

长颈村上人见一红一白两位佳人快步走来,红的艳若石榴,白的雅若兰草。汉子们纷纷侧目:"这是哪家的小姐?怎的大刺刺跑到街上来了?"

有人悄声说:"那个穿白的就是侯济仁栈的大小姐。"

长颈母亲眉头一竖："原来是她！"

静仪喊了声"婶娘"，"娘"字尚未出口，一勺子大粪已泼在身上。

成百上千的嘴里同时低低地"啊"了一声。这样貌美的娇娇小姐被泼了粪，岂不令人惊诧？

槿篱纵身一跳，试图避开一些，无奈闪躲不及，衣裳上还是溅了好些。她笑笑地骂："天杀的，也不泼准些，溅了我一身。"

熊元文混在人群中，虚捂着眼摇头不止："暴殄天物……暴殄天物……"

他眼里天仙般的人物，被凡间最脏污的秽物沾染。他不忍看，又忍不住不看。

他看到侯静仪一动不动地挺身站在那里，好似屎尿无形无味，不曾打扰她半分，仍是那样静雅。

武全听得静仪的声气，再也忍耐不得，冲着侯贤喜喊了声"小姐来了"，便要卸下门板。侯贤喜按着他的手，拉着他跑进后堂，从后角门出去接应静仪。师傅、学徒们都抄了家伙跟了出去。

静仪任由屎尿在身上乱淌："婶娘该当泼我。长颈不满十岁便进了我家药栈，向来将我当成亲姐姐相待。未能护他周全，原是我的罪过，婶娘便是将我按在粪坑里闷死也是应该。"

"闷死你，我闷死你……"长颈母亲无力地厮打着静仪，蹭得自己也满身是屎，"我那苦命的孩儿呀，白来世上一遭，一天福也没享，就被你家给弄死了……"

长颈父亲也号啕起来，跟着上去揪打静仪。

静仪任两老厮打了一阵，走到粪桶旁，将剩下的小半桶大粪提了起来。

槿篱见她如此，也走了过去，帮她一起提着。

德生不明所以，忙问槿篱："你做甚？"

槿篱不理他，帮着静仪将粪桶举过头顶，稀里哗啦倾倒而下，淋了静仪一头一脸的屎。

"姐姐……"德生恼了,狠命一推槿篱,"别个欺辱我家小姐,你也跟着欺她?"

槿篱掸了掸身上的秽物:"不见我也弄了一身吗?你还推我?"

熊元文又张开五指虚捂着眼:"暴殄天物……暴殄天物……"

长颈父亲叹息着摇头:"这又何苦?这又何苦……"

德生走到长颈父亲跟前跪下,叫了声"叔爷",说:"那张宝祥罪该万死,失手打死了长颈兄弟,可我家小姐一向与长颈兄弟亲如姐弟,不曾怠慢他半分。长颈兄弟在天有灵,定然不忍见他静仪姐姐如此受罪。我家小姐少年丧父,如今夫婿又跑了,家中只剩一个寡母,也是可怜人啊!"

长颈母亲将老伴儿扯开一边,冲着德生喊:"她可怜,可怜得过我儿活活被人打死吗?一想到我儿活生生被弄死,我这心里的恨啊!恨不得挖出你们的心,吸干你们的血!"

黄武全赶了过来,见他静仪姐姐一身屎尿站在那里,白凌凌的衣裳上黄黄黑黑,一头青丝上爬满蛆虫。他本是为着护她爱她才与那张家母子起了争执,不料却将她置于这步田地。他的护、他的爱,竟是她的灾、她的难。他心痛得翻肠倒胃,狼一样号叫着冲上前去。

黄武全刚叫出声,侯贤喜便将他猛力一推,撂到身后。武全喷薄的愤懑一下子落了空,仿似纵身往深潭里一跳,潭里的水却瞬时干了。

侯贤喜挺身挡在静仪身前:"老嫂子要恨,恨那张宝祥去!老嫂子报官去吧,该拿人拿人,该偿命偿命!"

长颈母亲一把揪住侯贤喜:"龟儿子这会子肯出来了?再不出来,我便叫人将你家这娇滴滴的大小姐埋到粪坑里去!"

"冤有头债有主,要埋便埋那张宝祥去,欺负个无父无兄的孤女算什么本事?昨日赠的丧葬费,老嫂子请如数奉还!要钱,找张家去!我家小姐尚未过门,算不得张家的人。"

"对对对。"熊元文探出头来冲着长颈父母喊,"侯大小姐与那凶犯并未成亲,日后还要另嫁他人的!"

前来闹事的汉子们不再喧嚷了,大约在暗自算计其中得失。

静仪不紧不慢吐出一句:"宝祥的事便是我的事,我这一世都许了他的。"

长颈父亲张大了嘴,半天合不拢来。

静仪说出这话时,恰是喧嚷声止住之时,她轻言细语的声气显得异常清晰。长颈村上人不可置信地望着她。有人止不住嘲弄的笑意,暗中递送着眼色。"蒙的……傻娘……脑筋坏了……"人群里拱动着诸如此类的低语。

熊元文惋惜得将手背往手心里一拍:"人都跑了!还惦记他做甚?世间多少好男儿呢?!"

侯贤喜气得打跌,又是跺脚又是搓腿。

槿篱笑了笑:"先生莫气,你家小姐向来这样,先生今日才认得?"

"你也不拦着些个!"

"我许了她要帮衬着的。"

"你……你好……"侯贤喜指着槿篱的鼻子说不出话来。

槿篱将他手指一捻,冲着长颈母亲喊:"老婆子,我姐姐说……"

还没说出什么来,先前领头拆屋的那个汉子推了她一把:"会说人话吗?怎的喊人的?"

槿篱一笑:"我不认得她,自然喊她老婆子了。我与你家非亲非故,假惺惺喊她'婆婆''婶娘',没得惹你们说我攀亲道故。"

那汉子又要上来推搡,武全伸手拦在前面。

槿篱说:"老婆子,我姐姐说了,张宝祥的事便是她的事,你们要报官便报官,要打砸便打砸,怎的解气怎的来。来来来,她现下就在这里,要杀要剐,你们商量着弄……"

槿篱话未喊完,武全反手推了她一下。

槿篱笑问:"才刚不是护着我吗?怎的这会子又来推我?早知如此便不让你护了,那位大哥下手还没你重。"

武全骂:"疯婆子!"

长颈母亲两眼鼓着槿篱,憋了半晌冒出一句:"杀人偿命!我儿的命,她要拿命来赔!"

槿篱两手一摊:"好好好,老婆子,你先拿了她的命去,我再去报官,让衙门里再来拿你的命。左右长颈也不是她弄死的,你拿了她的命,自然该当偿命。"

"耍无赖吗?"那领头拆屋的汉子说,"她不是凶犯,我们自然不拿她的命。可她是那张宝祥的屋里人,张宝祥跑了,我们自然找她说话。侯济仁栈这等阔绰,先拿出几千两银子来给我们消消气再说。"

"我说怎的不先报官拿人,却总在屋下、店里打转?原来打的是这个算盘。"槿篱说,"多的没有,一二百两还是有的。几千两?你当侯济仁栈的草药都是银子做的?"

长颈母亲又号哭起来:"我苦命的儿呀!人说你一条命只值一二百两,叫为娘的怎能善罢甘休?"

"哎哎哎!老婆子你莫胡搅蛮缠,我何时说过长颈兄弟的命只值一二百两?我与长颈兄弟感情甚笃,叫我说,长颈兄弟的命是千金不换。可你村上这位大哥说他就值几千两,可见长颈兄弟在他心里不如在我心里金贵。既是千金不换,便不该以金银论价。一二百两,是侯家全部积蓄,侯大小姐并非认为长颈兄弟只值这个数,而是甘愿倾尽所有。"

"胡说八道!"领头拆屋的汉子说,"偌大的药栈,怎会只有一二百两?"

槿篱嬉笑着说:"大哥啊,眼下世道艰难,你又不是不晓得,如今这临江府,药店倒了一多半,能有一二百两积蓄,已是经营有方了。"

"满嘴胡扯!便是他家这屋子,也抵得了几千两!"

"屋子是留着做生意的——"槿篱拖长了声调说,"侯大小姐又不是凶犯,你哪里逼得了她变卖祖业?"

"不卖这屋子,我们便不能善罢!"

"不善罢又待怎的?杀她?你敢吗?打她?你打呀!现下便放马过来。侯济仁栈的人都由着你们打！你们还敢打死一个半个怎的？打不死，他们不过是挨了一阵痛，养个十天半月便又好了。你们一个钱也莫想再拿，指不定还被抓进衙门里去问罪。"

"耍无赖是吧？"领头拆屋的汉子又说，"不打死，打残总是可以的！"

"好啊！"槿篱高喊，"过来打呀！打残了，吃你们一辈子！他们可是侯家的药工，与张家全无瓜葛。真打残了，全是你们的罪过。"

静仪捂住槿篱的嘴："叫你来帮衬着，你怎的挑衅起来了？"

槿篱连连对她使眼色。静仪看不明白，只一味恳求长颈母亲："婶娘莫让他们动手，全是我的罪过，冲我一人来吧，不关他们的事。"

那领头拆屋的汉子听她这样说，更是喊打不迭。

槿篱不得不附耳告诉静仪："他们不敢下重手。"

"棍棒无眼，哪里晓得重不重？长颈不就是失手打死的吗？"

那领头拆屋的汉子见她二人嘀咕不休，厉声喝问："臭丫头又有什么鬼主意？先打了再说！"

长颈村上人挥舞着扁担、锄头冲了过来。恒昌药栈的药工们大喊："开打了！侯济仁栈伙计家跟侯济仁栈东家开打了⋯⋯"熊元文抱着头往自家店里窜："妈呀！真打了！⋯⋯"人群乱作一团，无头苍蝇般左冲右突，头碰着头，脚踩着脚："真打了！真打了！快躲开，快躲开⋯⋯"

乱了一阵，街面宽敞起来，看热闹的都跑光了，锄头、扁担施展得更为脱洒。长颈村上人多，将侯济仁栈的师傅、学徒们围作一团，打麻糍样地轮番将锄头、扁担不停往里杵。黄武全大叫："散开！快散开！"战线拉了开来，从侯济仁栈往新街两头不断延展。

静仪拦在中间高喊："停手！快停！"

乒乒乓乓的打斗中，一个弱女子的声音低不可闻，前赴后拥的壮汉将她撞得东倒西歪。她一会儿扯着自家学徒，一会儿又扯着长颈村上的汉子。她扯着谁，谁便任她扯着，尾巴样将她甩来甩去。她的力气，连条尾巴也不如。

战线长了,也稀了,长颈村上两三人追着侯济仁栈一个打。侯家药工虽是练过的,也架不住以一敌二、敌三,直被逼得过街老鼠般往街边店铺里乱窜。窜进去,又被店家赶出来。再窜,再赶。长颈村上人越打士气越高,激昂的叫嚷灌满了新街。

在冲天的喊杀声中,静仪看见德生窜进了恒昌药栈,不多一会儿又被踹了出来。熊元文扒着门左右看了一眼。德生手无寸铁,就地抓了一把灰当作兵器。一个拿着锄头的壮汉偏了偏头,轻而易举躲开了他扬起的土灰。锄头逼近,德生双眼凌乱地搜寻着可用的物件。他眼里的凌乱箭一样穿透了静仪的心。静仪猛地想起他前去家中通报她跟母亲避祸时,槿篱曾说过"菩萨是要割肉喂鹰的"。她松开扯着的人,她都不知道自己扯着的是什么人,是长颈村上人,或是自家药工?她松开那人,撞进打斗中,钻到德生面前。德生恰好夺得了逼近他的那把锄头。静仪将德生手里的锄头抢了过去,拼尽全力往地上一磕,卸了锄头把子,将铁锄拿在手里。

静仪对着长颈母亲喊:"婶娘快叫他们停手,我甘愿割肉,以平婶娘丧子之痛。"

近前的汉子们听见了,都依言止住了打斗。侯济仁栈的是怕自家小姐伤了自己。长颈村上的则带着些嘲弄的神气,他们不信这如花似玉的小姐真敢割肉。

"眼下遭逢天灾,侯济仁栈生意惨淡,我父亲的白事又刚过不久,店里着实艰难,一时拿不出几千两银子来。今日我侯静仪当着大家的面立誓,他日再有了积蓄,定当倾囊奉还,直至千两为止。"

长颈村上人慢慢聚拢过来。

夏槿篱顿足:"你傻呀!随他们打一顿便好了。"

武全从新街顶头飞跑过来,穿过一家家店门半掩的铺面,跳过横七竖八的木棍、竹篙,越过蹲在地上包扎伤口的一个个后生……

他尚未跑到静仪身边。静仪手上用力,腕子上渗出血来。

槿篱连连骂着:"傻娘,傻娘……真他娘的傻透了!"

武全将静仪拿着铁锄的手腕往上一托,铁锄脱手落地,伴着几点鲜血。

"吓唬谁呢?几滴狗血便想唬住我们?"领头拆屋的汉子喊着,"兄弟们,接着打!莫被这臭娘儿们给唬住了!"

长颈父亲颤声说:"这位小姐当真是割破了手了,要么……"

"要么什么?叔爷就是太过心善了!人流了两滴血,便抵了我长颈兄弟的命吗?"领头拆屋的汉子转身挥起锄头,又要开打。

武全伸手一迎,将左手垫在他锄头底下。人群中爆发出一阵骇叫,一个血淋淋的手指头雀儿一样飞落在地上,跳了两跳。

擒贼先擒王,武全晓得,制住了这领头拆屋的汉子,便制住了长颈村上人。

"长颈师兄因护我而死,便是要抵命,抓不到张宝祥,也该由我来抵,与侯大小姐全不相干。"武全说,"这根手指,便是我先谢长颈师兄的救命之恩,再要抵命,尽管来拿便是!"

那领头拆屋的汉子还不甘休:"一根没用的手拇指便想抵我兄弟一命吗?"

"见了血了!……"长颈父亲高声提醒。

领头拆屋的汉子看了看自家村上人。他村上人都错开眼去,无意再跟着他打杀。这汉子见大势已去,愤然将锄头往地上一扔。

终于,黄武全以他的断指,洗了他的罪过。他捂着手慢慢弯下腰去。

静仪跑上去握住他的残指,压上全身气力死命捻着,二人的血混在一起,分不清谁是谁的。

槿篱大叫:"侯济仁栈的都是废物吗?怎的还没把药拿来?"

偌大的药栈,从前门绕到后堂,又从后堂跑到前柜,再从前柜跑出后门,又从后门绕回前门,哪有这样快?

槿篱冷笑:"菩萨美人称心了?有人为你断指。"

武全渐渐瘫软下去,倚在静仪身上,慢慢滑坐到地上。

他认了。他认了他死不承认的罪。

他自以为是的机灵,他自以为是的自尊,他自以为是的自信,连同他自以为是的爱护,统统都是罪。不管有意无意,不论有理无理,他挑起了张宝祥的恶念,他把长颈带到了恶念的棍棒下面。

他是有罪的。他所坚守的对,便是他的罪。

金创药来了。这药还是侯秋林在侯济仁栈时制下的。以白芷、甘草、水龙骨各一两碾碎火炒,取嫩苎麻叶、韭菜叶绞汁,再入人参、三七、血竭、南星、牛胆各一两,片脑三钱,野苎麻五钱。静仪将金创药敷在武全断指上,自贴身小衣内掏出一方未受污损的帕子,轻手轻脚给他包扎。她手脚是轻的,眼色却是重的,娥眉秀目顺着轻巧的红绳狠狠打了个结。武全头一回在她脸上看到这样恶狠狠的神色。

长颈村上人围着黄武全跟侯静仪看了一会儿,陆续拖着锄头、扁担散去。锄头、扁担在青石板上划出长长的破音,破音越去越远,长颈的棺材仍旧摆在那里,像一个身穿黑袍的人在侯济仁栈门口目送着他的族人。

长颈母亲哎的一声、哎的一声看着他远去的亲友,踮着枯瘦的双脚要追不追。

长颈父亲走过去扶着老伴儿:"走吧,走。"

"走吧,走了……"四个壮汉有气无力地抬起棺材,"妈的,真沉。"

只有长颈父母还记得里面躺着个人:"慢些,慢些……别晃动了长颈。"

只有长颈父母还记得,长颈的长颈断了,晃动了,怕是要疼的。

5

秦镛下令拿人时,张宝祥已到了袁州府。

黄武全断指保了侯济仁栈,长颈村上人闹不到银子了,也就无多兴致掺和官司的事。长颈父亲在族中无甚地位,族长也懒心懒意,随便指了个略通文墨的老者替他草拟状子。那老者因要到镇上替老伴儿买布,便耽搁了半日。拟好

第四章 离乱

状子,长颈父亲又去寻他侄儿,也就是那领头拆侯济仁栈的汉子,央他同往县衙。他侄儿因空跑了一趟张宝祥家,又空闹了一场侯济仁栈,心下不甚痛快,说是两三日不曾照管田地,要去地里看看,便又耽搁了半日。如此一来,到县衙时,已是第四日上。长颈父亲由他侄儿领着,先在衙门里找代书誊写状子。那代书字斟句酌,拈须推敲了半晌,改动了几处措辞,这才盖上木戳呈递上去。待到升堂时,长颈父亲翻江倒海的丧子之痛,已被延延挨挨拖成了一泡无奈的老泪。

宝祥趁着这几日的空当,先逃到了新喻,心下不安,又自新喻逃往了袁州。

到了袁州,张宝祥已饿得两眼昏花,脚下发飘,又不敢在集市上露面,便一径往山间野路上走。

袁州的山与临江府城附近的山大不相同,虽也称不上巍峨,却颇为幽深。宝祥虽常在临江府城附近的山上采药,却不曾踏进过如此幽深的山林,他只顺着山间小道前行,不敢偏离路径。

这日正饿得苦呕酸水,恰巧林间窜出一只野兔,他未曾多想,追着野兔便跑。跑过几片林子,野兔钻入一蓬芳丛不见了,他举目回望,却已迷了来路。

只见红的、黄的、绿的、半红半黄的、半黄半绿的秋叶花儿一样铺展在碧蓝的长空下面,一望无际的。艳阳照着枯草,似一簇簇野火在烧。

天地绚烂,美不胜收。可这绚烂的天地如同一匹巨大的织锦将张宝祥盖在下面,闷得他喘不过气来,或是饿得喘不过气来。他晃着空荡荡的身子在浓墨重彩的天地间飘荡,薄雾一样,似随时要蒸腾起来。他牢牢稳住身子,一步一步踏踏实实寻着来路。若稳不住,这血肉之躯当真便会如同薄雾般悄无声息消散在这空无一人的山野。

一蓬金樱子将张宝祥即将升腾的身子拉回了地面。他如遇亲人般满心欢喜奔了过去,枯硬的手指小鸡啄食般疾速摘了几枚,合在掌心里一揉,将毛刺除去。青涩的甘甜安定了他的心神。他还在这里,在地上,在人间,在活着。饥饿被少得可怜的果肉诱引出来,他越吃越饿、越吃越饿……没吃的时候,饥饿只是一阵轻烟,缭绕着他、消耗着他;吃下去了,饥饿变成一把铁锄,一下下挖着心窝。心窝子被锄挖一次,他便警醒自己一次:"不怕,不怕……"有了糖分,便会长出力气。有了力气,便可走出丛林。挖心并不可怕,无形的消耗才会置人于死地。他守着那蓬金樱子,不屈不挠地摘取、揉搓、嚼食……

一阵叽叽喳喳的谈笑声传入耳际,鹊儿一样轻灵,这声响甚是熟悉,他回回陪着静仪上山采摘金樱子时,山上的妇女、婆子们便是这样的声气。他抬起头来,声音戛然而止。他晓得,这声音来自隔年的记忆。年年金樱子成熟时,他都要伴着静仪上山采摘。他还尚未饿得不辨虚实,他还能活下去。活下去!他跑了,今年的金樱子谁陪静仪去摘?她每年必得摘上几篮的。他不在,她可如何是好?是了,还有那黄武全。黄武全巴不得伴着静仪去摘。他不在,那黄武全可正中下怀了!宝祥记起来,也是在这样一个秋叶绚烂的秋日,也是这样艳阳高照的天气,他陪着静仪一起上山采摘金樱子,黄武全就那样半死不活地出现在他与静仪的生命里。

半死不活的黄武全生龙活虎地活了下来;生龙活虎的自己,却被他弄到了这样半死不活的境地。

为何要救下他的性命?

为何要收他进店?

为何要纵着他胡作妄为?

不对,这一切都不对!

侯家爷爷说过,得了疟疾的人是不能随便救治的。

侯家爷爷说过,外姓人是不准进店学艺的。

侯家爷爷说过,当学徒是要谨遵师命的。

侯家爷爷说过的话怎的全不算话?他们不守规矩。他们混乱不堪!都怪他们。是他们害死了长颈!

他们害死了长颈,为何他们一个个都好好的,只有我在这里人不像人鬼不像鬼?

是他们！他们犯下的错，却要我来负罪。不公平！

老天为何如此不公？他们的错，为何不让他们自己背？

还回去！他们的罪都该还给他们！老天不公，我便亲身还回去！

一切不守规矩的罪，都该还给不守规矩的人！

满腔的怒火点燃了宝祥的生机，劲力充满了四肢百骸，他又变回了铁骨铮铮的壮汉。

艳阳逐渐冷却下去，他腹内塞满毛渣渣的金樱子，甜的、涩的，泛着一股子青味。日头朝着山头转落了，天光一断，山里就危险了，他必须在入夜之前走出去。

山里的草木都差不多的样子，他兜了一大圈，又回到了原地。

明明是背对日头一直往前走的，怎的会回到原地？兴许是自己看错了。他环顾四面，四面的林地果然似乎开阔了些，与先前所见略有不同。可地上一大摊金樱子仁，跟他先前吐的一模一样。世上哪有这等巧事？哪会有人恰巧将果仁吐在跟他一模一样的位置？世上没有两蓬一模一样的金樱子，更别说两堆吐得一模一样的金樱子仁。这堆金樱子仁，必定是他自个儿留下的。可这从金樱子上还挂着许多熟透了的果子，他记得自己先把熟透了的都吃光了，还吃了许多半生不熟的，这蓬金樱子又不像被他采食过的。他果然是将果仁吐在这个位置吗？他又不确定了。他巴望着果仁是别个留下的，那表明附近有过人迹，他兴许很快便能走出丛林。

日头尚未触到山头便隐入云层里去了。宝祥骂了一声。真是屋漏偏逢连夜雨，原算着还有一个时辰入夜，眼下情形，只怕半个时辰便要夜了。他无暇再琢磨这蓬金樱子，再次背对着日头往前走。他上一回也是朝着这个方位走的，目力所及处，三面环山，只这一处不见遮挡，不走这边，便是明摆着往更深的山里扑了。上一回遇上深沟陡坎，他绕了几次道，绕来绕去失了方向。这一回，无论如何再不绕道了，刀山火海也径直前往。只要一径儿朝着一个方位走，便不至于迷了方向。前方不见远山，想必地势逐渐平缓。平缓处适宜耕种，想必会有人家,有了人家就不怕了。日头没了不要紧,它隐没处的那座山峰还在。他牢牢记着这座山峰的样子,山顶上有一个突兀的尖角。一径儿背对着这尖角,便是一径儿往开阔处走。

他钻过几蓬芳丛,前面有条浅沟,这浅沟上一回也曾见过样的,又不十分相像。管它像不像,终归是条浅沟,沟也会有宽窄变化的,兴许上回是从窄些的地方跨过去的。他心里稍稍安适了些,总归上回兴许是从这里走过了的。爬上浅沟,上回是一片小山竹,这回仍有一片竹林,却是毛竹。清清楚楚的,小山竹是小山竹,毛竹是毛竹,他不是山民,却也分得清楚,二者虽同为竹子,却相去甚远。这片竹林,他是不曾到过的。他记得上回穿过山竹林之前并未绕道,难道那条浅沟便不是先前那条?可他跨过浅沟前也并未绕道啊,一直都是背对着日头径直走的。山尖仍在正背后,他这回也并未偏离日头的方向啊!同一个方向,怎的走到了不同的地方?他顾不得想了,山尖仍在背后,只能背对着它继续走。

钻入竹林,眼前一下昏暗起来,毛竹参天,挡住了头顶的光,即刻便要夜了似的。好在竹子生得密实,也不怕什么巨禽猛兽钻进来。他走了一阵儿,脚下的砂石逐渐多了,毛竹长得越来越稀。再走一阵,砂石中偶有大块的岩石,毛竹越发稀了。岩石越来越多,越来越大,毛竹扎不进根了,他眼前亮堂起来,走出了竹林。

若非岩石隔断,以毛竹的习性,只怕整片山地都要占满。先前越过的那条浅沟里也有不少砂土,想必雨季里是条水道,毛竹这才蔓不过去。幸而有水,幸而有石,否则他今日便要命丧于无穷无尽的毛竹之中。

穿过竹林,山尖仍在正背后,他舒了一口气。想来是上回一开始便偏离了方向,这回才是对的,还是看山更为可靠些,日头总会动的。

他攀过层层叠叠的岩石,趟过一片草甸,山尖仍在背后。

草甸过后是一片杜鹃,若逢春日,此处定是艳红一片。并未碰上什么深沟陡坎,看来上一回不仅走错了,还走到险路上去了,这一回平顺得很。

山地越走越平,仿似很快便会有适宜耕种的地方了。他攀上一棵粗壮些的杜鹃悬着身子远眺,前头开阔得很,无遮无拦。

　　走出杜鹃林,定会有人家了。他振奋起来,在杜鹃林里狂奔。岩石又多了起来。他爬过一块块巨石,眼前突然一断,几株杜鹃从岩石上垂吊下去,喜笑颜开倒挂在悬崖边。

　　杜鹃尽处,原来是一片悬崖,怪不得无遮无拦,怪不得开阔得很。

　　他捂着脑袋暴叫起来。日头突然从云层里透了出来,金花灿烂,半隐在两山的坳口间。原来时候还并不晚。原来入夜还有半个时辰不止。半个时辰又能怎的?前面是悬崖。

　　他伸出脚去往悬崖里探了探。半个时辰,兴许还能穿过悬崖对面的那座小山,小山后面或有人迹。

　　南方的悬崖还是生得起草木的,他扯着草木驮着身子,一寸寸往下挪动。要快,要快!只有半个时辰。莫急,莫急!一个踩不稳,便要葬身崖底。他催着自己,又稳住身子。他必须快,他又必须稳。他不能急,他又不能慢。他把自己分成两个人,一个往下催,一个往上举。他咒骂着杜鹃,将他引向这险境。他又赞美着杜鹃,顽强地长在崖缝间,让他有所攀缘。他在咒骂与赞美间抵达了崖底,直如自个儿跟自个儿肉搏了一回。

　　他脚下轻快起来,相较于悬崖,对面的小山显得柔滑平缓。他轻轻松松地跑上山顶,回身一看,背后的山尖不见了,日头彻彻底底沉了下去。

　　山尖哪儿去了?山尖呢?

　　分明是一路背对着它走过来的,分明在悬崖上还看见了。

　　山尖呢?山尖他妈的跑哪儿去了?!

　　天光就要断了,小山四面突然都环上了高大的远山。远山上,寻不见一个突兀的尖角。舍命越过了悬崖,赖以指引方向的山尖却凭空消失了,他茫然四顾,不知何去何从。

　　攀下悬崖时,他分出了两个自己。寻不见山尖,他却连一个自己都没有了。

他的力气与勇气都被掏空了,他的脑袋空了,心空了。他跟山尖一样消失了。

不知过了多久,也许只是一瞬,也许半个时辰,天色陡然一沉,最后一丝光亮落了下去,他打了个激灵,脑袋转动起来,心也回来了。必须出去!必须从这深山里走出去!他要活!!要活下去!!!他没力气爬回悬崖上重走一回,只能再从这座小山上出发,选定一个方向不管不顾走下去。

力气都用完了,却要重新开始。他胃里又翻动起来,他又许久没吃东西了。喉咙里涌上一股带着青味的水,涩的,泛着一点点甜,夹杂着毛刺刺的木屑子。他把涌进嘴里的木屑子咬在齿间,舍不得吐掉,也舍不得下咽,仿似给自己留个伴。他反复咀嚼着木屑子穿过了这座小山。幸而有这根木屑子在,他才没那么孤单。

小山底下是一片杂林,有谷叶、有泡桐、有乌桕……还有一朵朵硕大的木芙蓉。晴好的秋日,静仪常将粉色木芙蓉插在鬓边。他恍如隔世般想起她刚刚分别了四五日的脸,每一朵芙蓉都像她的浅笑漾在眼前。他停驻了片刻,美好的怀想很快被挖心的饥饿刺穿。怎的净是些花花草草,半颗野果也不见?常见的桃李跟毛栗都上哪儿去了?但凡有棵栗子树也能暂且果一果腹呀!宝祥心想:难道真是天要绝我吗?正想着,一条毛毛的黄狗走了出来,远远停在开得姹紫嫣红的木芙蓉下面。宝祥一喜:有狗便有人家!这小山后面果然适宜耕种,我所料不差!

那黄狗比家常黄狗毛色深些,黄中带黑,说是黑狗也行。宝祥朝着黄狗"喷喷"两声,临江人都是这样招狗的,仿的是狗舌舔食的声响。那黄狗转过头来,掀起眼皮看了他一眼。这一看,它黑眼仁翻了出来,衬得身上毛色越发深了,是条毛色泛黄的黑狗。不,不是黑狗!它眼里泛着寒光。狗眼温驯,没有这样杀气逼人。是狼!是条有些发黄的黑狼!宝祥没见过狼,只这一眼,他便将它认了出来。

爷爷说过,万万不可与狼正面相对,他慢慢转过身去,尽量不弄出动静。那畜生定定地朝着他看,人一样若有所思。他背转了身,双手紧贴着身子,双腿绷得笔直,以最小的动作移动。他希望它将他当成一根柱子,一棵没长枝丫的树。他希望自己本就是棵树,吃不得喝不得,咬不动打不死。他希望自己本就是棵树,餐风饮露便能活着,不必在入夜前逃离山林,不必与狼生死相搏。

他树一样栽在泡桐旁、栽在谷叶里,一步一步越栽越远。身后不见响动,那畜生尚未扑来,是在掂量他的本事,还是已然走开,或是跟他一样屏住了气息悄然无声地靠过来?他不敢回头察看。

秋日的乌桕树真是好看,一张张明黄、艳红的叶片在将夜的天光下仍是那样耀眼。乌桕树长得慢,这一棵怕是长了近百年,泱泱的叶片汇成了一片林子。叶片翻动着,是将夜时跃动的心。乌桕叶是心形的,宝祥的心也仿似挂在了树上,变成那些叶片中的一片。疾风一起,他的心跟着乌桕叶一起剧烈摇撼起来,失了层次、乱了分寸。回头一看,那畜生正猛扑上来。他就地一滚,滚到乌桕树后面。那畜生将红红黄黄的心撞了一地。

不能回头!不能再往回看!他快速地、以最小的动作奔跑起来。那畜生追在后面,将杂枝乱草撞得"唆唆"作响。他身形一矮,那畜生从头顶掠到了前面。

他转头飞奔,又奔回了乌桕树前,震落的心叶仍在当空打转。以为逃了很远,原来只在须臾间。他飞身一跃,掰了根树枝下来,红的、黄的心落了一地。他缩起身子急速后退,那畜生又扑到了前面。他看到了它绿黑的眼仁。

他绕着乌桕树打转,那畜生紧追在后面。不能回头,不能回头……不回头竟这样的难!他挥动着树枝护住身体,那畜生避了一回,再追来时便不再躲避,大约发觉了他手里拿的并不是什么厉害东西。他紧握着树枝。它飞扑过来,他缩身一蹲。它落在前面,他又看到了它绿黑的眼仁。

他抓紧树枝往它眼仁上猛扎进去,它打了个滚,他赶上去按住它的脑袋,树枝往眼仁上乱捅乱戳。它四脚翻腾上来,他跨坐到它背上去,一手揪起它的脑袋,一手横插喉管。畜生"呜嗷"一声将他翻落下地,他扯住横插在喉管里的树枝就地一滚,鲜血飙了出来。他双手把牢树枝往上一顶,那畜生扑落在树枝上面。乌桕树硬,掰断的树枝犹如铁箭,又硬又尖。树枝刺入黑狼腹内,它瘦长的身子垂落下来,脑袋磕在他手肘上面。白牙一闪,他手上的肉被撕去了一块。

黑狼咬着肉,血淋淋地打着磨盘。它瞎了眼,看不见他的位置。他躲到乌桕树后面,紧紧贴着树干。那畜生翕了翕鼻子,慢慢往树后走了过来。

他不敢触动草木,轻手轻脚往远处挪动。那畜生腹内插着树枝,踢踢拖拖一顶一顶。它口里淌着血,眼里淌着血,腹下淌着血,毛皮上染满了血。是它的血,也是他的血。他闻见了浓烈的血腥味,它已近在眼前。他摸起块石头往它头上猛砸过去,它反转头来撕咬。他握住它腹内的树枝往边上一撂,它打了个滚,要站起来又被树枝顶了回去。他抡起石头往它头上猛砸过去,它四脚朝天嗥叫一声。他掰了根更粗更长的乌桕枝朝它腹下捅去,挑旗般撂到半空甩来甩去。爷爷说得没错,咬不住人的要害,这畜生也就是只狗大的东西,挑在枝丫上轻飘得很。宝祥眼里闷出泪来。

血水顺着乌桕枝流下来,滴在宝祥脸上。爷爷果然是血雨腥风里闯过来的,当日在侯家,他竟应得那样懒散。

他扔下树枝,看着黑狼在远处抽搐,待它毫无响动了,又抓着树枝摇了摇,确保再无动静,仍旧不敢拔出树枝,先寻了块石头往它脑袋上砸了一顿,这才拔出树枝。

他又饿又累,靠着乌桕树歇了一阵。歇得越久,身上便越没气力。他走到黑狼身前,用乌桕叶盖住它稀烂的脑袋,就着被树枝捅烂的下腹把皮一揭,一坨红通通的狼肉露了出来。

张宝祥仰面向天。天上的星子如同缀在湖蓝的水面,湖水是静仪静若止水的脸。他长啸一声:"黄武全!我操你娘的!"

6

宝祥突然想到狼都是成群的,不敢久留于此,又舍不得丢下这仅有的食物。他把心一横,提着狼腿撂到肩上,稀里哗啦的狼血流了一身,稀烂的狼头粘着稀烂的衣襟。

那狼头甚是骇人,爆凸的眼仁总朝着他看。他寻了根树枝把眼仁剔掉,留下两孔干巴巴的眼洞。走了两步,眼洞里慢慢渗出血来,冤死的厉鬼流着血泪样的,比爆凸的眼仁更是骇人。他又想把眼洞挖掉,寻了块尖石挖了一阵儿,终究挖不下来。

他披着狼做的围领在深山里夜行。夜风吹干了身上的血汗,身上冷起来。他紧了紧围领,将狼头狼尾紧紧揽在怀里。看得久了,那留着血迹的眼洞也并不吓人了。

山里的夜是野物的集市,各种怪叫声此起彼伏,嘤嘤的虫吟、呱呱的蛙鸣、咕咕的鸟鸣,呜地一下呜地一下不知什么兽声……蚊蚋踢脚撞手的,墙一样一把一把。他不敢停步,停下来怕被蚊虫给吃了。力气一点点消散着,他想燃个火堆。上哪儿去取火呀?

他猛地想起狼鼻子异常灵敏,披着一头死狼,怕有狼群嗅着血腥追赶过来。他顾不得累,顾不得饿,顾不得冷,忙把死狼一扔,远远地跑了开去。跑了一阵,又想起身上还沾着狼血,狼群照样嗅得出气味,他又忙往草丛里滚了几滚,就着夜露擦了擦身上的血迹。

夜露擦不彻底,他又一路寻找泉流、溪涧。好容易寻得一处泉眼,脱了衣裤就着面盆大小的水凼子洗了起来。洗尽了身子,又疑心吃过狼肉的口齿间留有狼味,扒在泉眼上又将口齿洗漱了一回。

洗得干干净净,不必再担心豺狼闻见气味,他饱饮了一顿甘泉,顺着泉流往下走。有水的地方兴许就有田地,有田地便会有人。泉流无声地淌着,将水草润养得格外柔嫩,他每走一步便踩出一脚青涩的草汁。

泉流越淌越宽,有了高低的起伏,发出淙淙的响声。这泉眼真是神奇,分明只有铜钱粗细,却淌出了无穷无尽的水,由面盆大小,缩成碗口粗细,又扩至澡盆宽窄,最后竟变作了小溪一般。他不晓得哪里来的这许多水,但确乎没有旁的水流汇集进来,所有的水,都来自那孔细细的泉眼。

他腹内晃荡起来,喝多了水,又没吃多少东西,生吞的狼肉被冲淡了,化作腥臊的血水,咣当咣当的。一口血水翻转上来,狼腥味冲上喉间。他担心呕出的狼血引来狼群,硬生生吞了回去。刚吞回去,沤烂的狼肉又翻了出来,血糊糊、腥溜溜的,他不可遏制地呕吐起来。

"操你娘的黄武全!"他边呕边骂,"操你娘的!"

呕出来了,他不敢怠慢,边呕边疾步跑开。跑得越快,腹内翻涌得越发厉害。他越呕越凶,将进食的狼肉悉数都吐了出来,呛得涕泪横流,口鼻里都塞满了狼腥味。他扒在泉流里再次冲洗,直洗得腹内空空如也。

他又滴食未进了,他又在铁锄挖心的饥饿里独行于山野的暗夜中。他扯了根马齿苋嚼了起来,酸得眉头紧缩。酒足饭饱时,这东西倒还吃得,空着肚子,却酸涩得难以下咽。刚嚼了两口,他又忍不住干呕起来。

流不尽的山泉,走不完的山野,他膝头越来越软,双脚扭绞起来。杂草变成难缠的阻碍,打死过野狼的人,竟连根草都难以挣断。他不断地告诫着自己:不能停,不能停,停下来就没命了。他被一根马鞭草绊倒在地。一根马鞭草而已。

潮润的泥土有种温存的松软,他极想倒在地上盹上一盹。他支起双手曲起双腿将自己从虚假的温存里撕离出来,脑袋里嗡的一声,眼前慢慢暗下来。他晓得自己眼发黑头发晕了。他强自稳住身子,在黑暗里站了一会儿,等着夜光重新亮起。

他在重得的夜光里走了两步,扑通一下又被杂草绊倒在地。不停地跌倒,不停地爬起,他在一次次眼黑头晕的交替中前行。泉流拐了个弯。

泉流在一堆乱石的阻挡下拐了个弯。乱石后面是什么?他摸着乱石走了过去,脚下踩着泥鳅似的,滑溜溜晃动不止。石头都成了精了,披着几千年的青苔,在他脚下乱钻。他滑倒在乱石里,硬邦邦的疼痛将他顶了起来。他扛着沉重的脑袋,一跤一跤跌到了拐角后面。

拐角后仍是杂草丛生,枝枝蔓蔓、粘粘缠缠,他累极了,眼皮几乎撑不起来。"操你娘的黄武全!我操你娘的黄武全!"对黄武全的恨,成为他残存的斗志。

他摇摇晃晃在杂草里隐现,泉流伸向无穷的黑暗。"我操你娘的!"或许永远都走不出去了。他将留在这山野间,任蛆虫爬满身子,杂草刺穿胸腹,白骨长满青苔,跟被他打死的那头野狼一样,跟这杂草里的蛇一样,跟远处的猛兽近旁的蚊虫一样,死了无人收捡。他将变成一丛草、一蓬花、一堆人形的白骨、几块细长的乱石。他将被别的石头覆盖,无踪无影。

"我杀了你!"他以为自己大骂了一声,他的声气只在喉咙里打了个转。他噗的一声倒在泉水里,钻心的刺痛湿冷地顶住他的手臂,火一样灼人。他醒了过来,巨大的疼痛驱散了难耐的倦意。豺狼咬下的伤口救了他一命。他晶亮的双目面前,浮起一片平整的稻田。

有田了!终于有田了!泉流尽头当真是稻田。他飞奔起来。原来就在这里!原来田地就在这里!原来生机离得这样近,近在他以为必死的咫尺间。

他跌进田里,稻茬硬刺刺扎着后背,有种清醒的安适。几根稻秆散落在田间,他想着田间常有人劳作,野兽轻易不来,到田垄正中小睡一会儿,野兽一时不敢来犯。他捡拾着散落的稻秆,一路走一路捡,待到走到田垄正中,稻秆差不多够做一床薄被。他脚下一软,倒在地上再也爬不起来。稍睡一会儿,稍睡一会儿再走远些,离山地越远越加安全。他这样想着,把捡来的稻秆往胸腹上一撒,月儿高悬,眼皮阖了下来。合上的双目仍旧朝着田垄正中行进,眼珠在眼皮下面转了几转。

他一直睡到天色微明,睁眼看时,山林就在脚边,身上惊起一层冷汗。

7

被狼咬过的地方辣辣地疼,张宝祥撑起上身,手肘一咯噔,又躺倒下去。

乌韭可治外伤,他却无力返回山间采药,只想快些讨口饭吃。

初升的日头将天地照得格外清明,夜间隐没的物事都展露了出来,彤彤的旭日底下,横陈着一间小小的茅舍。

茅舍顶上似乎腾着袅袅的烟气,炊烟里捎带着米饭的甜香。

他想站起身来,却无论如何也站不稳。他躺在地上喘了一阵儿,手上脚上软绵绵的,像陷在茫无涯际的新棉里。他在新棉里猛力挣扎着,一动不动地挣扎,拼尽全力。

睡了一夜,他非但未曾养起力气,倒把气力都歇软了。

他翻转身子,竭力想着茅舍厨下搁着一口巨大的铁锅,锅里白花花地翻滚着米饭。他朝着一大锅白米饭拼力爬去。

日光下,那茅舍一忽儿低矮破败,远在天边。一忽儿高大巍峨,近在眼前。小小的一片田垄,竟如无穷无尽一般,他永远都爬不到茅舍门前似的。他恨不能变作一湾泉流,不费力气便可淌到茅舍里面……

茅舍忽高忽低撞到了他的面前,他伸出手去,触到了柴门上的木棍。

一条花狗蹿了过来,嗷嗷地朝着他猛吠。他讨好地赔了个笑脸。花狗粗暴地截断了他的笑意,狼一样猛扑上来。

不知哪里来的力气,他就地一滚退到几丈开外。花狗守着柴门,警惕地朝着他看,喉咙里滚动着呜呜声。

一个蓬头散发的老者在花狗身后探出头来,努着嘴把话撂到门外:"去!咬死他去!"

宝祥抱头鼠窜:"老人家,我不是坏人……"

"管你是不是坏人,年纪轻轻,当什么叫花子?"

宝祥退得远远的,跟花狗对峙,花狗在自认安全的地界上哨兵一样逡巡。

"老人家,我是出来逃荒的。"

"有手有脚,逃什么荒?"

一个十二三岁的少女从老者身后探出头来,面若银盘,嘴角微微上翘,不笑也像笑样的。宝祥唤了声"小妹妹"。

"谁是你小妹妹?!"少女唆着狗,直往他身上扑来。

宝祥又吓得抱头鼠窜。

这样娇憨的妹子,怎的如此凶狠?

怎的人人如此凶狠?

老的、小的、丑的、美的……无一不狠。

宝祥远远地退回田垄里去,盯着出入茅舍的人。他走不动了,近旁又不见别个人家,若在这家谋不到吃食,便只有死了。

他从日出守到正午,茅舍里除了那老者与少女,再无旁人出入。

青天白日的,若有旁人,定要出来做事,茅舍里兴许只有那一老一小,再不然顶多还有一两个女子或是病人。

宝祥壮了壮胆,摸了两坨泥巴在手里,气汹汹冲着花狗走去。狗眼识人,赔着笑时,它追咬不止;气汹汹的,它倒声都不敢吭了,只偏着脑袋斜斜地后退。

宝祥一脚踹开柴门,那老者又冲了出来。宝祥一坨泥巴猛砸过去,那老者糊了一脸。

"你这叫花子竟是个强人!"

宝祥冷笑:"我就是强人! 讨你一口饭而已,哪有这样费事? 快快把饭端来,不然我先把你打成肉羹。"

老者咕哝一声:"我是易家人。"

"易家人又怎的?"

"你敢动我公公一下,我们易家人定会把你洗了。"那少女也冲了出来。

"洗了?"宝祥听不明白,"我这身上脏得,正愁没处洗呢!"

少女扯开喉咙大叫起来:"有强盗啊! 易家的父老乡亲们快来救命!"

宝祥抡起泥巴又往少女脸上猛砸过去。少女捂着头脸犹自咒骂:"你这恶棍! 莫以为我们一老一小任你逞强,我们易家人就在左近,待得有人来了,定会将你洗得一点骨头渣子都不剩。"

宝祥勒住她的脖颈往后一掰。少女双脚离地蛤蟆一样四肢乱划。老者赶忙跪了下来:"好汉饶命! 我这就到厨下去盛了饭来。"

当恶人果然比当善人容易。宝祥将那少女踩在地上,等着老者盛出饭来。

老者去了一会儿便端来一碗热腾腾的米饭,高高地起着禾堆,盛在白白净净的青花碗里,想是他家最大最好的碗了。

宝祥兜起衣裳将白饭倒了进去,松开那少女,大摇大摆走出柴门。

花狗"呜呜"了两声,终究不敢上去追咬。

那老者还在打躬作揖:"好汉慢走……"

当了一回恶人,竟是这般受狗受人抬举。

宝祥一路走,一路抓着白饭塞进嘴里。走不多远,迎面跑来几个壮汉。汉子们跑得急,呼啦一下就围了过去。宝祥见他们手里拿着榔头、扁担,想来是赶去与人打斗的。

有个壮汉突然回过头来:"叫花子,你可是从田垄那边讨了饭来?"

宝祥不敢吭声。

那壮汉又问:"可是田垄那边小茅屋里讨来的饭?"

宝祥心想:我从田垄那边过来,饭还冒着热气,除了那间茅舍,那边再无人家,若说不是,他们定要起疑。若说是,又怕他们正是听得了那妹子的叫喊,前去茅舍那边抓强盗的。

这样想着,那壮汉逼近过来:"你在那边可看到了强盗抢人东西?"

宝祥含含混混摇了摇头。

又有个壮汉走了过来:"真没看到?可看到了拿着家伙的壮年汉子?"

宝祥又摇了摇头。

起先问话的汉子使了个眼色:"莫问他了。"

后头问话的汉子点了点头:"这个年纪出来要饭,想来也问不出什么东西。"

原来二人将他当作了傻子,宝祥便愈加装出傻里傻气的样子,把饭抓进嘴里,塞得腮帮子鼓凸起来。

起先问话的汉子朝着田垄那边瞭了一眼:"想是听错了。真有强盗,这会子怎的不见动静?"

后头问话的汉子又点了点头:"想来也是。方圆几十里,哪个敢惹我们易家人？便是强盗,也要绕开易家上别处抢去。谁还不想留个全尸?"

一个满脸络腮胡子的壮汉将手里的麻袋一抖,宝祥才看清他胳膊下一直夹着个麻袋。这壮汉嬉笑着说:"我倒盼着真有不长眼的,好些年没洗人了,我这麻袋想肉吃了。"

起先问话的汉子笑笑地说:"积积德吧!洗多了,鬼门关那边全是等着你要尸首的,看你怎么过得去?"

络腮胡子说:"过不去正好!我便死不了啦。"

起先问话的汉子又说:"不是怕人欺负,我还真不愿做这等恶事。活生生一个人,就这么套在麻袋里,一边锤一边洗,直洗到一滴不剩……"

宝祥听到这里头皮猛地一麻,打了个冷战。

那汉子还在说着:"我真怕要遭报应。"

络腮胡子说:"这世上哪儿有什么报应?要不是怕我们易家会洗人,袁家哪会把竹山还给我们?"

起先问话的汉子点了点头:"说得也是。抢不回竹山,现下就活不成命了,哪里还管得日后报不报应?……"

宝祥一边听他们说着,一边看他们有一下没一下挥动着手里的榔头、麻袋,想着那榔头一下下锤打着麻袋里的人,一边锤一边在水里冲洗,血肉顺着水流越漂越远,化成泥、化成水。水流进田垄里,吸进秧苗里,秧苗上结出稻谷,谷子舂成米,米煮成饭。他满嘴的白饭猛然喷了出来。那妹子说过要把他给洗了。果真洗了,易家人的米饭里便灌着他的骨血,他怎能吃得下自己?

"咦?这叫花子怎的了?"

"想是发病了。这么年纪轻轻出来讨饭,身上肯定有病。"

"想是羊癫风,口里流白浆了。"

"莫管他。快些走吧。"

8

黄武全被安置在侯秋林空出来的房里,静仪不肯让他下地,整日里让德生守着,将他按在床上养神。

师傅房比学徒房窄小些,床铺却甚是高大,在前柜睡了好几年,武全反倒有些不惯,仿似悬在半空里似的。

床前搁着一条脚凳,脚凳上留着一双秋林师傅的烂布鞋。武全上床下床都避开那布鞋。德生常在脚凳上坐着,也避开那布鞋。

秋林师傅仿似仍在房中,随时要踏上布鞋披衣下床,到刀房去切制药材。

睡不着时,德生就开解他说:"你莫多想,好好养着,莫说还有九根指头,这好事说不坏,就算只有八个指头,以你的本事,这头刀房也迟早是你的。"

武全说:"我倒不曾想过要做头刀,只想侯济仁栈重振声威。"

德生倒叹了口气:"老东家过了,宝祥哥也跑了,重振声威谈何容易?"

武全说:"老东家后生时还不如我们,我们好歹有个响当当的牌子,老东家后生时只有一双手两条腿,还不照样在临江府显了声名?我们顶着侯济仁栈的牌子,还怕成不了事?"

德生说:"我晓得你是个有志气的,只是静仪姐姐毕竟是个女子。"

"女子怎的?女子照样治好了我的疟疾!单这一件,就没哪个男子比得上。"

"话虽如此,终归是个女子,不知还有多少千难万险等着。可叹宝祥哥那样一个踏实能干的人,竟会尽听他娘老子唆摆。不是他娘老子,宝祥哥断断不会这样。如今倒好,他家拍拍屁股跑得没了人了,我们小姐无故当了望门寡妇。"

"什么望门寡妇?你莫胡言!"武全打断德生,"静仪姐姐跟他们张家再无干系。"

德生晓得武全是为静仪着想。宝祥这一走,一世不可再回临江,静仪还年轻,顶着望门寡的名头,不好再找人家。武全是想把这空约了个日子的亲事撇清。只是静仪当街说过,她一世都许了宝祥的,岂是武全想要撇清便能撇得清的?

静仪早起来店里时,日日带着乌鱼汤。那么一大罐浓白的汤汁,也不知她要几时起床才能赶在药栈开门之前熬好。她不说,德生跟武全也晓得是她亲手熬的。那样不忍麻烦别个的人,这样细致的汤水,定然不肯假人之手。德生怕她累坏了身子,几次劝说:"姐姐何苦定要亲身动手?吩咐厨下预备早饭时一道炖了便好。"静仪说:"厨下料理十余人的饭菜,已够忙的,我闲着也是闲着。"德生说:"你何曾闲过?一早过来,上上下下哪一样省得手脚?不吃夜饭歇不下来。再这么着,迟早拖垮了身子。早饭过后,厨下左右空着,不愿劳烦他们,我替你把汤炖了便是。"静仪说:"空腹易于吸收,需得饭前用了才好。"德生说:"我饭前炖好便是。"静仪说:"你炖也是早起,我炖也是早起。哪里省得一丝儿工夫?"德生劝不住,只得由着她去了。

静仪日日捧了汤来,却从不进房,只将汤罐交给德生,嘱他看着武全一滴不留喝尽。武全晓得她是有意避讳,也不起身招呼,任她留下汤水便走。住进秋林师傅房里之后,武全跟静仪一句话也不曾亲口讲过。

武全也不是不曾动过心思,张宝祥走了,他尽可主动些亲近静仪,年长日久,不怕讨不得她的欢心。可这念头一起他便想起长颈,长颈扑倒在他怀里的死状总在面前晃荡。刻意亲近静仪,便有如拿长颈的死来换取自己的私情。他无论如何也跨不过那道坎去。

一个存心避讳,一个不敢趋近,二人因此反倒比张宝祥在时更为生分。

黄武全为侯济仁栈断了一指,街坊们大都不再闲话,毕竟残伤了身子,街坊们还是有些恻隐之心。恒昌药栈却巴不得侯济仁栈就此一蹶不振,有意编派些二男争夺一女的戏码,将黄武全跟侯静仪与张宝祥说得狂蜂浪蝶一般。

武全听惯了各色闲言碎语,对此并不十分在意。静仪也是个八风吹不动的,只依自个儿心性行事。侯贤喜却常被说得面红耳赤,又羞又气。

这老先生本就是个遵德守礼的,早前碍于老东家的情面,才容得静仪自幼跟在店里。如今老东家过了,他本不愿看静仪日日跟汉子们混在一起,无奈张宝祥也跑了,药栈只得由静仪撑着,少不得仍要容她在店里坐镇。静仪一贯避李嫌瓜也就罢了,偏生她与武全委实过于亲厚,不能阻她进店,便只有在武全身上动心思了。

武全静养了几日,侯贤喜便说:"你伤口收了,无须日日躺着,一时又使不得劲,待在店里也是白费,不如回家将养一阵。"武全说:"如今店里乱成这样,我怎能只顾自己?"侯贤喜说:"你顾全店里,更该回去休养几日。你不回去,店里只怕还更乱些。"武全听出他话里意思,只得依他意思行事。

静仪听得武全预备回去,只说:"回去也好。屋子常年空着,免不得生虫漏雨,回去照看照看。"

武全便拣了几件衣裳,带了预支的零用,连同前柜备下的几包药一并塞进包袱里。静仪又拿了些体己,嘱他勿要俭省。

大好的天气,静仪还是帮武全拿了把伞,送到门口才塞进他手里。

老招牌砸了,新匾还没制出来,侯济仁栈门口斜斜地靠着一块木牌。木牌上写着"侯济仁栈"四个大字,是静仪的手迹。

静仪站在那木牌旁,突然说起来:"你一人孤身回去,身上又有伤,只怕无人照料,不如去寻槿篱妹妹,到她外公那儿将养数日。"

非亲非故,怎能去人屋下养伤?武全一脸不解地看着静仪。

静仪见武全颇为诧异,便说:"常听你说槿篱外公最是敬神,定然是个菩萨心肠。你去了,老人家定会好好照料。"

武全不知她因何起了这个主意,又听她说:"时常听你念叨槿篱外公修得好,你这一去,正好跟着他老人家修修。槿篱妹妹聪敏机灵,也可陪你说说话儿。"

武全心想:跟她有甚可说?倒是许久不见皮大先生了,去他屋下小住两日倒还使得。皮大先生孤身一人,不怕打搅。

静仪见他略有所动，便唤来德生，叮嘱说："送送你武全师弟，待他过了渡再反身。"

叮嘱德生送过渡，这便是打定主意叫他往樟树去了，武全心想：跟着皮大先生逛逛药市也好，顺带学学识药。

静仪又拍了拍武全的包袱："别忘了按时服药。安心去吧，莫要挂心店里的事。"

武全奇怪：姐姐今日怎的这样话多？这殷殷叮嘱，倒像生离死别样的。转念又颇为欢喜：想是避讳了好些日子不曾说话，姐姐积攒的关切一时都显了出来。打心眼儿里的疼惜，终究是藏不住的。

二人在侯济仁栈门口站了许久，黄武全暖融融地走了。侯静仪反身回药栈去。

宽大的裙摆绊了一下静仪的足尖，她高高地将压脚花边扯了起来。花边下，一双男儿般矫健的天足，天足跨过侯济仁栈又高又厚的门槛。她踏进药栈，对着整个临江府背转了身子。

身后，密密匝匝的药栈在新街两边依次排开；面前，黝黑的百子柜山一样耸在前柜后面。侯济仁栈是小的，也是大的。侯济仁栈嵌在新街里连绵不尽的药店中，是小的；侯济仁栈在侯静仪两点漆黑的眸子里，是大的。

静仪在前柜坐了下来。面前：前柜上摆着一只巴掌大小的碾槽、一顶冲臼、一把算盘。在高屋密瓦的遮盖下，堂上阴凉幽暗，算珠、臼钵、碾轮发出冷沉的微光；身后：百子柜上横平竖直排满了药屉。每个药屉上都贴着一张蝇头小楷。小楷是侯木生在世时亲手书写的药名。药名密密麻麻贴在百子柜上，像粘在半空中的飞虫。白的纸、黑的字，一亮一暗，一闪一闪，是萤火虫。满柜的萤火虫飞在静仪心头，是黑暗里数不清的光亮。细碎的药名衬得两侧楹联分外显眼，楹联上斗大的汉隶，写的是：修合虽无人见，存心自有天知。静仪坐在两联中间。

侯静仪坐北朝南，眼前是望不到头的新街，背后是数不过来的药屉，左右是刀刻斧凿般笔力遒劲的一对楹联。"修合虽无人见,存心自有天知。"侯静仪是小的,也是大的。在"城内三万户,城外八千烟"的临江府,她是小的;在死了男主人跑了新女婿的侯家,她是大的。在侯济仁栈厚实的高墙、粗壮的梁柱下,她是小的;在侯济仁栈十余位药人中,她是大的。她是这新街里唯一的女先生。她是临江府唯一的女东家。她是这侯济仁栈的天。

9

黄武全到了皮鹤屋下。皮鹤先看到了他的断指:"哟!不多久没见,怎的残了?""心中有指便未断指。"武全笑,"先生何曾见我残了?""不残不残。"皮鹤将几张皮子扔了过来,"不残便帮我把这些驴皮洗了,要入冬了,我想熬锅胶送给我婶娘。"武全最喜皮鹤不讲客套,他不见外,自己也无须见外,大剌剌又把皮子丢了回去:"我这断指,哪能洗得东西?""不是心中未断便无断指吗?"皮鹤笑,"这会子承认自己残了?""残了残了。"武全往摇椅里一躺,"我这残疾要在先生屋下休养几日。"

皮鹤跟静仪一样日日早起熬了汤水给武全进补,只是将乌鱼换成了筒子骨。那样不羁的人物,照料起人来竟是万分细致。武全笑他:"我又不是美娇娘,先生这般用心做甚?照顾得再好我也不能以身相许。"皮鹤说:"想嫁我也不娶。闲云野鹤不自在吗?找个麻烦绑在身上做甚?"武全随口一说:"先生可是吃过女子的亏?这等惧怕女子。"皮鹤横眉一立:"问这许多做甚?你来养伤的还是来打探隐情的?""养伤养伤。"武全赶忙闭嘴,更是认定他吃过女子的亏。

熬好了胶,皮鹤拿油纸包了两份,扎得方方正正,压了片小小的红纸。武全又笑:"先生拜药王时,连药师寺都懒得进,侍弄起这些细巧东西来,倒是一样手脚都舍不得省。"皮鹤说:"给我婶娘那样的人,好意思省下手脚吗?"

武全才晓得他说的婶娘就是槿篱的外婆,这驴胶原来是送给槿篱外婆的。

武全戏问:"若有个跟你婶娘一样的姑娘愿意嫁你,先生还嫌麻烦吗?"不想皮鹤拉长了声气说："你小子好运,遇着了槿篱,槿篱妹子便是跟我婶娘一样的。"

武全心想:那疯妹子哪有半点像她外婆? 便是像,又何来好运一说?

"怎的?"皮鹤眉梢一挑,"槿篱配不上你?"

"不敢不敢。"武全说,"我这九根手指的人,哪敢谋你婶娘的外孙女?"

"那倒也是,"皮鹤说,"如今你缺了一指,也不知那丫头嫌不嫌你。"

倒让她嫌我了? 武全心想,便是一世不娶,也不能娶个那样聒噪的女子在屋里。

皮鹤好似看穿了他的心思:"不嫌你怎的? 小妹子心性儿高着呢! 寻常人等全不放在眼里。我原想着你二人倒是般配,只是不知如今还能不能成。"

武全连说:"高攀不起,高攀不起。"

皮鹤一手提了一提驴胶,对武全努了努嘴。武全想着来了樟树几日,也该到槿篱外公屋下去拜会拜会,便跟了他同去。

出门不远便进了药市,皮鹤递了包驴胶叫武全好生提着,自己提着另一包,说:"你就在这儿稍候,我去去便来。"

武全以为皮鹤要将另一包驴胶卖给药贩,便依言立在原地等着。却见皮鹤穿过一条巷子,拐到药市后面去了。武全不知他跑到药市后面做甚,不禁朝那巷子里张了几眼。有个小学徒正在药店门口簸田七,见他一径儿朝着巷口看,便抿嘴笑说:"勾栏里可不是你我这样的人去得起的,再眼馋也得忍着。"

原来巷子后面是勾栏,那皮大先生跑到勾栏里去做甚? 武全心想:难道皮大先生不愿娶妻,便是因着流连勾栏? 可流连勾栏也不必特地带个人来当街干等啊!

正想着,皮大先生已反身回来,两手空着,驴胶没了。武全心想:原来是送驴胶去了,便问:"勾栏里也用先生的驴胶?"

皮鹤"嘿嘿"一声:"你小子倒是机灵,这便晓得那边是勾栏。"

武全涎着脸问:"勾栏里要的,价钱可是好些?"

皮鹤把嘴一撇:"你小子钻到钱眼里去了?只晓得价钱,岂知世间还有情意?"

"情意?"武全笑,"勾栏里有什么情意?"

皮鹤回:"勾栏里的情意,情比金坚。"

武全只当他故作高深,笑笑也便罢了。

二人说说笑笑穿过药市,皮鹤又教武全辨识了几味药材。

深秋时节,日光浅淡,槿篱外婆家的老屋倒显得亮堂了些,还没下石阶,便见外婆坐在门槛后边的竹椅上面。竹椅上垫了棉片,露出四角半新的飞花布。

槿篱外婆老远招呼:"皮大先生跟黄家少爷来了?快进来坐,快进来坐。"

皮鹤唱了个喏,躬身走下石阶:"我叔爷不在?买香去了?"

"买香去了。"槿篱外婆一边应着,进房拿了两块棉片出来,抽出玉镯里掖着的手绢,掸了掸纤尘不染的两把竹椅,垫上棉片将椅子端到皮鹤跟武全面前拍了拍,"皮大先生、黄家少爷,这里日头好,坐这里。"

武全不禁又慎重起来,小心翼翼行了个礼,斜签着身子坐了下来。

皮鹤献宝样的将驴胶捧到槿篱外婆面前:"侄儿熬的,姆娘尝尝可还吃得?"

"你皮大先生的东西,哪里有差的?"槿篱外婆接了驴胶搁在桌上,顺道倒了茶来。浅阳穿过大门透进屋里,槿篱外婆笑盈盈走到日光下来。她一身素白,头上生着些白发,面皮又白净得很,整个人好似发出白光来。

皮鹤说:"那楮桃长高了好些,我帮姆娘拔了吧。"

"总惦记那劳什子做甚?"槿篱外婆将茶递给皮鹤,"难得来一回,好生歇歇。"

皮鹤笑:"拔根楮桃而已,哪里就累着了?"

槿篱外婆又端了茶来递给武全,武全伸手去接。外婆含笑的目光在他断指上一闪,武全只当外婆要问。外婆却错开眼去,笑笑地仍旧应着皮鹤:"皮大先生不怕受累,我老婆子却舍不得累着你一星儿半点。"

皮鹤又施了一礼:"姆娘就是疼人。"

槿篱外婆将自己原坐着的椅子挪近了些,亲亲热热挨着皮大先生跟武全坐了下来。

皮鹤问:"槿篱妹子不在樟树?"

"她哪里肯空坐在屋下?"槿篱外婆冲着门口扬了扬手,"跟人跑到阁山去了,说是去打麂子。"

"哟!打猎去了!"皮鹤笑,"这丫头越发出息了。"

"出息什么?"槿篱外婆说,"十几个后生带了五六条狗,她不过跟着打打伴,哄着人白给她分些肉吃而已。"

"这丫头,越来越像姊娘了。"皮鹤满眼都是宠溺。

武全不明白这皮大先生为何总说夏槿篱像她外婆,分明一个疯疯癫癫,一个殷殷勤勤,全无半分相似。

二人小坐了一会儿,皮鹤推说家中还有事,起身向槿篱外婆告辞。

武全晓得他并无要事,只是不想耽搁槿篱外婆。在槿篱外婆身上,便是有这种令人忍不住想亲近又忍不住要讲客套的东西。那东西看不见摸不着,却又时时满溢在一言一行中。

槿篱外婆站起身来,匆匆说了句"稍等",疾步回房拿了包东西出来。武全以为是给皮大先生的回礼,槿篱外婆却把那包东西递到他手里,含着笑说:"每日早晚用些,补血的。"

武全鼻尖一耸差点呛出泪来。原来外婆一直惦着他的断指,不加询问,只是不忍探人隐衷而已。

这破败的老屋恍若变作了慈母的怀抱,令武全眷恋不已。在这里,他得到了如珠如宝的珍视。他总算弄懂了自己跟皮大先生对外婆的那份亲近与拘谨:一颦一笑、一举一动都如此受人重视,怎能不亲近,怎能不拘谨?

回去的路上,皮鹤又说:"若能娶得槿篱妹子,真是你前世修来的福气。"

武全忍不住问:"皮大先生总说槿篱妹妹跟她外婆相像,先生到底觉着像在哪里?"

"咦?"皮大先生一脸莫名,"你看不出来吗?二人一式一样的脾性。"

武全更是莫名:"论相貌,还算得有一两分相似。若说脾性,那便是判若云泥了。"

"咦?"皮大先生还是一脸莫名,"怎会判若云泥?我婶娘十三四岁名扬乡里,槿篱丫头十三四岁便扬名整个临江府了。都是脂粉队里的英雄,哪里有何分别?硬是要说有所区别,那也是槿篱小丫头比她外婆还更强些。"

武全才想起夏槿篱在临江府逼得熊睿渊将祖传秘技授予了临江药人,深得秦大老爷并临江人赞赏。又在薛家渡吟唱《劝务本业歌》,挽留了无数预备出走的临江药人。夏槿篱确已扬名整个临江府。以此而论,那疯妹子确与她外婆相像得很。

皮大先生看的是作为,他看的是做派,故而先生觉得婆孙二人一式一样,他却以为天差地别。先生的眼光,远远在他之上。武全不禁有些惭愧,那样一个不同凡响的妹子,他竟不曾放在眼里。

10

宝祥汲了几口山泉洗净口齿,捋了一把乌韭叶塞进嘴里。硬渣渣的茎叶扎着口舌,他坐在乌韭丛中细细地嚼着,直嚼到渣子尽消,黏黏的吐出来敷在伤口上面。

白日里的山林寂然无声,与夜间恍若两个世界,偶有一两声鸟鸣倏忽一现,将盛大的寂静衬托得更为寂静。宝祥撕烂裤腿扯了块干净些的布片下来,稳稳地将伤口扎好。好在不曾像爷爷那般伤及筋骨,否则也要落下残疾,拖累妻儿一世。

妻儿在哪里?静仪尚未过门,算得是妻吗?算得又如何?一世都回不去了。

静仪是不愁嫁的。生得那样好,家中又有基业,嫁给哪个不行?况且还有那黄武全。

黄武全虎视眈眈了这些年,如今守得云开见月明了。这口白客定会日日缠着静仪花言巧语。

静仪顶得住吗?静仪自然是顶不住的,她向来欢喜那口白客的花言巧语。

静仪本是欢喜他的,侯家爷爷也是欢喜他的,师傅、学徒、伙计们原本无一不是欢喜他的。为何见了那黄武全,人人便不再欢喜他了,都去欢喜那黄武全?静仪欢喜黄武全,侯家爷爷欢喜黄武全,师傅、学徒、伙计们个个都欢喜黄武全。那黄武全到底比他好在哪里?那样一个口白客,为何人人都欢喜?

人说狐狸精善迷惑人,那黄武全便跟狐狸精样的,挂着一张假笑的脸,暗藏着狼子野心。可恨世人都是只看表面的,宁可看那媚笑的假面,他这样实诚,人却不愿多看。

他们咎由自取!纵着那张假面,这才闹出了祸事。若非如此,侯济仁栈怎会落到这步田地?静仪怎会落得守望门寡?长颈又怎会丧命?

都怪那黄武全!长颈本是忠心护主的。黄武全进店之前,长颈事事都听他张宝祥的。他说东便是东,说西便是西。他做什么长颈都屁颠颠跟在后面。那黄武全才进店两三年,便想方设法将长颈哄骗了去。

长颈也是咎由自取!一箱衣裳、几句好话而已,便为人豁出命去。不!不是一箱衣裳,只是一件衣裳而已,还未送足一箱呢。

一件衣裳卖条命,世间哪有这样的糊涂人?

长颈委实糊涂得很。这样的人,死不足惜。

宝祥按了按包扎伤口的布片,布片下渗出青绿的血水来。血水清凉,像侯济仁栈冬日里屋檐下冰溜子滴出的水。结冰溜子的时候,静仪总爱煮了姜丝米酒给大家伙儿吃。他再也吃不着侯济仁栈的姜丝米酒了。他腹内又挖绞起来,又有大半日未进米食了。

难耐的饥饿与入夜的恐惧将他逼下山来。他必得寻到吃食,必得找地方栖身。已到了袁州府的地界,临江衙门里追不过来,通缉也下得没这样快,他生性谨慎,才一直躲在山里。如今,被饿死的恐惧与夜宿山野的恐惧,远远盖过了他的谨慎。他陡然觉着穿村过户也无甚要紧。

他朝着一个村子走去。村口一棵又高又直的柿子树下有个老者搂着竹筐靠着歇息。宝祥上去行了个礼,那老者咧嘴一笑:"后生仔来得正好,我孙女儿想柿子吃,我这老胳膊老腿爬不上去,这树又高又直,爬了上十回都滑溜下来,累得我手脚作软。后生仔会爬树吗?帮我摘几颗柿子我带回去给我孙女儿。"

宝祥饿得眼冒金星,哪里还敢上树?可一想到先前在茅舍里的遭遇,他便觉着这老者与茅舍里的老者样貌甚是相似,想来也不是什么善类,莫想讨着白食,只得先帮他摘些柿子下来,再提交换吃食的事。

宝祥点了点头,说:"会。"

老者大喜:"可巧碰上了你,不然的话,我那孙女儿又要扯我的胡须了。后生仔帮我多摘些,我埋在糠里,任那丫头慢慢儿吃。"

宝祥心想:原打算摘一兜柿子换他一碗薄粥,听这意思,不摘满筐怕是不能让他心足。埋在糠里慢慢儿吃,可不至少得要一筐子?

宝祥刚要上树,那老者"咦"的一声:"后生仔,你受伤了?"

宝祥看了看渗血的布片:"磕了一下而已,不碍事。"

"受伤了不好爬树吧?再要碰破了伤口可不是玩的。"

宝祥心想:不上树,哪儿来的柿子跟你换粥?

老者问:"听你口音不像本地人,怎的带着伤跑来我们这里?可是有什么紧要事?"

宝祥说:"路上磕伤的而已,并非带伤出门,无甚紧要事。"

老者便不再多问,笑眯眯说:"那便有劳后生仔了,我那孙女儿嘴馋。"

宝祥死命闭了闭眼,驱散阵阵袭来的黑眼晕。红透透的柿子挂在天一样高的树顶,低矮处的早已摘尽,他搂紧树干夹紧双腿哧溜哧溜往上爬去。

一颗饱浆的柿子映入眼帘,宝祥摘了扔给那老者。老者兜起衣裳接着,喜得合不拢嘴。

宝祥心想：你可晓得，你这欢喜，要我拿命来换？

摘尽了一枝，宝祥往上爬了几下。那老者伸着拇指在树下感叹："还是后生仔有劲儿，我后生时也有这个本事。"

宝祥一路爬一路摘，那老者早装满了几衣兜子，竹筐子却还空得很。黑眼晕又发作起来，他手脚一软险些溜了下来。

"当心！当心些！"那老者作势伸手托着。

柿子软烂的甜香钻入鼻孔，宝祥摘了一颗塞进嘴里。先补点糖分，总好过一直空着肚子。

"对，对。先吃。你也先吃几个，我在树下等你。"老者乐呵呵笑着。

宝祥心想：摘了这许多，我自己吃不得一个吗？做什么说个不停？便是等一会儿又有何不可？嘴上说得这样好听，还不是怪我害你久等了。

那老者眯缝着眼笑嘻嘻盯着树上看，宝祥只觉着他的笑眼时时都在催逼自己，到底扛不住，吃了两个便接着摘了起来。

够得着的柿子都摘尽了，那竹筐却还未装满，宝祥试探着往一根斜伸的树枝上爬去。那树枝伸出去老远，又不甚粗壮，爬到一半，已颤巍巍抖动起来。

老者在树下叫了起来："哎呀！莫再爬了，够了，够了。"

宝祥极力伸长手臂，手臂跟树枝一样打着战。一颗柿子托在掌心里，半悬着的血淋淋的心似的，他略一用力，将那颤动的心扯了下来。

老者哈哈笑了："还是后生仔有本事。"

还是摘了下来好。真不摘了，这老者哪有这样欢喜？宝祥甩了甩头，甩开昏天暗地的黑眼晕，死死抱住不停颤动的树枝，直将那斜枝上的柿子摘尽。

老者喜滋滋背着满筐柿子谢过宝祥。宝祥声气粗大起来："谢倒不必。老丈家中可有剩饭？有便给我一碗。"

老者"唉哟"一声："你这后生，怎的早些不说？早知你饿着肚子，我那孙女儿再是嘴馋，也不能让你上树。来来来，快快跟我到屋下去，我叫我那馋嘴的孙女儿现做给你吃。"

宝祥说:"现做倒不必,有口剩的便好。"

老者说:"忙活了大半日,哪能让你吃剩的?"

宝祥心想:莫不是摘完了柿子便不愿给饭了?果真不给,我便将这整筐柿子砸得稀烂。只是在这村口上打砸,怕要惊动他村上人。不知他村上人是否跟那易家人一样凶狠。为着砸筐柿子被人洗了,那就真是倒了血霉。

老者又是"哎哟"一声:"你这后生仔,饿得都流涎了,还不快些跟我回去。"

宝祥抹了下嘴角,才晓得又跟在易家人面前一样吐起了白沫,学了这些年的医,他自然晓得自己这是被易家人吓得落下病根儿了。他擦着裤腿将白沫抹掉,卸下老者的竹筐替他背着。

老者将他领到一间老屋跟前。老屋里跑出个十三四岁的妹子,面若银盘,嘴角微微上翘,不笑也像笑样的。

妹子脆生生叫了声"公公",转身向着宝祥屈了屈膝。

宝祥并不还礼。那老者指着那妹子告诉宝祥:"这就是我那馋嘴的孙女儿,名唤霞儿。"

霞儿又娇嗔地唤了声"公公",不好意思地看了宝祥一眼。

宝祥并不睬她,只说:"屋下若有剩饭便给我一碗。"

霞儿说:"吃什么剩饭?我这便冲两个蛋,先给大哥哥垫垫,再拿猪油炒盘米面,快便得很。"

宝祥心想:剩的都不给,哪肯给我冲蛋?不过是巴望着我说"不必劳烦",便好乘势什么都不给。

霞儿转进后厨旋即冲了蛋来。宝祥心想:当真冲了蛋来,是有什么打算?

宝祥喝了水冲蛋,霞儿又端出一盘油汪汪的米面来,米面里搁着许多豆芽、肉片。

还有肉片?宝祥更加警惕起来。他一个叫花子,也不知这爷孙俩为何如此厚待。

老屋破败得很,厅上只摆着一张旧桌子、两把烂椅子。椅子上的竹片子都快掉光了,空空的只剩两个架子。这样的穷人家拿出鸡蛋、肉片来款待他,可谓下了血本。

宝祥嚼烂了腮,那老者赶忙倒了碗温水过来:"漱漱口,慢慢吃。"

怎的如此殷勤?

宝祥正想着,那老者挨着他坐了下来:"看你这绑带,像是自己扎的,药也是自己采的吧?我砍柴时也常有磕碰,不知你敷的什么药?告诉我晓得,日后再有磕碰,我也好依样敷药。"

原来是想问药。乌韭治伤也不是什么秘技,宝祥便一五一十教给这老者。

老者又说:"听小兄弟方才说得头头是道,想必是个行家,不知还有什么医治头疼脑热的方子,一并说给我们晓得,我们平素也好方便方便邻里。"

宝祥心想:果然没有白吃的东西,看在那些猪油、肉片的分上,便再说两个方子给你。

吃完了面,天光也要断了。老者说:"不知小兄弟还要去往哪里?若是路远,不如在我屋下住了再去。"

屋子虽破,房却不少,宝祥见他家只有爷孙二人,作不得什么怪,便住了下来。

11

饿着肚子,手上的伤倒疼得不甚厉害,饭足菜饱,伤口也跟吃饱喝足了样的精神起来,一扯一扯活蹦乱跳地疼,疼得宝祥坐立不安。

老者说:"我看小兄弟伤得甚重,不如养好了身子再行上路。"

宝祥生怕出去再难寻到吃食,便依言住了下来,一住便是七日。

第七日上,伤处闷闷地作起痒来,宝祥晓得在生新肉,想来伤势已无大碍,便向一老一小辞行。

那老者听得他要走,觍着脸问:"小兄弟家中可有婚配?"

宝祥一愣。说有,静仪已然算不得了。说没有,又与年纪不甚相称。

老者见他无话,便接了下去:"实不相瞒,小老儿早年在这村上也算得一号人物,不过年纪大了,又接连痛失二子,家道这才败落下来。我这孙女儿虽是顽皮些,家务事上却是麻利得很。小兄弟若是尚未婚配,若不嫌弃,小老儿便将这小丫头子许了给你。你一个外乡人,想在本地立足也是不易。我老是老了,头脑还是灵泛,有个肯出力气的后生帮衬,不怕翻不了身。这老屋看着破败,当年也是花了大价钱盖起来的,稍作修整,在这村上也是体体面面的。这几日我留心瞧着,小兄弟不像有事在身,倒像是出来讨生活的。如今这年辰,上别处去,也未必寻得到什么好出路,不如就留在小老儿身边,好歹还有几亩薄田。我看你采药配药颇有门道,是个学过手艺的,身手也好,想是常年练着功夫的,若是留了下来,不出三两年便可买田买地了。"

老者说了一大堆,宝祥却只听得要他留下来帮着修整老屋买田买地。那名唤霞儿的少女自是生得模样不差,可惜跟那易家少女甚是相似,怎么看怎么恶状恶形。与她成亲,宝祥宁可再上山去跟狼搏命。

宝祥拱了拱手:"承蒙老丈看得起,只是我确有要事在身。"

老者讪讪地说:"人各有志,小兄弟要去,小老儿也不强留你了。相识一场,也是有缘。小兄弟他日必成大器。"

宝祥转身要走,那老者的孙女儿追了上来,依依地扒着门框:"大哥哥晓得我叫霞儿,霞儿还不晓得大哥哥姓甚名谁。"

宝祥看了那少女一眼,头也不回地去了。

养好了身子,脚程也快了,宝祥走了半日便到了芦溪。芦溪过去是高坑,高坑再过去就是萍乡。

到了萍乡,又有两日不曾正经吃饭,只嚼了些野果野菜。宝祥不敢再饿得太狠,便去集市上寻些营生。寻了半日,有家铁匠铺子吆喝声甚响,看上去格外忙碌。宝祥便放下衫袖遮着伤处,到这铁匠铺子里去谋事。

主锤的大师傅看他年轻,又生得壮实,便说:"铺子里恰巧在赶制一批铁器,你若愿意,便学着下手们跟我打铁。五六日的活儿,你是生手,算你一吊钱,跟在铺子里吃。"

宝祥说:"我干不得五六日,还有要事要办,帮一日工吃一日饭便是。"

大师傅说:"我本不收生手,更不收只做一两日的生手,权当帮忙,你留下便是。既有要事在身,不是实在无法,你也不会为着吃一日饭耽误一日的时辰。只是一日间委实做不得什么,还未上手便要走了,不好给你算钱,只能如你所说一起跟着吃个饭,莫说我们克扣你的工钱。"

"大师傅放心,"宝祥说,"我只求一顿饱饭。"

"那便说好了。做一日工,吃一日饭。"大师傅又老了一遍宝祥的口。

宝祥应着:"做一日工,吃一日饭。再无其他。"

大师傅叫人拿了把大锤给宝祥,令他跟着一个下手一左一右轮番往烧红的铁片上锤打。打铁是力气活,也是手艺活,宝祥空有力气,每一锤却都打得不得要领。站他对面的下手哇哇叫了起来:"大师傅看他!这么打下去,莫说帮忙,倒是越帮越忙了。单我一人,兴许再打一个时辰便成形了,加上他,恐怕要打到夜里去。"大师傅瞪了宝祥一眼:"不会有样学样吗?他怎样打,你依样学着便是!莫要胡打乱锤。"宝祥盯着对面的下手看了一阵,仍是瞧不出什么门道。大师傅将他一推:"去去去,炉子边扯风箱去。"

宝祥便蹲到炉膛口去扯风箱。扯风箱看着轻快,实则也是体力活,那炉火需得烧得极旺,扯得火苗噗噗直往上蹿。宝祥单手扯了一阵,火却越来越弱。大师傅呵斥:"没吃饭吗?连个风箱也扯不起!"宝祥确是不曾吃饭,只是他并非不够力气,只是有条手臂伤着,不敢双手用力。大师傅斜眼瞄了他一下:"那只手里抓着金子吗?一只手扯不赢,不晓得两只手一起?"宝祥不敢提起手上有伤的事,生怕他们赶他出去。谁愿收个有伤的人做事?大师傅见他仍是单手扯火,气得骂起人来:"你聋的吗?听不见我说话?"宝祥刚想再加把劲,大师傅又把他一推:"瞧着这五大三粗的,却是他娘的舍不得出力气的!滚开滚开,铁匠铺子里容不得这样的人!没得带坏了我们的人。我铺子里不收吃白食的。"

宝祥见留不下，便打了个拱说："跟大师傅比，我的力气是小了些。只是我多少出了些力，还请大师傅赏口饭吃。"

大师傅反问："多少出了力气？你出了多少力气？早知这样，你一分力气都莫出还要好些！你这黄脸手软的，不晓得耽误我们多少事！"

宝祥说："一分力总有一分力的用处，我虽不甚能干，到底也打了好一阵子的铁又扯了小半日的火，没有功劳也有苦劳，师傅们多少赏点吃的吧。"

大师傅左右看看："这是硬要我们给吃的了？你们还愣着做什么？还不快快把这混白食的给我撵了出去？"

大师傅近前两个下手上来驱赶宝祥。宝祥心想：讲好了做一日工吃一日饭的，我好歹尽力忙了小半天了，不求好菜好饭，两口剩饭总还值得。这干人等竟想让我白干！还讲不讲道义、规矩？当即忍不住大喝一声："怎的？白让我干了活就这么着了？"

大师傅噗地吐了口痰在火炉里，炉火瞬间将浓痰烧干，腾起带着口臭的青烟："你想怎的？"

"我干了一日的活便给一日的饭，我干了半日的活便给半日的饭。我干得大师傅不如意，大师傅便给我不如意的饭菜便是。就是不能一口饭都不给。"

"一口都不给又怎的？"

"一口都不给便是不守规矩，我张……"宝祥本想说"我张宝祥最见不得不守规矩的人"，临了想起不能露了身份，便转口说，"我张某人最恨不守规矩的！"

大师傅一脚踏在火炉上，任濡湿的鞋底烧得呲呲作响："听见没？人恨上我们了。兄弟们还不赶紧打听打听这是哪里来的高人。一个外乡人，敢在我本地铺子里耍横，指不定是什么皇亲贵戚呢！我们萍乡人是死光了吗？任由一个外乡人撒野？"

两个下手捞起铁钳便往宝祥身上捅。宝祥就地一滚，在案板下扯了块潮乎乎的抹布下来，卷着抹布将火炉里烧着的铁棍一包，抽出铁棍往捅戳过来的铁钳上一挡，火花四溅。

这铁匠铺子只开着两扇小窗,窗上还挂着破破烂烂的帘子,帘子上结满陈年的蛛网,屋里阴暗得很,火花一迸,黑乎乎的屋子里竟像炸开了焰火一般,琼花玉屑开遍。

大师傅侧身一闪,跳开一丈开外,抡起宝祥先前拿着打铁的大锤撂了过来:"竟敢还手?"

宝祥闪身一躲,烧红的铁棍划在窗帘上,窗帘燃了起来。

两个后生样的师傅端起淬铁的冷水往窗帘上泼,窗帘破破烂烂掉落下来。

大师傅在成形的铁器中抽出一把锄头,挖地一样往宝祥头上猛挖过去。宝祥抡起手里的铁棍一掷,铺子里又是一阵琼花玉屑开遍。

借着爆起的火花,宝祥跑到成形的铁器下,也抽了把锄头出来。那大师傅不敢跟烧得通红的铁棍硬碰,早扔了锄头躲在铁墩子后面。宝祥抢步上前,将锄头对准了大师傅的头顶:"哪个再敢上前?我这便把他的脑袋挖下来。"

"个背时鬼!做事没二两力气,打起架来倒是起劲得很!"大师傅扑了扑衣裳上的火星,"罢罢罢,再打下去,打死了这背时鬼不要紧,这铺子都要被他给烧完了。"

宝祥昂然说:"叫人做了事,便要给人东西!这是规矩!晓不晓得?"

"什么规矩?"大师傅说,"不就是要饭吗?说得这样硬气?!罢罢罢,我那食盒里还有吃剩的盐菜,给了他便是。你不是说做得不如我的意,便给你不如意的饭菜便是?你做得确是不如我的意,那盐菜也确是我不如意的饭菜,依你的规矩,这便全给了你,就此两不相欠。"

一个后生师傅端了个食盒过来,宝祥掀开一看,当真是吃剩的几口盐菜。

宝祥抓起盐菜塞进嘴里。大师傅骂:"真是有病!为着几口盐菜的事跟我拼命?"

宝祥说:"这不是盐菜不盐菜的事,这是规矩!我堂堂正正顶得天立得地的一个好汉子,不与你们计较东西的好坏,只教你们学学规矩!"

大师傅又骂了一声:"有病!"叫人赶了宝祥出去。

12

侯静仪给侯济仁栈一应人等重新分派了事务。安庭、细苟两位师傅轮番坐堂,君武师傅任了头刀,修贤顶替宝祥陪同东家采买药材,德生顶替武全值守前柜,贤喜先生仍是掌柜。

侯济仁栈打死了人,一时无人上门求诊,静仪派了余庆、浩明两位师傅日日到旌善亭去义诊。

柳县丞受过侯木生的授艺之恩,听得侯济仁栈设了义诊,便时常偷空前去帮衬,也在旌善亭内放了一张诊桌。坊间百姓听得县丞大人坐诊,纷纷赶去看个新鲜。柳县丞每见人多,便有意将余庆、浩明两位师傅叫过去帮着把脉,侯济仁栈的医术因而重新得以施展。

一来二去,侯济仁栈又有了些求诊的人上门。

侯余庆说:"幸而老东家生前收了柳县丞,不然经此一劫,我们侯济仁栈怕是保不住了。"

侯浩明说:"好在老东家素来不拘规矩,把大小姐自幼养在药栈,不然如今真是两眼一抹黑呀!"

"是啊。好在小姐有些见识,我看她年纪虽轻,肚子里却有主意。"

"可不是吗?依我看,这丫头倒比宝祥强些,单说这设义诊的主意,宝祥就怕想不出来。"

"宝祥也算能干,就是倔强了些,不太灵泛。"

"依得他,莫说柳县丞,便是小武全,他也不肯留在店里的。"

"若不是武全断指,我们侯济仁栈只怕当真要被长颈村上人给拆了。幸而老东家没听宝祥的,不然的话,没有武全,还有哪个肯为侯济仁栈断指?"

"老东家什么见识?怎会尽听宝祥的?"

二人自此踏踏实实跟着静仪,比宝祥在时倒更为心安。

第四章 离乱

333

静仪叫人做了一只巨大的樟木箱子,箱子上刻了"侯济仁栈"四个大字,又制了许多樟脑,将樟脑装在大樟木箱子里。

侯贤喜看着奇怪:"小姐装这许多樟脑圆子做甚?"

静仪说:"如今临江人只记得我们侯济仁栈打死了伙计,早忘了我爷爷往日的善行,我要证明给街坊邻舍们看,侯大善人不在了,侯济仁栈的善心仍在,侯济仁栈的本事仍在。"

侯贤喜说:"小姐初次当家,不知柴米油盐贵,要像你爷在世时那般行善,我们药栈如今却是支撑不起。你到中柜去翻翻账本,眼下我们连师傅们的工钱都要付不起了,哪有余钱行善?"

静仪说:"撑得起要撑,撑不起也要撑。侯济仁栈可以败,侯济仁栈的善行、手艺却不能倒。还有一个侯济仁栈的药工在,便要跟侯济仁栈的善行、手艺同在。"

侯贤喜听得又是痛心又是钦佩:"我这老朽倒是不如小姐的见识,小姐说得有理。我们侯济仁栈一向扶贫济困,靠真本事行医,不能因周转不来便丢了这个根本。便是当真要倒,也要带着善行义举跟一身好手艺一起倒。要让临江人晓得,无论荣衰,我们侯济仁栈都是侯济仁栈。侯济仁栈的人走到哪里,哪里就有善行义举跟信得过的本事。侯大善人在,是这样;侯大善人不在,也是这样。就算药栈一时倒了也不要紧,只要侯济仁栈还有一个药工,只要有人东山再起再挂起这个招牌,人见了'侯济仁栈'四个大字,便如同见着了善行义举并一身好本事。"

静仪说:"就是这个理。我要让临江人晓得,再艰难些,我侯济仁栈也是纯善的。再落魄些,我侯济仁栈一颗小小的樟脑丸也要制得比别家强些。"

静仪叫春芽撤了马车的帷帘,将大樟木箱子明晃晃摆在车门外,她单手扶着箱子侧身坐在车门口,有意露出半个身子,由春芽赶着马车,穿街过巷往那些穷苦人家里去。

临江人看不明白:"这侯济仁栈的小姐要做什么?她死了爷,又跑了夫婿,不安安分分待在屋下守孝,或是托人寻个汉子好好撑着药栈,却跑出来抛头露脸做甚?"

讲究些的人家见了她便闩上大门。她孝期未满,人怕沾上晦气。

越是穷苦人家倒是越不忌讳,三年的孝,搁自己身上他们也守不满。本就缺吃少穿的,一日不出门便短了一日的收成,因而大多穷人都只守满七七四十九日,"做七"之后便诸事如常。侯大善人走了近一年了,他们自然不甚在意。

静仪将樟脑丸一一发给穷人:"要入冬了,天气阴潮,搁些樟脑在箱子里,免得开春后衣物生虫。"

人说:"开春后再搁不迟。搁得这样早,等到开春都散光了。"

静仪说:"我们侯济仁栈的樟脑保用一年,早些搁上,冬日里也可驱除跳蚤。"

人还犹豫:"这东西刺鼻,成日里闻着不甚舒坦。"

静仪便将樟脑递到人鼻尖下面:"你闻闻看,我们侯济仁栈的樟脑气味幽香,搁在房里跟熏香一样。"

人闻了,也就乐呵呵收了下来。也有不甚领情的:"几个樟脑值什么?驾车赶马地大张旗鼓来送,不过是为着招揽生意。你爷在世也就罢了,如今你爷过世了,你许的汉子又跑了,一个妹子开店,哪个还敢去你店里看病?不如趁早再招个汉子进门,或是寻个人家嫁了,日后也好有个靠傍。"

静仪只说:"几颗樟脑确是不值什么,只是想着家家户户都用得着,我们侯济仁栈便备了许多,只图方方便便街坊邻舍。今日不要,日后随时到店里来取亦可,我店里照样相赠。"

东西虽小,却正如静仪所说,确是家家户户都用得上。静仪才在外面转了半日,便有许多人顺道到侯济仁栈去取。侯济仁栈又热闹起来。

熊睿渊只道静仪不懂事,笑笑地说:"这小丫头子想学她爷,却只学得了皮毛,光给人送樟脑顶得什么事?人用了你两颗樟脑便会到你店里来看病吗?"

静仪送樟脑时,却已然帮人看起了病。每到一户人家,她便顺便向人问问寒温。静仪性情温存，人大多都愿意说给她听。她若听得了不妥之处，便就势帮人把把脉。有些身上不甚爽利又不甚严重的，或是老病根久治不愈的，若无郎中上门，也未必特地前去寻医问药，静仪去了，他们也就顺道看看。静仪开了药也不收钱，只说并非特地上门出诊，只是顺便帮人看看。如此十余日，侯静仪在临江府的名头又像她爷爷那般显露出来，受过她恩惠的临江人都说："那侯大小姐跟她爷爷一样，乐善好施，医术又好。"

熊睿渊仍笑："光有名声顶什么用？徒有虚名而已。她家药栈不比当初，我看她还能送多久。"

熊元文听得甚是着急，再见着静仪出门送樟脑时，便拦着马车问："侯大小姐不怕将家中积蓄都送光了吗？"

静仪不搭理他。他又说："我确是为着你家着想。你爷辛苦半生挣来的家业，若是送光了，岂不就此毁了老人家毕生心血？"

静仪听了这话才说："多谢熊大少爷告诫。只是我爷爷在世时原是这样的，我是家中独女，自然要秉承家父遗志。"

熊元文说："我晓得你是学着你爷那套，打着给人免费看病的名头，实为帮着自家药栈招揽生意。只是如今这年辰，比不得你爷起家那时候了。那时国富民安，人人有钱看病。现如今多少人饭都吃不饱？你医术再好，人看不起病，还是白搭。你送出去的药，只怕都是白送了。"

静仪听得他又是这套论调，懒得与他分辩，只说："白送的也好，不白送也好，都是我们侯济仁栈的事，不劳熊大少爷操心。"

熊元文说："侯大小姐何必这样辛苦？你一个弱女子，本该在家享享清福。"

静仪说："赠人几枚樟脑而已，何苦之有？"

熊元文说："莫道我不晓得，你哪里是赠人樟脑？你不过是想借此传扬你们侯济仁栈的医术。"

静仪回："医者传扬医术，又何苦之有？"

熊元文说："传扬医术的事，交给我们这些汉子便好，你一介女流，何必操这个心？我晓得，你也不是当真想传扬什么医术，不过是不得不撑起侯济仁栈的生意而已。只是如今这年辰，偌大一个药栈，岂是你区区一个小女子能够撑得起的？不忍侯济仁栈关门，便与我家并作一家就好。我恒昌药栈声名鼎盛，何需给人送药招揽生意？顶着我家的名头，不愁卖不出药。左右张宝祥跑了，黄武全又残了，再在他二人身上用情也是白费。我不嫌你，也不忌讳望门寡的名声。你我年貌相当，家世相仿，就让我来帮你料理侯济仁栈……"

春芽马鞭一挥，照熊元文面门狠狠打了个响鞭："龟孙子竟敢妄想吞并我们侯济仁栈，再动这个心思，我侯春芽便把你这粉面油头抽个稀烂！"

熊元文一脸痛惜地说："没有我熊元文，你们侯济仁栈眼看便要倒了。"

静仪笑了笑："你家的药也不比我家便宜，既有人买得起你家的，自然也有人买得起我家的。临江人当真个个都穷得治不起病，你恒昌药栈也好不到哪儿去。"

熊元文说："我们恒昌药栈是百年老店，你们侯济仁栈哪能跟我家相提并论？"

静仪不再理他，吩咐春芽催了马去。

13

黄武全尚未睡醒便听得有人将皮大先生的大门踢得噔噔作响。皮鹤一个鲤鱼打挺跳下床去："槿篱丫头来了！"武全奇怪："怎的断定是她？"皮鹤两眼放光："除了她，还有谁敢这样踢我皮大的门？"武全心想：真是一物降一物。这般粗蛮无礼在你门上乱踢乱踹，你倒跟捡了宝似的。

武全与皮鹤夜夜连床夜话，睡得晚，起得也晚。二人虽未睡醒，却已是早饭时分。

皮鹤"吱呀"拉开门来，果然是夏槿篱，扛着半边野物，血水流了一身。

"麂子肉，送给先生吃。"

皮鹤掀起麂子腿来看了看："好大一只！丫头越发有本事了。"

槿篱擦了擦身上的血："这有什么？还有更大的呢！"

"昨日几时返来的？"

"不晓得几时，返来时，我外婆、外公都已睡了。"

"这样晚？下回还是赶回屋下吃夜饭，一个妹子，天光断了莫要留在外面。"

"这有什么？"槿篱说，"我还想在山上过夜呢，他们不肯。"

皮鹤笑："越发胆大包天了。不许当真这样的，仔细让我晓得了。"

槿篱嘿嘿一笑："前些日子已在外头过过一夜了，你不晓得。"

皮鹤作势要打，又无可奈何放下手来："拿你真没办法。"

槿篱说："有伴我便不怕。除了鬼，本姑娘没啥怕的。"

"没有的东西，你倒害怕。"

"谁说没有？"槿篱一脸认真，"万一有呢？"

皮鹤扑哧笑了起来："终归还是个小丫头子。"

槿篱拍了拍手预备告辞，皮鹤拉住说："不跟你武全哥哥招呼一声？"

夏槿篱叫了声"武全哥哥"，反身又走。

皮鹤说："这倒奇了。你二人平日都是嘴里没个停的，怎么见了彼此没话说？"

槿篱说："哪里没话说？武全哥哥惯爱骗我、刮我、骂我，今日想是手指断了，搅得脑子也不好使了，一时想不出什么骗人、刮人、骂人的话。"

武全回："骂你还要费脑子吗？你哪句话哪件事不招人骂？"

槿篱说："你那美人菩萨待我可是热乎得紧，我外婆、外公连同皮大先生也是处处赞我心巧嘴乖，独你觉着我招人骂，岂知不是你自己脑子不好使？"

武全原本无意再与她斗嘴，不知为何，她一跟他说话，便有本事气得他反唇相讥。

皮大先生笑："你二人性情相仿，自然容易拌嘴，哪个也莫说哪个了。"

武全心想：性情相仿不是该当言语相投么？怎会拌嘴？

槿篱说："哪个跟他性情相仿？莫说坏了我的性情。"

槿篱走后，皮大先生说："叔爷是过来人，于儿女之事上，比你这青皮后生有些心得。你那静仪姐姐虽好，却与你不甚相配，与她一处，你必事事谨言慎行，年长日久，难免疲累。这槿篱丫头看着任性，却最是个体贴人意的，与她一处，你凡事都不必拘着，任凭本心行事便好。加之她头脑灵泛，身强体健，又重情重义。他日要成大事，这样的女子定能帮你出谋划策。若是遇到难处，你在水里她必定也在水里，你在火里她必定也在火里。你那静仪姐姐可有这个本事？便是有这份心，她那身子骨，恐怕也无这个力。"

武全心想：我要她在水里火里做甚？一个女子，宜室宜家便好。再像静仪姐姐那样有门精通的手艺，便是好上加好了。夏槿篱跟宜室宜家差着十万八千里，也没什么格外拿得出手的本事。

没过两日，皮鹤后门住着的人家便起了火。恰逢半夜，那人家直烧到火封了门才醒。只听得一家老小鬼哭狼嚎。武全跟皮鹤起初只顾着灭火救人，没留意自家后门已烤得滚烫。待得反应过来，存着的水都用完了，皮鹤同武全急急地跑去挑水。挑得水来，他家后门已燃了起来。两担水泼上去，才堪堪够把明火灭了。门板还是滚烫。待得再挑水来，仍是只够扑灭明火。如此下去，一旦力竭，皮鹤家必定也要跟着烧起来。街坊邻舍都赶着扑救着火的人家，无暇顾及他家情势。

正自焦急，夏槿篱与她外公挑了水来，满满的两担，一点儿也不比武全跟皮鹤挑得少。加上这两担水，皮鹤家的后门才略略凉了下来。

四人不敢停手，又急急地赶去井上挑水。那夏槿篱手脚甚快，武全一担，她也一担。一炷香的工夫，武全用心数了数，两人皆挑了五六担。

皮鹤家控制住了，那着火的人家老老小小也都救了出来。武全跟皮鹤又帮着扑救了一阵，那家的火也渐渐灭了。他家婆婆保得了命，便惊记起了屋里值钱的细软，想要回屋去拿。有人劝说："外头的火是灭了，里头不定还有暗火。"那婆婆说："我家孙子、孙女都伤了手脚，正要用钱，这屋下东西都烧光了，再失了那些东西,哪有钱来给我孙子、孙女治伤?难不成我老婆子要眼睁睁看着他们病死烂死?"他家长子听了,只得在皮鹤家借了床旧棉絮,足足地浇了两担水,披着透湿的棉絮帮他母亲进屋去取。

才去了一会儿,噗地一下果然又蹿出火来。众人又忙忙地往那屋下泼水。泼了一阵,火制住了,他家长子却不见出来。

那婆婆哆嗦着说:"怎的还不出来?莫不是恰巧撞在方才那堆火上了?"

她新妇骂:"个要钱不要命的老东西!还用得着碰上火堆?这烟熏火燎的,呛也呛死了!"

婆婆可怜兮兮地看着她小儿子。她小儿子说:"再进去一个,你老人家就怕没人送终了。"

婆婆抽抽搭搭哭了起来,边哭边看着帮忙救火的后生仔们。后生仔一个个错开眼去。

看到皮鹤时,皮鹤说:"婶娘莫急,我帮你去看看。"

夏槿篱忙将皮鹤一扯:"他家还有男丁,怎轮得到舅舅进去?"

皮鹤说:"我一人吃饱全家不饿,他家上有老下有小。"

槿篱忍了忍,缓缓松了手。皮鹤叮嘱后生仔们不停地往屋下泼水,他自己披了床浸湿的棉絮冲进屋里。

武全担心皮鹤出事,也披了床湿棉絮进去。

屋里果然还有暗火,楼顶上时有火星掉落。樟树人惯将柴火堆在楼上,便是有柴房的人家,楼上也堆柴火。那柴火都是用来烧火做饭的,一点就着。虽烧得差不多了,却残留了许多火屎。

正如他家新妇所言,屋里烟熏火燎,武全才刚进去便呛了一口浓烟,喉咙里被人硬捅了一口硫黄进去样的,双眼也很快熏出泪来。

武全往里走了几步,隐约看见皮鹤挟着个人跑了出来。武全正想上去帮手,皮鹤却瞎了样的,一下将他撞翻在地。

"哪个?!"皮鹤惊问,"赶紧出来!"

武全赶忙爬了起来,双眼却已睁不开了。怪不得皮鹤瞎了样的,在这屋子里才待了半盏茶的工夫,武全也瞎了样的。

武全摸索着往外走,手脚不停地碰着东西,也不知碰上的什么,只觉样样都跟烧红了的铁板样的,又烫又硬。他从未到过这家人屋下,转了个身便迷了方向,不知门在哪里。

皮鹤定是常在他家走动,这才闭着眼也能冲得出去。武全闻见烫伤的皮肉腾起焦煳的香味。他惊惧地喊了一声:"救我!"

一只铁硬的手掌将他一扯。他往前一扑,跌倒在那人身上。鼓凸的胸,柔软的腹,是个女子。

那女子翻身一滚,又是一只铁硬的手掌往他后背一抓。他只觉双腿虚踩着地踢腾了几下,便"咚"地一下绊在门槛上,重又跌倒在地。

紧接着便听得槿篱外公在问:"没伤着吧?"

武全刚要作答,已听得夏槿篱答了:"没事。"

原来进屋救他的是她。

槿篱外公又问:"黄家少爷没事吧?"

原来这一回才是问他。武全喉咙松快起来,眼目也清朗了,勉强睁开眼来,已在门外。

皮鹤一边佝着身子搀扶武全,一边满脸爱怜地责备槿篱:"你这丫头,这许多汉子,哪里用得着你冲进去?"

槿篱笑笑地说:"等得他们进去,这黄家少爷早变熏肉了。"

皮鹤又说武全:"身处陌陌,你跑进去做甚?我皮鹤死了不要紧,你还要与我家丫头成亲呢。"

他说的他家丫头自然便是夏槿篱,武全一下飞红了脸。往日皮鹤提起这话,他只有满心的嫌弃,不知为何,经此一劫,却有些羞赧。

"我说你们是同一种人吧?"皮鹤说,"我冲进火里,你也跟着冲进火里;你冲进火里,这丫头也跟着冲进火里。不是同一种人,怎会同样行事?"这样一说,倒确似有些道理。

武全走到槿篱面前,整了整被火星爆满了窟窿的衣衫,长长地深鞠了一躬:"多谢妹妹救命之恩。"

槿篱摆摆手:"什么救命之恩?你哪里就要死了?我不进去,别个也会扯出你来。救命之恩,还是留给你那菩萨美人吧,她才当真救过你的命。"

话虽如此,到底是她冲在前面。皮大先生所言不差,果然,他在水里她便在水里,他在火里她便在火里。

皮鹤笑说:"不管怎的,今日是这小丫头把你从火里扯了出来,说是救命之恩也不为过。自此以后,你黄家少爷便生是我家丫头的人,死是我家丫头的鬼。"

14

出萍乡过了关楼就离了江西地界,张宝祥心里安定下来,开始琢磨可供安身的长久之计。他自幼学医,自然仍旧想吃药饭,只是人生地不熟,一时进不了当地药店,只得仍旧寻些零工换口饭吃。

这日刚过醴陵,有人寻殓官,宝祥正饿着,未及细想便跟着那人去了。到了那人村上,只见村口围着一大堆男女老少,抬头一看,一棵四人环抱的老樟树上吊着个人。众人摇头不止:"太惨了!死得太惨了……"

原来是个上吊自杀的。宝祥见树下洒着一摊摊秽物,想是那上吊的人呕出的饭菜跟憋出的屎尿。宝祥才晓得为何会寻了他一个路人前来收殓。这等情形,便是不嫌污秽,吊死鬼冤气重,人也不愿沾染。

有个老者问:"这后生哪里来的?"

领着宝祥前来的人说:"路上遇着的。"

那老者说:"难怪呢!不是过路子,谁愿揽这个事。"

有个婆婆问:"后生仔哪里人?"

宝祥作了个揖。

那婆婆说:"后生仔不晓得,这老樟树邪乎得很,前年春插时我老伴儿一时乘便把牛拴在树下,当天夜里那头牛就死了。去年六月村口的老张头图凉快,在树下躲了一会子荫,不等回屋就上吐下泻足足病了十余日。凡在树下待过的,没有哪个不撞邪的。这村上人都不敢到这树下去,更莫说上树了。你是外村人不晓得,我老婆子不忍欺生。这吊死的,原是姓上的篾匠,常在外头替人打晒垫、补箩筐,他妻女被人害了,又拿不着凭证,这才一气之下吊死在这里。身上不晓得多少冤气,后生仔莫去碰他。一碰,冤气都招到你身上去了。"

"他不碰? 你碰?"领着宝祥前来的人搡了那婆婆一把,"谁都不碰,任他日日吊在这里吗? 等得他臭了、烂了,熏得你们过不得日,看你们哪个还在这里滥做好人?"

那婆婆嘟囔着:"有意吊在这老樟树上,不就是怕人取下来吗? 取下来了,这村上人转头就忘了人受的冤气。"

"婆婆莫忘,婆婆便每日守在这树下替他喊冤便是。"领宝祥前来的人说,"我们还要过日。整日里一抬头便见树上吊着个人,如何过得日?"

婆婆噘着嘴不再吭声。

宝祥对着那领他前来的人打了个拱说:"既是有冤,衙门里自会过问。我贸然取了下来,确是不好。不如等衙门里有了说法再取。"

"那些官老爷,哪个愿理这些个事?"领他前来的人翻了翻眼,"小兄弟莫推辞了,你既来了,便把事了了再走。"

宝祥还想说话,两个拿着柴刀的汉子已靠近来了。

宝祥只得说:"早些让他入土为安也好。"

有人搬了个梯子过来,递了根粗麻绳在他手上。宝祥将麻绳套在脖颈上,攀着楼梯往树上爬去。

樟树枝叶密实,才爬了两步,便闻得树叶罩着死者沤出的馊臭味,宝祥胃里一翻,干呕了两声。领他前来的人一劲儿催着:"快些,快些,磨蹭什么?"越往上爬臭味越重,宝祥从未闻过如此可怕的气味,他边爬边呕吐起来,直如那死者一样吐得满身满地都是。

"你奶奶的!"围观众人哄然散开,"吐了老子一身!"

宝祥往下看了看,那些人都退得远远的,脸上挂着些看好戏的神气。

"看什么看?"有个汉子挥了挥手里的柴刀,"取不下人,老子剁了你!我早起才换的干净衣裳,全让你给弄脏了。"

宝祥举目望去,那死者的脸已近在咫尺。宝祥赶忙错开眼去。他本无意细看,抬眼间一不留神便看真了。死者满腹的冤屈还怒冲冲留在脸上。老婆婆说得没错,这样的人,是不该碰的。这张脸,只怕要跟着他一生一世了。宝祥叉开两脚横跨在楼梯上,取下脖颈上的麻绳挽成两个圈,一圈挂在自己脖子上,一圈往死者头上套去。套稳了,将那死者往上一顶。死者"咚"地一下掉落下来,险些将宝祥的脖颈勒断,屎尿、呕秽飘了一身。"撑住!撑住!……"下面的人纷纷跑上来撑着梯子。宝祥双臂死死抱着楼梯,双脚牢牢夹紧,顺势蹲坐在楼梯上。平日里玩闹时,宝祥也让师兄弟们双手套着脖颈转过圈圈,莫说一个人,便是两个也套得起。这人死了,又套在绳圈里,便有千斤重似的,宝祥只觉麻绳尽往皮肉里钻,脑袋顺着那人直往下坠。掉落下去,不光他自己要摔伤,这村上人也不得肯。特地寻人来取尸身,便是为着给死者留个全尸,若是摔坏了手脚,便是对死者的大不敬。他一个外村人,万一将死者摔在地上,这村上人非得打断他的手脚不可。宝祥极力稳住身子,忍着椎心的痛,一步步往下挪动。下面的人见他站稳了,又远远地躲开去,宝祥颤手颤脚走在摇摇欲坠的楼梯上,十几级横档,竟像上天入地般长。

死者刚一落地,一个翘嘴胡须的人跑过来扶着说:"取下来了我就不怕了,我来给他洗身、入殓。"

那领宝祥前来的人说:"也是。这后生仔怕是不晓得我们村上的规矩,你既不怕,便由你来洗换、入殓。"

翘嘴胡须嬉笑着说:"自家村上人,本不该讲这些,可这外村人既是讲了钱的,我也……嘿嘿……"

"分你一半便是。"那领宝祥前来的人大手一挥。

"一半怎的够呢?"翘嘴胡须扳着手指算,"这洗身、穿衣、入棺,少说也得一个时辰,这外村人不过是上下一趟楼梯,依我看,我八他二才算合理。"

领宝祥前来的人皱了皱眉:"你七他三,莫再讲了。"

宝祥两眼白白:"这怎……怎的……"

领他前来的人甩下几个铜板:"要就要!不要就滚!"

拿着柴刀的人围了上来。宝祥慢慢弯下腰去,从馊臭的呕秽与屎尿里将铜板一个个拾起来,也不知那些黄黄绿绿的秽物是死者的还是他自己的。

15

在府城转了将近一月,静仪又叫春芽赶着马车到城外村子里去,仍是挨家挨户赠送樟脑。村里人只见一个桃李年华的女子,生得仙娥一般,一身素白坐在马车上,车上搁着个齐肩高的樟木箱子。有人认得那箱子上的字:"是侯济仁栈的。"

"侯济仁栈是什么?"

"是商里的一家药店。"

"哦!我晓得了,就是那童谣里唱的。"

"就是那'侯济仁栈有神医,白须长眉用药精'的侯济仁栈。"

"侯济仁栈如今不比当年了。"

"怎的不比当年?"

"听说他家打死了个尚未成人的伙计。"

"阿弥陀佛,这可真真是作孽的事。那样小小一个人儿,怎能下得去手?"

"谁晓得呢?这世上的事,哪个说得清?"

"瞧这妹子的打扮,恐怕就是那个'素裙纤纤不染尘'的'小娇女'了。"

345

"不晓得,许是吧。童谣里唱她'舍生亲赴阎王殿,忘死赢得满园春',若真是她,倒是个有些本事的。只是再有本事,她家店里打死了伙计,她也脱不了干系。真是良善之辈,家中责打伙计时,她为何不加阻拦?但凡有个人拦着,再怎么着也不至于打死人。"

静仪下车取出樟脑,观望的人都转开脸去躲远些。

静仪微笑着说:"公公婆婆、叔爷婶娘们不认得我,我是侯济仁栈新当家的。先父在世时,曾多次到贵地出诊。如今先父去了,小女子身为他老人家的长女,但求能秉承老人家的遗志常行善事。小女子不才,也做不得什么大事,想着樟脑圆子是家家户户都能用得上的,便以先父亲授的手艺制了些樟脑,只为方便方便乡亲。今日前来贵地,便是送樟脑的,还望公公婆婆、叔爷婶娘们莫要嫌弃。"

有人说:"侯大善人我倒见过几回,只可惜如今善人走了,把个'善'字也带走了,无故打杀自家伙计,还说什么秉承遗志?"

春芽说:"打杀伙计的是那张宝祥。张宝祥姓张,不是我们侯家人……"

静仪止住春芽:"这位叔爷所言非虚,我们店里确是失了个伙计,只是并非有意打杀,原是有个学徒与我婆家……"

春芽说:"什么婆家?姐姐哪有什么婆家?不过是空约了个日子而已!"

静仪接着说:"有个学徒与我婆家有些争执。都怪小女子口拙,未能及时劝解,致使我家相公……"

春芽又说:"什么相公?姐姐何曾嫁过那人?"

静仪说:"我家相公原本是要打那学徒,不承想失手打死了亲如兄弟的伙计。我家相公自是罪孽深重,万死难辞其罪。那学徒也自认有愧,如今已自断一指……"

那人说:"口角而已,哪个一世不曾跟人斗过嘴?这学徒倒是仗义!那伙计的死,原本与他并无干系。"

众人点头:"便是想赖也赖不到他头上去。"

静仪说:"先父刚过不久,我家相公又畏罪逃生去了,如今店里乱作一团,只因我是家中独女,这才暂且留在药栈。待得诸事捋顺,小女子千里万里也要寻回我那戴罪的夫君,以慰死者亡魂。"

那人说:"姑娘这意思,是要你那打死了人的夫君回来抵命?"

"欠债还钱,杀人偿命。自古至今,莫不如是。"

众人连连点头称"是"。

静仪说:"我家相公有罪,那是我家相公的罪,与侯济仁栈无关。侯济仁栈仍是侯济仁栈。侯济仁栈的药工、伙计,遵的仍是'仁义、济世'的古训。我在药栈一日,便要依照古训行一日的事。待得我家相公领罪之时,小女子定不推诿半分,与他一同领罪。"

那人忙说:"那倒不必。听这赶车的伙计说,你与那凶犯并未成亲,也算不得他屋下人。便是他屋下人,也不必与他一同领罪。"

也有人说:"怎的不必领罪? 她若当真讲仁义,便应将那凶犯扣住,绑到衙门里去问罪。私放了那凶犯,却又花花哄哄来充好人,依我看,她与那凶犯同罪。"

有个满脸麻子的妇人说:"得饶人处且饶人吧! 你家妻儿误杀了人,你忍得下心即时送往衙门里去吗? 依我看,这位小姐只要日后当真能去寻她夫君回来领罪,也算得仁义。你们不要她的樟脑,我要!"

这妇人一边说着,一边合起双手捧到静仪面前。静仪包了十余粒樟脑搁在她手里。她得了樟脑,顺手交给身后一位花信之年的女子。

那女子对着静仪屈了屈膝。静仪见她面色暗沉,便问:"姐姐身上一向可好?"女子面上一红,低头说:"别的倒还好,只是一直未曾生养。"

静仪说:"我给姐姐看看可好?"

有人说:"看什么? 她看过的郎中都够凑一桌吃酒了,猪肚、羊胎不晓得吃了几多。你一个小姐,哪能看得好?"

那麻脸妇人也说:"我这大新妇吃遍了各色奇方怪药,多少钱扔进去了,不听一个声儿响。不是我家舍不得钱,只怪她命中无子。"

她大新妇仍是低着头,泪光汪在眼里打转。静仪说:"我不收钱。"

她大新妇收了泪,双目晶亮地看着静仪。

麻脸妇人见她新妇这样,不耐烦地挥了挥手:"你不死心便看看吧。"

静仪帮那大新妇把了脉,询问了月事,又问过了日常饮食。那大新妇一一说了。静仪说:"别的倒没什么,只是鼋鱼虽补,却是极寒之物,不可常食。田螺、河蚌亦属寒性。你常食鼋鱼,又喜食田螺、河蚌,体内积满寒凉,自然不易怀胎……"

麻脸妇人不等静仪说完已揪着她大新妇骂了起来:"你这贪嘴的烂蹄子,我寻常怎的教你来着?叫你莫要贪嘴莫要贪嘴,你非得逼着自家汉子整日里去挖鼋鱼来填你这生疮流脓的烂嘴!如今可好,吃得汉子跟着你绝了后。"

她大新妇把头都低到胯下去了,勉力分辩说:"一年到头,屋下只等杀了年猪才能闻得见肉味,平日里也没什么好的吃,鼋鱼、螺蛳倒是易得的,怪我贪嘴,吃多了些,日后再不吃了。"

"吃都吃了,你还能抠出来?"麻脸妇人又来揪她大新妇。

静仪说:"婶娘莫急,吃了的便吃了,日后莫再多吃,再加以调养便是。"

麻脸妇人问:"这病还有得治?"

静仪说:"只需禁食寒凉,再扯些益母草煎水喝,连喝数月便好。"

麻脸妇人问:"只需益母草煎水便可?"

静仪说:"数月便好。"

麻脸妇人睨着眼问:"小姐莫不是骗我?多少金贵方子都吃不好,这益母草长得满地都是,一不花钱二不费事,吃几个月便能好了?"

静仪说:"不骗婶娘。"

先前被那麻脸妇人呛了话的人幸灾乐祸说:"不是怪我不饶人吗?你心好,你信她仁义,怎的不肯信她的药?"

麻脸妇人瞪了这人一眼:"我便信了怎的?!打今日起,我便日日扯了益母草煎水给我新妇喝。"

那人笑笑地说:"喝呗。连喝数月,保管你新妇一窝生出十个崽来。"

麻脸妇人骂:"你娘才一窝生十个!你便是你娘生出来的小猪崽子!"

众人笑着劝:"说笑而已,莫伤和气。"

麻脸妇人悻悻地去了。她大新妇将信将疑,便佯装殷勤跟在静仪身畔引路,看她如何诊治别个病情。

走了几户人家,碰上个疼得躺在床上打滚的妹子。那妹子十六七岁,生得尖嘴猴腮,深秋时节,疼得一头一脸的汗。静仪问那妹子,听说每逢月事便是如此,便晓得她是经血不畅。

那妹子说:"听我娘说,她老人家未出阁时也是这样,做了新妇也就好了。她老人家说这病没药吃,要好便早早地嫁人。偏生我不愿嫁人……便要嫁人,我这模样,又配得上什么好的?一世不嫁,一世便要这么疼下去吗?虽说这病死不了人,月月疼上三四日,疼也疼煞我了!"

静仪说:"妹妹哪里生得差了?我看你纤腰一握,甚是惹人怜爱,日后必能寻个如意郎君。只是为着治病便草草嫁了,却是可惜了妹妹这样的人才。待我先帮你医好了病,你再精挑细选寻个良人,岂不两全其美?"

尖嘴妹子问:"姐姐治得好我?不是没药吃吗?"

静仪笑问:"妹妹信我,还是信你母亲?"

尖嘴妹子忙说:"信你信你。便是治不好,空吃两帖药又何妨?没疼在自己身上便不晓得,这疼起来,真是什么药都肯吃。"

静仪宽慰:"妹妹放心,定不让你空吃。"

那跟着来的大新妇问:"她这病,吃什么药才好?"

静仪回:"跟你一样,益母草煎水便好。"

大新妇不由挑起眉头:"又是益母草?"

尖嘴妹子问:"这女先生也给嫂嫂开了益母草?"

大新妇说:"可不是?我这身子,请了多少名医都没看好,她只说连喝数月的益母草煎水便好。这益母草满地都是,真有这样神妙,哪个郎中不晓得叫我扯了来吃?现下又听她说妹妹这病也只需益母草煎水,我便更是不信了。这益母草又不是太上老君炼的仙丹,还能包治百病?"

春芽听不过,隔着门帘朝房里喊:"你信便信,不信便不信。怎的说话这样难听?什么'太上老君炼的仙丹'?我家小姐白给你们方子又不收钱,要是不信,莫吃便是,疑我们做甚?"

尖嘴猴腮的妹子说:"我信我信。疼起来,我什么方子都信。"

静仪说:"妹妹放心,保管你药到病除。"

尖嘴妹子磨着她娘即刻到屋后扯了益母草来,洗净了剁碎,塞在药罐里熬了一炷香的工夫,沥出汤水热热地喝了下去,不到一个时辰,疼痛当真缓解不少。

那大新妇方才信了静仪确有本事,尖嘴妹子与她母亲更是千恩万谢。

那大新妇因冤了静仪,心上过意不去,便挨门挨户在村上喊:"村上来了个擅治女科的先生,是个年纪轻轻的小姐,才一帖药下去,痛了三四年的经就好了。哪家娘子要看女科的,赶紧过去问。"

村上的妇人都凑过来问:"当真是位小姐吗?"

"是位小姐!"大新妇说,"才刚给我开了药呢!我这就回屋去煎。"

妇人们说:"这可好了,有了女郎中,我们日后若是有个什么,也不用再在男郎中面前支支吾吾开不得口了。"

大新妇说:"谁说不是呢?我们做女子的,最是在这上头麻烦多,如今有了女先生,可不用再耽误自个儿的身子了。"

妇人们说:"依你说,这女郎中医术这样好,不出三两日,你便可抱个大胖小子了。"

大新妇笑:"哪有这样快的?怀胎还得十月呢!三两日便生出来,你当是春蚕产子呀?"

妇人们笑:"终归你是有指望了。"

大新妇含笑盈盈去了。

有个穿金戴银的妇人寻到静仪，旁人引见说："这是我们族长的幺女，今日恰巧回来省亲，女郎中抽空先给她看看。她看完还要赶回夫家去。"

静仪才到的那户人家忙忙地将这妇人引入房中，说："我们不急，姑奶奶先看。"

那妇人说："我这病，实难启齿，自做了新妇以来，下身日日瘙痒难耐，痒得厉害时，下身肿胀异常，直恨不得刺把尖刀进去。"

静仪边听她说边把了脉，又令她脱了裙、裤查看。

那妇人问："有得治吗？"

静仪说："姐姐过虑了，些许小病而已。"

"小病？"那妇人愣了愣神，"我还道是得了什么绝症，居然只是小病。我素来争强好胜，得了这个病，也不敢说给爷娘晓得，只怕娘家人瞧不起。又不敢去问郎中，我那相公最是器量狭小，若给郎中看了，定要将我休了。我日日忍着，却也无多意趣，每每行房，便如枯木坚石，虽不曾看过郎中，却仍失了夫君宠爱。"

静仪说："你这病，只需以开水调配食盐，放凉了，避开经期，日日冲洗两回便可，不消十日便大好了。只有一样，你那夫君每回行房前，务必亦用此水彻底清洗。"

"这便行了？"

"这便行了。"

那妇人落下泪来："这样一个小病，竟让我吃了这许多年的苦、受了这许多年的罪。"

"再争强好胜，身子是自个儿的，有了病，还是得看郎中。"

"只恨我错生了女儿身，这个也碍着，那个也顾着。若是个男子，还管这许多？便是得了花柳病，照样堂堂正正去访郎中。如今可好，有了妹妹这样的女先生，我们这些做女子的，也有了个去处。"

静仪说:"不管男郎中女郎中,得了病,还得治。"

那妇人说:"话虽如此,又有几个当真这样豁得出去?不过是能忍便忍着些罢了。妹妹家住何处?我另有几个交好的姐妹,还要再来麻烦妹妹。"

静仪说:"我家住临江府,家中有个药栈开在新街里,姐姐到商里问候济仁栈便是。"

那妇人不日便带了一众姐妹前去,静仪诊治女科的声名逐渐在临江府传开。

16

黄武全在皮鹤屋下住了一月余,身子调养得越发强健,一双女子般含情带露的眸子越加秋水点点,一对石雕铁铸般的膀子越加孔武有力。张宝祥看不惯的相貌,却引得娇娥妹女纷纷打探:"那皮大先生屋下住的生客,是他什么亲戚?"

"不是亲戚,说是药师寺后边偶遇的。"

"偶遇的生人处得这样亲热?"

"要么怎的说皮大先生是个怪人呢?"

"说怪却也不怪,那生客甚是能干,刚来了个把月,把皮大先生的屋子上上下下都修整了一遍,上房捡了漏、下水洗了沟、前檐上了漆、后门换了板,还帮着救过火。"

"缺了个指头还这样能干,确是有些本事。"

胆大些的妹子有意弯到皮鹤门前,乔模乔样整衫兜鞋。

皮鹤笑武全:"莫说年轻女子,我这房前屋后平日里连个老媪都见不着,晓得我皮大先生性情古怪,人都有意绕道而行,如今你来了,我这屋下倒变了脂粉铺子样的,远远近近的女子都寻了过来。"

武全笑:"人恰巧路过而已。"

"路过？我这屋子前不临街后不靠店，路过这里做甚？"

武全笑："人晓得我断了一指，路过这里，瞧个稀奇。"

凡有女子偷瞄武全一眼，武全便晃晃手上的断指。本意是想吓吓她们，不料这小小的伤残非但不能承担起惊吓的重任，反倒变成了新鲜的招引。他一晃手指，众女子便心跳不已。

皮鹤屋外，终日莺啼燕啭一片。

夏槿篱骂黄武全："你心上早已有了菩萨美人，何苦招惹她们？"

武全笑："妹妹这话，怎么听着一股酸味？"

夏槿篱止不住黄武全，便冲着那些心如鹿撞的女子喊："姐姐们别看他年轻，家中早已娶了十房小娘的。一个端茶、一个倒水、一个揉腰、一个捶背、一个洗衣、一个烧饭、一个作田、一个种地、一个卖唱、一个接客，将他跟他那正头娘子伺候得舒舒坦坦。再凑一个，却不晓得要做什么。"

有女子回："妹妹怎的这样诋毁皮大先生的客人？莫不是别有用心？"

"诋毁？！真是好心当作驴肝肺！待你动了真心，才晓得他是什么狼心狗肺呢！"

在樟树，既有皮大先生一起切磋医术，又有众多女子欢喜，黄武全住得悠然自得，只是仍放心不下他静仪姐姐，琢磨着商里的流言差不多该散了，贤喜先生也该容他回去了，便向皮鹤辞行。

皮鹤说："侯济仁栈如今乱麻一团，临江府也非昔日可比，何苦硬要回去？不如就在樟树立下足来。"

武全作了个揖："多谢皮大先生一番好意，只是我原许过先师一世不出药栈，但有一口气在，便与侯济仁栈同进退。先生大恩，只来日再报了。"

"什么恩不恩的？你若欢喜，得了空便到屋下来住便是。我也不是什么人都看得上的，换了个人，只怕是一日也合不来，既与你久处不厌，便是与你投缘。两相欢喜的事，有什么恩不恩的？硬要报恩，我孤家寡人一个，一不愁吃二不愁穿，又哪里用得着你的报？日后老了，我便抱着麻石往河里一沉，不晓得多自在,还用得着你报恩?"

武全听得他说"抱着麻石往河里一沉",心下不禁凄然,强作笑脸说:"先生真是修出来了,生死都能看淡。"

皮鹤说:"看得淡要死,看不淡也要死。何不看淡一些?"

"话虽如此,却不是人人都能看得淡的。先生果真孤身到老,莫忘了还有个黄武全。武全愿为先生养老。"

皮鹤笑:"你才比我后生几年?谁走在前头还不定呢。要说养老,我叔爷、婶娘倒是膝下无子,几个姑娘都嫁出去了,你要报恩,便把槿篱丫头娶了,为他二老养老送终。"

"先生又说这话……"武全懒得理他。

皮鹤陪同武全前往槿篱外公、外婆屋下辞行。夏槿篱听得黄武全要回临江,旋即换了一身新衣出来。

夏槿篱说:"大老远的,哥哥身上虽已无恙,到底断了一指,只怕路上有所不便。我左右无事,送了哥哥回去再来。"

她外婆笑:"送什么?你莫去,黄家少爷还自在些。"

槿篱噘嘴:"外婆忒看不起人,外孙女如今大了,也是晓得照顾人的。"

武全念着槿篱救过自己,假意说:"缺个指头倒没什么,只是失了些血,间或仍有些头晕,槿篱妹妹若是得闲,送我一程也好。"

槿篱外婆听得武全说了这话,这才笑着允了。又包了些补血的药送给武全,叮嘱槿篱好生拿着,待得到了侯济仁栈再交与武全。

夏槿篱刚出了门便把药包往黄武全手里一塞:"自个儿的东西自个儿拿着。"

武全戏问:"妹妹不是特为送我来的吗?怎的一包药也不肯帮着拿?"

槿篱说:"你又不曾当真残了。当真残了,莫说一包药,一座山我也替你背着。"

武全笑:"妹妹好算计,分明是想去寻秦大老爷,却拿我来做挡箭牌。"

槿篱学着他先前戏弄她时说过的话问:"哥哥这话,怎么听着一股酸味?"

武全回:"酸什么?你有你的秦大老爷,我有我的静仪姐姐,铢两相称。"

槿篱翕了翕鼻尖:"还说不酸?都酸到面上来了。你小子莫见我救了你一回,便当我对你另眼相看,猫猫狗狗掉进火里,我照样冲进去捡。我心里,只有秦大老爷那样的翩翩君子。"

"翩翩君子"四字让黄武全不期然当真酸了一下。这毫无防备的一酸,让他犹如入室行窃被人撞见一般慌乱。

怎的当真酸起来了?哪里拈来的酸?

分明于这夏槿篱无意,怎的她一夸秦大老爷"翩翩君子",心下便这等不自在?

论长相,黄武全与秦镛各有千秋;论风度,黄武全作些势子也担得起"翩翩"二字;只是论为人,黄武全却只是有些机变、讲些义气,远远称不上是"君子"。这"君子"二字,便是因此令他泛酸。

终归,他还是把"君子"供在心上的,再装得浑不在意,到底有些隐憾。

这隐憾,与夏槿篱无关。这酸意,也与夏槿篱无关。

可夏槿篱将"君子"作为挑选男子的标准,却兜兜转转与黄武全搭上了一些关联。黄武全将"君子"供在心上,夏槿篱将"君子"当作良人。他对她,便也高看了些。

"咦?怎的不吭声了?可是与秦大老爷相比确是有些自惭?"槿篱嬉笑着问。

"确是自惭。"

槿篱笑靥凝在脸上,呆看他半晌:"……这倒奇了。"

武全笑了笑。

夏槿篱领头走在前面,走了一会儿,突地自怀里掏出长长短短、粗粗细细数十枚银针。

槿篱递了一根银针给武全:"银针质软,需将力气悉数凝于指尖,揉针推进,如此方能打深。"

武全学着槿篱的样子揉了揉针。

槿篱接着说:"医痹症,痛无常处针百会、天井、曲池、肩井、侠溪、足临泣、阳辅、三阴交诸穴,四肢酸麻针列缺、中冲、金门、大都、内庭、厉兑、隐白、大敦诸穴……"

武全问:"为何说与我听?"

槿篱说:"这银针,还是我老外公亲手制的,可怜我外婆空有一身本事,却不得不令宝物蒙尘,我再蛮些,亦终归也是个女子。"

武全一向嫌她毫无女子之柔婉,听了这话,却不禁说:"妹妹刚烈之至,毫无娇弱之态,不必为此介怀。"倒将素日嫌她之处,说成了好处。

槿篱说:"介不介怀,女子的本事,终究无处施展。"

武全说:"日后传与你子孙便是。"

槿篱说:"我倒觉着无须拘泥于自家人,天下人的病,应由天下人来医。"

武全愣了愣。夏槿篱逼迫熊睿渊为临江药人传授制荷包金龟的秘技时曾说过"临江药人大可不必抱着自家秘技不放,但有所得,便应周知同行,人人如此,方是昌盛之相",他当时只当她是诓骗熊睿渊,不想今日说到自家秘技时,她仍是这番道理。

"妹妹当真要把自家秘技传与天下人?"

夏槿篱笑:"传与天下好人。"

"如何分辨好坏?"

"适才说到'君子'时,哥哥一改往日性情,自称'惭愧'。"

"确是惭愧。"

"思君子而自惭,便是好人。"

武全又是一愣。

"妹妹往日常与哥哥拌嘴,私底下,却并未当真将哥哥算作歹人。"

武全作揖:"愚兄也并未当真将妹妹当作……当作……"

"当作疯婆子！是不是?"槿篱嬉笑着帮他接下话去。

武全赧颜。

槿篱说："当我疯婆子也不奇怪。夏谷禾常说,要抓了我去浸猪笼。"

武全想了一下才记起夏谷禾是槿篱的父亲。

"我不能浸猪笼。"槿篱说,"我老外公的针法,还要由我传与天下人。"

武全见她拈着银针极目远眺,上穿桃红色对襟褙子,下系翠蓝色细褶裙,桃红柳绿,醒目如旗帜。是旌旗,打天下的旌旗。轻风一来,旌旗在风里徐徐招展,她鼓凸的前胸与滚圆的后背在清冷的冬阳底下爆着火样的生机。

17

出了醴陵是株洲。到了株洲,宝祥突然记起黄武全当街拦截秦镛那日,他去县衙前寻人时碰见几个茂记药店的学徒,当中有个学徒告诉他茂记倒了,预备到湘潭去谋生。湘潭紧邻着株洲。宝祥一进了株洲,便想起这桩事来。也不晓得那学徒最后是否当真去了湘潭,若是去了,兴许能寻他借得两个盘缠。念及此,宝祥加紧赶往湘潭。

天气甚冷,也不晓得是否已入了冬。逃出来头几日,宝祥还留心算着日子,逃得久了,肚子都填不满,早把日子忘得一干二净。他仍旧穿着中秋那日从店里跑出来时穿的衣裳,只是衣裳被狼撕、被树枝划、被屎尿浸过了,早已看不出原本的样子。他自个儿不说,没人晓得还是那件。

他在路过的禾堆里抽了些干净的稻秆,仿着蓑衣的样子编了起来,一路走一路抽秆一路编,到湘潭时,恰好编成了一件秆做的蓑衣。

他裹着蓑衣穿街过巷,瑟瑟缩缩、邋邋遢遢,与乞丐无异。

店肆林立的街面上,也不知上哪儿去寻那茂记的学徒。人群攘攘,却无半张相熟的面孔。宝祥没头苍蝇般四处乱转,见了药店便杵在门口张望。

不知望了几回,天上稀稀拉拉落起雪粒子来。南方的雪下得晚,不到冬至极少下雪,有时过了除夕才下两片春雪,一年到头片雪不见也不是没有的事。宝祥越是怕冷,这雪倒越发下得早了。

真是世道不公!宝祥直骂老天瞎了眼,黄武全那样的口白客好端端躲在店里吃得饱穿得暖,他这样的老实人却如丧家之犬四处逃命,老天还特意提早落起雪来。

身上越冷,宝祥便越恨那黄武全。越恨黄武全,火气便越是翻涌不息。有了这翻涌的火气,他才不那么饿、不那么冷。

靠着对黄武全的恨,宝祥挺到了晚饭时分。眼看天光就要断了,他必须找个处所栖身。

雪粒子变成了细细的雪片,雪片里夹着零零落落的雨点。宝祥鼓起勇气走进一家客栈,刚一进门便被驱打出来。再走进一家客栈,再被驱打出来。他想寻个大户人家在檐下避一避,家家仆役都恶狗样的,不待他靠近便拿着竹笞、扁担驱赶。

在侯济仁栈时,他不知做过多少善事,如今却遇不着一个善人,宝祥心下越是恨透了这世道人心。雪不大,雨点却越来越密,秆编的蓑衣不多会儿便湿透了,他冻得手脚麻木起来。天光终究断了,他在陌路上筋疲力尽地走着,直恨不得架起炮火来轰了整个街市。

当街的人逐一散去,他一个人,走在畅通无阻的寒风里,骨头都要裂开了。

再淋下去便只有一死了。他向着一家正在关门的药店走去。脚下一滑,他踩在一块什么果皮上,噔的一响摔了一跤,跌在刺骨的雪水里。药店最后一块门板合上了。

铁硬的青石板磕着宝祥的脸,他挣扎着想爬起来,脚上却像绑了根巨大的冰溜子又冷又硬。他直愣愣支起身子又跌倒在地、支起身子又跌倒在地……

有人簌簌地经过身畔,他顾不得脸面,牢牢地抱着那人的腿,哀哀地喊了一声:"救命。"

那人见他一身秆衣,面色铁青,手臂上渗出浓浓的血水,吓得连连踢打着他的双手,惊魂丧魄地跑了开去。

宝祥手上的伤原本即将好了,可在萍乡与那铁匠铺子里的人打斗了一回,伤口又撑裂开了。他一路上又冷又饿,那伤口便总不得愈合,日子久了,终于生出脓来。小小一个伤口,几乎要让他整条手臂都烂掉了。

不等得整条手臂烂掉,他即刻便要死了。

他还有一身的好本事,怎能就此白白死掉？他不能死！他拼尽全力喊着"救命",喊得人群聚拢又逃开、聚拢又逃开。无人胆敢搭救这样一个流脓流血的人。

终于连上前察看的人都没有了,他气若游丝地呼喊,鬼魂一样游荡在空空如也的街上。

他不再动弹,静静地浸在雪水里,等着死亡一步步靠近。

原以为逃出来便能活命,不想仍是一死。一路上担惊受怕、挨饿受冻、狼咬人欺,所有的苦都白受了。早知如此便不逃了。死在临江,熟门熟路,总好过死在这身处陌陌的风雪里。人死后是要收脚印的,从湘潭到临江,一路上不知留下过多少脚印。不知变鬼后手脚能否变快一些,若不变快,这许多脚印都够他收了,少说也要收上十余日,死了都不得闲。他倦极、累极了,死都没力气死了。

他昏昏地睡了过去,不知睡了多久。

第四章 离乱